二見文庫

ふたりきりの花園で

トレイシー・アン・ウォレン／久野郁子＝訳

Seduced By His Touch
by
Tracy Anne Warren

ふたりきりの花園で

登　場　人　物　紹　介

グレース（グレーシー）・リラ・デンバーズ	裕福な実業家の娘
ジャック（ジョン）・バイロン	クライボーン公爵家の三男
エズラ・デンバーズ	グレースの父。裕福な実業家
テレンス・クック	グレースの友人。出版社の経営者
ミセス・ジェーン・グラント	グレースの伯母
クライボーン公爵未亡人（アヴァ）	ジャックの母
エドワード（ネッド）	クライボーン公爵。ジャックの長兄
ケイド	ジャックの兄
メグ	ケイドの妻
ドレーク	ジャックの弟。数学者
レオ	ジャックの双子の弟
ローレンス	ジャックの双子の弟
マロリー	ジャックの妹
エズメ	ジャックの末妹
アダム・グレシャム	ジャックの友人

1

ロンドン、一八〇九年八月上旬

「われわれは神と証人の前で、この男女の神聖なる結婚を……」

ジャックことジョン・バイロン卿《きょう》は、糊《のり》のきいた白いタイをむしりとりたい衝動に駆られた。今朝、聖ジョージ礼拝堂にやってきて祭壇の所定の位置についてからというもの、呼吸がどんどん苦しくなっている。まるで見えない手で首を少しずつ絞められているようだ。

これが祭壇に立つ新郎であれば、緊張するのも当然のことだろう。でもジャックは新郎本人ではなく、ただの付添人にすぎない。

兄のケイドが、いままさに誓いの言葉を口にしようとしている。ジャックはいつもの冷静さを失い、頭が真っ白になった。だがその理由は、兄が結婚という二度と出られない牢獄《ろうごく》に足を踏みいれようとしていることだけではなかった。真の問題は、ジャック自身も数カ月のうちに兄と同じ運命をたどることにある。

もう万事休すだ。式は粛々と続いていたが、ジャックの目にはほとんどなにも映っていなかった。この窮地を脱するすべはない。先週の水曜日の夜、賭場《とば》に行ったりしなければ、こんなことにはならなかった。目立たない風貌《ふうぼう》をした中年の平民が持っていた大金に目がくらみ、その男と勝負をしようなどと考えさえしなければ。

最初のうちはジャックが優勢に立ち、ゆっくりと、だが着実に稼ぎを増やした。ジャックがギャンブルの才能に恵まれていることは間違いない。なにしろ、少ない相続財産を何年もかけてカードゲームでこつこつ増やしてきたのだ。多くの仲間の貴族のように、たった一回の勝負に全財産を賭《か》けるといった無謀なまねはしない。常に慎重な姿勢を崩さず、頭の中で冷静に計算して堅実な勝負をする。

だがそれも先週までのことだった。

ジャックは、椅子の背にもたれかかって勝利を確信していたときのことを思いだした。この手で負けることはまずありえない。こちらを負かすことができる札はたった一枚。その一枚さえ出なければ、十万ポンドが自分のものになる。そして相手がその札を持っている確率は、天文学的な低さだ。ベーズ（フェルトに似た緑色の生地）で覆われたテーブル越しに裕福な商人の顔をしげしげとながめながら、ジャックは自分も早く大金持ちになった興奮と喜びを味わいたいものだと浮足立った。十万ポンドもの金が手にはいれば、もう二度とギャンブルをする必要もないだろう。

そのとき目の前の商人が札を開き、世界が音をたてて崩れた。

かたわらで進んでいる結婚式もうわの空に、ジャックはぼんやりと考えていた。赤のジャックが自分の破滅の原因になったとは、なんと皮肉なことだろう。あの忌まわしい札がこちらの心臓をひと突きし、一生に一度の勝利を相手にもたらした。

そしていま、商人は借金の返済を迫っている。ただしそれは現金ではなく、ある取引によって清算しなければならない。適齢期を過ぎた彼の娘と結婚すれば、債務はすべて帳消しになるという。自由と幸せをあきらめれば、夢見ていた大富豪になれるのだ。

「わたしは理不尽なことを言う人間ではありません」その二日後、人目につかないようにして会ったとき、平民のエズラ・デンバーズは言った。「わたしの願いは娘のグレーシーを大切にしていただくことですから、持参金は減額することなくお渡しいたしましょう。六万ポンドです。娘の指に結婚指輪が輝き、名実ともにあなたの妻になったのを見届けたら、さらに追加で六万ポンドをお支払いします。それから、孫はかならず作っていただきます。王や王子と付き合い、あなたがた上流階級の人びとから鼻であしらわれることのない貴族の孫が欲しい」

「どうしてわたしなんだ」ジャックは絞りだすような声で訊《き》いた。「爵位を持った男を選べばいいじゃないか。きみの娘となら喜んで結婚しようという貴族の男が、ほかにかならずいるはずだ」

「ええ、おっしゃるとおりかもしれません。でも財産目当ての御仁《ごじん》など願いさげです。娘を金づるとして利用されてはたまりませんからな」

「わたしがきみの娘を大切にするとはかぎらないだろう」

デンバーズは灰色の眉を片方上げ、大きなわし鼻の上にあるしたたかそうな目で、じろりとジャックを見た。「わたしは閣下のことをよく存じあげておりましてね。女性のあつかいがうまく、ひとりの相手と長く付き合うことはありませんが、別れるときも残酷なことはなさらない。閣下ならわたしの娘を女として満足させ、それなりに大事にしてくださるでしょう。もっとも、万が一わたしの期待が裏切られるようなことがあれば、そのときはただではおきません」

デンバーズの真剣な表情からすると、その言葉はまんざら脅しでもないようだった。

「生涯の忠誠など誓えない」ジャックはデンバーズが考えを変えてくれることを祈った。

だがジャックの願いもむなしく、デンバーズは軽く肩をすくめただけだった。「そんなものを誓える男がどこにいますか。娘を母親にし、幸せな暮らしをさせてもらえるなら、たまの浮気くらいどうということもありません。もちろん、分別だけはくれぐれもわきまえていただきたい。でもあなたがた貴族にとって、そうしたことはお手のものでしょう。みなさん神聖な結婚生活の外で、こっそり情事を楽しんでいらっしゃる」

デンバーズの言うことは正しかった。貴族の結婚のほとんどは、財産や土地や社会的地位といった実際的な事柄にもとづいている。愛はおろか、好意を抱いているかどうかでさえ問題にされることはない。そうしたものは配偶者ではなく、別の相手に求めるのが普通だ。

ジャックは自分のことを基本的に醒《さ》めた人間だと思っていた。でもあまり認めたくないことだが、心の奥には自分でも思っていた以上にロマンティストな部分が隠れていたらしい。お金のため、愛情も抱いてない相手と結婚するのかと思うと、目の前が暗くなる。では、愛を求めているのかといえば……いや、そんな甘ったるくくだらないものは、詩人にでもまかせておけばいい。同じ姓でもまったく共通点のないあのバイロン卿なら、結婚に愛を求めることを賛美するだろう。

「わかっていると思うが、わたしは三男で、たいした相続財産もない。爵位にいたっては、言うまでもないことだ」ジャックは首に巻いたタイが一秒ごとにきつくなってきているような気がした。「つまりきみの孫は、どこにでもいる平凡な〝ミスター〟か〝ミス〟にしかなれない」

「平凡な人間だなんてとんでもない。公爵の甥《おい》か姪《めい》ですよ。いずれ時機が来れば、きっとよい縁談に恵まれるはずです。それに、わたしの娘は〝レディ〟になれる。レディ・ジョン・バイロン――絶大な影響力を誇るクライボーン公爵の義理の妹だ。なんと素晴らしい響きの名前でしょう。娘もきっと気に入ると思います。ですが、まずはあの子をその気にさせてください」

「その気にさせるとはどういう意味だ」

デンバーズは軽く手をふった。「グレースも結婚を意識してはいますが、ひとまずそのことはお忘れ願いましょう。娘と近々、運命的な出会いをし、あの子があなたに恋をするように仕向けていただきたい。そしてあなたも同じ気持ちであると、グレースに思わせてください」

「そんなに簡単にことが運ぶとは思えない」

デンバーズの表情が険しくなった。「簡単なことでしょう。閣下は女性を誘惑するのがお得意でいらっしゃる。わたしの娘を誘惑すればいいだけのことです。それとも、十万ポンドの返済のほうをお選びになりますか。おそれながら、閣下がそれだけの金額をご用意になれるとは、とても思えませんが」

そのとおりだ。ジャックはぎりぎりと奥歯を噛みしめた。そんな大金は持っていない。

デンバーズは十二万ポンドの持参金を支払ったうえ、借金も帳消しにするという。だがそれほどの持参金があるのなら、ミス・グレース・デンバーズはとっくの昔に結婚していてもおかしくないはずだ。父親が金目当ての男を寄せつけなかったというだけのことかもしれないが、もしかすると、ほかにもっと重大な理由があるのではないか。

本人に難があるのかもしれない。父親のエズラによると、ミス・デンバーズは二十五歳。無邪気な娘という歳ではなく、立派な大人の女性だ。そろそろ婚期を過ぎかけているといってもいい。

でもミス・デンバーズがどういう女性であれ、自分にはほかに選択肢はないも同然だ。この話を断わろうと思うなら、債務者監獄に行くしかない。兄のエドワードに泣きつくという方法もあるが、それだけはまっぴらごめんだ。

そんなことをするぐらいなら、フリート監獄に行くほうを選ぶ。

「そうそう、もうひとつ」デンバーズが言った。「グレースには閣下とわたしの取引のことを絶対に知られないようにしてください。というより、わたしたちがこうして会ったこと自体、知られないようにしていただきたい。もしあの子が真実に気づいたら、今回の計画は台無しになるでしょう。そのことをくれぐれもお忘れなきように」

こうしてジャックは、抜き差しならない状況に置かれることになった。もちろん世の中には、結婚より悪いことがたくさんあるのはわかっている。だがなにかひとつ例を挙げろと言われても、いまのジャックにはまるで思いつかなかった。ふっと結婚式に意識を戻すと、ケイドが幸せそうな顔をしているのが目にはいった。天使と結婚するのだから、幸せでないわけがない。

ケイドの花嫁のメグは、まさに天使そのものだ。純白のドレスに身を包み、ふんわりとまとめた淡い金色の髪がレースのベールの下からのぞいている。湖のように澄んだ青い瞳は、隠しきれない喜びで輝いている。メグがケイドを心から愛していることは誰の目にもあきらかだ。性格も天使のように優しく、思いやりにあふれている。ケイドはなんと運のいい男だろう。自分もあの半分でいいから、運に恵まれたかった。

「では指輪を」主教が言った。

ジャックはほかの百人近くの参列者とともに、黙って待っていた。誰かの咳払《せきばら》いが教会の壁に響き、人びとが会衆席《かいしゅう》で身じろぎをするかすかな音が聞こえてきた。

ジャックはふと、みなが自分に注目していることに気づいた。なかでも主教と家族が、じっとこちらの顔を凝視している。先ほど花嫁を花婿に引きわたす役を務めたエドワードが、最前列の母の隣りの席で眉をひそめているのが見えた。妹のマロリーを含め、ジャックの向かいに立った花嫁の付添人たちが、なにかをうながすようにしきりにうなずいて、声には出さずに口を動かしている。弟のドレークがジャックの脇腹《わきばら》を無遠慮にひじで押した。ケイドとメグまでもが顔を上げ、どうしたのかというようにこちらを見ている。

ジャックははっとした。「そうだ、指輪だ!」

ジャックが上着やズボンのポケットに手をやり、彫刻の施された金の指輪を捜すあいだ、参列者からひかえめな笑い声がもれた。花婿の付添人の列にならんだ生意気盛りの十七歳の双子の弟、レオとローレンスが、忍び笑いを始めた。

まもなく指輪を捜しあてたとき、ポケットに一緒にはいっていた手紙がジャックの指に触れた。ジャックはそれを無視して指輪を取りだした。「ちゃんとありました」笑顔で言った。

「ちょっとした余興です」すまなそうな表情を浮かべ、ケイドに指輪を手渡した。だが幸せの絶頂にあるケイドは気にする様子もなく、上機嫌で首をふって花嫁に向きなおった。

新郎新婦の誓いの言葉を聞きながら、ジャックはさっき指先に触れた手紙のことを考えていた。急に胸ポケットが熱くなり、焦げているような気がした。

　今日の午後四時に〈ハチャーズ書店〉へ行けば、グレースに会えるでしょう。長身の赤毛の娘です。おそらく眼鏡をかけているはずです。どうぞ遅れずにお出かけください。

E・G・デンバーズ

長身で赤毛の眼鏡をかけた女性か。兄が花嫁と生涯の誓いを立てるのを見守りながら、ジャックはひそかにため息をついた。せめてもの救いは、本人を見つけるのに苦労しなくてもすみそうなことだ。あとはただ、ミス・デンバーズがふた目と見られない醜女《しこめ》でないことを天に祈るしかない。

〈ハチャーズ書店〉の書棚の前に立ったグレース・リラ・デンバーズは、ふいに誰かの視線を感じた。さっとふりかえったが、そこには誰もいなかった。

やはり気のせいだわ。グレースは前を向きながら思った。いったい誰がわたしを見つめたりするというの。

自分が人目を集めるたぐいの容姿でないことは、とうの昔からわかっている。少なくとも、称賛のまなざしで見つめられることはない。感じのいい顔立ちをしていると褒められることもたまにはあるし、なかには肌が美しくて歯並びがよく、きれいだとさえ言ってくれる人もいるが、世間の多くの人からは〝のっぽのメグ〟（英国にあるストーンサークルで、背の高いスタンディングストーンのこと）にたとえられている。

身長が五フィート十インチもあれば、そう呼ばれるのもしかたのないことだろう。知り合いの中に自分より長身の女性はひとりもいないし、男性でもそう多くはない。おまけに、ほっそりした華奢《きゃしゃ》な体形でもない。父からはよく〝理想的な体格〟だと言われている。細すぎず太すぎず、父の所有する商船のように〝じょうぶで強い〟のだそうだ。体に女らしい丸みがないわけではないが、最近は胸のすぐ下からスカートが広がるデザインのドレスが流行しているため、せっかくの曲線もあまり目立たない。おまけに眼鏡までかけている。せめてこれさえなければと思うが、視力が弱いのだからしかたがない。

グレースはもう一度後ろをふりかえった。誰もいないことがわかり、やれやれと首をふりながら手に持った本に視線を戻した。ページをめくって一、二行ざっと読むと、慎重な手つきで書棚に戻し、次の本を選びはじめた。

　ふと気がつくと、通路のすぐ先に誰かの足が見えた。男性の足だ。グレースははっとして反射的に体の向きを変えたが、そのはずみで本が手からすべり落ちてしまった。革装丁の本がワックスのかかった木の床を打って大きな音をたて、数フィート先に転がっていった。

　そのとき別の男性が角を曲がって現われたかと思うと、丁寧に磨かれたへシアンブーツのつま先の手前で本が止まった。男性は立ち止まり、腰をかがめて本を拾いあげた。それからグレースに歩み寄った。

「あなたの本ですか？」なめらかで深みのあるその声に、グレースは寒い冬の日にバター入りの熱いラム酒を飲んだような、柔らかなシーツにくるまれているような心地になり、ひそかに身震いした。返事をしようとしたが、言葉がのどにつかえて出てこず、男性の目を見てますますどぎまぎした。

　力強さをたたえた知的な瞳は、美しい宝石のように輝いている。混じりけのない見事な青で、サファイアとラピスラズリの中間ぐらいの色合いだ。上品なあごの線にまっすぐな高い鼻、女性を誘惑するために作られたような唇を持ち、罪深いほど整った顔立ちをしている。マホガニー色の髪は短く切られているが、毛先がかすかに波打っているのが見て取れる。

　だがなんといっても一番魅力的なのは、その背の高さだろう。思わず目を瞠《みは》るほど男らしく大きな体をしている。少なくとも六フィート三インチか四インチはあるにちがいない。肩幅が広く、がっしりした体形のその男性を前にすると、グレースでさえも自分が小柄になったように感じられた。

震える息を吸い、視線を床に落とした。いったいどうしたというの？　世間知らずの女学生みたいにそわそわしたりするなんて。この人のような男性は、わたしの手の届かない世界に住んでいる。わたしにとっては夜空の星と同じくらい遠い存在だ。それに、とても危険なタイプの男性でもある。そのことをけっして忘れてはならない。

「ジョンソン博士ですね」男性は本の題名を見た。「個人的にはもっと辛辣《しんらつ》な作家のほうが好きです。たとえばスウィフトとか」

グレースはようやく落ち着きを取り戻して言った。「どちらもそれぞれのよさがある優れた作家だと思います。本を拾ってくださってありがとうございました」

さあ、これでもう会話は終わりだわ。あとは彼がわたしに本を手渡し、無難な挨拶《あいさつ》の言葉を口にして立ち去るだけ。

ところがグレースの予想に反し、男性は丁寧なお辞儀をした。女性なら誰でも魅了されるにちがいない、優雅で洗練された動作だった。実際のところ、その言葉のひとつひとつ、仕草のひとつひとつが、彼が貴族であることを物語っている。だったらなおのこと、早く別れたほうがいい、とグレースは思った。

「自己紹介させてください」そのとき男性が言い、グレースを驚かせた。「わたしはジョン・バイロン卿と申します。親しい人からは〝ジャック〟と呼ばれています。失礼ですが、あなたは……？」

グレースがかすかに眉根を寄せると、鼻に乗せた眼鏡がほんの少し下にずれた。「ミス・グレース・デンバーズです。では閣下、わたしはこれで失礼いたします」

「そんなに急がなくてもいいではありませんか。まだ本をお決めになってないでしょう」

「もう何冊も選んで店員に預けてありますし、自宅にもたくさん持っています。それで充分ですわ」

男性は一瞬間を置いてから言った。「そうですか。ではご機嫌よう。お話しできて楽しかった、ミス・デンバーズ」

「あの、こちらこそ。さようなら、閣下」グレースは後ろを向き、なんとか足を前に進めた。もう二度とジャック・バイロン卿のような男性と会う機会はないだろうと思いながら、彼のことを頭から追いだそうとした。

書棚のならんだ狭い通路を出るグレースのあとを、ジャックは一定の距離を保ってついていった。立ち止まって腕を組み、柱に肩をもたせかけると、グレースが人の集まる広い場所に出るのを見ていた。常連客が本をめくったり、話をしたりしている。店員が忙しそうに歩きまわり、客に応対している。グレースが若い男の店員に声をかけ、選んだ本を包装して持ってきてくれるよう頼むのが見えた。勧められるまま椅子に腰を下ろして紅茶を飲み、店員が戻ってくるのを待っている。

なるほど、あれがエズラ・デンバーズの娘か。

思ったとおり、彼女を見つけるのは簡単なことだった。赤い髪の毛もさることながら、あの身長ならば見落としようがない。娘は背が高いとデンバーズに言われてはいたものの、まさかあれほどだとは思ってもみなかった。これまでの二十八年間の人生において、知りあった女性は数えきれないほどいるが、グレースはその中で群を抜いて長身だ。

さっき短い会話を交わしたとき、首や腰をかがめなくてもいいことに、ジャックは新鮮な驚きを覚えた。グレースが相手なら、背筋をまっすぐ伸ばし、ほんの少し視線を下げるだけで目が合う。

それに、彼女はたしかにいままで出会った女性の中で一番の美女というわけではないが、ひそかにおそれていた醜女などではない。その顔立ちは……そう、とても感じがいい。肌には透明感があり、頬骨もちょうどよい高さだ。鼻は高すぎず低すぎず、ふっくらした唇に小さなあごをしている。

どちらかといえば地味な顔立ちだが、眼鏡の奥になかば隠れたその目は、とても特徴的だった。灰色がかった青い瞳で、光の加減でリンドウのようにも錫《ピューター》のようにも色を変える。そのことに気づいている者は、あまり多くないはずだ。みな彼女の虹彩《こうさい》をただの地味な灰色か、よくある青だと思いこんでいるにちがいない。ほんの少し言葉を交わしただけなのに、彼女の瞳が妙に印象に残っているのはなぜだろう。

体つきも女らしい。胸は豊かなふくらみを帯び、手のひらで包んで愛撫《あいぶ》するのにちょうどよさそうな大きさだった。ウエストから下はスカートのひだの下に隠れていたが、きれいな曲線を描いているのが感じられた。あのすらりとした体の上に乗ったら、どんな心地がするだろう。長い脚を高く上げさせ、こちらの背中や肩にからませてみたい。彼女のかかとが背中をすっとなでおろすところを想像する。あのしなやかな肢体をどう使えばいいのか、自分がじっくり教えてやろう。

ジャックは下半身が硬くなっていることに気づいて驚いた。少なくとも、彼女とベッドをともにすることについてはなんの異論もない。

次の瞬間、はっとして目をしばたいた。お前はまさか本気でこの計画を進めるつもりなのか。彼女を本当に妻にしようというのか。

ごくりとつばを飲むと、欲望の炎が少しずつ弱まっていくのがわかった。グレースと寝ることがまんざらでもないからといって、彼女の指に喜んで指輪をはめたいわけではない。だがどんなに考えても、ほかに方法はない。自分はデンバーズがひそかに仕掛けた罠《わな》にかかったキツネも同然だ。まわりを取り囲んだ猟犬の群れが、いまにも飛びかかってこようとしている。助かる道はただひとつ——グレース・デンバーズと結婚するしかない。

世間にはもっと家柄も器量もいい遺産相続人の女性がいるだろう。けれども自分の抱えた借金を清算し、なおかつ家族を養うのに充分な額の持参金を持った女性に心当たりはない。それに、こちらがひそかに別の相手と結婚しようとしていることをもしデンバーズが嗅《か》ぎつけたら、あの狡猾《こうかつ》な男は即刻、借金の返済を求めてくるにちがいない。そうなったら、たちまち監獄行きだ。

つまり、ミス・デンバーズ以外の誰かと結婚する選択肢はありえない。

こうなったら腹をくくるしかないだろう。どうせやるなら、うまくことを運ばなければ。まずは彼女を口説くことから始めなければならない。幸いなことに、その点については絶対の自信がある。まだひげもまともに生えていない青二才のころから、女性を誘惑するのはお手のものだった。ミス・デンバーズを押し倒し、スカートをまくりあげることなど朝飯前だ。だが彼女の信頼と愛を勝ち取るのは……おそらくそう簡単なことではない。

たいていの女性は、甘い言葉をささやき、虚栄心をくすぐってちょっと喜ばせてやれば、ころりとこちらになびいてくる。でもグレースはどこにでもいるような女性とはちがう。彼女を口説くにはもっと知恵を絞る必要がある。知りあったのはついさっきだが、グレースが慎み深い性格で、どことなくおどおどしていることがすぐにわかった。たぶん男から言い寄られることに慣れていないのだろう。急ぐあまり強引に口説いたりすると、かえって警戒されるかもしれない。

ここはあせらずに、ゆっくり時間をかけて近づくことにしよう。内気な女性には、それなりの近づきかたがある。彼女の心をつかむものはなにかを見きわめてから、それを目の前に差しだすことが大切だ。

ジャックはグレースがティーカップを口に運ぶのを見ていた。こちらに見られていることに、まるで気づいていない様子だ。いまにして思うと、さっきの自分は少々うかつだった。注意していたつもりだったが、グレースは本を選びながら、こちらの気配に感づいていた。あのときもうひとりの男がグレースの注意をひいていなかったら、きっと逃げられていただろう。だが見知らぬその男のおかげで、偶然にもグレースのほうから近づいてきてくれた。そして自分はごく自然に本を拾って彼女に手渡すことができた。あの男には感謝しなければならない。もし彼がいなければ、グレースと知りあうきっかけを作るのに、もっと骨が折れたはずだ。なんといっても、自分たちは属する階級がちがう。それでもこうして自己紹介にこぎつけたのだから、あとはふたりの距離を縮めさえすればいい。

ジャックが店を出ようとしたとき、ひとりの男性がグレースに近づくのが見えた。グレースが口もとに笑みを浮かべ、立ち止まって挨拶をしているさまからすると、どうやらふたりは知り合いのようだった。

男性はグレースとほぼ同じぐらいの背丈をしていた。髪は薄茶色で手足がひょろ長く、特に端整でも醜くもない凡庸《ぼんよう》な顔立ちをしている。服装からすると商人のようだ。あるいはなにかの専門職かもしれない。事務弁護士か医者といったところだろうか。

あいつは何者だ？　というより、グレースにとってどういう存在の男なのか。デンバーズはグレースに男友だちがいるとは言っていなかった。もちろん、ただの親戚かなにかということもありえるが、とてもそうは思えない。あの男はどう見ても彼女に特別な感情を抱いている。それがどのくらい強いものなのかは、いまの段階ではわからない。

まあいいだろう。別に気にすることはない。あの薄茶色の髪をしたライバルは、どうせすぐに競争から脱落することになる。彼が退散すれば、ミス・グレース・デンバーズは自由の身となり、この胸にまっすぐ飛びこんでくるはずだ。

2

「送ってくれてありがとう」それから三十分後、セント・マーティンズ・レーンにある屋敷の玄関ドアをくぐりながら、グレースはテレンス・クックに言った。

それまでもたびたびグレースの自宅を訪ねていたテレンスは、今日も彼女と一緒に玄関ホールに足を踏みいれた。女中頭と親しみのこもった挨拶を交わし、帽子を渡して棚の上に置いてもらうと、グレースと連れだって応接間に向かった。

「紅茶でも飲んでいって」グレースは茶色の紙で包装された本をソファの上に置き、そのそばに腰を下ろした。「お湯が沸いたらすぐにマーサがやってくるわ。サンドイッチやお菓子を運んできて、あなたのお皿に山のように載せるでしょうね。それじゃあやせすぎだ、家でももっとたくさん食べたほうがいい、と言いながら」

「ぼくにも母親がいることを、マーサはときどき忘れるらしい」

「でもお母様は、海辺の町のライムリージスに住んでいらっしゃるんでしょう。そんな言い訳は、少なくともマーサには通用しないわ」

テレンスは笑みを浮かべ、グレースの向かいの椅子に座った。「マーサの気がすむまではいさせてもらうが、なるべく早く失礼する」

グレースは一瞬口をつぐんだ。テレンスがここに長居したがらないことは、よくわかっていた。「父は七時過ぎまで帰ってこないわ。あなたも知ってのとおり、毎週木曜の夜は投資家と会うことになってるの」

「ああ、わかっている。でもばったり顔を合わせる可能性は、なるべく避けたほうがいい。ぼくはきみの父上の大のお気に入りというわけじゃないからね」

残念なことに、テレンスの言うとおりだった。グレースにはまるで理解できない理由で、父は彼女とテレンスの友情を認めず、親しく付き合うことをひどくいやがっていた。父がテレンスを嫌うのは、彼が小さな出版社の経営者にすぎないからだろう。テレンスもそれなりに成功を収めているものの、父の功績や野心とは比較にならない。

お前は上流階級の仲間入りをするべきだ。それが父の口癖だ。できることはなんでもして、富と社会的地位を兼ね備えた男と結婚しなさい。くだらないことに没頭し、時間を浪費するのはやめるんだ。「わたしがお前を良家の子女が通う学校に行かせたのは、インクくさい人間や、木版画家などという連中と付き合わせるためじゃないんだがな！」テレンスが訪ねてきたあと、父はよくそうした嫌みを言う。もしもグレースが反発しなければ、とうの昔にテレンスを立ち入り禁止にしていただろう。

「たしかにあなたは父のお気に入りじゃないかもしれない」グレースは言った。「でもわたしの大切な友だちなの。わたしのお客様なんだから、堂々とここにいればいいのよ。そうだ、夕食も食べていったら？　あなたにお腹《なか》いっぱい食べさせようと、マーサがきっとはりきるわ。今夜の献立は、たしかカメのスープとローストチキンと桃のタルトだったと思うけど」

テレンスは茶色い瞳を輝かせた。「おいしそうだな。でも今夜はどうしても早く帰らないといけないんだ。あいにく先約があってね」

「ふうん、先約があるの」グレースはからかった。「まさか女性との約束じゃないでしょうね」

テレンスは真顔になった。「いや、まさか。ぼくにとって女性はきみだけだ」

「あら、そんなこと言われても困るわ」グレースは笑ってごまかそうとした。

だがテレンスは椅子に座ったまま身を乗りだし、手を前に差しだした。「頼むからイエスと言ってくれ、グレース。あとはぼくがすべての手筈《てはず》を整えよう。きみの年齢なら、結婚の特別許可をもらうのになんの障害もない。いまここできみが首を縦にふってくれれば、ぼくたちは一週間もたたないうちに夫婦になれる」

グレースの顔から笑みが消えた。「テレンス、お願いだからやめてちょうだい。そのことなら前にも話しあったでしょう。わたしの気持ちはわかっているはず――」

「きみもぼくの気持ちはわかっているだろう」テレンスはグレースの言葉をさえぎった。

「きみの父上ほどの資産家にはとてもなれないだろうが、ぼくもそこそこ裕福だ。きみをいい家に住まわせ、きれいなドレスを買ってやれるぐらいの金は持っている。きみが生活に困るようなことはない」

わかってるわ。グレースは目を伏せて視線を床に落とした。テレンスと一緒になればなんの心配もない生活が送れるし、幸せさえ感じられるかもしれない。彼と結婚すれば、すべてが手にはいる。愛以外のすべてが。

テレンスを愛せたらどんなにいいだろう。ある朝目覚めたら、彼に恋をしていたなどということが起きないものかと、これまで何度思ったことだろうか。そうなったら話は簡単だ。父は猛反対するに決まっているが、テレンスのことを心から愛していれば、わたしも困難を乗り越えようとがんばれる。でもわたしはテレンスを愛していない。そして悲しいことだけれど、これからもきっと愛することはない。

グレースはため息をついた。「もうこの話はやめましょう。友だちのままじゃだめかしら?」

「それでもいいさ」テレンスは言った。「とりあえずいまは友だちのままでいい。でも、いつかきみの気持ちが変わるかもしれないという希望は捨てたくない。その日が来るまで待っている」

グレースは重苦しい雰囲気を変えようと、ソファから立ちあがって部屋を横切った。ポケットから小さな鍵《かぎ》を取りだし、サテンノキでできた書き物机の引き出しを開けた。「そうそう……あの……忘れるところだったわ。これが仕上がったの」引き出しに手を入れて革製の二つ折りのフォルダーを取りだし、テレンスのところに持っていった。

テレンスは黙ってフォルダーを受け取り、端を結んだひもをほどいた。そして大判の画用紙を注意深くめくりながら、鳥が描《か》かれた美しい水彩画を一枚一枚じっくりながめた。「また腕を上げたね。見事だよ、グレース。素晴らしい挿し絵だ」

グレースは嬉《うれ》しさに頬を染めた。「自分ではツバメが一番いい出来だと思うわ。マガモにはもう少し緑色を足したほうがよかったかもしれないけど、なんとか合格点といったところかしら」

テレンスは微笑《ほほえ》んだ。「それ以上の出来ばえだ。四年前の夏、鳥類学の講義できみに出会えたのは、ぼくにとって本当に幸運なことだった。あのときさきみと運命の出会いをしていなかったら、自然図鑑をシリーズで出版することなど思いつかなかっただろう。きっと今回の図鑑はよく売れ、きみにもぼくにも結構な利益をもたらしてくれる」

父の言葉を借りれば、しょせん〝端金《はしたがね》〟だわ。グレースは心の中でつぶやいた。いままでに挿し絵を描いて得た報酬をすべて合わせても、父から渡されるお小遣い三カ月分とたいして変わらない。それでも〝つまらない水彩画〟の出版で稼いだお金は、ささやかな蓄えにはなっている。一番大切なことは、それがみずからの才能と努力で得た、自分のお金であるということだ。

「もう注文の予約がはいっている」テレンスは丁寧に画用紙の端をそろえ、フォルダーに戻してひもを結んだ。「アストベリー卿が今回は二十四冊欲しいそうだ。狩猟仲間への贈り物にするらしい」

グレースはその言葉の意味を呑《の》みこんで愕然《がくぜん》とした。「まあ、ひどいわ。鳥類学の参考書にするつもりで描いたのに」

「アストベリー卿やお仲間の紳士にとっては、それがなんの目的で描かれたかなどどうでもいいことなんだ。彼らは鳥のことを学び、狩りに役立てようと思っている。ところで、きみは今夜の献立はなんだと言ったっけ。たしかローストチキンだったね」

グレースはテレンスをじろりとにらみ、それから吹きだした。「負けたわ。あなたも惨殺《ざんさつ》された鳥の死体を見物していったらどう？」

テレンスは笑みを浮かべて首をふった。「楽しそうだが遠慮しておくよ。おや、マーサがお茶を持ってきてくれたようだ」フォルダーを脇に置いて立ちあがり、女中頭が重いトレーを運ぶのを手伝った。

まもなくテレンスはパンケーキとミートパイを食べ終え、ナプキンで口もとをぬぐって皿を脇に置いた。「じゃあ今度の火曜日に劇場で会おう。演目は『真夏の夜の夢』だったかな」

グレースはティーカップを受け皿に戻した。「あら、言わなかったかしら。しばらくバースにいる伯母のジェーンのところに行かなくちゃならないの。どうやら伯母がわたしを寄こすよう、父に手紙で頼んだらしいわ。湯治《とうじ》はしたいけれど、バースにひとりで滞在するのはいやみたい。向こうにも友だちはたくさんいるはずなんだけど。ともかく断わる理由が見つからなくて、行くことになったの」

「そうか、そういうことならしかたがないな」テレンスは眉間《みけん》にかすかにしわを寄せた。

「心配しないでちょうだい。花の絵に取りかかるのに必要なものは、すべて持っていくつもりだから。ちゃんと遅れないで仕上げるわ」

「わかってる。きみのことは信頼しているよ。ただ、寂しくなるなと思っただけだ」

「そう」思わせぶりなことを言うべきではないと、グレースはわかっていた。それでもテレンスが大切な友人であることに変わりはなかった。「わたしもよ」本心からそう言った。「寂しくなるわ」

次の日の夜遅く、ジャックは愛人の腕の中で体を震わせながら絶頂を迎えた。愛人はすっかり満ち足りた様子で、ジャックの体に両手をはわせている。ジャックは相手の欲望を先に満たしてやることを忘れなかった。そのときの彼女の歓喜の叫び声は大きく、屋敷じゅうが起きるのではないかと心配になるほどだった。だが幸いなことに、彼女の使用人はみな教育が行き届いており、仮に声が聞こえたとしても聞こえなかったふりをするだけの分別を持っていた。

ジャックは肩で息をしながら、一糸《いっし》まとわぬ姿のまま、サテンで覆われた大きなマットレスに仰向けになった。シーツや上掛けはとっくに床に蹴《け》り落とされている。

「ああ、なんて素敵なの。とてもよかったわ」愛人がほっそりした手でジャックの胸をなでた。「次はいつかしら」

ジャックは笑った。「そうだな、一分だけ待ってくれないか」

愛人は口もとをゆるめ、彼をその気にさせようと手を下に向かわせた。ジャックは少しのあいだ彼女の愛撫を受けていたが、それほど強い欲望は湧《わ》いてこなかった。愛人の手をそっと握りしめ、その動きを止めた。「フィリパ。来週のハウスパーティのことなんだが……」

「ええ、なにかしら」フィリパが上体を起こすと、むきだしの乳房となまめかしく肩に広がる褐色の長い髪が、ジャックの視界に飛びこんできた。「とても楽しみね。あなたの部屋に忍びこむことを考えると、いまからわくわくするわ。それともあなたがわたしの部屋に来る？」

「すまないが、密会はあきらめてくれ。少なくともぼくは相手ができない」

「どういうことなの？　相手はあなたしかいないに決まってるじゃない」

ジャックは首をふった。「今回は無理だ。残念ながら用事ができてしまってね。パーティに行けなくなった」

フィリパの顔から笑みが消えた。「どうしてなの。あなたは毎年、この時期になるとかならず田舎に行くのに」

「今年は別だ」

ジャックは起きあがって枕にもたれかかった。そして今朝、デンバーズから届いた手紙のことを考えた。それはこれから秋までのグレースの予定を伝えるものだった。その内容を頭に思い浮かべながら、フィリパからさらに数インチ離れた。

「バースに行くことになった」重々しい口調で言った。

さくらんぼ色をしたフィリパの愛らしい唇から、大きな笑い声がもれた。「バ、バース！　まさかあのバースのこと？　わかった、わたしをからかってるのね。ジャック・バイロンがバースに行くようになったら世も末だわ。目的は温泉だとでも言うつもりかしら」

ジャックは目を伏せた。「実を言うと、目的は花嫁だ」

フィリパはグリーンの目を丸くした。「なんですって！　結婚するの？」

「どうやらそうなりそうだ」ジャックは相手の名前や取引の詳細を伏せ、おおまかな事情をフィリパに説明した。

「そういうわけで、選択肢はほかにない。きみにこんな話はしたくなかったが、本当のことを包み隠さず打ち明けるのが一番いいと思ってね」

フィリパはベッドを出ると、床に落ちていたクリーム色の花柄のシルク製ガウンを拾いあげた。それを羽織り、ウェストでひもを結びながらふりかえった。「さすがにおめでとうと言う気分にはなれないけれど、そういう事情ならしかたがないわね。それが賢明な選択だと思うわ。でもまさか、あなたが政略結婚をするとは思ってもみなかった。お相手はどういう人なの？」

「彼女は……」ジャックは口をつぐんだ。なぜかグレース・デンバーズのことをフィリパに話して聞かせる気になれなかった。〝興味深い女性だ〟胸のうちで答えた。ほかに知っているどんな女性ともちがう。彼女は……なかなかひと言では言い表わせない女性だ。

ジャックははっとわれに返り、フィリパの質問をかわした。「相手のことはどうでもいいだろう。ぼくが彼女と結婚するのは、そうする以外に方法がないからだ。細かいことを話したところで意味がない」

「かわいそうに」フィリパはベッドをぐるりとまわってジャックのそばに立った。「でも、きっとその人はたちまちあなたに夢中になるわね。事情がどうであれ、あなたの妻になれてよかったと思うでしょう。あなたもあなたなりに寛大で優しい夫になると思うわ」

そう言うと隣りに腰を下ろした。「わたしなら待つことに慣れているからだいじょうぶよ。なんといっても、父から無理やり結婚させられたあの好色漢の年寄りがいなくなるまで、十年も待ったんですもの。わたしみたいに祖父でもおかしくない年齢の相手ではなく、男盛りの相手と結婚できるんだから、彼女は幸せだわ。しかも、あなたは女性を悦《よろこ》ばせる方法を熟知している。あなたに純潔を捧《ささ》げることをいやがる女はいないはずよ。わたしもできることならそうしたかった」

「フィリパ――」

「しっ、いいから」フィリパはささやき、ジャックの髪を優しくなでた。「心配しないで。そのうちいい夫を演じることに疲れたら、わたしのところに戻ってきて。いつでも歓迎するわ」

ジャックはフィリパの手を取り、手のひらにくちづけた。「きみは最高だ」

フィリパは微笑んで首をふった。「最高？　わたしに人から褒められるようなところなんてあったかしら。もっとも、あなたがベッドでの話をしているんなら別だけど。その方面では誰にも負けない自信があるわ」着たばかりのガウンを脱ぎ、ジャックの上にまたがった。「帰る前にもう一度どう？　バースなどという死ぬほど退屈なところに行くんだから、その前にせいぜい楽しんでおかなくちゃ」

ジャックは笑みを浮かべ、フィリパの華奢な体に腕をまわした。そのときどういうわけか、豊かな赤い髪――グレースの髪――がちらりと頭に浮かんだ。

それをふりはらってフィリパを抱き寄せ、ありがたく申し出を受けた。

3

それから一週間を少し過ぎたある日の午後、グレースはバースのシドニーガーデンからそれほど遠くない場所にある建物の集会室にはいった。まもなくそこで、多年生の植物に関する講義が開かれることになっていた。

高い身長や帽子のつばでほかの人の視界を妨げることのないよう、最後列の席に座った。バッグから小さなノートと鉛筆を取りだし、講義が始まるのを待った。

グレースの付き添いはメイドだけだった。そのメイドはいま、ほかの聴講者が連れてきた使用人とともに控え室で休憩しながら待っている。ジェーン伯母も誘ってみたが、遠慮しておくと断わられた。花の香りや美しさには心惹《こころひ》かれるものの、栽培方法を学ぶのは面倒なのだそうだ。

「だからパーキンズを雇ってるのよ」その日の朝、紅茶とトーストとソーセージの朝食をとりながら伯母は言った。「彼に庭の草木の手入れをしてもらえば、わたしが自分でやらなくてもすむでしょう」

もう若い娘という年頃でもないので、ジェーン伯母はグレースの付き添いがひとりでもだいじょうぶだろうと考えた。それでも講義が終わるころに、馬車で会場に迎えに行くことを約束した。

グレースはドレスの胸もとに留めた精巧な金と真珠の時計を見た。講義の始まる時間までまだ十分ある。会場の中をざっと見まわし、それほど人数は多くないものの、だんだん増えてきている聴講者をながめた。学究肌の年配の男性がほとんどのようだが、いかにも学問を好みそうな三人組の中年女性もいる。

横を向いて自分の座席の列を見るともなしに見ていたところ、一番端に座っている男性に目が留まった。褐色の髪をした魅力的な男性で、ありきたりな家猫のなかにまぎれこんだヒョウを連想させる。グレースの背中がぞくりとし、脈が速く打ちはじめた。

まさか、そんなはずはないわ。でもあの人は〈ハチャーズ書店〉で会った男性によく似ている。端整な容姿と都会的な雰囲気を持つ、危険なほど素敵なジャック・バイロン卿に！ジャック卿のような洗練された男性が、バースでいったいなにをしているのだろう。しかも、よりによって花についての講義に来ているなんて。

この季節、ほとんどの貴族は領地に帰り、ライチョウを撃ったり知り合いを訪ねたりしている。時代から取り残されたような、ひなびたバースの町に足を運ぶことはない――体を悪くし、温泉療養が必要な場合を除いて。でもあの人は体じゅうから生気がみなぎり、どう見ても健康そのものだ。

きっと人違いに決まっている。グレースはそう自分に言い聞かせたが、男性の整った横顔から目をそらすことができなかった。

ふいにどうしても確かめたくなった。こちらを向いてくれさえすれば、正面から顔が見えるのに。一瞬でも――目だけでもいいから――見えたら、あの人がジャック卿かどうかすぐにわかる自信がある。これまでに幾度、あの忘れられない瞳をした彼が夢に出てきたことだろう。

正直に言うと、最初に出会った日から毎晩ジャック卿の夢を見ている。

日中もずっと彼のことを考え、ぼんやりしていることが多い。

グレースはしっかりするのだと自分を叱《しか》った。そのとき男性が横を向いて彼女の顔をまっすぐ見た。グレースの心臓がひとつ大きく打った。記憶の中の瞳よりも、さらに官能的で鮮やかな青をしている。顔立ちも覚えているよりずっと端整だ。グレースは胸を強く殴られたように、一瞬、呼吸ができなくなった。下を向いて靴を見た。

〝信じられない、本当にジャック・バイロンだわ！〟

激しく鼓動を打つ心臓をなだめ、乱れた呼吸を整えながら、どうにか気持ちを落ち着かせようとした。

〝向こうはわたしに気づいたかしら。ああ、どうしよう〟

しばらくして視線を上げ、まつげの下からジャックの席を見た。

そしてがっくり肩を落とした。彼はこちらを見ていないどころか、姿さえ消していた。いつのまにか会場を出ていったらしい。

グレースがまだ頭の中を整理できず、揺れ動く心をもてあましていると、特別講師が演壇に上がった。それからゆうに五分が過ぎたころ、グレースはようやく講師の話が頭にはいるようになってきた。さらに二分後、スケッチ帳を開いて花の標本を描きはじめた。

黙々と鉛筆を動かしていたところ、右隣りの席に誰かが座る気配がした。最初のうちはあまり気に留めず、絵を描くことに集中していた。やがてふと視界の隅に大きな革靴が映った。品のいい黒の革靴だ。少しずつ視線を上に移すと、自分の脚のすぐそばに、淡黄褐色のズボンに包まれたたくましい男性の脚が見えた。

グレースは肌がぞくりとし、奇妙な既視感のようなものを覚えた。そして次の瞬間、はっと気がついた。

鉛筆を動かす手が止まった。

「失礼ですが」あの日〈ハチャーズ書店〉で聞いたのと同じ、低くなめらかな男性の声がささやいた。「以前どこかでお目にかかりませんでしたか。ミス・ダニエルズでしたっけ」

相手が誰かは顔を見るまでもなくわかっていたが、グレースはとっさに視線を上げた。それ自体が彼女にとっては珍しいことだった。ふだん誰かの目を見るのに、視線を上げることはほとんどない。鮮やかな空色の瞳をひと目見ただけで、また肌がぞくぞくした。「いいえ」蚊の鳴くような声で言った。「デンバーズです」

ジャックはうなずいた。「そうでした。申し訳ない、ミス・デンバーズ」

講師の声がだんだん意識から遠ざかり、グレースの全神経は隣りに座る人物に集中した。

「ジャック・バイロンです」ジャックは周囲に気を配り、小声で言った。グレースが自分の名前を覚えてないと思っているようだった。

女なら忘れるわけがないわ。グレースは心の中でつぶやいた。

ジャックは彼女の椅子の背もたれに手をかけた。「たしかロンドンでしたね」

グレースはジャックの目を見つめ、彼との距離があまりに近いことに動揺した。きれいに剃《そ》られた頬に、青いひげのあとがかすかに見える。上質な石けんとレモン水と糊のさわやかなにおいが、肌や服にまだ残っている。グレースはそのにおいに引かれるように、自然とジャックのほうに身を寄せた。だがすぐにあわてて姿勢を正した。

「お会いしたのは〈ガンター〉でしたよね。アイスクリームを食べているときに」

グレースはひと呼吸置き、動揺を静めてから言った。「いいえ。〈ハチャーズ書店〉で本を選んでいるときです」

「そうだった。ジョンソン博士でしたね。いま思いだしました。それで、博士との相性はいかがでしたか」

「亡くなったかたですからわかりませんわ」

ジャックは小さく吹きだした。

何人かがふたりのほうをふりむいた。グレースは人びとのとがめるような視線にふとわれに返り、背筋を伸ばしてジャックから離れた。ジャックも同じようにし、グレースの椅子の背もたれにかけていた手を戻した。

ふたりはそれから一分ほど、黙って講演を聞いていた。

やがてジャックが首を傾け、グレースの耳もとでささやいた。「どうしてバースに?」

グレースはまっすぐ前を向いたまま答えた。「数週間の予定で伯母のところに遊びに来ています」

「親戚を訪ねるにはいい季節だ。伯母上はどちらですか。まさか、あなたひとりでここにいらしたわけではないでしょう」

グレースはジャックの顔を見た。「ええ、メイドが一緒です。伯母ももうすぐ来ることになっています」そこで口をつぐみ、講義に集中しようとしたができなかった。「閣下はどうなさったんですか。どんなご用でバースに?」

ジャックはなにも言わずに前を向いた。もしかすると答えたくないのだろうか、とグレースは思った。

「個人的な用事でして」ジャックは長い沈黙のあとに言った。「わたしもしばらくここにいることになりそうです。ところで、あなたは花がお好きなんですね」さりげなく話題を変えた。

グレースはうなずいた。「ほとんどの女性は花が好きですわ。といっても、こうした専門的な講義はあまり人気がありませんけれど」ひざにスケッチ帳を置きなおし、その上に鉛筆を載せた。「でも閣下のようなかたがここにいらっしゃるのを見て、正直なところ少し驚きました」

ジャックは片方の眉を高く上げた。「わたしのようなかた？　それはどういう意味でしょう」

グレースはまたよけいなことを言ってしまったと思い、かすかに赤面した。「気を悪くなさらないで。ただ、いくら草花が好きでも、植物学や園芸学を学ぼうという人はあまり多くないものですから」

ジャックは椅子の上で体の向きを変え、グレースに顔を近づけた。「つまり、わたしはただの物好きだと？」

「いいえ、そんな。わたしが言いたかったのは……」いたずらっぽく輝いているジャックの目を見つめながら、グレースは消えいるような声で言った。

「ええ、なんでしょうか」ジャックはのんびりした口調で先をうながした。

「こうした学術的な催しに閣下がいらっしゃるとは意外で……」

ジャックは口もとをゆるめたが、それ以上なにも言わなかった。

グレースは自分が墓穴を掘っているとわかっていたものの、なぜか途中でやめることができなかった。「閣下のような壮健な男性は、体を使うことのほうがお好きなのではと思っただけです」

ジャックの瞳の色が濃くなった。「ほう、〝体を使うこと〟ですか？　具体的にはなにを指していらっしゃるんでしょう」

グレースは会話がきわどい方向に進んでいるような気がして頬を赤らめた。どういうわけか、ロマンティックな雰囲気の中で男女が唇を重ねている光景が頭に浮かんだ——ジャック・バイロンが得意としているにちがいないことだ。

「たとえば、狩りや釣り、それに乗馬とか」グレースは聞き取るのがやっとの声で言った。

「そうですね、たしかに狩りや釣りに行くことはよくあります。それから乗馬については……」ジャックはグレースの唇に視線を落とした。「美しいものに乗るのは大好きです」

グレースはなにかがのどにつかえたように、息が急に苦しくなった。ジャック卿が言っているのが馬のことではない気がするのは、自分の思いすごしだろうか。

グレースはあわてて目を伏せた。そのときになって初めて、講師が講義を終えて聴講者からの質問に答えていることに気づいた。

「それから、わたしのような男は植物学などに興味はないはずだとあなたはお考えのようですが、それはちがいます。たしかに草花の栽培が一番興味のある分野というわけではありませんが、余暇を楽しむ趣味としてはなかなかいいものです。今日は〝ロサ・ケンティフォリア〟などの香りの素晴らしい変種に、栽培品種をどう組み合わせられるか、接《つ》ぎ木はどう行なうかなどについて、なにか新しい話を聞けるのではと期待してここに来ました。でも残念なことに、講師は一般的な知識しか持ちあわせていなかったようです。だからといって、彼を責めるつもりはありませんが」

グレースはジャックの顔をじっと見た。「ご――ごめんなさい、閣下。わたしが間違っていました」

ジャックが魅惑的な笑みを浮かべると、口もとから白い歯がのぞいた。「気にしないでください。人はたいてい他者を見た目で判断するものです。相手がどういう人物か、じっくり時間をかけて見きわめようとする人は多くありません」

「ええ、そうですね」グレースはつぶやき、ジャックの率直で鋭い指摘に驚いた。

自分も何度それと同じことを思ったことだろう。みなが見た目で相手を判断するのではなく、その人の奥にある本質を見ようとしてくれたらいいのに、と。それなのに、ほかでもない自分が相手のことをうわべで判断していた。いつかまたジャック卿と会うことがあったら、そのときは同じあやまちをしないように気をつけよう。

ふとまわりを見まわすと、ほかの聴講者が部屋を出ていきはじめていた。

「講義は終わったようですね」ジャックが言った。「お話に夢中になっていて気がつきませんでした。たしか伯母上が迎えに来てくださるんでしたね」

「もうすぐ来ると思いますわ」

ジャックは立ちあがり、グレースに手を差しだした。グレースはジャックの手を借りて椅子から立った。手袋をした彼の大きな手が自分の手を包みこんでいる。みぞおちのあたりがざわざわするような感覚を覚えた。

「素晴らしい時間をありがとう、ミス・デンバーズ。お話しできて楽しかった。本当ならもう少しご一緒させていただきたいところですが、思っていたより時間が遅くなったので、今日は失礼いたします。さあ、付き添いのかたを捜しに行きましょうか」

グレースは落胆したが、それを顔に出すまいとした。ジャック卿が話しかけてきたのはただの気まぐれで、いまは一刻も早くわたしと別れたいと思っているのだろうか。

「いいえ、結構です」そっけない口調で言った。「メイドならすぐ隣りの部屋にいますから」

「そこまでご一緒します」

グレースはしかたなくジャックとならんで部屋を出た。メイドはすぐに見つかった。

三人でロビーに戻ってきたところで、ジャックがグレースに向きなおって優雅なお辞儀をした。「ではわたしはこれで。さようなら《オー・ルボワール》」

グレースもお辞儀を返した。「ご機嫌よう、閣下」

ジャックの瞳に謎めいた光が宿り、なにか言いたげな表情が浮かんだ。だが彼は無言のまま会釈をし、後ろを向いて立ち去った。

「驚いた、いまの人はどなたですか?」ジャックがいなくなるやいなや、メイドがうっとりした顔でささやいた。「あんまり素敵なので、つい見とれてしまいました。ハンサムなうえに紳士ですし」

「そうね。でももう二度と会うことはないと思うわ」グレースは嘆息しそうになるのをこらえた。「講演を聴きに来ただけの人だから」

スケッチ帳をバッグに入れて出口に向かうと、伯母の馬車が外で待っているのが見えてほっとした。


ジャックは少し離れた物陰から、グレースが黒い四輪馬車に乗りこんで走り去るのを見ていた。

今日の午後は、ほぼ計画どおりだったと言っていい。グレースと再会して言葉を交わし、ふたりの距離を急速に縮めて〝求愛〟を成功させる第一歩を踏みだすことができた——もっともそれは、自分がしようとしていることを〝求愛〟と呼べるならばの話だ。彼女の父親と結んだ契約の残酷さを考えれば、〝口説き落とす〟という表現のほうがずっとふさわしい。それでも〝グレース求婚作戦〟は、最初に想像していたような退屈なことではなさそうだ。

〈ハチャーズ書店〉で会ったときにもそう思ったが、グレースは知的で愛嬌《あいきよう》がある。頭の回転が速く、言葉にもウィットが感じられる。もちろん、そのうち飽きることはわかっているが、まさか彼女に魅力を感じるようになるとは思ってもみなかった。

これからは慎重にことを進めなければならない。さっきはどうして講義を受けに来たのかと訊かれ、もう少しでぼろを出すところだった。グレースの言うとおり、本当はそうした無味乾燥な分野に興味はない。念のため、事前に植物学の本に何冊か目を通しておいたのは正解だった。

晴れた日には外に出たくてたまらない子どもだったころから、ジャックは暗記が得意だった。父がジャックたち兄弟につけた家庭教師は厳格な人物だった。勉強部屋から出してもらうには、その日教わったことをひとつの間違いもなく暗唱してみせなければならなかった。ジャックは少し練習しただけで、ものごとをすばやく視覚化して暗記する技術を身につけた。それ以来、その技術はおおいに役に立っている。イートン校、そしてオックスフォード大学に通っていたときも、勉強で苦労したことはなく、おかげで余った時間をさまざまな趣味に費やすことができた。そして今日もまた、グレースのことでその才能に救われた。

ジャックはいつのまにか口もとがゆるんでいるのに気づいてはっとした。

彼女のことを思い浮かべ、自然に笑みがこぼれるとは！

世間の人びとは、グレースを平凡で目立たない女性だと見ているかもしれないが、話せば話すほど彼女のことが好ましく思えてくる。隣り合わせに座って小声で会話をしていたときも、庭に誘いだして唇を盗みたいという衝動に駆られ、必死で自分を抑えなければならなかったほどだ。キスをするにはまだ早いと思い、なんとか座席にとどまった。

ジャックが唐突に帰ると言いだしたのも、実はそれが理由だった。もしもあのままグレースと一緒にいたら、手を出さずにはいられなくなり、彼女を警戒させていたかもしれない。まともに会うのは今日が初めてのようなものなのに、ジャックは経験豊かな女性を相手にしているときのように、つい意味ありげなことを言ってしまった。グレースは頬を赤く染め、その言葉をどうとらえればいいのか、どう返事をすればいいかわからないといったような困った顔をしていた。

そのときジャックはグレースを愛らしいと感じた。

キスをしたくなった。

あまりに無垢《むく》な表情だった。

グレースと肌を重ねる日が来るのはそう遠くない。そのときは彼女に極上の悦びを教えてやろう。たしかにグレースとの結婚は打算かもしれない。だがベッドに連れていくのは、義務感からではない。

ジャックは少し外の風にでも当たったほうがよさそうだと思い、次の作戦について考えをめぐらせながら、歩いて自分の屋敷に向かった。

4

三日後、グレースは伯母に付き添い、バースで最高級の香水店に行った。バッグから眼鏡を取りだして鼻にかけ、ずらりとならんだ見本のガラスびんをながめた。それぞれのびんの横には小さな白いカードが添えられ、黒いインクで香りの種類が記されている。

ベルガモット油
オー・デ・ネロリ
フランジパーヌ

グレースは基本的に香水をつけない。ごくまれにつけるときは、すみれ水やバニラなどのさわやかな軽い香りを、手首や耳の後ろに少量すりこむぐらいだった。
一方のジェーン伯母は香水が大好きだ。寝室にある磨きこまれたクルミ材の化粧台の上は、大量の香水びんやクリームや白粉《おしろい》で埋めつくされている。あまりに数が多すぎて、くしやブラシ、羽根飾りや宝石を入れる棚が別に必要なほどだった。

「これはどうかしら」伯母がふたの開いたびんを手に近づいてきた。

グレースは腰をかがめ、そっとにおいをかいだ。鼻にしわを寄せて顔を離し、くしゃみが出そうになるのをこらえて返事をした。「ちょっと重すぎる気がするわ。中身はなに？　たぶんクローブとシナモンね。それ以外にも、別の香料がはいっているように思うけど……なにかしら」

「ジャコウ油よ」ジェーン伯母が言った。「ジョセフィーヌ皇后が愛用している香りだわ。でも新聞記事によると、ナポレオン《ボニー》の妻の座にいられるのもそう長くはないだろうという噂《うわさ》があるんですって。なんでも皇后に子どもができないから、離婚しようとしているとか」

グレースはうなずいた。同じ記事を自分も読んだことがある。「そうね。少し前からそうした噂がささやかれているらしいわ。でもいくら離婚の危機に瀕《ひん》しているとはいえ、敵国の皇后が愛用している香水は使わないほうがいいんじゃないかしら」

ジェーン伯母は無造作に手をふった。「ばかばかしい。フランス製品がすべてだめだということになったら、まともな飲み物も服も手にはいらなくなってしまうわ。でも、この香水についてはあなたの言うとおりかもしれない」

びんにふたをし、思案顔でうなずいた。「店主と相談して、わたし専用の香りを調合してもらうのもいいわね。値段は割高になるだろうけれど、たまに欲しいものを買う贅沢《ぜいたく》も許されないなら、夫がせっかく財産を遺《のこ》してくれた意味がないでしょう」伯母はうきうきした足取りで、その店で一番偉い調香師を探しに行った。

グレースは笑顔で伯母を見送ると、ふたたび香水の見本をながめはじめた。

数分後、ドアの上にかかった小さな真鍮《しんちゅう》のベルが鳴り、また新たな客がやってきた。混《こ》んだ店内にはそれまで女性客しかいなかったが、今度の客は男性だった。しかも、そこいらにいる並みの男性ではない。

ジャック・バイロンだ。

店に足を踏みいれた瞬間から、圧倒的な存在感を放っている。堂々とした大きな体にまとっている最高級の上着は、今年大流行している光沢のある濃い緑色だ。細身の紺のズボンが筋肉質の長い脚を包み、磨きこまれた黒いブーツが足もとを飾っている。これがほかの男性なら、クジャクのようにけばけばしい格好に見えるかもしれない。だがジャック卿の場合、素敵としか言いようがない。

ジャックが店の奥に進むにつれ、グレースは自分以外の女性たちも、うっとりしたまなざしで彼の姿を追っていることに気づいた。

ふいに気後れして目をそらした。

あの人はなにをしているのだろう。この店には女性向けの商品しか置かれていないのに。

そもそも、いままでいったいどこにいたのだろうか。あれ以来、まったくあの人の姿を見なかった。

だからといって、別に会いたかったわけじゃないわ。グレースは自分にそう言い聞かせた。

まもなくジャックが隣りに立つ気配がした。

「ミス・デンバーズ」その低い声に、グレースの肌がぞくりとした。「またお会いしましたね」

グレースはわずかに顔を上げ、そのとき初めてジャックがいることに気づいたようなふりをした。「まあ閣下。ご機嫌いかがですか」

「ええ、元気です。こうして美しい女性とご一緒できて、ますます元気が出ました」

女心をくすぐる言葉をささやくのは、彼にとっては呼吸をするのと同じぐらい自然なことなのだと思い、グレースは努めて平静を装った。「なんのご用でこんなところにいらしたんですか。閣下の興味を引くような場所とは、とても思えませんけれど」

ジャックのマホガニー色の眉が片方高く上がり、目が愉快そうに輝いた。「おや、ミス・デンバーズ、またわたしのことを勝手に決めつけていますね。いつになったらわかっていただけるんでしょうか」

こちらをからかうようなジャックの言葉に、グレースはかすかに赤面した。

「今日は買い物に来ました」ジャックは穏やかな声で言った。

わかってるわ。グレースは胸のうちでつぶやいた。きっと知り合いの女性への贈り物を買いに来たにちがいない。相手は恋人だろうか。いや、もしかすると、恋人ではなく愛人かもしれない。その考えが頭に浮かんだとたん、グレースは急になにかが胸につかえたような気がした。

「よかったら手伝っていただけませんか」ジャックが言った。

〝愛人に贈る香水を選ぶのを手伝えというの？　そんなのごめんだわ！〟

「妹への贈り物を探しています。といっても、ひとりはまだ香水を使うには早すぎる年齢ですが。下の妹には、なにか別のものを贈ろうと思っています」

「妹さんですか！」グレースはほっとし、思わず大きな声を出した。「ええ、喜んで。閣下は優しいお兄様なんですね」

ジャックの青い瞳がまたもや輝いた。「そう言っていただけて嬉しいです。それにしても、わたしに妹がいると聞いて驚かれたようですね。肌に直接つける香水のようなものを、わたしがいったい誰に贈るとお思いになったんでしょうか」

「そ、そんな」グレースは言葉を濁し、答えを追及されないことを祈った。「ところで、妹さんはどんな香りがお好みですか」

ジャックは一瞬、困惑した表情を浮かべた。「実を言うと、さっぱりわかりません」

「花がお好きでしょうか、それとも香草やスパイス？」

ジャックは一考した。「花かな。マロリーは花びらがついていて、いい香りがするものなら、なんでも大好きです」

グレースは微笑んだ。「それなら選びやすいですわ。妹さんはマロリーとおっしゃるんですね。なんて美しいお名前でしょう」

ジャックはグレースの目を見つめた。「ええ。でもあなたのお名前ほど優美ではありません」そう言うとわずかにグレースとの距離を詰めた。ジャックの体温が感じられ、さわやかで男らしいにおいがグレースの鼻をくすぐった。「あなたはどんな香水をつけていらっしゃるんですか」

「なにも。香水はめったにつけません」

ジャックはさらにグレースに近づき、耳もとでささやいた。「だったら、もともといいにおいがするんですね。やはり思ったとおりだ」

グレースはひざから力が抜けそうになった。ジャックに気づかれないよう、目の前にある木の陳列台をつかんで体を支えた。びんを落として床に香水をまきちらさずにすんだことに、ひそかに安堵《あんど》のため息をついた。

「あの……たとえば……ジャスミンやヒヤシンスはいかがでしょう」グレースは目をそらし、動揺を静めようとした。「妹さんはおいくつですか」

「十九歳です」

「それならもっと若々しい香りのほうがいいかもしれませんね。柑橘系《かんきつけい》のネロリはどうですか。うららかな春の陽射《ひざ》しのように、軽くて心のはずむにおいです」

ジャックが陳列台をつかんだグレースの手の横に、自分の手を置いた。手袋をはめた手がもう少しで触れそうな近さだ。身長とのバランスは取れていたものの、グレースは昔からずっと自分の手が大きすぎ、不格好であるとさえ感じていた。だがジャックの手の横にならぶと、とても小さく見える。暗色の生地に包まれた彼の手は、がっしりとしてとてもたくましい。グレースは自分たちの手を見つめ、そのちがいに目を留めた。彼が手を握ってくれたらいいのに、とふいに思った。

胸の鼓動が速くなった。わたしはなにを考えているのだろう。でもそれより、彼はなにを考えているのだろうか。おそらくなにも考えていないにちがいない。わたしがどきどきしていることにも気づいていないはずだ。もし気づいたら、きっと目を丸くするだろう。そればかりか、わたしが緊張していることをおもしろがるかもしれない。

グレースはすっとジャックから離れた。一歩後ろに下がり、まっすぐ背筋を伸ばした。

「ライラックもお勧めです。誰からも愛される香りですし」

ジャックは手を体の脇に下ろした。「それもきっと素敵だと思いますが、今回はネロリにします」

合図をして店員を呼び、ネロリの香水を包装するよう頼んだ。男の店員が香水のびんを持ち、いったん店の奥に下がった。

「あなたに借りができましたね」ジャックは言った。「助かりました。ついでのようで申し訳ありませんが、下の妹にはなにを贈ったらいいでしょうか」

グレースはごくりとのどを鳴らし、落ち着くよう自分に言い聞かせながら、ゆっくりジャックの目を見た。「何歳の妹さんですか？」

「十歳で、絵を描くのが大好きです。一番の趣味だといってもいい」

慣れ親しんでいる分野の話が出てきたので、グレースの緊張がふっとほぐれた。「ボンド・ストリートからほんの一ブロック離れたところに、とてもいいお店があります。ジョージという店員を呼んで、買い物を手伝ってもらうといいですわ。絵を描く人に贈るのなら、スケッチ帳が間違いないでしょう。絵の具やクレヨンもいいと思います」

「ジョージですか。店員の名前を覚えているということは、そこの常連客なんですね。もしかしてあなたも絵を描くとか？」

「ええ、水彩画を少し」

「なるほど」世の男性は往々にして女性を見下したような口をきくものだが、ジャックの声音にはまるでそうした響きが感じられなかった。

短い沈黙があった。ジャックがなにかを言おうと口を開きかけたとき、ジェーン伯母がグレースのそばに現われた。

「新しい香水ができたわ！　カーネーションにほんの少しライムを入れてもらったの。すごくいい香りよ」伯母はそこで口をつぐみ、ジャックをまじまじと見た。「お話し中にお邪魔してしまってごめんなさい。紹介してちょうだい、グレース。こちらの紳士とお知り合いなんでしょう？」

グレースは一瞬ジャックと目を見合わせ、伯母の顔に視線を移した。「ええ、閣下とは数日前、シドニーガーデンの近くで開かれた植物学の講義でお目にかかったの」

「そうだったの」伯母は興味津々の顔で、白髪交じりの頭をしきりに上下させた。

「その前にロンドンでもお会いしました」ジャックが言った。「ミス・デンバーズとわたしは、たまたま行きつけの本屋が同じでして」

グレースはジャックを一瞥《いちべつ》すると、それ以上よけいなことを話されないうちにとあわてて言った。「閣下、伯母のミセス・ジェーン・グラントです。伯母様、こちらはジョン・バイロン卿よ」

ジェーン伯母は目を大きく見開いた。「バイロン？　あの詩人のバイロン卿と関係がおありというわけではありませんよね」

「ええ、ちがいます。あのかたとわたしに血縁関係はありませんし、そもそもわたしはソネットや抒情詩《オード》の才能などまったく持ちあわせておりません。それはともかく、お目にかかれて光栄です」ジャックが優雅なお辞儀をすると、六十歳近い伯母の頬が女学生のようにピンクに染まった。

ジャック卿の魅力の前には、どんな年代の女性もひれ伏してしまうらしい。彼は出会った女性の心を片っぱしから虜《とりこ》にしているにちがいない。年齢や顔立ちや身長、未婚と既婚の別にも関係なく、ただ純粋に女性というものが好きだとなればなおさらだ。ジャック卿であれば、どんな女性でもよりどりみどりだろう。

それならどうして、わたしにちょっかいを出してくるのだろうか。いや、彼には別にそんなつもりはないのかもしれない。自分たちがたびたび顔を合わせているのは、どれもただの偶然のいたずらにすぎないのだ。

ジェーン伯母がふとわれに返ったように、深々とひざを曲げてお辞儀をした。「こちらこそお目にかかれて光栄です、閣下」そう言ってまっすぐ背筋を伸ばしたが、身長はグレースの肩のあたりまでしかなかった。

「バイロンとおっしゃいましたっけ」指先であごをとんとんたたきながら言った。「同じ姓を名乗っている有名な貴族の一族がいらっしゃいますね。クライボーン公爵の主領地の観光案内書を読んだことがあります。公爵の館《やかた》は、チャッツワース邸やブレナム宮殿より美しく、庭園も王室のかたがたの住む宮殿に引けを取らないほど見事だとか。まさか、あのバイロン家とお知り合いではないですよね？」

「伯母様、やめて」グレースは小声でたしなめた。

だがジャックはジェーン伯母が好奇心まるだしで質問攻めにしてくるのを、なんとも思っていないようだった。すました表情を崩していなかったが、グレースはその瞳が愉快そうに輝いたのを見たような気がした。

「そのバイロン家ならよく知っています。というより、とても親密な関係にあると言っていいでしょう。なにしろ、公爵はわたしの兄ですので」

今度はグレースが目を大きく見開く番だった。いまのは空耳にちがいない。ジャック卿がクライボーン公爵の弟だなんて、きっと聞き間違いに決まっている。でもジェーン伯母が小さな手を胸の前で震わせ、何度も「まあ」とつぶやいているところを見ると、どうやら彼は本当にそう言ったらしい。

ジャックはすっかり狼狽《ろうばい》しているジェーン伯母に、同情したような、おどけたような笑顔を向けた。

ジャ、ジャ、ジャック卿。

どうしてもっと早く気がつかなかったのだろう。名前のあとに〝卿〟をつけて呼ばれるのは、公爵と侯爵と伯爵の子息しかいないのだから、彼が身分の高い貴族の家の出であることはすぐにわかったはずだ。

でもよりによって、前公爵の子息で現公爵の弟だったとは。

手の届かない相手だと前からわかってはいたけれど、いまとなっては雲の上の人も同然の遠い存在だ。

グレースとはあまりにも身分がちがう。

伯母が気を取りなおし、ふたたびぺらぺらとしゃべりだした。「ああ、閣下。公爵の弟君だとは夢にも思いませんでした。それにしても信じられませんわ。バースの小さな店で、こうして英国屈指の名家のかたとお話ししているなんて」

「どうか緊張なさらないでください。わたしは有名人でもなんでもありません。ただの三男で、誰かの話し相手をしたり、カードゲームで人数が足りないときに駆けつけるぐらいしか能のない人間です」

「よくおっしゃいますこと」ジェーン伯母はからかうような笑みを浮かべた。「そんなに謙《けん》遜《そん》なさらなくてもよろしいではありませんか。植物学の講義や読書など、立派な趣味をお持ちなんですもの。わたくし自身はどちらにも興味はありませんけど、グレースは頭を使うことならなんでも好きですのよ」

ジャックはジェーン伯母の帽子の上から、宝石のような色の瞳をグレースに向けた。「頭を使うのは悪いことではありません。それに体を使うことも」

グレースの肌がかっと熱くなった。火照りをなんとか鎮めようとしながら、グレースは視線をそらした。

「わたくしも楽しいことは好きですわ」伯母が言った。「特にパーティには目がありません。そうだわ、いいことを思いつきました」

グレースは伯母がなにを言おうとしているかぴんと来て、眉をひそめた。「伯母様、無理にお誘いしてはご迷惑――」

「ご迷惑なんてことはないと思うわ」伯母はグレースの言葉をさえぎった。「さっきお話に出てきたところを見ると、閣下はカードゲームがお好きなんですね」

「ええ、ときどき楽しんでいます」

「でしたら、今度の金曜日の夜にうちにいらっしゃいませんか。わたくしの主催でカードゲーム・パーティを開き、そのあとでちょっとしたお食事をご用意するつもりですの。閣下にお越しいただけるなら、これほど光栄なことはありません。よろしければ、詳細はあとからお手紙でお知らせいたします」

グレースは穴があったらはいりたい気分だった。伯母がジャック卿の身元を問いただしたことだけでも、充分すぎるほど恥ずかしかった。それなのに今度は、貴族ではない人びとが集まるパーティに誘っている。いくらなんでも、それは失礼というものだろう。

グレースの亡くなった伯父は人望を集めた事務弁護士で、良家の出身ではあったものの、たとえ長男でないとはいえ、公爵の子息とは身分の面で天と地ほどの差がある。

グレース自身はというと、国内屈指の実業家を父に持っている。こと商売に関しては、父の右に出る者はなかなかいない。けれども村の貧しい鍛冶屋《かじや》の子として生まれた父は、自分の力で道を切り拓《ひら》かなければならなかった。若いときに野心を抱いてロンドンに行き、大きな成功を手にした。そして医者の娘であるグレースの母と結婚した。

エズラ・デンバーズはたしかに大富豪ではあるが、鍛冶屋の息子であるという事実に変わりはなく、グレースは鍛冶屋の孫娘にすぎない。良家の子女が集まる学校に通っていたときに、そのことをいやというほど思い知らされた。卒業してからはさらにそうだった。

公爵の子息と貿易商の娘は住む世界がちがう。遠慮というものを知らず、口から先に生まれたような中産階級の婦人が開くパーティに、貴族が顔を出すことはない。

グレースはジャックが適当な理由をつけ、誘いを断わるだろうと思っていた。

ジャックが伯母に向かって微笑んだ。「ありがとうございます。金曜日の夜ですね。せめてひと勝負だけでもカードゲームのお相手をしていただけるなら、喜んで出席いたします」

グレースは口をぽかんと開けてジャックの顔を凝視した。

「まあ、閣下」ジェーン伯母は満面の笑みを浮かべてはしゃいだ。「金曜日が待ちきれませんわ。楽しい時間をお約束いたします。グレース、あなたも精いっぱいおもてなしするのよ。親愛なるジョン卿が退屈なさらないように気を配ってね」

〝親愛なるジョン卿〟がグレースを見て、片方の眉を上げた。グレースは一瞬、その瞳がいたずらっぽく輝いたのを見たような気がした。

そのとき店員が香水の包みを手に現われた。

「品物が来たようです、閣下」グレースはほっとした。「妹さんのお好みに合うといいんですけれど」

「きっと気に入ってくれるでしょう」ジャックは包みを受け取り、のんびりした口調で言った。「では金曜日に」

「ええ、お待ちしています」

5

〝来るはずがないわ〞

ジャック・バイロンと香水店でばったり出会い、ジェーン伯母が彼をカードゲーム・パーティに誘ってから今日までの四日間というもの、グレースはその言葉を幾度となく心の中でくり返していた。

いまこの瞬間にも、使者がジャック卿からの断わりの手紙を持ってやってくるかもしれない。分厚い白の羊皮紙に、丁寧なお詫《わ》びの言葉が美しい文字で綴《つづ》られた手紙だ。この世の終わりのように嘆き悲しむ伯母の姿が目に浮かぶ。なにしろあれ以来、クライボーン公爵の弟がパーティに出席することを、知り合いに片っぱしから吹聴《ふいちょう》してまわっていたのだ。けれども伯母は立ちなおりが早い性格なので、すぐに元気を取り戻すだろう。

でもわたしは別にがっかりなどしない。ジャック卿が来ないことは、最初からわかっていたのだから。彼は断わりきれずについ誘いを受けたのだろう。あとから冷静になって考えれば、断わろうと思って当然だ。

そもそも、わたしはジャック卿が来ることを待っているわけではないわ。グレースは寝室に置かれた鏡台の前で、そう自分に言い聞かせた。ほれぼれする容姿をしたあの人は、わたしにとって厄介な存在でしかない。心臓が止まりそうになるほど魅力的で、どんな女をもうっとりさせる力を持った男性だ。心をかき乱されたくなければ、会わないほうがいいに決まっている。

グレースは深いため息をつき、ブロンズ色をした半袖《はんそで》のイブニングドレスの下でがっくり肩を落とした。

「じっとしてて下さい。動くとピンが留められません」後ろに立ったメイドが言った。

メイドはグレースのつややかな長い髪をアップにしようとしていた。首筋に落ちた幾筋かの髪を、何度もくしでとかしつけている。グレースはそれ以上考えるのをやめ、頭を動かさないように気をつけた。ほどなく髪はきれいにまとまった。

次にシンプルな金のロケットを首にかけた。母から譲り受けたお気に入りのペンダントだ。それから白の長手袋をはめ、立ちあがってドアに向かった。

〝来るはずがないわ〟廊下に出て階段を下りながら、もう一度心の中でつぶやいた。

一時間後、グレースの確信はますます強まっていた。招待客が全員到着し、屋敷はすっかりにぎわっているが、ジャック卿だけが来ていない。それでもグレースは数分おきに応接間の入口に目をやり、ジャックがはいってこないか、確かめずにはいられなかった。

伯父の弁護士仲間だった丸顔の男性と話しているとき、ふと首筋から背中にかけての肌がぞくりとした。グレースは反射的に口をつぐみ、後ろをふりかえった。

そこに彼が立っていた——まぎれもなくジャック・バイロンその人だ。白と黒の夜会服をまとったその姿には力強さと生気がみなぎり、グレースは目を離すことができなかった。ジャック卿の前では、応接間にいるほかの人たちが全員かすんで見える。これがひと昔前なら、みなひざまずいて彼に敬意を表していただろう。公爵の弟が現われたことに気づき、室内はしんと静かになった。

だがジャックは、称賛のまなざしで見つめる人びとには目もくれなかった。まるでグレースしか目にはいらないというように、あざやかな青い瞳をまっすぐ彼女に向けている。

グレースははっと息を呑んだ。ジャックがしなやかに、トラのような雄々しい足取りで近づいてきた。


〝グレース〟

ジャックの頭の中で、その名前を甘くささやく声がした。

今夜の彼女は見違えるほど美しい。あざやかなブロンズ色のドレスがすべすべした白い肌に映え、真っ赤な髪の毛が燃えさかる炎のように輝いている。

まさに情熱の色だ。

グレースは髪の色と同じ情熱を内側に秘めているのだろうか。それを確かめるのがいまからとても楽しみだ。もうずいぶん待ちつづけている気がするが、今夜もまだ我慢しなくてはならない。

それにしても、グレースを香水店で見かけたのは幸運な偶然だった。彼女とどういうかたちで再会するのが一番いいだろうかと思案していたら、たまたま通りかかった店の窓の向こうに本人がいた。ちょうど妹になにか贈り物をしようと思っていたところでもあったので、それを口実にすればいいとひらめいた。店にはいり、彼女の伯母から今夜のパーティに誘われたときには、願ってもない申し出に内心で小躍りした。グレースと親しくなる絶好の機会を与えてくれたミセス・グラントに、あやうくキスをしそうになったほどだ。

そしていま、ふたりのあいだの距離は部屋の奥行き半分もない。ジャックがグレースに歩み寄ろうとしたそのとき、パーティの主催者が現われた。

「まあ、閣下。いまお着きですか」グレースの伯母が顔をきらきらさせ、はずんだ声を出した。「ようこそいらっしゃいました。お越しいただけて光栄ですわ」

「こちらこそ、お招きいただいて光栄です」ジャックはジェーン伯母に視線を移した。「思ったとおり、夜会服姿もまた凛々《りり》しくて素敵ですこと。きっとそうにちがいないと、みんなに話していたところです」

ジャックは微笑んだ。「わたしのことについて、ほかにはどんなことをお話しになったんですか」

「なにもかもに決まってるじゃありませんか」ジェーン伯母は笑いながらジャックの腕に手をかけた。「さあ、みんなに紹介させてください」

ジャックは彼女に腕を引かれるようにして歩きだした。

それから一時間近くたったころ、ようやくジェーン伯母から解放された。グレースを捜したところ、すでにカードゲームを始めていることがわかった。四人でテーブルを囲んでホイストをしている。ほかのグループに入れてもらうこともできるが、自分はカードゲームをしに来たわけではない。ここに来た目的は、ひとりの女性と親しくなることにある。

ジャックはひそかに微笑み、グレースに近づいた。

グレースはジャックがそばに来た気配を感じて動揺し、ダイヤとスペードのどちらを出したらいいのかわからなくなってしまった。うっかり間違った札を出すと、パートナーが残念そうな声を出し、相手の組に勝ちを譲ることになった。

「ダイヤにするべきでしたね」ジャックはグレースだけに聞こえるよう、小声で言った。

グレースはジャックをじろりと見た。「わざわざご親切にありがとうございます、閣下」

同じく小声で言いかえした。

ジャックは気分を害した様子もなく、声をあげて笑った。

そしてグレースの右隣りの椅子を引くと、少し後ろにずらして腰を下ろした。「見物させていただいてもよろしいですか」四人に向かって言った。

グレース以外の三人——年配の女性ふたりとおとなしそうな男性ひとり——はふたつ返事で了承した。グレースはなにも言わず、すぐにゲームを再開した。だがさっきの失敗が響いたのか、グレースたちの組はそのラウンドを通してほぼすべての勝負で負けた。惨敗のラウンドが終わり、新たにカードのシャッフルが始まった。

「きちんとしたご挨拶もせずに申し訳ありません」ジャックはグレースに言った。ほかの三人は別の話をしている。「伯母上がなかなか放してくださらなかったもので」

「伯母はああいう人ですから」グレースは声をひそめた。「それと、ご挨拶ならちゃんとしましたわ。さっき部屋をまわっていらっしゃったときに」

グレースの言うことは正しかった。ふたりが挨拶の言葉を交わし、無難な天気の話をしはじめたとき、ジェーン伯母が公爵の弟に紹介されたくてたまらない次のグループのところにジャックをひっぱっていったのだ。

「でもゆっくりお話しする時間はありませんでした」

「いまもそうです」グレースは配られたカードを手に取った。「ゲームが始まりますから」

ジャックはにやりとして椅子にもたれかかった。

グレースはヒョウの隣りに座っているような気分だった。ジャック卿はとろんとした目をし、すっかりくつろいだ表情を浮かべているが、それは見せかけにすぎない。表面的には無関心を装っているものの、実は狙った獲物の動きをひそかに目で追い、いつでも飛びかかる用意ができている。

グレースは組《スート》と番号順にカードをならべ替え、できるだけジャックから見えないようにして持った。だが背が高いうえに、グレースの斜め後ろに座ったジャックからは、彼女の手もとが丸見えだった。

別に気にする必要はない、とグレースは思った。ジャック卿はゲームに参加しているわけではないのだから。

ところがそれからまもなく、ジャックがゲームに参加していることがわかった。グレースが間違った札を出そうとするたび、彼は椅子に座ったまますかに身じろぎしたり、鼻をさわったりする。グレースはカードを胸に抱くようにして持ったが無駄だった。ジャックがことごとく勝てる札を当てるのを見て、グレースは、彼にはみなの持ったカードを透視する能力があるのではないかとさえ思った。そしてジャックの無言の助けのおかげでそのラウンドで勝利した結果、獲得した硬貨が積みあがって小さな山になった。

やがてほかの三人が少し体を動かそうと席を立ち、飲み物を取りに行った。だがグレースはその場を動かず、三人がいなくなったのを見届けてからジャックに向きなおった。「いったいどういうおつもりですか？」

「なんのことでしょう」ジャックはとぼけた。

「よくおわかりのはずです。閣下はずっとわたしに合図を送っていらしたでしょう。みんながなにも言わなかったのが不思議なぐらいだわ。なにしろ、鼻を五回もさわってるんですもの」

ジャックはにっこり笑い、口もとから白い歯をのぞかせた。「あのかたたちは気づいていなかったのでしょう。わたしはあなたが助けを必要としているように見えたので、そうしたまでです」

「閣下に助けていただかなくても、自分の力で勝てました」

ジャックは疑わしそうな顔をした。

「なんだかいかさまをした気分だわ」

ジャックはグレースを茶化した。「ええ、これほどひどいいかさまはないでしょうね。あなたはカードゲームの場から永久追放されるべきだ。なんといっても、八ペンスもの賭け金をだましとったんだから」

「金額の問題じゃないと思いますけど」

「ええ、そうですね。しかし、わたしたちがしたことはそもそも犯罪でもなんでもありません。ただチームを組んでゲームをしただけのことです。ほかの人たちのカードは、わたしにも見えていなかった」

たしかにジャックの合図は不気味なほど当たっていたものの、その言葉が嘘でないことはグレースにもわかっていた。彼の座っている位置からは、グレースの手もと以外は見えるはずがない。

グレースはジャックの顔をまじまじと見た。「だとしたら、どうしてあれほど正確に当てられたんですか？」

ジャックは肩をすくめ、脚を前に伸ばした。「出された札を見て、それをしっかり覚えておくだけの話です。最初の何枚かが出れば、あとは簡単だ」

グレースはしばらく黙り、ジャックの言ったことについて考えた。「閣下とは絶対にカードゲームをしないようにしなくちゃ」

ジャックはくすくす笑った。「いつかあなたの気が変わることを願っていますよ。さてと、そろそろ晩餐《ばんさん》が始まるようです。ぜひご一緒させてもらえませんか」

「でも、席が隣りどうしになっているかどうかわかりませんわ」

「もしちがっていたら、そのときは座席札を入れ替えればいい」ジャックが茶目っ気たっぷりにウィンクをすると、グレースの肌がぞくりとした。

ジャックは立ちあがって腕を差しだした。

「まさか本当に座席札を入れ替えるおつもりではありませんよね」グレースも椅子から立った。

「さあ、どうでしょうか」

グレースはジャックの青い瞳をのぞきこんだが、そこに浮かんでいる表情を読み取ることはできなかった。「閣下ほど型破りなかたに会ったのは初めてです」

ジャックは吹きだし、グレースの耳もとでささやいた。「だったら、わたしにあまり近づかないほうがいいかもしれません。いつ紳士的にふるまうのをやめ、あなたを悪い道に誘おうとするかわかりませんよ」

あなたがわたしにとって危険な理由は、まさにそこにあるのよ。グレースは胸の中で言った。ほかのどんな男性ともちがい、もしジャック卿に誘惑されたら、つっぱねられる自信がない。でもこの人は、わたしをからかっておもしろがっているだけだ。きっとそうに決まっている。

グレースはそのことを暗い気持ちで自分に言い聞かせながら、ジャックの腕に手をかけてダイニングルームに向かった。

予想どおり、ジェーン伯母は特定の招待客どうしが隣りあうように——あるいは隣りあわないように——配慮して座席を決めていた。驚いたことに、グレースとジャックの座席は隣りどうしだった。

「あなたの伯母上にまた借りができました」ジャックは黒いインクで名前の記された座席札を見ながら言った。

グレースの左隣りには、真鍮《しんちゅう》のらっぱ形補聴器をつけた年配の男性が座っていた。同じ言葉を何度かくり返してようやく挨拶がすむと、男性は笑顔でうなずき、すぐにスープに手をつけた。どうやらひとりで黙って食事をしたいらしい。

一方、ジャックの右隣りに座った女性は、反対側に座った男性と楽しそうに話をしている。グレースはジャックの話し相手が自分しかいないことに気づいた。きっと彼はさっきのようにきわどいことを言って、こちらをからかおうとするにちがいない。ところがジャックの口から出てきた言葉は、グレースの意表を突くものだった。

「ところで、ミス・デンバーズ」ジャックはマッシュルームのクリームスープにスプーンを入れた。「デカルトについてどう思いますか」

スプーンを持ったグレースの手が深皿の上で止まった。「いまなんとおっしゃいました？」

「デカルトです。ほら、〝われ思う、ゆえにわれあり〟という有名な言葉の。彼の著作はお読みになっていますよね」

デカルトですって？　ジャック卿はデカルトの話をしようというのだろうか。グレースは眉根を寄せた。「どうしてそう思われるのでしょう」

「あなたが読書好きであることはうかがいました。スウィフトやジョンソンがお好きなら、ほかの思想家の著作にも興味があるのではないかと思いましてね。たとえフランス人の思想家であっても」

「でもスウィフトやジョンソンは随筆家で、哲学者ではありませんわ」

「ということは、やはりあなたはデカルトを読んでいるわけだ」ジャックは微笑み、スープをすくって口に運んだ。

「父からはそんなものを読むなと言われています。わたしたちの階級の社会では、女は知的なものに興味を持たず、刺繍《ししゅう》や家事や子育てに専念するべきだとされていますから。政治や哲学は男性の専門分野なんですって」

「でもあなたはそう思っていないんですね」ジャックは穏やかな声で訊いた。

「ええ、もちろん。ご推察のとおり、わたしはデカルトを読むような女ですもの。デカルトやヴォルテールやルソーは、フランス語の授業で教材に使われていたのだと、父には言っておきました」

ジャックは声をあげて笑った。

ふたりはスープをひと口飲んでから話を続けた。

「ヴォルテールにルソーですか。まさか市民の権利や民意など、急進的な思想を支持しているとか?」

グレースはジャックの質問の真意をはかりかねてためらった。「君主制を廃止するべきだという意見には反対です。でも、一般の人びとの声にもっと耳を傾けるのは、悪いことではないと思います。たとえば投票権についても、一考の余地があるのではないでしょうか」

「なるほど、あなたは教育水準や収入にかかわらず、市民全員に投票権を与えたほうがいいとお考えなんですね。女性にも、ですか?」

グレースはしばらく黙り、答えるべきかどうか迷った。「はい。女性にも、です」

ジャックはスープをもうひと口飲み、ナプキンで口をぬぐった。そしてグレースに顔を近づけて声をひそめた。「誰にも言わないでいただきたいんですが、実はわたしもあなたと同じ考えです」

「まあ、本当に?」グレースは驚きと嬉しさを同時に覚えた。

ジャックはうなずいた。「とんでもない話でしょう。よりによって公爵の息子が、一般市民にも発言の機会を与えるべきだと考えているんですから。それに女性というものは、男が考えているよりずっと知的です。だからこそ多くの男は、女性は教育など受けず、子どもを産み育てていればいいと思っているにちがいありません。男女に平等な権利が与えられたら、男は立つ瀬がなくなるかもしれない」

グレースはジャックの言葉に驚嘆し、思わず頰がゆるむのを感じた。「ええ、そうかもしれませんわね」

それからふたりは食事のあいだじゅう、まじめな話から愉快で突飛な話まで、さまざまなことについて語りあった。やがてデザートが出てきたが、グレースはジャックとの会話にすっかり夢中になり、どんな料理を食べたかよく思いだせないほどだった。

ジェーン伯母は形式にこだわる人ではなく、女性陣が席をはずし、男性の招待客だけでポートワインや葉巻を楽しませるようなことはしなかった。代わりに全員でダイニングルームをあとにし、カードゲームの会場である応接間に戻ることにした。ジャックに腕を差しだされ、グレースは嬉しくてひそかに小躍りした。そしてゆっくりとした足取りで、ふたりで応接間に向かった。

だがふたりはゲームには加わらず、窓際に置かれたクッション張りの椅子に腰を下ろした。グレースは紅茶を、ジャックはブランデーを飲みながら、会話の続きをした。今度は芸術や音楽、好きな芝居や劇作家のことが話題の中心だった。

またたく間にときは流れ、やがて夜が更けてパーティもお開きとなった。

「それではまたお会いしましょう、ミス・デンバーズ」ジャックはグレースの手を取ってお辞儀をし、張りのある低い声で言った。「今夜はとても楽しかった」

「こちらこそ楽しかったですわ、閣下」

グレースのその言葉は本心からのものだった。これほど楽しかったのは、生まれて初めてかもしれない。ジャック卿と一緒にいると心が安らぎ、飾らない素の自分でいられた。ほかの誰といても——男性でも女性でも——こんな気持ちになることはほとんどない。

グレースはお辞儀を返して別れの挨拶をすると、ドアのところに佇《たたず》み、ジャックが馬車に乗りこんで走り去るのを見ていた。

最後の招待客が玄関を出て、ドアに鍵がかけられた。グレースとジェーン伯母は階段に向かった。

「素晴らしい夜だったわね」伯母が眠そうな笑みを浮かべた。

「ええ、とても素晴らしかったわ」

「それはそうでしょう。あんなにハンサムな貴族の男性が、あなたのそばを離れなかったんですもの。素敵な人を射止めたわね、グレース」

グレースは立ち止まった。「射止めたですって？　ちょっと待って、それは伯母様の勘違いよ」

ジェーン伯母はふんと鼻を鳴らした。「勘違いなんかじゃないわ。男性が求愛したいと思っている女性を見るときには、ちゃんと表情に表われるものよ。あなたを見る閣下の顔にも、そのことがはっきり書いてあったもの。女性はほかにもいたのに、迷わずあなたを選んで片時もそばを離れなかったんだから、閣下も大胆なかたね」

「片時もというわけじゃないでしょう。それにあの人は、別にわたしを選んでなんかないわ。話に夢中になっているうちに、時間が過ぎていただけよ」

「はいはい、話に夢中になっていたのね」階段をのぼりきったところで、伯母はグレースの肩をぽんと叩《たた》いた。「あなたがそう言うなら、そういうことにしておきましょう。でも、あのかたがあなたを手に入れたいと思っているのはたしかよ」

わたしを手に入れたいですって？　グレースは仰天した。そんなことがあるはずはない。少なくとも、伯母が言っているような意味ではありえない。ジャック卿は紳士としての約束を守るために今夜ここに来て、とりあえずわたしが女性の中で一番若かったから一緒にいただけに決まっている。ずっと話しこんでいたからといって、彼がわたしに特別な関心があるとは思えない。あの人はパーティが退屈でたまらなかったのだろう。そしてたまたまわたしのそばに来てみたら、どういうわけか会話がはずんだというだけのことだ。やがて用事がすめばジャック卿はバースを去り、グレース・デンバーズという名前の女と会ったことも忘れてしまうにちがいない。

「たしかにジャック卿とは話が合うけれど、わたしたちはただの知り合いにすぎないの。閣下はわたしに特別な感情なんて持ってらっしゃらないわ」

「まあ見てなさい」ジェーン伯母は訳知り顔で言った。「とにかく、今夜はもう休むことにしましょう。おやすみなさい、グレース。ジャック卿が夢に出てきてくれたら、きっとぐっすり眠れるわね」小さな笑い声とともに、廊下を寝室に向かって歩いていった。

夢のことについては伯母の言うとおりだと思いながら、グレースも自分の寝室に向かった。

6

それからの二週間、ジャックの行動はグレースの伯母が言ったことを裏付けるものだった。グレースとジェーン伯母が行くところどこにでも、ジャックが現われる。外の空気を吸おうとピカデリーサーカスを散歩しているときも、ボンド・ストリートで買い物をしているときもそうだった。

ジャックが借りている豪奢な屋敷のあるロイヤルクレセントの前でも、ばったり出くわした。

おおやけの集まりや個人宅のパーティでも一、二回会った。

さらには社交場の〈パンプルーム〉で顔を合わせたこともある。グレースはジャックに誘われるまま、ふたりで連れだって広間の中を歩きながら、ロンドンや海外の最新情報について話をした。そのときジェーン伯母は椅子に座り、友人たちと鉱水を飲みながら談笑していた。

伯母はジャックがグレースを口説こうとしていると断言するが、グレース自身は彼の態度に恋愛感情のようなものを感じられなかった。たしかにジャックは彼女の気を引くようなことを言う。でもそうしたことを言うのが、ジャック・バイロンという人なのだ。ほかにも人がいるのに、わざわざグレースのところにやってくるのも、たんに話がしやすいからだろう。ふたりは気心の知れた話し相手というだけで、それ以上でもそれ以下でもない。

　ジャックが自分をただの友人としか見ていないことを、グレースは確信していた。カードゲーム・パーティの日にあんな思わせぶりなことを言っておきながら、誘惑するそぶりすら見せないのがその証拠だ。手を握ってきたり、人気のない場所に連れだそうとしたり、唇を奪おうとすることもない。

　もちろんわたしだって、そんなことをしてほしいと思っているわけじゃないわ。グレースは自分に言い聞かせた。ジャック卿とは友人でいられれば、それで充分満足だ。それ以上のことなど望んでいない。ジャック卿の態度を見ていれば、伯母の言ったことは間違いだとよくわかる。あの人はわたしのことを妹のようにあつかっている。だとしたら、傷つくことをおそれて身構える必要もないだろう。

　やがて九月の第三週になった。二晩続いた激しい雨があがると、空は青く澄みわたって気温も上昇した。シドニーガーデンへ行って絵を描くのにちょうどいい日和《ひより》だと思い、グレースはスケッチ帳と鉛筆を持ち、メイドを連れて出かけることにした。ジェーン伯母はグレースを送りだしながら、バーゲンが始まっているので、今日は友人と掘り出し物を探しに行き、そのあと〈モーランズ〉で紅茶とケーキを楽しむ予定だと言った。

グレースは散歩がてらシドニーガーデンまで歩いていき、絵を描くのにちょうどいい花がまわりに咲いているベンチを見つけて腰を下ろした。ふとメイドを見ると、なにか言いたげな顔をしている。グレースはあまり遅くならないうちに戻るよう彼女に約束させると、近くのホテルで働いている従僕《じゅうぼく》に会いに行くことを許した。

ほっとしてスケッチ帳を広げ、色鮮やかな遅咲きのタチアオイのスケッチに取りかかった。無心で鉛筆を動かしているうち、次第に絵に没頭し、貝殻の敷かれた小道を踏みしめる足音が耳にはいらなかった。

「あなた自身が一枚の絵画のようだ」聞き慣れた深みのある声がした。「花に負けず劣らず美しい」

視線を上げるとジャックの青い瞳とぶつかった。「閣下」グレースはジャックににっこり笑いかけた。その端整な顔立ちにいつものように目を奪われ、鉛筆を持った手がスケッチ帳の上で止まった。相変わらず息を呑むほど素敵だ。黄みがかった褐色の上着に淡い黄褐色のズボンを着け、ベストについた懐中時計の金の鎖が太陽の光を受けて輝いている。

「どちらの方角からいらしたの？」グレースは無意識のうちに指を鉛筆にからませていた。

「中央の歩道を歩いてきました」ジャックは笑いを含んだ声で言った。「もっとまわりに注意を払ったほうがいいと思いますよ」

「絵を描いていたものですから」

「ええ、そのようですね」ジャックは石のベンチに近づき、グレースの隣りに座った。

「目抜き通りで伯母上とお会いし、あなたがここにいることを聞きました」

「伯母は買い物の途中でしたか、それともあとでしたか？」

「召使いが包みをたくさん抱えていたことを考えると、おそらく買い物のあとだったのでしょう。いや、伯母上はまだ満足した顔をなさってなかったな。そういえば、別れたあと、リボンが一割引になっているとかどうとかおっしゃっているのが聞こえたような気がします」

グレースはにやりとし、ふたたび鉛筆を動かしはじめた。

心地よい沈黙のときが流れた。ジャックはグレースの隣りで脚を伸ばしてくつろいでいる。

「ところで、なにを描いてるんですか？　そこに生えている、細長い茎に大きな花弁のついた植物かな」

グレースは鉛筆を動かすのをやめ、不思議そうにジャックを見た。植物に詳しいはずの彼が、タチアオイのようなありふれた花のことを知らないはずがない。きっとこれも、ジャック卿一流の冗談なのだろう。「ええ、タチアオイです。閣下はおもしろいことをおっしゃるのね。言われてみると、たしかに細長い茎に大きな花弁のついた植物だわ」グレースはくすくす笑った。

ジャックの顔を、狼狽とも取れる奇妙な表情がよぎった。だが次の瞬間、その表情は消えた。「どんなものでも正式な名称で呼ばなければならないと、決まっているわけではないでしょう。ときには特徴を挙げるほうが、よくわかる場合もある」

グレースは微笑み、子どものようなことを言うジャックにやれやれと首をふった。

「見せてもらえますか」

グレースは一瞬ためらったのち、ジャックのほうにスケッチ帳を向けた。

ジャックが自分の描いた絵をじっとながめているのを見て、グレースはなんとなく落ち着かなくなった。「まだ下絵なんです」弁解するように言った。「このあとで精密なスケッチを作り、それからさらにもう一枚描いて色をつけることになっています」

「実に見事だ」ジャックの口調は真剣そのものだった。「あなたが絵を描くとおっしゃったとき、多くの若い女性のように、たんなる趣味としてかじっている程度だろうと思ってました。でもこの絵は完全に趣味の域を超えている。あなたの才能は本物だ」

頭上に輝くまばゆい太陽のように、グレースの心がぱっと明るくなった。ジャック卿の言葉がわたしにとってこれほど大きな意味を持つようになったのは、いったいいつからだろうか。彼が認めてくれるかどうかということが、どうしてこんなに気になるのだろう。でもいまようやくわかった。わたしはジャック卿に絵を認められ、称賛してもらうことを望んでいる。そしてできることなら、わたしのことを好きになってほしいと思っている。

ジャックは眉間にかすかにしわを寄せた。「自然を題材にした、これとそっくりの水彩画を描く画家がいますよね。わたしは彼の画集を持っています。たしか、デンバーズ……G・L・デンバーズという名前だった」そこで目を丸くした。「なんてことだ、あの画家はあなただったのか。グレース・L・デンバーズ」

「リラです」グレースはますます嬉しくなった。「Lはリラの頭文字です。おっしゃるとおり、ささやかな画集を何冊か出したことがありますわ」

「あれのどこがささやかなんですか。大きさも中身も立派なものでした。グレース、あなたは素晴らしい画家だ。どうしてみんなに正体を明かさないんです？」

ジャック卿がわたしの画集を持っている。グレースは天にも昇る心地だった。

「わたし自身がわかっていれば、それで充分です。名声には興味がありません。世間にはわたしが男性だと思わせておいたほうが、作品をちゃんと評価してもらえるでしょう。わたしが女性だとわかったら、世間の人たちは、若い女性の趣味にしてはなかなかよくできていると言うに決まってますもの」

ジャックは反論しようかどうしようか迷っているような顔をした。「残念ながら、あなたの言うとおりかもしれない。でもわたしはあなたの秘密を知ることができて、光栄に思っています」

「こちらこそ光栄です、閣下」

ジャックはグレースの目を見た。「今度、ほかにも取りかかっている作品を特別に見せてもらえないかな」

グレースの胸が嬉しさで躍った。「ええ、じゃあ特別に」

「それからサインもいただきたい」

グレースは笑顔で答えた。「喜んで」でも本当にそんな機会があるのだろうか。

「ではわたしはこれで失礼します。どうぞスケッチを続けてください」

グレースは首をふった。「まだいいじゃありませんか。絵はあとでも描けますし」

ジャックの口もとにゆっくりと笑みが浮かんだ。「ありがとう。もしよかったら、少し散歩でもしませんか」

「この公園で?」

「もちろん。もしかしたら、新しい絵の題材になりそうな植物が見つかるかもしれない」

グレースの頭の中で、行ってはいけないとささやく声がした。このままベンチにとどまり、スケッチの続きをするのよ。だがそれより大きな声が、ジャック卿の誘いを受けるように言っている。

「わかりました。行きましょうか」グレースは立ちあがり、スケッチ帳と鉛筆を袋に入れた。

「わたしが持とう」ジャックが手を伸ばした。

グレースは布でできた袋をジャックに渡すと、彼の腕に手をかけて歩きはじめた。

「ところで、付き添いのかたはどちらに?」数分後、ジャックは訊いた。「まさかひとりでここまで歩いてきたわけではないでしょう?」

「ええ。メイドと一緒でしたが、友だちに会いたそうだったので、少しだけならと言って行かせました」

「友だちに会いに行かせた? ひとりになることがわかっていながら、そんなことを許したんですか。でもこうしてわたしが来たからには、もう心配はいりません」

いや、自分に護衛をさせるということは、狼に羊の世話を任せるようなものだ。ジャックは思った。だがせっかく彼女とふたりきりになるチャンスがやってきたのだから、つまらないことを考えるのはよそう。

それにしても、この数週間はあまりに長かった。ジャックは厳しく自分を戒め、グレースに対して肉体的な関心は一切ないというふりをしてきた。

ところが自分を抑えようとすればするほど、グレースが欲しいという思いは募る一方だった。ロンドンを離れてから、誰ともベッドをともにしていないとなればなおさらだ。適当な相手を見つけて欲望を満たすこともできるが、なぜかその気になれない。グレースに出会ってからというもの、本当に欲しいと思う女性は彼女しかいない。

グレースの心の壁を突破して信頼を勝ち取ることが鍵を握っているのは、最初からわかっていた。でもまさか、彼女と友人どうしになるとは思ってもみなかった。好意を抱くようになるとも予想していなかった。

自分はグレースのことが好きだ。大好きだといってもいい。

罪悪感が鋭いナイフのようにジャックの胸を切り裂いた。自分はそんな彼女をだまさなければならないのだ。だが、まわりだした車輪をいまさら止めることはできない。ふたりの運命はすでに動きはじめている。

せめてこれからは精いっぱい誠実にグレースと向きあうことにしよう。計画を成功させるという目的もさることながら、彼女とはできるだけ本物の絆《きずな》で結ばれた関係を築きたい。なんといっても、グレースはいずれ妻になる女性なのだから。

グレースがあのG・L・デンバーズだとわかったときのジャックの驚きと感動に、まったくいつわりはなかった。ジャックは本当にグレースの画集を持っており、その才能に敬服していた。彼女に求愛する動機や方法はお世辞にも褒められたものではないが、だからといって自分たちふたりのあいだにあるものが、すべて虚構というわけではない。もちろん本当のことがわかったら、グレースはそうは思わないだろうけれど。

彼女には絶対に契約のことを知られてはならない。なんとしても真実を隠しとおすのだ。それさえ失敗しなければ、なにも心配する必要はない。

「この公園には迷路園があると聞きました」ジャックはそれ以上考えるのをやめ、不安な気持ちをふりはらった。「迷路はお好きですか」

グレースがうなずいた。明るい陽射しを受け、いつもは灰色がかった瞳が美しいブルーに輝いている。帽子の下で、赤い髪の毛が燃えあがる炎のような色を放っている。ジャックは手がうずうずした。この小ぶりな帽子を脱がせ、彼女の髪に指を差しこみたい。それから唇を奪って激しいキスをし、彼女の欲望に火をつけよう。もう少しで手が動きそうになったが、ジャックはすんでのところでそれを止めた。これまでずっと待ったのだ。あと少しぐらい待てるだろう。

ジャックは小さく咳払いをした。「行ってみましょう」そう言って迷路園に続く小道に向かった。「どちらが先に中心にたどりつくか競争しませんか。なんだったら、わたしより先に出発したらいい」

「迷路なんて子どものころ以来だわ」

「だったら童心に返って楽しもう」

まもなくふたりは迷路園の入口に着いた。迷路は人工的な形に刈りこまれた高いツゲの生け垣で仕切られていた。葉が青々と生い茂り、生け垣のあいだを通りぬけることはできそうにない。草木の優しいにおいがあたりにただようなか、近くの木の枝で小鳥がさえずり、二匹の蝶《ちょう》がそよ風に舞うように飛んでいる。

だがジャックは隣りにいる女性のことで頭がいっぱいで、そうしたことにほとんど意識が向かなかった。もうすぐ彼女を手に入れられるのだと考え、期待に胸をふくらませた。

「ここで十数えます」ジャックは入口をはいってすぐのところにある、人目につきにくい安全そうな場所に布袋を置いた。「さあ、早く行って」胸の前で腕を組み、グレースに背中を向けた。「一！」

グレースは駆けだした。

「二！」ジャックは叫んだ。「まだ足音が聞こえる」

グレースの忍び笑いが聞こえた。最初の行き止まりに当たったらしく、茂みが揺れる音がする。

「三！」

グレースの足音がだんだん遠ざかっていく。ジャックの鼓動が速まってきた。

「四！」

グレースが〝ああ、もう！〟と言っているのが聞こえた。ジャックは頬をゆるめ、彼女はどのあたりまで進んだのだろうかと考えた。

「五！」

グレースの足音が完全に聞こえなくなり、ジャックはふりかえってその姿を探したい衝動をこらえた。

「六！」

考えてみたら、これほど長い時間待つ必要はなかったのかもしれない。

「七！」

彼女に逃げられたらどうするつもりなのか。

「八！」

彼女が逃げなかったらどうなるのだろう。

「九！」

あと少しだ。

「十！　さあ、つかまえるぞ！」

ジャックはくるりと向きを変え、迷路に足を踏みいれた。

グレースは唇を噛んでこみあげる笑いを抑え、頭よりずっと高い緑の壁に仕切られた細長い通路を小走りに進んだ。

数分前、十まで数え終えたジャックが迷路にはいってきた。それからすぐに遠くのほうで茂みが揺れる音がし、グレースは彼も自分と同じ罠にひっかかってしまったのだろうかと考えた。だがジャック卿は頭の回転が速く、機知に富んでいるので、すぐにそこから抜けだすことができたはずだ。

ぐずぐずしていると追いつかれると思い、グレースは急ぎ足で歩きつづけた。だが何度角を曲がっても、前に通ったのと同じところを歩いているような気がして、結局は袋小路に迷いこんでしまう。それでもどうにか緑の壁に行く手を阻まれない場所に出ると、左右の通路に目をやり、どちらに進んだらいいか迷った。

ジャック卿の足音はいまやまったく聞こえない。彼は大柄だが身のこなしが敏捷《びんしょう》で、足音をたてずにすばやく歩くことができるのだ。グレースは老練な猟師に追われる鹿の心情がわかったような気がした。胸の鼓動と呼吸が速くなってきたが、それは恐怖からではなく、わくわくする気持ちからだった。

当て推量で道を選びながら、綿モスリンの淡いブルーのスカートを揺らして小走りに進んだ。だんだん行き止まりに当たる間隔が短くなり、迷路は複雑さを増してきた。

来た道を引きかえさなければならないことも二度ほどあったが、グレースはその都度、ジャックに出くわすのではないかとひやひやした。だが時間がたつにつれ、向こうも自分と同じように道に迷っているのだと気づいた。迷路園の中には自分たちふたりしかいないらしい。あたりはしんと静まりかえり、人の気配もしなければ声も聞こえない。

しばらく歩いているうちに、迷路の中心に近づいてきたことがわかった。ゴールはもうすぐそこだろう。でも目指す場所の近くにいることと、実際にそこにたどりつくことはまったく別の話だ。

ふたたび角を曲がると、三方を生け垣に囲まれた四角い場所に出た。そこから出るには来た道を戻るしかなく、グレースはきびすを返した。

通路を通りぬけようとしたそのとき、どこからともなく長い男性の腕が伸びてきて、グレースのウェストにしっかりまわされた。

グレースは悲鳴をあげ、腕から逃れようともがいた。

「つかまえた！」ジャックが得意げに言った。

「ああ、心臓が止まるかと思ったわ！」グレースは息を切らしながらジャックの目を見た。

「閣下はそよ風のように静かなんですもの」

「それを言うなら、あなたはガゼルのようにすばしこい。まるで煙でできているように、通路から通路へと消えていた。一瞬、見失ってしまったかと思ったほどだ」

「ここの迷路は複雑ですわ。でもゴールは近いと思います。一緒に探しに行きましょうか」

ジャックの目がきらりと光り、その顔にグレースがそれまで見たことのない表情が浮かんだ。ジャックは首をふり、グレースの顔をなめまわすように見てから唇に目を留めた。

「いや」かすれた声でつぶやいた。「探していたものはもう見つかった」

グレースは身震いし、自分がまだジャックの腕の中にいることをふと思いだした。心臓がひとつ大きく打った。彼が帽子に手を伸ばし、あごの下で結ばれたリボンをほどこうとしている。

「なにをなさってるの、閣下？」

ジャックは微笑んだ。「褒美をもらおうと思ってね。わたしはきみをつかまえた。褒美を受け取るのは勝者の権利でしょう」

「で、でも、ゲームはまだ終わってないわ」

「そのとおり」ジャックはグレースの帽子を脱がせた。「ゲームはまだ始まったばかりだ」

そう言うとグレースにそれ以上なにも考える暇を与えず、帽子を地面に放《ほう》って唇を重ねた。

グレースは完全にふいをつかれ、動くことができなかった。ジャック卿の唇は驚くほど温かく、とろけるような感触をしている。甘く情熱的なキスをされ、夏の終わりであるにもかかわらず、グレースの体がぞくりとして鳥肌が立った。

震える息を吸いながら、ジャックから体を離そうとした。「閣下、なにをなさってるの？」

「さっきもまったく同じことを訊いたね」ジャックは親指と人差し指の先でグレースの耳の線をなぞった。グレースのまぶたが閉じ、靴の中でつま先がぎゅっと丸まった。

「え――ええ、でもどうして？」グレースはなかばあえぎながら言った。「わたしのことを、そ、そんな目で見てるわけでもないのに」

「それはどうかな」ジャックは低くなめらかな声で言った。「きみはそんなふうに思っていたのかい？」グレースの首筋にキスの雨を降らせた。

「わたしのことは……妹のように見てらっしゃるんでしょう」

ジャックは顔を上げてグレースの目をのぞきこんだ。「それはちがう」腕にぐっと力を入れ、彼女を強く抱きしめる。「これが兄のすることだとでも？」

グレースは下腹部に硬いものが当たっていることに気づいた。これは彼の男性の部分だろうか？　まさか欲望を感じている？　このわたしに？　それまで衣服越しであっても、男性と腰を密着させたことなどなかったので、グレースには確信が持てなかった。だがジャックのあごがこわばり、空色の瞳がぎらぎら光っているのを見て、それが思いちがいではないことがわかった。

「でもわたしは不美人だし、おまけに背も高いわ」グレースは叫ぶように言った。精悍《せいかん》で男らしく、完璧《かんぺき》な容姿を持ったこの男性が、わたしに欲望を感じたりするはずがない。適齢期を過ぎた地味な女で、二十五年の人生の中で男性に唇を求められた経験もほとんどない、このグレース・デンバーズなんかに。テレンスでさえ、これまでわたしに触れようとしたことはなかった。結婚しようと折に触れて言うくせに、キスを迫ってきたことは一度もない。

なのにいま、どんな美女でも貴族の令嬢でも射止められるはずの、名うての女たらしのジャック・バイロンが目の前に立ち、わたしに魅力を感じていると言う。

「わたしが欲しいなんて嘘よ」グレースはつぶやいた。

「どうして？」ジャックはまず唇に、それから頬とこめかみにゆっくりとキスをした。「またぼくのことを決めつけているね。それからきみ自身のことについても」

グレースは眉根を寄せた。「わたし自身のこと？」

「きみは不美人なんかじゃない」ジャックは低くかすれた声で言った。

グレースが反論しようとすると、ジャックがそれを止めた。「たしかに正統派の美女ではないかもしれないが、きみはとても美しい。内側から輝くような独特の魅力を持っている。たとえばその瞳だ」

「瞳？」

「ああ。心の動きに合わせて瞳の色が変わることに、自分で気づいているかい？」

グレースは首をふった。

「そうか、でもそれは本当のことだ。きみが楽しそうにしているとき、瞳は真っ青な空のような色になる。そして不機嫌なときや物思いにふけっているときは、グレーに変わる。銀の輝きを帯びた官能的なグレーで、夜明けの湖にかかる霧を思わせる色合いだ。きみのような瞳を持った女性をぼくはほかに思いつかない。見る者の魂を震わせる、素晴らしい瞳だよ。男は気づいたらいつのまにか虜になっているだろう」

ジャックはグレースの頬に手を当て、唇を重ねた。グレースのこめかみがうずき、全身の肌が火照った。

「それから身長のことだが……」ジャックは親指で弧を描くようにグレースの頬をなで、額やあごや首筋にくちづけた。「……ぼく自身も背が高い。きみが長身であることは、ぼくにとっては好都合だ。こうして楽にきみを抱きしめ、目を見つめることができる。それにこれをするにも……」そこで優しいキスをした。「……腰を曲げて無理な姿勢を取る必要がない。

きみはぼくにぴったりの相手なんだよ、グレース。きみこそぼくの理想の女性だ」

ジャックが腰を押しつけると、グレースははっと息を呑んだ。「これはどうかな」ジャックが片方の手で乳房を包んだ。「どんな気分だい？」

グレースの意思とは関係なく乳首がとがり、ジャックの手のひらに当たった。唇からあえぐような声がもれる。ひざから力が抜け、グレースはジャックに体を支えられていることに感謝した。そうでなければ、間違いなく地面に崩れ落ちていただろう。

「首に腕をまわすといい」

グレースが震えながら言われたとおりにすると、ふたりの体がさらに密着した。ジャックが硬くなった乳首を親指でくり返し上下にさすっている。

「やめようか？」今度は円を描くように指を動かしながら言った。グレースは脚のあいだがうずき、知らないうちにすすり泣くような声を出していた。

「返事は？」ジャックがささやくと、グレースの耳に熱い息がかかった。

グレースは首をふった。「いいえ、やめないで、閣下」

「ジャックだ」ジャックはグレースを強く抱きしめた。「これからはジャックと呼んでくれ」

「ええ、閣下。じゃなくて、ジャック」

自分の名前を呼ぶ彼女の声に抑制を解き放たれたかのように、ジャックはふたたび唇を重ねて情熱的なキスをした。その濃密なキスに、グレースの頭が真っ白になった。

ジャックはドレスやペチコートの生地越しにグレースのヒップをもんだ。

「口を開けて」唇を重ねたままささやいた。「ぼくを中に入れてくれ、グレース。本物のキスがしたい」

グレースが言われるまま唇を開いたとたん、ジャックの舌が口の中にはいってきた。いままで味わったことのない感覚に、心臓が早鐘のように打って全身がぞくぞくしている。肌がかっと火照ったが、それは頭上から照りつける太陽のせいではなかった。体の奥が燃えるように熱くなっているせいだ。グレースは狂おしい声を出し、ジャックのえもいわれぬ舌の動きにすべてを忘れた。

ジャックはむさぼるように唇を吸って舌を動かしながら、グレースにも同じことをするよううながした。グレースがおそるおそる彼のまねをすると、それを歓迎するようにさらに激しくくちづけた。

ふと気づくと、ジャックがドレスの背中にならんだボタンをはずしはじめていたが、グレースはキスに夢中になるあまり、それを止めようとはしなかった。

ジャックはひざでグレースの脚を押し開き、そのあいだに体を入れた。そして舌をからめて濃厚なキスをした。グレースが教えられたとおり、円を描くように舌を動かしている。彼女のキスは新鮮なイチゴとシャンパンの組み合わせのようだ。甘くさわやかな味わいが舌をくすぐり、頭をしびれさせる。

もともと軽いキスを交わすだけのつもりだったのだから、それ以上先に進んではならないことはジャックにもわかっていた。だがグレースの唇に触れた瞬間、頭から理性もなにもかも吹き飛び、ただもっと彼女が欲しいという思いに突き動かされていた。下半身がうずいて硬くいきりたっている。いまにもズボンのボタンがはじけて取れるのではないかと思うほどだ。

どこか草の生えているところにグレースを横たえ、このまま奪ってしまおうか。彼女もおそらく抵抗はしないだろう。グレースも自分と同じように快楽の波に呑まれているのは間違いない。いますぐ上に乗ってスカートをまくりあげ、熱く濡《ぬ》れた場所を貫きたい。

だが欲望に身を焦がしながらも、ジャックは頭のどこかで良心がささやく声を聞いた。彼女にとって初めてのときが、固い地面の上というのではあんまりだろう。

そう、グレースは間違いなくヴァージンだ。

さっきのぎこちない反応ひとつをとっても、まともにキスをした経験もないにちがいない。ジャックの中に強い独占欲が湧きあがり、思わず頬がゆるんだ。性に関して奔放で、女性の純潔に大きな意味を見出《みいだ》さなかったジャックにとって、それはひどく意外なことだった。それまではむしろ、肉体の悦びを貪欲《どんよく》に追求する経験豊かな女性を進んでパートナーに選んでいたほどだ。ヴァージンの女性など厄介なだけだと、敬遠すらしていた。

それなのに、自分がグレースの最初の男になるのだと思うと、胸が躍るのを止められない。

なれるのだ。

彼女の肌に触れ、官能の世界に連れていき、欲望を満たすことを教えるたったひとりの男に

いざベッドをともにする日が来たら、ふたりで思いきり楽しもう。

ジャックはそのときのことを想像して身震いし、ドレスのボタンをはずしながら甘くとろけるキスをした。体は解放を求めているが、今日は彼女と結ばれることはあきらめよう。ただ、あともう少しだけ、この極上のキスと肌の感触を味わいたい。

ジャックはグレースのボディスを肩から脱がせると、締めひもをほどいてコルセットをゆるめた。そして乳房を口に含んだ。グレースは衝撃と快感に全身を貫かれて大きな声をあげた。ジャックが豊かな乳房を手のひらで包み、乳首のまわりに円を描くようにくちづけたあと、敏感になった先端に舌と歯を当てた。

グレースは反射的に体をびくりとさせた。そしてジャックの髪に手を差しこみ、もっと愛撫をせがむようにその頭を自分のほうに引き寄せた。彼が反対側の乳房に移り、唇と舌と歯を使って同じ愛撫をくり返している。グレースは目の前がくらくらし、すべてを忘れて快楽の波に身をゆだねた。だが次の瞬間、ジャックは意志の力をふりしぼって体を離した。

肩で息をしながら、片方のこぶしを太ももに押しつけて欲望と闘った。

いますぐひざをついてグレースのスカートをめくりあげ、脚のあいだに顔をうずめたい。まだ無垢な彼女なら、それだけで絶頂に達するにちがいない。そしてなにが起きているかも

わからないまま、二度目のクライマックスを迎えるだろう。だがそうしたことはまだ先のお楽しみだ。ジャックはまぶたを固く閉じ、自制心を取り戻そうとした。

しばらくして目を開けると、グレースが胸から額まで真っ赤に染め、傍目《はため》にもわかるほど震えながら乱れた着衣を直そうとしていた。

「だいじょうぶだ」ジャックはささやき、グレースをなだめるようにくちづけた。「驚かせてしまってすまなかった。ほら、ぼくがやってあげよう」

そう言うと慣れた手つきでコルセットのひもを締め、ボディスの背中にならんだボタンをかけた。ドレスには見事にしわひとつなかった。もしいま誰かがグレースの姿を見たとしても、少し日光を浴びすぎたせいで肌が赤くなっているだけだと思うはずだ。ただし、瞳をのぞきこまれたらわからない。彼女のらんらんと輝く瞳には、かすかに困惑の色が浮かんでいる。たったいま起きたことをまだよく呑みこめないまま、なんとか頭を整理しようとしているらしい。

ジャックは何歩か後ろに下がって帽子を拾いあげた。ふちについた泥を軽く指ではらうと、グレースのところに戻ってそっと頭にかぶせた。

「美しい髪を隠すのはもったいない気もするが、白い肌をあまり日焼けさせるわけにもいかないだろう。今日はもう充分すぎるほどの陽射しを浴びている」ジャックは青いグログランのリボンをグレースのあごの下で結んだ。「絵の道具を取りに戻ったら、メイドを探してそろそろ帰ることにしよう。ぼくが伯母上の屋敷まで送っていく」グレースの手を取り、自分の腕にかけた。

グレースはそのときになってようやく口を開いた。「ジャック」

「なんだい？」ジャックはグレースの目を見た。

「あれはどういう意味だったの？」

ジャックは首をかしげた。「なんのことかな」

「あなたが言ったことよ。さっき……あの、わたしが欲しいというようなことを言ったでしょう」

ジャックは吹きだした。「やれやれ、さっきまで抱きあっていたのに、まだ信じられないというのか」グレースが不安そうな表情をしているのを見て、まじめな顔で答えた。「そうだ、グレース。ぼくはきみが欲しい。というより、欲しくてたまらないと言ったほうがいいだろう」

「また会えるの？　バースを出ていくんじゃないのね？」

「ああ、ぼくはもうしばらくバースにいるし、きみともまた会うつもりだ。どうしてそんなことを？」ジャックの頭にあることがひらめいた。「もしかして以前、誰かがきみの前からとつぜんいなくなったことがあるのかい？」

グレースは首をふって目をそらした。「なんでもないの。忘れてちょうだい」

「いまさら聞かなかったことにはできない。なにがあったのか教えてくれ。誰かがきみを傷つけて裏切ったのかな」グレースの顔がまた赤くなったのを見て、ジャックは図星だとわかった。「そいつは誰なんだ」

もしその男と会うことがあったら、そのときはただではおかない。

「どうでもいい人よ」グレースは言った。「もうずっと昔のことなの。わたしは十八歳でまだ若く、相手を見る目がなかっただけよ。彼はお金目当てで近づいてきたのに、わたしはその魂胆を見抜けなかった」

ジャックのあごがぴくりとした。「きみはぼくもそいつと同じだと思ったんだね」

そう言ったとたん、ジャックははっとした。自分がしようとしていることも、まさにそれと同じなのだ。

グレースはジャックの肩に手をかけると、安心させるように一瞬軽く力を入れた。「いいえ、そんなことはないわ。あなたは彼とはちがうもの」

「それで、そいつとのあいだになにがあったんだ？」ジャックの胸に怒りがこみあげた。

グレースは肩をすくめた。「ほんの数週間、付き合っただけよ。何度かダンスをし、一回か二回、馬車で出かけたの。別に真剣な交際というわけじゃなかったわ」

だがジャックには、そうでないことがわかっていた。少なくともグレースのほうは真剣だったはずだ。

「その人とのことを父に知られたの。それですべてが終わったわ。彼はある日、なにも言わずにわたしの前から去ったのよ。手紙も書かず、さよならも言わずに」

「その後そいつと会ったことは？」

「ないわ。持参金が手にはいらないとわかったら、彼は二度とわたしの前に現われなかった」

「だからきみは、ぼくも目の前からいなくなると思っているわけか」

「あなたがある朝とつぜん、荷物をまとめて姿を消すとは思ってないわ。でもあなたはここに仮住まいしているだけだから、あとどれくらいわたしと一緒に……いえ、バースにいる予定なのかわからなくて。どうか気を悪くしないでちょうだい、閣下。あなたがお金に困ってるはずはないし、そんな下心はないとわかってるから」

そう、自分の目的はグレースの持参金ではなく、彼女の父親にギャンブルの借金を帳消しにしてもらうことにある。ジャックは胃がねじれるような感覚に襲われ、吐き気を覚えた。

「どうしてそう言いきれるのかな」静かな声で言った。「本当は持参金目当てかもしれないだろう」

グレースは首をふった。「もしそうだとしたら、わたしにはそのことを口が裂けても言わないはずよ。お願い、さっき言ったことはもう忘れて、家まで送ってちょうだい」

さあ、打ち明けるならいまだ。グレースに本当のことを話し、この茶番を終わらせよう。

ジャックは勇気を出そうとしたが、真実を打ち明けてグレースを失うのが怖くて、どうしても切りだせなかった。しかもいまとなっては、その理由はお金のためだけではなかった。彼女はもうこちらの目的を果たすための道具などではない。自分はグレースの人となりを知った。そして彼女が欲しいと心から思っている。ベッドをともにするには、結婚する以外に方法はない。

不思議なことに、ジャックは自分がもうすぐ結婚するのだと思っても、以前のように強い抵抗を感じなかった。もちろん結婚しなくてすむならそれに越したことはないが、グレースとならばずっとうまくやっていけるだろう。

いまここで結婚を申しこむこともできるが、ひとつだけ欠けていることがある。彼女はまだこちらを愛していない。いまはまだ。

だがグレースはもう少しで恋に落ちるはずだ。グレースの口から愛という言葉が出て、その心を勝ち取れたことを確信できたとき、彼女は永遠に自分のものになる。

ジャックはまた唇を重ね、息が止まるようなキスをした。「ぼくがバースを発《た》つときは」そうささやいた。「きみに真っ先に知らせると約束する」

7

それから数日が過ぎ、ジャックに会えなくなるのではないかというグレースの心配は、まったくの杞憂《きゆう》であったことがわかった。ジャックはさっそく翌日の午後、グレースの伯母の屋敷を訪ねてきた。

そして紅茶とお菓子のもてなしを受けてジェーン伯母を喜ばせたあと、グレースをシオンヒルへの散歩に誘った。屋敷を出てから小一時間がたったころ、ふたりは大きなクワの木の陰に隠れ、甘いくちづけを交わしていた。

次の日の夜は舞踏会で会った。一曲だけ一緒に踊ってから、ジャックはグレースに少し休憩しないかと言った。だがそれは、ポンチを飲みながら足を休めることを意味しているのではなかった。代わりにジャックは彼女を誰もいない小部屋《アルコーブ》に連れだすと、めくるめく時間へといざなった。グレースは情熱的なキスと愛撫を受けて頭がぼうっとし、その後もしばらくパーティ会場に戻ることができなかった。

またあるときは、エイボンバレーに馬車で出かけたこともある。人気のない場所に停《と》めた馬車の中でキスをされ、グレースは快感ともどかしさで頭がどうにかなりそうだった。だがジャックは熱い抱擁に、グレース以上に夢中になっているように見えた。それでもひとつかすれたうめき声をあげると、無理やり体をひきはがすようにして彼女から離れた。もしそこが戸外でなかったら、純潔を失っていてもおかしくなかっただろう、とグレースは思った。

ジャックがグレースに欲望を感じていることは間違いない。だが彼はいつも最後の一線を越える前に体を離し、グレースを快楽の世界に導きつつも、純潔を奪わないように気をつけている。

ジェーン伯母は、ジャックが近いうちにグレースにプロポーズするだろうと言い、早くもウェディングドレスを作るならどこの仕立屋がいいとか、いま人気の新婚旅行先はどこかといったことを口にしている。

だがグレースには、ジャックが結婚を考えているという確信が持てなかった。

ジャック・バイロン卿は公爵家の三男で、英国社交界屈指の名家の出身だ。かたやミス・グレース・デンバーズは、ただの平民の娘にすぎない。そんな娘とどうして彼が結婚したがるだろう。たしかにグレースにはかなりの額の持参金があるが、ジャック自身も裕福な暮らしをしているし、とてもお金に困っているようには見えない。では、愛のためかといえば……彼は愛という言葉を一度も言ってくれたことはない。ただ、きみはとても魅力的だ、ぼくはきみが欲しくてたまらない、ということしか言わない。そうしたことを考えると、あるひとつの結論にたどりつく——ジャックはグレースを愛人にしようとしているのではないか。

もし向こうが本当にそんな都合のいいことを考えているのであれば、侮辱されたと感じて怒ってもいいところだろう。でもグレースは腹が立つどころか、貞淑な若い女性としてはあるまじき興味すら覚えていた。

ジャックのものになるというのは、どういう感じなのだろう。グレースは明け方のベッドの中で思いをめぐらせた。彼の隣りに横たわり、この体のすべてを許したら、どういう気分になるのだろうか。未知の扉を開け、その向こうに待っている究極の情熱の世界をのぞいてみたい気がする。

あれだけ素晴らしいキスや愛撫をするジャックのことだから、きっと夢のような経験をさせてくれるにちがいない。彼と一緒にいる時間はわたしにとって至福のひとときだ。だが、心はどうなるのだろう。いつか関係が終わるとわかっていながら、わたしはすべてを彼に捧げることができるのだろうか。ジャックはある日とつぜん、わたしに背中を向けて立ち去るかもしれないのだ。そうなったら、わたしはいまよりずっと孤独になる。最悪の場合、愛を——ジャックへの愛を——失った悲しみで心がぼろぼろになるかもしれない。

グレースははっとし、頭に浮かんだその危険な考えをふりはらった。上掛けをめくり、洗面をすませて服を着替えようとベッドを出た。いまはまだ、自分の気持ちの正体を確かめるのはよそう。先のことは考えず、なにも期待せず、ただふたりで過ごす時間を楽しもう。

「茶色の大判のハンカチを用意してちょうだい」グレースはメイドに言った。「今朝はジャック卿と水彩画を描きに行く予定なの。絵の具でスカートを汚したくないわ」そしてそのあと、また迷路園でキスをするかもしれない。

グレースは期待でざわつく肌を鎮めながら、メイドの手を借りてドレスを着た。

その日の午後、グレースはジャックの腕に手をかけ、ジェーン伯母の屋敷のある通りを歩いていた。

「言葉を慎んでちょうだい、閣下」グレースはたったいまジャックが言ったことを小声で戒めた。「今度そんなことを言ったら、お仕置きをするわよ」

ジャックはグレースに身を寄せ、耳もとでささやいた。「それは本当かい、グレース。だったら、もっといけないことを言ってやろう。きみのお仕置きならぜひ受けてみたい」

グレースの頬が赤くなった。その困惑した表情にジャックは吹きだした。だがすぐに、それ以上ふざけるのをやめて真顔に戻った。グレースを抱き寄せて唇を重ねたい衝動を覚えたが、今日はもうたっぷり楽しんだじゃないかと自分をいさめた。最後の一線を越えないと決めて彼女の肌に触れることは、火をもてあそぶことに似ている。いまここで抱きしめたら、ひどいやけどを負ってしまうかもしれない。

あと少しの辛抱だ。グレースの愛を得ることは、エズラ・デンバーズとの契約の一部だが、あとひと息で達成できるという手ごたえがある。もうすぐ彼女はぼくを愛していることを認めるだろう。そうしたらすぐにプロポーズしよう。

結婚さえすれば、もう我慢する必要はない。

ジャックは口もとをゆるめながら、グレースをエスコートして玄関に続く踏み段を上がった。グレースは駆け寄ってきた召使いに絵の道具を渡すと、帽子を脱いで手袋をはずした。

「お茶でも飲んでいって」

「いや、今日の午後は用事があってね。でも夜にまた迎えに来るから、よかったら伯母上と三人で舞台を観に行こう」

「ええ、もちろん」グレースは小声で言った。「また数時間後に会えるのね」

「約束する」

「お邪魔して申し訳ありません」執事が口をはさんだ。「お客様が応接間でお待ちになっています」

「伯母様に会いにいらしたのかしら?」

「いいえ、お客様はお嬢様にお目にかかりたいそうです。ミスター・クックとおっしゃる男性のかたですが」

グレースは満面の笑みを浮かべた。「まあ、テレンスが来てるの? もっと早く教えてくれればよかったのに」

テレンスとは何者だ？　ジャックはいぶかった。グレースにいったいなんの用があるというのか。

グレースは小走りに玄関ホールを横切り、美しい彩色の施された応接間のドアの向こうに消えた。数秒後、再会を喜びあう大きな声が聞こえてきた。ジャックは険しい顔をしてそちらに向かった。応接間に足を踏みいれたとたん、グレースが男性の腕に抱かれて両頰にキスを受けている光景が目に飛びこんできた。

すぐにつかつかと歩み寄り、グレースをその男からひきはがしたくてたまらなかったが、ジャックは必死で自分を抑えた。そして入口をはいってすぐのところで立ち止まり、胸の前で腕を組んだ。

「本当に驚いたわ。どうしてここにいるの？」グレースが男性に訊いた。片方の手はまだ彼と握りあったままだ。「バースに来るなんて言ってなかったじゃない」

「この近くに用事があったから、ちょっときみの顔を見に寄ってみようかと思ってね」

「訪ねてきてくれて嬉しいわ。最後に手紙をもらったのは、もう二週間以上前になるかしら」

手紙だと！　グレースはこの男と手紙のやりとりをしているのか！

ジャックがじりじりしながら見ていると、グレースと男性がふりかえった。その瞬間、ジャックは男性の正体がわかった。いつか〈ハチャーズ書店〉で見かけた、薄茶色の髪の男ではないか。あの日、書店を出るグレースに付き添っていた男だ。

ジャックの鋭い視線に気づいたらしく、グレースが近づいてきた。「ジャック……閣下、ご紹介が遅れてごめんなさい。ジョン・バイロン卿、こちらはミスター・テレンス・クックよ。テレンスはわたしの画集を出版してくれている人で、ロンドンからいらしたの」

出版業者？ なるほど、それで少しは謎が解けた。

「閣下、お目にかかれて光栄です」テレンスが手を差しだした。

ジャックはテレンスの武骨な手をさっと観察した。爪の形が悪く、指にはたこができている。「クック」テレンスの手を取った。ジャックの力強い握手に対し、テレンスの握手は驚くほど弱々しかった。

「あなたがグレースの作品を出版しているんですか」手を離すとジャックは言った。「彼女は素晴らしい才能の持ち主だ」

「ええ、おっしゃるとおりです」

「いい画家を見つけましたね。報酬ははずんでいますか」

グレースが目を丸くするかたわらで、テレンスが笑ったが、その声はどこか震えているように聞こえた。「はい、充分お支払いしているつもりです」

「閣下のお言葉は嬉しいけれど、わたしはお金のために描いているんじゃないわ。ジャック卿はわたしの画集を持ってらっしゃるのよ、テレンス」

「自然がお好きなんですね」テレンスが言った。

「ええ、まあ。でもそれより、わたしはグレースの作品そのものが好きでしてね」

テレンスはふいに挑むような視線をジャックに向けた。「わたしもそうですよ」

グレースは小さく笑った。「わたしの頭がうぬぼれで二倍にふくれないうちに、ソファに座ってお茶でも飲みましょう」そこでいったん言葉を切り、ジャックの顔を見た。「ああ、忘れてたわ。閣下はたしかご用があるんだったわね」

ジャックはグレースにそう言われ、本当に用事があったことを思いだした。もっとも、進んで大金をすりたがる男たちが集《つど》うクラブでカードゲームをする約束を、はたして用事と呼べるかどうかは疑問だが。

自分の置かれた状況とグレースの父親に負った借金のことを考えたら、ギャンブルからはきれいに足を洗うべきなのだろう。だがエズラ・デンバーズに負けたのは、たまたま不運な偶然だったにすぎない。あれから二度カードゲームをしたが、二度ともジャックが勝ったのだ。今回もきっと同じに決まっている。札に集中して冷静に確率を計算し、無謀な金額を賭けさえしなければ、なにも問題はない。

ジャックはグレースをテレンスとふたりきりで残すことにためらいを覚え、すぐにはその場を去ろうとしなかった。だがバースで借りている豪奢な館の賃料も、そろそろ支払いの期限が迫っている。ここはやはり、予定どおりクラブに行くしかない。

グレースに少しでもクックに惹かれているそぶりが見られれば、約束を反故《ほご》にしてもここにとどまっただろう。だがグレースが彼に友情以上の感情を抱いていないのはあきらかだ。もっともクックのほうはそうではないようで、こちらに対抗意識を燃やしているらしい。とはいえ、もしグレースがクックのことを男として見ているのであれば、ふたりはとっくの昔に結ばれていたはずだ。

でもグレースは、いまや間違いなく自分に惹かれている。

「残念だが、きみの言うとおりだ」ジャックはグレースだけに聞こえるよう小声で言った。それから彼女の手を取り、手のひらに優しくくちづけた。「楽しい午後を。また夜に会おう」

グレースの頬がばら色に染まった。「ええ。楽しみにしているわ、閣下」

「ジャックだ」ジャックはグレースの耳もとでささやいた。

背筋を伸ばしてテレンスに向きなおり、別れの挨拶をした。そして最後にもう一度グレースに目をやると、応接間を出ていった。

「あれが悪名高いジャック・バイロン卿か」ジャックがいなくなってまもなく、テレンスは言った。

グレースは紅茶を注《つ》ぎ終え、テレンスにカップを手渡した。「どういう意味なの?」

「なんでもない」テレンスは無造作に肩をすくめ、ゆらゆらと湯気をたてているカップを見た。「ただ、彼についてあまりいい評判は聞かないというだけだ」

「世の中に完璧な人なんていないわ。ジャックに——いいえ、ジャック卿にどんな評判があったとしても、わたしは驚かない」

「じゃあきみは、彼が放蕩者《ほうとうもの》だということを知ってるんだね」

グレースは急になにかがのどにつかえたような気がした。「いいえ。でもたとえそうだとしても、別に不思議なことではないわ。あの人はハンサムだもの。放っといても女性が寄ってくるのよ」

テレンスはふんと鼻を鳴らした。「きみがああいうタイプが好みだったとはね」身を乗りだして薄く切ったショートブレッドに手を伸ばした。それを紅茶にひたしてから、ひと口食べる。「ギャンブルをしていることも知ってるのかい?」

「紳士は誰でもギャンブルをするものでしょう。上流階級の人たちにとっては、それも社交の一環なのよ」

「そうかもしれない。でも収入を増やすためにギャンブルをしている貴族となれば、そう多くはないだろう。ジャック卿の腕前は玄人《くろうと》同然だと聞いている」

グレースは眉根を寄せた。ふいに冷たくなった指先に、紅茶のカップの温《ぬく》もりがありがたく感じられた。いつかホイストをしているときにジャックが隣りに座り、出てくる札を次々に当てていたことを考えると、テレンスの言っていることもあながちわからなくもない。ジャックにずば抜けたカードゲームの才能があることは間違いない。でもそれは、彼の頭の回転が速いというだけのことだ。カードゲームが好きな人は世の中にごまんといる。ジャックだけを色眼鏡で見る理由はどこにもない。

「それで次は、ジャック卿は酒癖が悪いとか言いだすんでしょう」

テレンスは眉をひそめた。「たしかに彼は酒を飲むらしいが、特に癖が悪いという話は聞かない。ほかの貴族と比べると、むしろ酒量は少ないほうのようだ」

「そう。少なくともお酒のことについては、ジャック卿も悪口を言われなくてすんだわけね」グレースはやや乱暴にカップをテーブルに置いた。「いったいなんなの。どうしてジャック卿のことがそんなに気になるのかしら。そもそも、なぜあなたがあの人のことにそんなに詳しいの？」

「知らないのかい？　きみたちふたりの噂はロンドンまで届いているんだぞ」

「どんな噂が？」

「きみとジャック卿がしょっちゅう会っているという噂だ。きみたちはどこに行くにも一緒だというじゃないか」

「わたしの名前がゴシップ記事に載るとはとても思えないわ。さあ、そんな話をいったいどこで聞いたのか教えて」

テレンスは目をそらした。「バースに住んでいる知り合いでそういうことに目ざとい人間がいてね」

グレースは唇をぎゅっと結んだ。「そういうことに目ざとい？　もしかして、その人にわたしを見張らせてたの？」

テレンスはさすがに顔を赤らめた。「ぼくはきみのことが心配なんだ、グレース。きみが元気でいることを確かめたかった。だから取り返しのつかないことになる前にと思い、こうして訪ねてきたんじゃないか」

「取り返しのつかないことってなに？　それにご覧のとおり、わたしはとても元気よ」

「いまはそうかもしれないが、今後のことが心配だ。あんな男と親密な付き合いをするなんて、なにを考えているんだ？」

「〝親密な付き合い〟とはどういう意味かしら」

「一緒にダンスを踊り、甘い言葉をかけられたりちやほやされたりして、夢見心地になっているという意味だ。ジャック卿にはなにか下心があるに決まっている」

「お金目当てだと言いたいなら、それはちがうわ」

「ああ、実際に本人に会ってみて、その点についてはきみの言うとおりだとわかった。ただし、あの男の目的は金より始末が悪い。ジャック卿はきみの体を狙ってるんだよ、グレース。でも彼にはきみと結婚するつもりなどない」

グレースは組んだ手をじっと見つめた。「ええ、そのことならわかってるわ」

「なんだって？」

グレースは顔を上げてテレンスの目を見た。「ジャック卿がわたしを欲しがっていることは本当よ。本人がはっきりそう言ったもの。あの人にわたしと結婚する気はたぶんないこともわかってる」

「それでもまだ彼と会っているのか？」テレンスは思わず声を荒らげた。

グレースはうなずいた。「いまのところはね。これからどうするか、自分でも考えてるわ」

テレンスは立ちあがり、部屋の中を行ったり来たりした。「なにを考えることがあるんだい？　まさかあの男の望みをかなえてやるかどうか、迷っているとでも？　とても正気の沙《さ》汰《た》とは思えない。もちろんはっきり断わるんだ。考える余地などないだろう」

テレンスに話してもわかってもらえないと思い、グレースは黙っていた。

「きみはジャック卿にだまされている」

「そんなんじゃないわ」

「彼はきみを誘惑し、本来のきみらしくないことをさせようとしているじゃないか」

「わたしらしいことってなに？」

二十五歳になったのに、まだひとりでいること？　適齢期を過ぎているのに、本物の情熱も男性の肌の温もりも知らないままでいることなの？

テレンスはソファのところに戻り、グレースの隣りに腰を下ろした。「利用されて捨てられることも、辱《はずかし》めを受けることも、きみらしくないことだ。でもジャック卿がしようとしていることは、まさにそれじゃないか。彼はきみを自分のものにしてさんざん楽しんだあげく、いずれ飽きたらいとも簡単に捨てるだろう。そしてきみに会ったことさえ忘れてしまう。ジャック卿はこれまで何十人もの女性と付き合ってきた。彼はそういう男なんだ。きみも大勢いる女性の中のひとりにすぎない。いつか関係が終わったあと、きみはどうなるんだ？　父上はきっと許してくれないぞ」

グレースは目を閉じた。それとまったく同じことを、自分も考えたことがある。テレンスの言うとおりかもしれない。ジャック・バイロンとのつかのまの情事のために純潔と自尊心を捨てようとするなんて、わたしはやはり愚かだったのだろうか。

「彼は貴族なんだよ、グレース。きみは世界を手に入れるに値するほど素晴らしい女性だが、事実は事実だ。貴族の男が平民の女性と結婚することはない」

そのとおりだわ。グレースはあらためて苦い現実を噛みしめた。

「こんなときにどうかと思うが、もう一度言わせてくれないか」

「やめて、テレンス――」グレースはテレンスがなにを言おうとしているかわかっていた。

「結婚しよう、グレース。きみをかならず幸せにすると約束する。きみを心から慈しみ、あの男のことなどすぐに忘れさせてやる。さあ、イエスと言ってくれ。ふたりで一緒に最高の人生を送ろう」

　グレースはいつものように断わろうと口を開きかけた。だが今日にかぎり、どういうわけか言葉が出てこなかった。ふいに自分がなんと答えるつもりなのかも、自分の気持ちすらもよくわからなくなった。

「わたし……」グレースはテレンスの真剣そのものの表情を見た。「その……」心臓がゆっくりと重々しいリズムで打っている。「考えておくわ」

「でもグレース……」テレンスはいつもの癖で反射的に言ったあと、ぽかんとした顔になった。「なんだって？　いまなんと言った？」

「考えておくと言ったのよ」

　テレンスの顔がぱっと輝いた。「本当に？」

「ええ。でもひとまずそのことは忘れて、なにか別の話をしましょうよ。ロンドンの最新情報でも教えてちょうだい。いま紅茶のお代わりを注ぐわね」


　それから数時間後、ジャックは座席にもたれかかり、舞台に立つ俳優たちのせりふに耳を傾けていた。だが彼の心を占めているのは芝居ではなく、隣りの席に座っている女性のことだった。

　明るいグリーンのシルクのドレスに身を包んだ今夜のグレースは、まばゆいほど女らしい。でもそれは世間一般で称賛されるような、華奢ではかなげな女らしさではない。つややかな赤い髪がグリーンのドレスに映え、色あざやかで大胆な魅力にあふれている。ジャックは肩越しにグレースに目をやると、ついよからぬことを想像して口の中につばが湧くのを感じた。

だがいくらジャックでも、この混んだ劇場の中で彼女にキスをするわけにはいかないとわかっていた。特にグレースの伯母が前の列に座っているとなれば、あまり変なことはできない。それでも三人が座っているボックス席は暗かったので、ジャックは薄闇《うすやみ》にまぎれてグレースの手を取り、自分のひざの上に置いた。

グレースは横目でちらりとジャックを見たが、その手は彼の手を握りかえしてくることも、ひざをなでることもなかった。やがて俳優が決めぜりふを口にして観客のあいだから喝采《かっさい》が起きると、グレースはさっと手をひっこめて静かに拍手をした。

ジャックはかすかに眉根を寄せ、グレースの耳に口を近づけてささやいた。「どうしたんだ?」

「なんでもないわ」グレースは一瞬微笑んでみせ、すぐに舞台に視線を戻した。

ジャックはふたたび座席にもたれかかり、ペトルーキオ役の俳優がケイト役の女優を肩にかつぐのを見ていた。登場人物が早口で交わす下品なせりふの応酬に、観客がどっと笑っている。

ジャックはグレースの横顔を見ながら、指先で首の線をなぞった。

グレースは身震いし、その手から逃れるように小さく首をふった。

ジャックは微笑み、今度は襟足の後れ毛をもてあそんだ。

「ジャック、やめて」グレースは声をひそめた。

「どうしてだ」

「わかるでしょう。とにかくやめて」

ジャックはにやりとした。そのまま手を上に進め、貝殻のような形をした耳たぶをなでると、グレースの体がびくりとした。

「お願い」

ジャックは意味ありげな笑みを浮かべた。「なんのことかな」

「ここは劇場なのよ」

「ああ、でもこの場所は暗いから誰にも見えないさ」

「伯母がいるわ」

「伯母上は芝居に夢中になっている」ジャックは身を乗りだし、グレースの耳たぶを軽く嚙んだ。

グレースは震えるまぶたを閉じて唇を嚙み、思わず声が出そうになるのをこらえた。

「もっとほかのことをしようか」ジャックを見た。「やめてちょうだい」

グレースは懇願するようにジャックを見た。ジャックは低い声で言った。

ジャックはしばらくのあいだグレースの目を見ていたが、やがて顔を離して背筋を伸ばした。グレースの手を握ったところ、その体がこわばるのが伝わってきた。「緊張しなくていい」優しくささやいた。「手を握るだけだ」

グレースはかすかにうなずいた。

そのまま二分が過ぎ、ふたりは手を握ったまま黙って芝居を観ていた。

だがジャックはそれ以上おとなしくしていられず、グレースの手袋についた真珠のボタンをふたつはずした。そしてすべすべした温かい手首の内側の肌を、ゆっくりと円を描くようになでた。

グレースの手が震え、唇から甘いため息がもれた。ちょうど舞台が騒がしい場面を迎えていたことに、ジャックはひそかに感謝した。

手首への愛撫を続けながら、指先に当たる細い静脈や腱《けん》の感触を味わった。すぐにそれだけでは満足できなくなり、もうひとつボタンをはずした。

人差し指を手袋の中にすべりこませ、感じやすい手のひらをなでると、グレースがはっと息を呑んだのがわかった。

彼女の体が震え、まぶたが閉じる。

ジャックは何度も指を出し入れするようにして、手のひらをさすりつづけた。

その動作にみだらな連想をしていると、下半身が反応してズボンが急にきつくなったように感じられた。これ以上続けたら、欲望を抑えられる自信がない。ジャックは最後にもう一度、思わせぶりにグレースの手のひらをなでたあと、手袋のボタンをかけた。

グレースの顔を見たところ、頬が紅潮して瞳の奥で情熱の炎が燃えている。ジャックはいますぐ彼女を抱き寄せて濃厚なキスをしたい衝動に駆られたが、なんとかそれを我慢した。そして後ろ髪を引かれる思いでグレースの手を放し、本人のひざの上に置いた。

グレースは震える息を吸いながら、ジャックが放した手をこぶしに握って平静を取り戻そうと努めた。全身が雷にでも打たれたようにしびれている。

今日の夜はずっと、彼とのあいだに距離を置こうと努めてきた。もちろん伯母と三人でお芝居を観に行く約束をしていたので、まったく顔を合わせないということはできなかったが、少なくとも気持ちの上ではそうしようと思っていた。午後にテレンスと別れてからというもの、彼との会話が頭にこびりついて離れない。

ジャックが女たらしだというテレンスの指摘は当たっている。ジャックが指をぱちんと鳴らせば、数えきれないほどの女性がわれ先にと駆け寄ってくるにちがいない。カードゲームの天才的な腕前からすると、ギャンブル好きだというのも事実だろう。そしてわたしに対する下心という点については……熱いキスと抱擁を考えれば、ベッドに誘われる日もそう遠くないような気がする。

やはり彼は絵に描いたような放蕩者なのだ。

だが残念ながら、ジャックとのあいだに距離を置こうとするグレースのささやかな努力は、無駄に終わりそうだった。たった一度手を握られただけで、グレースは体がとろけそうになった。そして肌に触れられたとたん、喜んで彼の言いなりになりたいと思った。くちづけさえされていないのに。

少し頭を冷やす時間が必要だ、とグレースは思った。ジャックと離れ、ひとりで考える時間が。

幸いなことに、それから芝居が終わるまでジャックはグレースにちょっかいを出さず、放蕩者の顔を隠して完璧な紳士のようにふるまった。

やがて幕が下りると、ジェーン伯母がちょっと友だちと話をしてくると言っていなくなり、グレースとジャックはふたりきりになった。

「明日の午後、また会えるかな」座席から立ちながらジャックが言った。「〈フォーズ〉でアイスクリームを食べたあと、ビーチェンクリフに散歩に行かないか。バースの町が一望できるいい場所だと聞いている」

「行ってみたいわ」

その言葉は嘘ではなかった。だがグレースにはどうしても、ジャックと離れて今後のことを考える時間が必要だった。それにはしばらくこの町を出るのが一番だ。

「でも残念だけど、次の機会にしてもらえるかしら。言いそびれていたけれど、明日から伯母のおともでブリストルに行くことになってるの」

もともとグレースはバースにとどまり、ジェーン伯母がブリストルに行って不在のあいだ、伯母の友人に泊まりに来てもらう予定だった。でもグレースが考えを変え、やはり一緒に行くことにしたと言えば、伯母は大喜びするだろう。

「ブ、リ、ス、ト、ル、か」ジャックは眉を上げた。「何日ぐらい行く予定なんだい？」

「ほんの数日よ。来週の頭には戻ってくると思うわ。伯母の学生時代からのお友だちが向こうに引っ越したばかりで、その人を訪ねたいんですって。そんなに長くはならないんじゃないかしら」でもある程度気持ちの整理がつくまでは、滞在しようと思ってるわ。グレースは胸のうちで付け加えた。

ジャックは一瞬、ひどく困惑した顔をした。だがすぐにいつものにこやかな表情に戻った。

「そうか。じゃあ楽しい旅を。帰ってきたらまた会おう」

「ええ。バースに戻り次第、手紙を書くわね」

ジャックはほっとしたような表情を浮かべた。「わかった。そのときはすぐに知らせてくれ。あまり連絡が遅いと、きみに会いにブリストルまで行ってしまうかもしれない。せめて四日ぐらいで戻ってきてくれると嬉しいんだが」

「わかったわ」グレースは言った。あとはただ、四日間で結論が出せることを祈るばかりだ。

8

「本当にもう帰るの？」グレースが三泊した寝室で、ジェーン伯母が訊いた。

　グレースは荷造りを手伝っているメイドに、本を二冊手渡した。「伯母様とミセス・ダギンとここで一緒に過ごせて、とても楽しかったわ。でもわたしは予定どおり、今日バースに帰ろうと思うの。伯母様はどうぞゆっくりしていらして。わたしのことなら気にしなくていいから」

　伯母はためらい、唇をぎゅっと結んだ。「でもそうしたら、あなたはバースの屋敷でひとりきりになるのよ。なにをして過ごすつもり？」

「暇をつぶす方法ならいくらでもあるわ。それに伯母様のお屋敷には八人も使用人がいるんだから、ひとりきりなんかじゃないわよ。食事のお世話だってしてもらえるし、なにも心配はいらないわ」

「そうかもしれないけど、あなたのお父様はきっといい顔をしないでしょうね」

「お父様には黙っていればいいのよ。そうすれば怒らせずにすむじゃない」

伯母はグレースの言葉に驚きつつも、目を輝かせた。「それもそうね」

「第一、わたしはもう小さな女の子じゃないの。二十五歳にもなれば、自分の面倒ぐらい自分で見られるわ」

伯母は優しい笑みを浮かべた。「わたしから見れば、二十五歳なんてまだ子どもみたいなものだけど。でも最初の予定どおり、ミセス・トゥワインに来てもらうことにすればいいわね。あの人ならきっと喜んでそうしてくれるでしょう。バースに着いたら、すぐに彼女に連絡するのよ」

荷造りが終わり、グレースは淡黄褐色のサーセネット織物の上着に手を伸ばした。それを羽織って数個ならんだボタンをかけると、伯母に向きなおって頬にキスをした。「ええ、そうするわ」

「わたしもあと一日か二日で帰るから」

「伯母様は好きなだけここにいてちょうだい。わたしならだいじょうぶだから」

だがそれから一時間後、グレースはバースに向かう馬車の中で、はたして自分は本当に〝だいじょうぶ〟なのだろうかと考えていた。バースを離れて四日間過ごしたが、今後のことについては相変わらずなにも結論を出せずにいた。

テレンスにも結婚のことを考えてみると言ったものの、気が重くてつい先延ばしにしている。

そしてジャックのことは、考えるたびに胸の鼓動が激しくなる。情熱的な愛撫の記憶がよみがえり、肌がうずくこともしばしばだ。昼間はジャックのことを考えてぼんやりし、夜は夜で彼の夢を見て、満たされない欲望に身もだえする。この狂おしさをなだめられるのは、彼ひとりしかいない。

それなのに、わたしはまだ迷っている。

テレンスは忠実でよき友人だ。まじめな人柄で、一緒にいると安心でき、頼りがいもある。なにかと共通点も多い彼となら、楽しく暮らしていけそうな気がする。これといった心配の種もなく、安穏な人生を送れるだろう。自分がテレンスを愛してさえいれば、なにも悩む必要はなかったのだ。だが、どんなにそうであったらいいのにと願っても、テレンスのことを考えて胸が熱くなることはない。つい先日まで自分の中にあるとは知らなかった情熱で、体が燃えあがることもない。

でもジャックはちがう。

彼は優秀な兵士のようにいつのまにかわたしの中に忍びこみ、欲望も含めて自分自身に対するわたしの思いこみを完全に打ち砕いた。わたしは胸が苦しくなるほど強くジャックを求めている。それと同時に、自分の中で目覚めた激しい情熱が怖くてたまらない。彼と一緒なら、身も心もこのうえない悦びに包まれるだろう。だがいつか関係が終わったとき、わたしは天国から地獄へと落とされる。そして人から後ろ指をさされ、恥辱に耐えながら生きていくことになる。

一方テレンスは、わたしをわくわくさせてはくれないかもしれないが、泣かせることもないはずだ。

もちろん、ジャックとテレンスのどちらも選ばず、ロンドンに帰って以前の静かな生活に戻ることもできる。ほんの数週間前まで、わたしは一生独身を通してもかまわないと思っていた。なのにどうして、いまはそう思えないのだろうか。ひとりで過ごす人生に満足できず、なにかが欠けている気がしてならないのはなぜだろう。

グレースはため息をついて窓の外に目をやり、行く手に見えるバースの町並みをながめた。伯母の屋敷に着くと、階段を上がって自分の寝室に行き、旅行用のドレスを脱いで風呂にはいった。

それから一時間後、小枝模様をしたライラック色のモスリンのドレスに着替えたグレースは、薄く切った冷たい牛肉と、新鮮な夏野菜に果物という軽い食事をとっていた。食べ終えると書き物机に向かい、ミセス・トゥワインに手紙を書こうとした。

だが羊皮紙を広げて羽根ペンを構えたところで、ふと迷った。ミセス・トゥワインは優しく感じのいい年配の女性だが、いまは誰かと一緒にいたい気分ではない。それよりもひとりでこれからのことについて考えたい。心が決まれば、肩の荷が下りて少しは楽になるだろう。

テレンスに相談すれば、答えが見つかるかもしれない。

もう午後も遅い時間だが、相手が親しい友人ならば、訪ねて失礼にあたるというほどでもない。この時間ならおそらく彼はホテルにいるはずだ。テレンスと話せば、するべきことをする勇気がもらえるのではないだろうか。

たしかに自分は高貴な生まれではないが、レディになるための教育を受けてきた。レディはハンサムな貴族の誘惑に負け、罪深い生き方を選んだりしないものだ——たとえそれが、どれほど快楽に満ちた甘美なものであっても。普通に考えたら、ジャックと別れるのが一番いいに決まっている。

テレンスがきっと背中を押してくれるだろう。彼のプロポーズを受けるかどうかは、それからまたあらためて考えればいい。

グレースはペンを置いて立ちあがり、階段を下りた。それ以上迷う時間を自分に与えず、上着を手に取って屋敷を出た。

「閣下はなんて運の強いおかただ」ジャックの向かいに座った男性のひとりがしぶしぶ負けを認め、持っていた札をテーブルに投げ捨てるようにして置いた。「こんなにカードゲームが強い人はいままで見たことがない」

ジャックはベーズで覆われたテーブルの上から硬貨をすくうようにして取ると、それを財布に入れた。革の袋が新たに加わった硬貨の重みでたわんだ。「大切なのは慎重さを忘れないことだ。運というものは女性のように気まぐれでね。わたしにだけ微笑んでくれるわけではない」椅子を後ろに引いて立ちあがった。「楽しいゲームをありがとう」

「ちょっと待ってください!」男性が言った。「わたしはまだ負けを取り戻せていません」

ジャックはさとすような目で男性を見た。「手持ちの金が多少なりとも残っているいまのうちに、やめたほうがいい。もしわたしがきみだったら、その金で豪華な夕食をとり、芝居でも観に行くだろう。だがどうしてもまだ勝負をしたいというのなら、向こうのテーブルでちょうどゲームが始まったばかりだ。あいにくわたしは別の用があってね。これで失礼する」

実のところ、ジャックには別の――少なくとも急ぎの――用などなかった。だがバースにやってきたばかりだというこの三人から、今日はもう充分な金額を稼がせてもらった。彼らの持ち金をすべて巻きあげることもない。それに早く屋敷に戻って、グレースから手紙が届いていないかどうかを確かめたい。あれから四日がたつが、彼女からはまだなにも連絡がない。そのことが気になり、なにも手につかないありさまだ。

やはり、グレースをブリストルになど行かせるべきではなかったのかもしれない。

けれどあのときは、引き留める暇さえなかった。翌日の予定について話しはじめたら、彼女がいきなり数日バースを留守にすると言ったのだ。

それでももうその〝数日〟は過ぎた。もし明日までに連絡がなかったら、恥も外聞も捨ててブリストルまでグレースに会いに行こう。もしかすると彼女は、自分がわざわざ会いにやってきたことに感激するのではないだろうか。首に腕をまわして抱きつき、あなたがいなくて寂しかったと言い、愛を告白するかもしれない。

この四日間はグレースと出かけられなくてつまらなかった。いや、彼女に会えないこと自体がつまらなかったと言ったほうがいいだろう。まさか自分がそんなふうに感じるようになるとは思ってもみなかった。離れている数日のあいだ、彼女のことがこれほど気になってしまうとは。だが毎日、気がつくとグレースのことを思いだしている。彼女は元気だろうか、いまごろなにをしているのだろうかと考える。そしていったいいつ帰ってくるのだろうか、と思う。

でもだからといって、そのことになにか特別な意味があるわけではない。自分はただ、計画を前に進めたいだけだ。早くこのゲームを終わらせてグレースの手に指輪をはめ、頭上でぐらぐらしている巨石のような債務から逃れたい。

もちろんそれに加え、グレースを抱きたいというのも本音だ。

彼女とベッドをともにするのがいまから待ち遠しくてたまらない。初めて唇に触れた瞬間から、グレースへの欲望は高まる一方で、そろそろ我慢も限界に達しそうになっている。これまではキスと軽い愛撫以上のことはしないように気をつけてきたが、いつまでもこの激しい欲望を抑えていられる自信がない。

ジャックは出口に向かって大またで歩きながら、またしても胸のうちでつぶやいた。グレースはいったいいつ帰ってくるのだろうか。

テレンスのホテルは静かだった。手持ち無沙汰な様子の男性が数人、ロビーの椅子に座っているだけで、受付に係員の姿も見えない。幸いなことに、グレースはたまたまテレンスから部屋番号を聞いていた。二階にあるその部屋はとても快適だと、テレンスは言っていた。二十号室だ。

グレースは急ぎ足で階段をのぼると、長く狭い廊下を進んだ。角を曲がって十九号室の前を通りすぎ、廊下の一番奥の部屋を目指した。ひとつだけある窓から遅い午後の陽射しがそそぎこんでいる。もし誰かがそこに立っていても、逆光で顔がわからないだろう。

グレースはドアを軽くノックし、一歩後ろに下がって待った。

三十秒ほど過ぎたが、なにも返事がなかった。

ノックの音が聞こえなかったのかもしれない。それとも留守にしているのだろうか。書き置きをしていくこともできるが、できればなるべく早く会いたい。テレンスが戻ってくるのが夜だとすれば、それから伯母の屋敷を訪ねてきてもらうのは遅すぎる。

グレースがふたたびドアをノックしようとしたとき、部屋の中からかすかに物音がした。どうやらテレンスは部屋にいるらしい。

グレースは取っ手に手をかけ、そっとドアを開けた。

「テレンス?」部屋の中にはいり、小声で呼びかけた。断わりなく人の部屋に足を踏みいれるのは褒められたことではないが、相手がテレンスならかまわないだろう。自分たちは親しい友人どうしで、いまさら礼儀を気にする仲でもない。

ドアをはいってすぐのところにある小さな居間には誰もいなかった。奥にもうひとつドアがあるのが見える。きっと寝室に続くドアにちがいない。一瞬ためらったのち、そちらに向かって歩きだしたところ、ドアが半分開いているのがわかった。

ノックして声をかけてから、居間で待てばいい。そう思いながらドアに近づくと、また物音が聞こえた。マットレスがきしむような音に続き、低くかすれた声がした。

もしかしてテレンスは寝ているのだろうか。

そのとき別の音が耳にはいってきた——テレンスのものではないささやき声だ。グレースはとっさにきびすを返しかけたが、すでに目は、半分開いたドアの向こうに広がる光景をとらえていた。

グレースは凍りついた。砂に埋められでもしたように、体がまったく動かない。心臓が早鐘のように打ち、耳鳴りがしはじめた。

テレンスが全裸でベッドに横たわっている。それればかりか、隣りにいる同じく全裸の男性と抱きあっている。ふたりは大きな手で互いの体をなで、恍惚《こうこつ》の表情を浮かべていた。相手の男性がテレンスの髪に手を差しこんで顔を引き寄せ、禁断の激しいキスをする。テレンスが相手の硬くいきりたったものを握ると、その口からうめき声がもれた。

グレースはいつのまにか音をたてていたらしかった。男性がふいに目を開け、まっすぐグレースのほうを見た。

「誰か来たぞ」テレンスから顔を離しながら言った。「彼女も参加するのかい？　ぼくが男しかだめなことを、きみはわかってくれてるんじゃなかったのか」

「なんだと？」テレンスの声は欲望でかすれていた。「誰が来たって？」

テレンスはゆっくりと顔を上げてグレースを見た。目を大きく見開き、信じられないという顔をしている。「グ、グ、グレース？」

自分の名前を呼ぶテレンスの声で呪縛《じゅばく》が解けたかのように、グレースは小さな悲鳴をあげ、くるりと後ろを向いた。背後でふたりが起きあがる気配がし、話しあう声が聞こえたが、ふりかえることなく出口に急いだ。

「グレース！」テレンスが叫んだ。「グレース、止まるんだ！」

グレースはドアノブをまわそうとしたが、手が滑ってうまくいかなかった。もう一度試そうとしたところで、テレンスが追いついてグレースの頭の横の壁に手をついた。

「グレース、行かないでくれ。お願いだ。頼むから説明させてほしい」

「聞きたくないわ！」

いだに立った。
「だめだ、こんなかたちで出ていかせるわけにはいかない」テレンスはグレースとドアのあ

グレースは後ろに下がり、彼が全裸ではないことに気づいて安堵した。グレースのあとを追う前に、ローブをひっつかんであわてて羽織ったらしい。

テレンスは震える手でローブの前を合わせ、腰でひもを固く結んだ。「それにしても、なぜきみがここに？」

「話がしたくて来たの。まさかあなたが……その……誰かと……」グレースは口をつぐんだ。この赤い髪の毛でさえ色あせて見えるほど、いまの自分の顔は真っ赤になっているだろう、と思った。「か——帰るわ」

「頼むよ」テレンスはグレースに近づいた。「とにかく座ってくれ」

だがグレースは椅子には座らず、胸の前で腕を組んであとずさった。

そのとき例の男性が身支度を整えて寝室から出てきた。「よかったらあとで酒場で会おう」グレースをちらりと見る。「まさかきみの細君じゃないだろうな」

「まさか！」グレースとテレンスが同時に叫んだ。

男性は口もとをゆがめて微笑むと、部屋の外に出ていった。

重苦しい沈黙があった。男性の足音が廊下に響き、やがて聞こえなくなった。

テレンスは何歩か前に進み、乱れた髪を手ですいた。その仕草はグレースに、さっき見た

光景を思い起こさせた——テレンスがあの男性とベッドに横たわり、恋人どうしのようにキスをして互いの肌に触れている。男性どうしがあんなふうに抱きあうなんて、これまで想像したこともなかった。

　グレースは急に息がうまく吸えなくなった。

「すまなかった」テレンスはグレースに向きなおった。「まさかきみに見られるとは——」

「わたしだって見るつもりはなかったわ。でも、いまはなにも聞きたくない——」

「いいから聞いてくれ」テレンスは寝室を手で示した。「あれは……その、さっききみが目にしたことはなんでもないんだ」グレースがあ然としているのを見て、そこでいったん言葉を切った。「少なくとも、きみとぼくのことにはなんの関係もない。これはぼくの悪い癖でね。やめようと努力はしている。でも結婚したら、二度とこんなことはしないと約束するよ。だから心配しなくていい——」

　グレースははっと息を呑んだ。「結婚したらですって？　いまさらそんなことを——」

「きみを愛してるんだ」テレンスはグレースの手を取って訴えた。「信じてほしい。どこかの男と一緒にいたからといって、きみへの気持ちは変わらない」

「どこかの男？　まるで知らない人のことを言っているようだわ」

　テレンスの顔が赤くなった。「彼とは最近知りあったばかりだが、そんなことはどうでもいい。きみが怒るのは当然のことだと思っている。でも今日のことは水に流し、以前のぼくたちに戻ろう。頼むからぼくを許すと言ってくれ。そしてふたりで一から始めよう」

グレースはテレンスの顔をじっと見た。怒りとも悲しみともつかない感情がこみあげ、胸が苦しくなった。「ああ、テレンス、わからないの？　なにもなかったことになんてできないわ。あんな場面を見てしまったのよ」

テレンスの目に狼狽の色が浮かんだ。「でも――」

「あなたはわたしをだましていたの。今回のことがなかったら、これからもだましつづけていたでしょう。もしあなたとわたしが結婚したら、それは嘘で塗り固められたものになるのよ」

「だから悪い癖はあらためると言ったじゃないか。もう二度とこんなことはしない」

「いまはそのつもりかもしれないけど、先のことはわからないわ。もしやめられなかったらどうするの？　あなたの言う〝悪い癖〟が、実はあなたが本当に求めていることだったとしたら？」グレースは首をふった。テレンスの手をふりはらい、スカートにこぶしを押しつけた。「結婚はお互いのためにならないわ。わたしはいつわりの人生を送りたくないし、あなたにもそうしてほしくない」

「お願いだ」テレンスはふたたびグレースの手を取ろうとした。「きみとぼくには共通点がたくさんある。これまで仲良くしてきたじゃないか。こんなことで終わりになんかしたくない」

グレースはテレンスの手をよけて出口に向かった。取っ手をまわすと、今度はちゃんとドアが開いた。

「グレース」テレンスは追いすがった。「行かないでくれ」

「ごめんなさい」グレースはそれまで生きてきた世界が音をたてて崩れていく気がした。涙があふれそうになるのをこらえ、逃げるように外に出た。テレンスが呼びとめる声を背中に聞きながら、廊下を階段に向かって走った。

9

ジャックは手綱をふり、糟毛《かすげ》の去勢馬が牽《ひ》く二輪馬車を操って遅い午後の通りを進んでいた。ロンドンに比べると、往来する馬車の数は圧倒的に少なかった。しかものんびりしたバースの町では、急いで目的地に向かう馬車は見かけない。ここでは人が普通に歩くより速い馬車は、白い目で見られるのだ。

ジャックは歩道を行きかう通行人にときおり目をやりながら、ゆっくりと屋敷に向かった。荷物を下ろしている荷馬車の横を通りすぎるとき、赤い髪の毛がちらりと視界にはいった。

グレースを思わせる髪の色だ。

女性はうつむいたまま、まっすぐ歩いている。深刻な顔でなにかを考えこみ、周囲にまったく注意を払っていない。馬車で近づくと、それがグレースに似た女性ではなく、本人であることがわかった。

ジャックは歩道のほうに手綱を引いた。「グレース！」

だがグレースはジャックの声が聞こえなかったらしく、立ち止まらなかった。

「やあ、グレース！」ジャックはグレースとならぶようにして馬車を進めながら、今度は大声で呼んだ。「ミス・デンバーズ！」

なにも返事がない。

ジャックは敷石に沿って馬車を停めると、手早く手綱を結んで地面に飛び降りた。つかつかとグレースに近づき、その腕をつかんだ。

グレースはぎくりとしてふりかえった。「ジャック？」腕をつかんでいるのが誰かがわかり、その顔に安堵の表情が浮かんだ。

「聞こえなかったのかい？　何度も呼んだのに」

グレースはうなずいた。「ええ、あの……ごめんなさい」

「気にしなくていい。いつこっちに戻ってきたんだ？」

「戻ってきた？」グレースの眉間にかすかにしわが寄った。

「いつ帰ってきたのかと訊いたんだ。ブリストルから」

「ああ、ブリストルね。今日帰ってきたの。今日の午後よ」

ジャックは眉根を寄せた。グレースの様子がおかしい。心ここにあらずといった顔をし、瞳の色がくすんだ灰色になっている。

「だいじょうぶかい？　その顔からすると、なにかあったんだろう」

グレースの唇が震え、頬が赤くなった。「なんでもないわ。気にしないで」

「なんでもないはずがない。いったいどうしたんだ？」

グレースはかぶりをふって唇を固く結んだ。

ジャックはグレースの手を取って自分の腕にかけた。本当はいますぐ抱きしめたかったが、人目のある場所でさすがにそれはできなかった。「きみはひどく思いつめた顔をしている。伯母上はどこだい？　そのへんの店で買い物でもしているのかな。すぐに呼んでこよう」

「伯母は一緒じゃないの。まだブリストルにいるわ」

「ということは、きみはひとりなのかい？　メイドも連れてこなかったのか？」

グレースの顔に答えが浮かぶのが見えた。

「いったいなにがあったんだ。きみの様子がおかしいことは、見ればすぐにわかる。なんでもないわけがないだろう」

グレースは返事をしなかった。

ジャックはしばらく考えてから言った。「とにかく家に行こう」

グレースは少しためらったのちうなずき、ジャックの手を借りて馬車に乗った。

ジャックが手綱を操っているあいだも、グレースはひと言も口をきかず、ひざの上で手を組んで下を向いていた。やがて馬車が停止すると、ようやく顔を上げた。

「伯母の家じゃないわ」驚いた声を出した。

「ああ、ぼくの家だ。ここのほうが話がしやすいかと思ってね」

それに、自分にとって好都合でもある。ジャックは胸のうちで付け加えた。ここに連れてくれば、グレースもいつまでも黙りこんではいられないだろう。〝帰ってちょうだい〟と言って、ジェーン伯母の執事にジャックを出口まで案内させることもできない。

グレースの表情が一瞬こわばった。勝手にジャックの屋敷に連れてこられたことに抗議し、いますぐ伯母の家に送ってほしいと言いだしそうに見えた。だがすぐにあきらめたように小さく肩をすくめ、ジャックに手伝ってもらって馬車から降りた。

屋敷にはいると、ジャックは執事と小声で挨拶を交わした。ロンドンから連れてきた使用人のうちのひとりだ。ジャックは彼らに絶対の信頼を置いていた。仕事ぶりは優秀だし、分別もわきまえている。グレースがここに来たことを、使用人の誰ひとりとして口外しないはずだ。

ジャックはグレースを案内し、白い大理石の玄関ホールを横切って階段に向かった。グレースはおとなしくついてきていたが、階段の下でふと足を止めた。

「家族用の居間が二階にあるんだ。この階の居間よりもずっと居心地がいい。でもきみが一階のほうがいいなら、そっちに行こうか」

グレースはひと呼吸置いてから言った。「いいえ、二階でいいわ」

ジャックはグレースの先に立って階段を上がった。彼女がこうして現実に自分の屋敷にいるのだと思うと、嬉しさで小躍りしたい気分だった。

グレースは薄手のモスリンのスカートを揺らしながら、ジャックのあとに続いて居間にはいり、クッションのきいた大きなソファに腰を下ろした。

ジャックはてきぱきと飲み物の用意をし、グレースのところに戻った。「ほら」琥珀色《こはくいろ》の液体が一インチほど注がれたグラスを差しだした。「これを飲んで」

グレースはけげんな顔をした。「なにがはいってるの？」

「ブランデーだ」ジャックはグレースの隣りに座ると、自分のぶんのグラスをサイドテーブルに置き、もうひとつのグラスをグレースの手に握らせようとした。「飲んでごらん」

「ブランデーなんか飲めないわ」グレースは首をふった。

「飲んだほうがいい。きみはすっかり混乱した顔をしている。これを飲めば少しは気分が落ち着くだろう。さあ、いいから飲むんだ」

「でもジャック――」

「飲むんだ」ジャックはグラスの脚に手をかけ、口に運ぶよううながした。グレースは観念し、おそるおそるひと口飲んだ。

「うっ！」口に含んだとたん、思わず咳《せ》きこんだ。

「もうひと口飲んで」咳が止まるとジャックが言った。

「結構よ。一回でこりごりだわ」

「すぐに慣れるからだいじょうぶだ。さあ」

グレースはいぶかしむような目でジャックを見ると、グラスを両手で持ってまた少しだけ飲んだ。今度は咳が出なかった。

「もうひと口」

「わたしを酔わせようとしているのね」

「そのとおりだ」ジャックはにっこり笑い、口もとから白い歯をのぞかせた。

グレースは笑い声をあげ、言われたとおりにした。

その肩からみるみる力が抜けていくのが、ジャックの目にもわかった。ジャックは自分のグラスを手に取って口に運んだ。「さあ、なにがあったのか話してくれないか」

グレースは視線を床に落とした。「なにもないわ」

ジャックはグラスをゆっくりまわした。「そうか。じゃあ、さっきぼくと会う前はどこにいたんだ?」

グレースはジャックを一瞥すると、ブランデーをごくりと飲んだ。アルコールが体にまわりはじめ、まぶたが重くなる。ひとつ大きく息を吸ってから目を開けた。「テレンスに会いに行ってたの」

ジャックは眉根を寄せて考えた。「それはクックのことかな」

グレースはうなずいた。「ちょっと話したいことがあったから」

ジャックはさらに眉をひそめた。「話したいこととは?」

「個人的なことよ。内容はどうでもいいでしょう」

「本当にどうでもいいことなら」ジャックは淡々と言った。「教えてくれてもいいだろう」

グレースはジャックの顔を見ると、またすぐに目をそらした。

ジャックの頭にあることがひらめいた。「もしかしてぼくのことかい？」

「いいえ。あの、具体的にどうこうというんじゃなくて」グレースはあわてて言い添えた。

「とにかく、今日はその話はしなかったわ」

「でも以前、ぼくの話をしたことがあるんだね。クックはなんと言っていた？　ぼくを褒めてくれたとはとても思えないが」

「閣下、そんなことは――」

「どうでもいいことだ、と言いたいんだろう」ジャックはグレースの言葉をさえぎった。

「たしかにそうかもしれない。でもいいから話してくれ。なにを聞いても、ぼくは別に気分を害したりしない」

グレースは口ごもった。「その、テレンスは、あなたのことをギャンブル好きだと言ってたわ」

どうやらクックはこちらのことをあれこれ訊きまわったらしい、とジャックは思った。だがグレースの父親との契約のことさえ知られなければ――それはまずありえない――なにも心配することはない。

「彼の言ったことは当たっている。ぼくはカードゲームにかぎらず、勝負ごとが好きだ。ほかには？」

「それから……あの……女性好きだとも言ってたような気がするわ」

「女性好きだって？」ジャックは笑みを浮かべた。「クックはそんなことも言ったのか。だがそれも当たりだ。ぼくは世の中の半分を占める女性のことを、おおいに尊敬している。そのことはきみもとっくに承知していると思ってたが」グレースのあごを指先でなでると、その体がかすかに震えるのが伝わってきた。「でも、女性なら誰でもいいというわけじゃない」

ジャックは親指と人差し指でグレースの耳たぶをつまみ、優しくもんだ。「ぼくと別れたほうがいいと言われたんじゃないか？」

グレースの唇からため息がもれた。「あなたと一緒にいたら、あまりいい影響を受けないとは言われたわ」

にもかかわらず、彼女はこうして自分とふたりきりでここにいる。ジャックはまた嬉しくなった。

「自分が聖人じゃないことは認めよう。クックに言われたのはそれだけかな？」

グレースが首をふると、髪の毛が一筋、はらりと頬に落ちた。ジャックはとっさに手を伸ばし、それを指でもてあそんだ。

「結婚しようとも言われたわ」

ジャックは反射的に手を引いた。そのはずみでグレースの髪が指にからまった。

「痛い！」

ジャックはあわてて髪をほどいた。「すまない。ところでいま、結婚を申しこまれたと言ったのかい？　それで、きみはなんと返事を？」みぞおちを思いきり殴られたような衝撃を覚えたが、それを無視して訊いた。もしグレースがプロポーズを受けたとしたら、自分はライバルを見くびり、大失態を演じてしまったということだ。

「断わったわ」

ジャックは胸をなでおろした。

グレースはふたたびブランデーを口にした。「だから今日の午後、彼の泊まっているホテルに行ったの。話をしようと思って」

「ホテルだと？」ジャックは体の脇でこぶしを握りしめ、グレースの口から次はどんなことが飛びだすのだろうと思った。

グレースはブランデーを飲み干してグラスを差しだした。「お代わりをいただけるかしら」

ジャックはそれをちらりと見ると、自分のぶんのブランデーをひと息に飲んだ。「ぼくももう一杯飲むことにしよう」

グレースからグラスを受け取って立ちあがり、食器棚に向かった。クリスタルのデカンターの栓をはずし、グレースのグラスに少量、自分のグラスにたっぷりブランデーを注いだ。

それからソファに戻って腰を下ろし、グレースにグラスを渡した。「続きを聞かせてくれ。ホテルでなにがあったんだ？」

グレースの頬が真っ赤になったが、それはブランデーのせいではなさそうだった。

「彼になにかされたのか？」

グレースの肌に触れてもいいのはこの自分だけだ。ジャックはあごをこわばらせた。もしクックが彼女に手を出していたなら、この手でつかまえて八つ裂きにしてやる。

グレースの顔を奇妙な表情がよぎった。「いいえ、なにもされてないわ。わたしはね」

ああ、よかった！　ジャックは心の中で叫んだ。

グレースがブランデーを口にした。

ジャックはふと考えた。「きみにはなにもしてないということは、つまり……もしかすると、きみは見てはいけないところを見てしまったのかい？　クックが別の女性といる現場を？」

グレースの顔が炎に照らされてでもいるように、ますます赤くなった。

「女性じゃなかったわ」蚊の鳴くような声で言った。「彼は……その……」

「どうしたんだ？」ジャックはなんとなく話の先が見えたような気がした。

「あの……テレンスは……男の人と一緒だったの。しかも、ふたりとも一糸まとわぬ姿だったのよ！」グレースはブランデーを口に含んだが、あわてて飲みこんだせいで咳きこんだ。

ジャックはグレースの背中を軽く叩いてから、今度はゆっくり円を描くようにさすった。

「だいじょうぶかい？」

グレースはうなずき、ひとつ深呼吸をした。

「きみがショックを受けるのも当然だ」

「あんなに驚いたのは生まれて初めてよ」

それはそうだろう。彼女は禁断の光景を目にしてしまったのだ。

それでもクックが実はライバルではなかったことに、ジャックは安堵せずにいられなかった。それにしても、あの男は男色でありながら、グレースに結婚を申しこんだというのか。

自分のついている嘘よりも、たちが悪いではないか。

たしかに自分の動機も褒められたものではないが、少なくともグレースにはちゃんとした結婚生活を送らせてやれる。ベッドで肉の悦びを教え、女として大きく花開かせてやろう。エズラ・デンバーズは、娘を母親にして幸せな暮らしをさせてほしいと言った。その約束を守るために最善を尽くすつもりだ。

「大変な思いをしたね」ジャックはグレースの背中をなでつづけた。「でも正直に言わせてもらうと、ぼく自身はこうなってよかったと思っている。もしその現場を見なかったら、きみはいまごろぼくと一緒にいなかっただろう」グレースに身を寄せる。「きみがここに来てくれて嬉しいよ。この数日間、きみに会えなくて寂しかった」

グレースが顔を上げると、その瞳が青く輝いているのがわかった。「本当に？」

「ああ。きみのほうは？」ジャックは空いたほうの手を上げ、まず美しい色の眉を、次に頬と唇を指でなぞった。「ぼくに会えなくて、少しでも寂しいと思ってくれたかな」

グレースのまぶたが震えた。「ええ。とても寂しかったわ。でも――そんなことを思うべきじゃなかった。もう帰るわね」

「帰る？　どうして？」

グレースは眉根を寄せた。「だって……その……」必死で理由を探した。「もう遅いから、そろそろ帰らなくちゃ」

「まだ夕食の時間にもなっていない」ジャックはグレースのあごから首を手の甲でなでた。「ここで食べていけばいい。きみはさっき、伯母上が留守だと言った。ひとりで夕食をとるのはつまらないだろう」

「ええ、でも――」

「ぜひそうしてくれ。ぼくの料理人の腕は一流だ。彼女は舌がとろけそうな素晴らしい料理を作ってくれる。きみの好物はなにかな。厨房《ちゅうぼう》に伝えて作らせよう」

ジャックはグレースの背中に腕をまわし、首筋に唇を当てた。「ローストビーフは好きかい？」

「あの、わたし……」

「そうだな、牛肉は胃がもたれるかもしれない」グレースの首やのどにキスの雨を降らせた。「鹿肉はどうだろう？　少し臭みが強いかな」

グレースはまぶたを震わせ、片手を上げてジャックの上着をつかんだ。

ジャックはだんだん唇を上に向かわせると、ブランデーのにおいのする息を耳にそっと吹きかけた。グレースは身震いし、悲鳴にも似た小さなため息をついた。

「ウズラはどうかな。甘いベルモットに、レーズンとオレンジの皮を入れたソースで煮こむんだ。どうだい？」

「素敵だわ」

ジャックは微笑み、いまの言葉は料理とキスのどちらを指しているのだろう、と思った。もちろん、キスを指しているほうがいいに決まっている。

「それとも」グレースの唇に羽のように軽いキスをした。「ロブスターとカキにしようか。繊細で軽くて、さわやかな潮風のにおいのする料理だ。ぼくがひと口ずつ食べさせてあげよう」

そしてグレースになにも言う暇を与えず、舌でその唇をなぞり、それから口の中に差しこんだ。ソファのクッションの上に彼女を押し倒し、甘く濃厚なキスをした。

間違ったことかもしれないが、今夜はどうしてもグレースを帰したくない。彼女ともっと深い絆を結びたい。そのためには、体で結ばれるのが一番の方法だ。グレースがブランデーをたくさん飲んでいることを考えると、それはあまり公平なやり方ではないかもしれない。でも本人が知っていようがいまいが、どのみち彼女は自分と結ばれる運命にある。だったら、いまでもかまわないだろう。

今夜、ベッドをともにしてはいけない理由があるだろうか。

ジャックはボディスの下に手を滑りこませ、乳房に触れようとした。だがそのときグレースがかすかに体をこわばらせ、ジャックの手をつかんだ。「あの……夕食の話をしているんじゃなかったの」

「ああ。一緒に夕食をとろう――でもそれはもう少しあとだ。時間ならたくさんある」朝までたっぷりある。ジャックは心の中で付け加え、グレースの唇を巧みに愛撫した。

やがてグレースは降伏し、情熱的なキスを返した。だがしばらくするとうめき声をあげ、力をふりしぼって体を離した。「や――やめて。もう帰るわ。行かなくちゃ」

グレースはジャックを押しのけるようにしてソファから立った。だが二、三歩も進まないうちに、足がふらついて転びそうになった。

ジャックはとっさに立ちあがり、グレースが床に倒れる寸前にその体を抱きとめた。そして腕を背中にまわして彼女を支えた。

「どうしよう」グレースは額に手を当てた。「頭がくらくらする。あなたに飲まされたブランデーのせいだわ」強い口調で言ったつもりだったが、ろれつがまわっていなかった。

なんてかわいいんだろう、とジャックは思った。彼女は本当に愛らしい。

「わたしをよあせたのね」

「酔わせた、と言いたいのかな」

「そうよ、よあせたの。こうなったのはあなたのせいよ」

「ぼくだけのせいじゃない。お代わりが欲しいと言ったのは、きみじゃなかったかな」

グレースははっとしたような顔をした。「そうね、そうだったかも。わ――わたしが、お――お代わりをちょうだいと言ったんだわ」

「そのとおりだ」

「もう帰らなくちゃ」

ジャックは首をふった。「そんな状態で帰れるわけがないだろう。しばらく横になったほうがいい」朝まで横になっていたらいい。

「そ――そうね、じゃあ少しだけ」グレースは指を合わせて〝少し〟という身ぶりをしようとしたが、うまくいかなかった。「来客用の寝室で休ませて」

「寝室ならいくつもある」だがジャックは、グレースを来客用の寝室に連れていくつもりはなかった。自分の寝室に連れていき、自分のベッドに寝かせよう。

上体をかがめてグレースのひざの後ろに腕を当て、そのままさっと抱きかかえた。

グレースは反射的にジャックの首に抱きついた。「わたしを抱えて連れていくつもりなの？」

「ひとりじゃ歩けないだろう」

「でも重いでしょう。途中で落ちるかもしれないわ」

ジャックはグレースの青い瞳をじっと見つめた。「だいじょうぶだ。きみは羽根のように軽い。きみは完璧だ、グレース。ぼくにとっては最高の女性なんだよ」

その言葉が口から出たとたん、ジャックはそれが自分の本心であることに気づいた。たしかにグレースのことを愛してはいないかもしれない。でも彼女はきっと素晴らしい妻になるだろう。グレースと一緒なら、毎日が新しいことの連続で、退屈などしないにちがいない。ふたりで温かい家庭を築き、背の高い褐色の髪の男の子と、脚の長い赤毛の女の子を作ろう。

だがものごとには順序というものがある。

ジャックはグレースをしっかり抱き、その目をのぞきこんだ。「行こうか」

グレースはぎこちなく微笑んでうなずくと、ジャックの肩に顔をうずめて安心したようにため息をついた。

ジャックは満足し、大またで歩いて居間を出た。

10

グレースはふかふかの羽毛枕に頭を乗せ、光沢のある濃紺の紋織物《ブロケード》の上掛けの上に横たわった。まるで体が宙に浮かび、部屋がゆっくりとまわっているようだ。

それとも、まわっているのはわたしのほうだろうか？　グレースはわれながらおかしなことを考えるものだと笑い、目を閉じてめまいがおさまるのを待った。

誰かがグレースの髪を優しくなでながら、サテンの上掛けの上に乗ってくると、羽毛のマットレスがわずかに沈んだ。「ジャック？」

「ああ、そうだ」深みのある低い声がした。

グレースは猫のように伸びをし、小さな吐息をもらした。ジャックが髪に手を差しこみ、頭皮をもむように指を動かしてピンをはずしている。

「髪をほどいてるの？」グレースの豊かな長い髪が枕に広がった。

「このほうが楽だろう」

ジャックは金属の当たる小さな音をたててピンをナイトテーブルに置いた。それからふたたびグレースの髪を手ですいた。グレースは甘いため息をつき、全身がぞくぞくするのを感じた。

「前からきれいな髪だと思ってはいたが、これほどだったとは」ジャックはかすれた声で言った。グレースの髪をひと房、手首に巻きつけて顔の前に持っていく。「本当に美しい」

「伯母からは山火事のような色だと言われるわ」

「その点については、きみの伯母上は完全に間違っている。神々もうらやむほどの美しさだ」

グレースは微笑み、うっとりしてまぶたを閉じた。

こめかみと頰にくちづけられて目を開けると、豪華な装飾の天井が見えた。凝った彫刻の施された寝台の支柱から、美しいカーテンが下がっている。「誰かが泊まるときのために、いつもこんな立派なベッドを用意しているの？」

ジャックは口もとに笑みを浮かべ、グレースの首筋にくちづけた。「ぼくは背が高い。だから大きなマットレスが好きなんだ」

グレースはそれが質問の答えになっていないような気がしたが、具体的にどこがおかしいのかよくわからなかった。だがグレース自身も背が高いので、ベッドが大きいことにはなんの不満もなかった。

足がベッドの端に届いていないことに気づき、もう一度つま先を伸ばして確かめた。だがつま先に触れたのは、やはりマットレスだけだった。グレースは嬉しくなった。

ジャックが今度はドレスの背中にならんだボタンをはずしはじめた。メイドのようにてきぱきと手を動かしている。そしてあっというまにはずし終えると、次にコルセットの締めひもをゆるめた。

グレースはほっとし、ひとつ大きく息を吸った。ボディスがいまにも脱げそうになっていたが、解放感のあまりたいして気にならなかった。「どうしてこんなことを?」

「さっきも言ったとおり、きみを少しでも快適に寝かせてやりたくてね」ジャックはブランデーのようになめらかな声で言った。「このほうが楽だろう?」

ええ、そのとおりだわ。グレースは胸のうちで答えた。

まるで雲の上に浮かんでいるように気持ちがいい。

ただひとつ、袖がひっかかっていることだけが気になった。腕が自由になれば、もっと快適なのに。

グレースはなにも考えずに上半身をよじって、片方の腕を袖から引き抜いた。ドレスと格闘したせいで暑くなり、腕を上げて伸びをした。

ボディスとコルセットが胸の下にさがり、乳房がむきだしになった。「まあ!」グレースは頬を染めて笑った。

乳首がつんととがったが、それはひんやりした空気のせいだけでなく、ジャックの熱っぽい視線のせいでもあった。彼が裸の胸をじっと見ている。

グレースはどういうわけか恥ずかしさも不安も忘れ、胸を隠すことなくそのままジャックの視線を受けていた。

ジャックは目をそらそうとしなかった。

ふいにごくりとつばを飲むと、のどぼとけが上下した。目がきらりと光ったが、その表情はどこか後ろめたそうだった。「すっかり酔ったようだね」

グレースは一瞬間を置いてからうなずいた。

「たった二杯ブランデーを飲んだだけで、泥酔《ドランク・アズ・ア・ロード》してしまったのか」

グレースは微笑んだ。「いいえ、閣下《ロード》はあなたよ。わたしの閣下。息を呑むほど魅力的な、愛すべきジャック卿」

「愛すべきだって?」ジャックは笑った。だがその笑い声は、まもなくうめき声に代わった。

「いや、だめだ」小声で自分を叱った。「こんなことをしてはいけない」

「どんなことを?」

ジャックはボディスを引きあげてグレースの胸を隠した。「きみに触れることだ」そう言うとふたたび髪の毛をなでた。「少し休んだほうがいい」

「もう休んでるわ」

「眠るんだ」

「でも眠くないもの」

「すぐに眠くなるさ。さあ、目をつぶって」

「あなたはどうするの？」

ジャックは必死で欲望と闘った。「すぐ近くにいる。起きたら呼び鈴を鳴らしてくれ」

グレースはせつない表情を浮かべた。「行かないで。お願い、ジャック。ここにいてちょうだい」

その言葉は本心からのものだった。ジャックにここにいてほしい。たとえなにが起きても、けっして後悔はしない。彼は危険な男性だとテレンスに警告されたし、わたしに近づいてきた目的も不純なものだとわかっているが、それでもかまわない。わたしはずっとテレンスを信じていた。でもその結果、どうなっただろう。幸か不幸か、わたしはジャックのそばにいると安らぎを感じるのだ。彼がわたしに嘘をつくことはないだろう。ジャックと一緒にいると安心でき、ありのままの自分でいられる。自分たちふたりのあいだに、いつわりのはいりこむすきまはない。

グレースはボディスが脱げかかっていることも気にせず、上体を起こしてジャックの首に腕をまわした。「そばにいて」勇気を出してまず頬に、それからあごにキスをした。

「酒が言わせてるんだ」ジャックの声は心なしか震えていた。

グレースは首をふった。「そうじゃない。たしかにお酒のせいでいつもより大胆になっているかもしれないけど、心にもないことは言わないわ。ちゃんと自分の言ってることはわかっているつもりよ」

ジャックはグレースの体を引き離し、その目をのぞきこんだ。「自分がなにをしているかもわかってるのか？　ぼくがこのままきみのそばにいたらどうなると思う？　ぼくはきみを裸にして押し倒してしまうだろう。いったんそうなったら、途中でやめることはできない」

「やめなくていいわ」

「この部屋がぼくの寝室であることも、ぼくがきみを誘惑するためにここに連れてきたこともわかっているのかい？　きみを欲しいと思っているのは事実だ。でもそれはいますぐじゃない。酔ったきみに手を出すのは——」

グレースはジャックの唇に手を当てた。「わたしがそうしたいの。あなたが欲しい。愛してるわ」

グレースは自分の口から出た言葉に驚いたが、そこには一片のいつわりもなかった。そう、わたしはジャックを愛している——心の底から、とても深く。この数日、あれこれ思い悩んで衝動的にブリストルへ行ったのも、自分の本当の気持ちから目をそむけたかったからにほかならない。テレンスとの結婚を考えたのも、実は怖かったからだ。自分のことが怖かった。ジャックを愛することも、体の奥で目覚めた情熱に呑みこまれてしまうことも。だがいまはもう、なにも怖くない。

「きみはぼくを愛してくれてるのか」ジャックは静かに言った。

グレースはうなずいた。「あなたは聞きたくなかったかもしれないけど、それがわたしの本当の気持ちなの。でも、見返りは求めていないから心配しないで」

ジャックはあごをこわばらせ、険しい目をした。

「そんなことを言ってはだめだ」

「本当にわたしのことが欲しい？」

「もちろんだ。まだ疑っているのかい？」

「だったらここにいて」

ジャックはためらった。「そこまで言われても自分を抑えられるほど、ぼくは強い人間じゃない」

グレースは安心したように枕にもたれかかった。服を脱ごうとすると、ジャックがそれを止めた。

「いいから」低くかすれた声で言い、グレースの手をつかんだ。「ぼくにやらせてくれ」

ジャックはグレースの目をじっと見たまま、ボディスを脱がせた。片方の乳房に触れ、乳首のまわりに指で円を描く。それから硬くとがった乳首をそっとつまみ、ふたたびそのまわりに指をはわせるという愛撫をくり返した。

グレースは頭がぼうっとし、呼吸が苦しくなってきた。だがそれはブランデーのせいではなかった。素晴らしい快楽への予感に打ち震えながら、ジャックに身をゆだねた。脚のあいだがうずき、満たされたいと泣いている。

彼の頭を手で支え、手前に引き寄せて唇を重ねた。もっと激しく、目がくらむほど情熱的に愛してほしい。だがジャックはこわれものでもあつかうように、そっと優しく彼女に触れている。

グレースは炎天下に置かれたろうそくのように体がとけていく気がした。彼のキスはまるで魔法のようだ。一度その魔力にとらわれてしまったら、もう逃げることができない。もちろん、この悦びから逃げたいと思うわけもない。グレースはエロティックな拷問を受けながら、高まる欲望に身もだえした。

あえぎ声を呑みこみ、ジャックの手のひらに胸を押しつけた。ジャックはいったん唇へのキスをやめ、今度は乳房を口に含んだ。

敏感になった先端を温かくなめらかな舌でなめられ、グレースの体から熱いものがあふれでた。彼が柔肌を軽く嚙んだかと思うと、ふたたび舌と唇で愛撫して吸っている。グレースは無我夢中でジャックの髪に手を差しこんだ。

彼が反対側の乳房に移るとき、その唇に笑みが浮かんだのがわかった。ジャックは両方の乳房をじっくり愛撫したのち、最後に一度その先端を強く吸って顔を離した。

グレースはとっさにジャックを引き戻そうとした。

だがすぐに心配する必要はなかったとわかった。彼が器用な手つきで、まずはドレスを、それからコルセットとペチコートを脱がせている。そしてストッキングとレースのガーターだけを残し、グレースを裸にした。

ジャックは空色の瞳をらんらんと輝かせながら、グレースの体に視線をはわせた。胸もとから始まり、脚のあいだの禁断の場所に目を留めたあと、足の先までなめまわすように見た。

グレースはその視線にふとわれに返った。胸を腕で覆ってひざを軽く曲げ、体の前を隠そうとした。

「恥ずかしがらなくていい」ジャックは優しく言った。「きみはどこも隠す必要などない」

ストッキングで覆われた足首に手を当てると、ゆっくり滑らすようになであげた。「この脚を見たいと、何度思ったことだろう」

グレースは目を丸くした。「本当に？」

「ああ、そうだ。どんなにすらりとした脚だろうかと、ずっと思っていた」シルクのガーターの上のむきだしの太ももに触れると、ジャックはいったん手を止めて微笑んだ。「ぼくの想像よりも、ずっと長くてきれいな脚だ。きみは本当に美しい」

グレースは震える息をついた。「気に入ってくれたのね」

ジャックの瞳の色が濃くなった。「ああ、もちろんだ。今度はぼくがきみを悦ばせてあげよう」

グレースがその言葉の意味を考える暇もなく、ジャックが太ももの内側に触れた。日焼けした彼の手が、グレースの青白く柔らかな肌をさすっている。だがグレースが脚をしっかり閉じていたため、ジャックはそれ以上手を進めることができず、太ももと太もものすきまをそっと指でなぞった。

「脚を開いてくれ」小声で言った。

グレースの鼓動が速くなった。

「脚を開くんだ、グレース。素晴らしい世界に連れていってあげるから」

グレースはためらった。心臓が胸を破って飛びだしそうなほど激しく打っている。それでも自分はすでにジャックの前に裸体をさらけだしているのだと思いなおし、言われたとおりにした。

ジャックは微笑んだ。「そう、いい子だ。もう少し開いてくれないか」

もっと開けですって？

グレースは尻込みしたが、勇気をふりしぼって脚を大きく広げた。ジャックの目が満足そうに輝いているのを見て、さらに大胆に両脚を開いた。

ジャックが彼女の大切な部分に触れた。

グレースは息を呑んでまぶたを閉じた。彼がじらすように軽く指先をはわせながら、さらに奥へと手を進めている。

脚のあいだに熱いものがあふれ、グレースは困惑した。だがジャックはまるで気にしていないようだった。彼の指の動きがさらになめらかになり、グレースはすべてを忘れて快楽に溺《おぼ》れた。

やがて信じられないほどの快感に包まれて頭が真っ白になり、上掛けをぎゅっとつかんで背中を弓なりにそらした。ジャックの指が一本、中にはいってきた。

グレースは唇を噛み、大きな声が出そうになるのをこらえた。

「どうだい？　気持ちいいだろう？」

「え——ええ」

「次はどこをさわってほしいか教えてくれ」

グレースは口をきくことができず、枕の上でしきりに顔の向きを変えた。

「ここかな」ジャックは敏感な部分を親指でさすった。「それともここだろうか」

「ああ」グレースは思わず声をあげた。肌にじっとりと汗がにじんでいる。

「これはどうだろう」ジャックがもう一本指を中に入れ、彼女をいっぱいに満たした。グレースはこのうえない悦びに包まれて欲望にあえいだ。

「こっちのほうがいいかな」

そう言うとジャックはさらに深く指を差しこみ、彼女の内側を刺激した。グレースは全身を情熱の炎で焼かれ、狂おしさに身もだえした。

だがジャックは容赦せず、二本の指を閉じたり開いたりしながら彼女を苛《さいな》んだ。「そろそろやめようか?」

「いや、やめないで!」グレースは慎みも抑制も忘れて懇願した。

そのときジャックがすべての愛撫を同時に行なった。親指で円を描きながら、中に入れた指を動かしている。グレースはなすすべもなく、快楽の渦に巻きこまれた。

すべての思考が停止し、ブランデーを飲んだときとは比べものにならない陶酔感に包まれた。目の前がくらくらし、稲妻にでも打たれたような衝撃が体を貫いている。

女なら誰でもジャックに抱かれたいと思うはずだわ。ぼんやりした頭で考えた。これほどの悦びをひとときでも味わえるなら、みんなが進んで危険を冒そうとするのも無理はない。

乱れた呼吸も整わないうちに、彼がふたたび指を動かしてグレースの欲望に火をつけた。グレースは恍惚とし、このままでは体が壊れてしまうのではないかと思った。

そのときなんの前触れもなく、ジャックが手を止めて体を離した。グレースは一瞬なにが起きたのかわからなかった。肌がうずき、彼に満たされることだけを求めて震えている。

「ジャック?」ひじをついて上体を起こした。「どうしたの?」

「服を脱ぐ」ジャックはベッドから下りた。「ちょっと待っててくれ。すぐに終わるから」

「お願い、早く」グレースは知らず知らずのうちに言っていた。

ジャックはくすりと笑い、ベストとシャツ、それからズボンのボタンをはずした。

グレースは枕にもたれかかり、ジャックが少しずつ服を脱ぎ、その下から筋肉質の体が現われるのをじっと見ていた。彼は目がくらむほど素敵だ。いままで見たことのあるどんなギリシャ彫刻の男性像よりも美しい——背が高くて手足が長く、がっちりした肩と引きしまった腰をしている。筋肉と骨しかないようなたくましい体を包んでいるのは、ぴんと張ったなめらかな皮膚だ。形のいい脚と前腕に、褐色の短い毛が生えているのが見える。胸に生えた逆三角形の毛が下に向かうにつれて細くなり、みぞおちのあたりでいったん消えたあと、ふたたび下腹部を覆っている。

だがグレースの目をなによりもとらえたのは、最後に残された箇所だった。ジャックがズボンと下着を脱いだ瞬間から、グレースの目は釘《くぎ》づけだった。無意識のうちに、大きく突きだした彼の大切な部分をじっと見ていた。ジャックが腰に手を当て、堂々と彼女の視線を受けている。

「テレンスとはまるでちがうわ」その言葉がグレースの口をついて出た。

ジャックは片方の眉を上げた。「それは褒め言葉と受け取ってもいいのかな」

グレースはうなずいた。今日まで全裸の男性を目にしたことなどなかったのに、一日のうちに三人の裸を見てしまうとは。そのことにあらためて驚きを感じていると、ジャックが裸足《はだし》で近づいてきた。

乳首がとがり、脚のあいだがうずいた。ジャックが隣りにひざをつき、ベッドに上がってくる。彼に抱きしめられて火照った肌と肌が触れ、グレースはぞくぞくした。

「どうすればいいか教えて」ジャックの目を見つめてささやいた。

「心配しなくていい」ジャックは優しくくちづけた。「急がずゆっくり進めよう」

グレースはほっとして彼の首に抱きつき、甘いくちづけに身をゆだねた。ジャックがじらすように唇を動かすと、彼女の情熱にふたたび火がついた。

ジャックはさっきと同じ愛撫を始めた。彼の手が動くたび、グレースの欲望は燃えあがった。そのときふと、みぞおちになにか硬いものが当たっていることに気づいた。ジャックの男性の部分だ。

グレースはジャックの肩や背中に手をはわせた。やがて少しずつ手を下に向かわせて腰のあたりをなでた。だがどうしても、それより下に触れることはできなかった。

「さわってくれ」ジャックは顔を離し、グレースの耳の後ろに鼻をすり寄せた。そして舌の先で彼女の感じやすい部分をなめた。「遠慮することはない」かすれた声で言う。「きみの思うまま、どこでも触れてほしい」

グレースがその言葉に勇気づけられ、ふたたび手を動かしはじめると、ジャックの腰の筋肉がびくりとするのが伝わってきた。太ももの付け根をなでたところ、そこが毛で少しざらざらしているのがわかった。それから思いきって、彼のいきりたった部分を手のひらで包んだ。

ジャックの唇から低いうめき声がもれた。

グレースはあわてて手を引こうとしたが、ジャックが片手でそれを止め、股間にかかった彼女の手を上から握りしめた。「さすってくれないか」

グレースは一瞬ためらったのち、彼の望むとおりにした。

そしてその感触に思わず息を吞んだ。太くて硬いのに、それを包んでいる肌はベルベットのようにすべすべしている。グレースはゆっくりと上下に手を動かし、ふと思いついて先端を親指でなでた。手の中のものがはじかれたように動き、ジャックがまたかすれたうめき声をあげた。

「もっと強くさすってくれ」

グレースの愛撫を受けながら、ジャックは彼女の胸を両手でもんで激しいキスをした。彼女の手の動きに合わせ、口に差しこんだ舌を蜜でも吸うように動かしている。

やがてグレースは恍惚とし、ジャックを握りしめる手に力がはいらなくなってきた。するとジャックが彼女を仰向けにし、両脚を押し広げてそのあいだにひざをついた。唇を重ねたままグレースの手をどかすと、熱く濡れた部分に分けいった。

グレースは体をこわばらせ、あまりの痛みに悲鳴をあげた。ジャックがその声を唇で受けとめ、いったん動きを止めた。胸を大きく上下させ、荒々しい息をついている。

「少し我慢すれば楽になるから」グレースの耳もとでささやいた。

本当に楽になるの？　グレースは半信半疑だった。彼はあまりに大きく、それに対して自分の体はきつすぎる手袋のように小さい。

ジャックがふたたび腰を沈めはじめた。

痛みは我慢できないほど強いのに、彼がまだ半分もはいっていないことがわかり、グレースは愕然とした。それでもじっと動かず、激しくなる一方の痛みに耐えた。

やがてふたりは完全にひとつになった。

グレースはそのときになって初めて、ジャックの体が小刻みに震えていることに気づいた。彼はこちらを気遣って欲望を抑えてくれているのだ。ジャックが片手をグレースの太ももの下に当て、脚を背中に巻きつけるよううながした。グレースがその体勢を取ると、彼をさらに奥まで迎えいれることになった。だが意外なことに、体が慣れるにつれて痛みが少しずつ引いてきた。

なんて不思議な感覚なのだろう。ジャックの体の一部がいま、わたしの中にはいっている。男女がこんなふうに一体になることを、わたしはいままで本当には知らなかった。

まもなくジャックが腰を動かしはじめると、グレースの思考はタンポポの綿毛のように吹き飛んだ。

「少しは楽になったかい？」ジャックがしゃがれた声で訊いた。

グレースは返事の代わりに、彼の顔を引き寄せて情熱的なキスをした。

ジャックは彼女の体を何度も揺さぶり、その欲望をふたたび燃えあがらせた。濃厚で激しいキスをされ、グレースは息が止まりそうになった。

思わず大きな声を出したが、今度は痛みからではなかった。ジャックの腰にかかとを食いこませ、抗《あらが》いようのない悦びに溺れた。

背中をそらし、彼の動きに合わせて腰を動かした。すすり泣くような声が聞こえてきたが、それが自分の声だとは気づかなかった。ジャックはたしか以前、美しいものに乗るのは好きだというようなことを言っていた。あれはこのことだったのだ。

愛の営みがこれほど素晴らしいものだったとは。

グレースは脚を大きく開き、すべてを彼にゆだねた。ジャックへの愛が胸にあふれるのを感じながら、ただひたすら解放のときを待った。

まもなく電流のような快感に全身を貫かれて絶頂に達した。快楽の波に呑みこまれ、口をきくこともできずに彼にしがみついていた。

官能の波間をただよう彼女を、ジャックは速く深く突いた。まもなく体をこわばらせ、激しく震えながら喜悦の叫び声をあげてクライマックスに達した。

ふたりはしばらくのあいだ、抱きあったまま横たわっていた。ようやく呼吸が整って頭がはっきりしてくると、ジャックはいったん体を起こし、仰向けになってグレースを抱き寄せた。

グレースはジャックの胸に顔をうずめてまどろんだ。「まだ遅い時間じゃないわよね」聞き取りにくい声で言った。「夕食はどうするの?」

「あとで食べよう」ジャックはグレースの頭をなでた。「いまは少し眠ったほうがいい」

グレースはまぶたを閉じ、そのまま眠りに落ちた。

11

グレースは外から差しこむ光に片手をかざして目を細め、枕につっぷした。

「ううっ」うめき声をもらしたが、その小さな声ですら頭に響き、思わず顔をしかめた。じっとしているのよ。そう自分に言い聞かせた。黙って横になっていれば、すぐによくなるわ。

だがそうしたことを考えるだけでも、こめかみに鋭い痛みが走った。

「ほら。これを飲んで」穏やかな声がした。

なにを飲めですって？　いまのはジャックの声だろうか？　どうしてあの人がわたしの寝室にいるのだろう？

「起きられるかな？」

無理に決まってるわ！　枕から頭さえ上げられないのに、起きあがってなにかを飲むなんてできるわけがない。そもそもこうなってしまったのは、昨夜、飲みすぎたせいなのだ。胃がむかむかし、頭が割れるように痛い。

「さあ、早く。ぼくが手伝おう」

ジャックがナイトテーブルになにかを置くと、かちりという小さな音がした。だがそれもグレースの耳には、鍛冶屋が鉄床《かなとこ》を叩くような音に聞こえた。うめき声が出そうになったが、それをぐっと呑みこんだ。いま少しでも動いたら、脳みそがぐちゃぐちゃになってしまうかもしれない。ところがグレースが止める間もなく、ジャックがぐったりした彼女の体に腕をまわして起きあがらせた。

「ああ！」グレースは両手で頭を抱えた。

「だいじょうぶだ」ジャックが優しく言った。「これを飲めばよくなるから」

グレースはジャックが手に持ったグラスをちらりと見た。黄色と灰色が混ざったような色をし、見るからにまずそうだ。「それはなに？」かぼそい声で訊いた。

「迎え酒《ヘア・オブ・ザ・ドッグ》だ」

「犬《ドッグ》ですって！」グレースの頭がずきりとした。

ジャックは声をあげて笑った。

「お願い、静かにして」グレースは手ぶりでジャックを黙らせようとした。

「すまない」ジャックは小声で謝った。

「遠慮しておくわ。もう少し横になってるわね」

「いや、その前にこれを飲むんだ」ジャックはグレースの肩を抱いた。

「犬の毛がはいった飲み物なんてお断わりよ」グレースはあまりの気持ち悪さに、胃がひっくりかえるのではないかと思った。

「本当にそんなものがはいってるわけじゃない。さあ、飲んで」

「昨日もあなたに飲めと言われたわ。その結果がこれなのよ」グレースの頭痛がふたたび激しくなった。

「だからこうして気分のよくなるものを持ってきたんじゃないか」

「飲みたくない――」

「早く飲めばそのぶん早く治る」

治る？　こんなまずそうなもので気分がよくなるですって？　グレースはそう思ったものの、この具合の悪さを解消してくれるというのなら、どんなものにでもすがりつきたい気分だった。

ジャックの手から冷えたグラスを受け取り、いぶかしむような目でそれをながめた。見ているうちに勇気が失《う》せ、ジャックにグラスを返そうとした。「やっぱり無理よ」

ジャックはグレースの手にまたグラスを握らせた。「なにも考えずに一気に飲んで」

「あなたが作ったの？」

「いや、ぼくじゃない。さあ、早く」

グレースは深呼吸をしてひと口飲んだ。「うっ」吐き気を覚えてグラスを口から離した。

「なんてまずいのかしら」

「全部飲むんだ」

「いやよ」

「いいから早く、グレース。なにも考えずに飲んでくれ」

グレースはうらめしそうにジャックを見た。「あなたなんか大嫌い」

ジャックは微笑み、グレースの髪をなでた。「昨夜は愛してると言ってくれたじゃないか」

グレースの脳裏に昨夜の記憶の一片がよみがえった。それを頭からふりはらい、もう一度グラスを口に運んだ。なにも考えずに一気に飲むのよ。

グレースはひと息に中身をのどに流しこんだ。ひと口飲むごとに、胃がねじれそうになる。ようやく飲み終えると、空になったグラスをジャックに押しつけるようにして返し、空気を求めてあえいだ。「ああ、いまにも戻してしまいそう」

「一分待ってごらん」

グレースは、ジャックがいつのまにか背中にならべておいてくれた枕にもたれかかって目を閉じ、いっそ死ねたら楽になれるのにと思った。ふたたび吐き気がこみあげ、オーケストラが大音量で交響曲を演奏でもしているかのように、こめかみがずきずきした。

ジャックがどこかにいなくなったが、すぐに戻ってきてグレースの隣りに腰を下ろした。その重みで羽毛のマットレスが沈んだ。

グレースが目を開けると、ジャックが空の磁器の洗面器をひざに抱えているのが見えた。

「念のためだ」

グレースはうめき声をあげて顔をそむけ、このままでは彼の前で醜態を演じるのも時間の問題だろうと覚悟した。

だが二分、三分とたつにつれ、吐き気がだんだんおさまってきた。割れるように痛かった頭も、少しうずく程度になっている。ほっとしてため息をついたところ、そのはずみで小さなおくびが出た。

グレースは顔を赤らめ、手で口を覆った。

ジャックは笑いながら洗面器を脇に置いた。「どうだい?」

グレースはきらきら輝く彼の青い瞳を見てうなずいた。「ええ、ずいぶん楽になったわ。ありがとう」

「それはよかった。じゃあそろそろ朝食にしようか」

「朝食ですって!」グレースが首をふると、眉間のあたりに鈍い痛みが走った。「食べ物はいらないわ」

「なにか食べたほうがいい。昨夜は夕食をとらなかっただろう」

グレースの頬がまたしても赤くなった。ジャックの言うとおりだ。ふたりでベッドに横たわってから、互いの欲望を満たすことに夢中になり、食事のことなど完全に忘れていた。記憶はところどころあいまいだが、最初に結ばれたあとでぐっすり眠っていると、ジャックに起こされてもう一度愛しあったのを覚えている。

そして彼の屋敷でひと晩を過ごし、こうして朝を迎えた。ああ、どうしよう、わたしはまだジャックのベッドにいる。

グレースは自分が一糸まとわぬ姿であることを思いだし、シーツを胸まで引きあげた。これまで裸で寝たことは一度もない。というより、男性とベッドをともにしたのはこれが初めてだ。

「いま何時なの?」おそるおそる訊いた。

「十時を少しまわったぐらいかな」ジャックは窓辺に置かれたテーブルに近づくと、赤と金の柄のセーブル焼きのコーヒーポットを手に取った。

「十時ですって! どうしよう、みんなきっと心配しているわ。誰かが伯母に連絡していたらどうすればいいの。いまごろ伯母はあわててブリストルを発ち、バースに向かっているところかもしれない」

「コーヒーはどうだい?」ジャックは熱いブラックコーヒーのはいったカップを持ち、グレースのところに戻ってきた。

「いいえ、結構よ」頭痛と吐き気がかすかに残っていたが、グレースはそれにもかまわず床に足を下ろした。そして部屋の中をさっと見まわして服を捜した。「とにかく帰らなくちゃ。

使用人への言い訳はあとで考えるわ」

「ベッドに戻ってコーヒーを飲んだほうがいい。落ち着いたらトーストと卵料理を食べよう」ジャックはグレースの返事も待たずにコーヒーをナイトテーブルに置き、彼女の脚を持ちあげてマットレスの上に戻した。

「でもジャック、これ以上ここにはいられない」

「いられるさ。安心してくれ。そのことならちゃんと手をまわしてある」

グレースは凍りついた。「〝手をまわしてある〟とはどういう意味なの？」

「今朝早く起きて、きみの伯母上に手紙を書いた。それから伯母上の屋敷に使いの者をやり、きみが無事であることと、今日は友人を訪ねる予定であることを伝えた」

「で――でも、わたし――」

「きみはここで一夜を過ごしたんだ。あと数時間帰るのが遅くなったところで、いまさらどうということもないだろう」ジャックはグレースの隣りに腰を下ろし、カップと受け皿に手を伸ばした。「今朝は紅茶よりもコーヒーのほうがいいと思ってね。舌をやけどしないように気をつけて」

グレースはしぶしぶカップを受け取った。そしてやけどすることなく、コーヒーをひと口飲んだ。胃がむかむかすることもなかったので、もうひと口飲んだ。

ジャックは伯母への手紙になんと書いたのだろう。きっと事実をありのままに伝え、わたしが彼の愛人になったと書いたにちがいない。自分たちが昨夜、どういうかたちで結ばれたかを考えると、彼がわたしを愛人だと見なすのを責めることはできない。たとえ酔ってはいても、わたしはジャックに身をゆだねるとき、自分がなにをしようとしているかちゃんとわかっていた。ただ、その結果として、自分の人生がどれほど大きく変わるのかということを考えなかっただけだ。

グレースはカップを口に運びながら、ジャックがコーヒーに砂糖もミルクも入れなかったことにひそかに感謝した。今日はそのほうがさっぱりして飲みやすい。「伯母の屋敷から、身のまわりのものを持ってきてもらえるのかしら？」

「着替えのことかな。ドレスならメイドに手入れをさせた。きれいにアイロンをかけて、その衣装だんすにしまってある」

部屋の反対側にあるクルミノキの大きな衣装だんすに目をやると、半分開いた扉の奥にライラック色のモスリンのドレスがかかっているのが見えた。

「それからブラシ類は、ぼくのものを使えばいい」

ジャックのブラシを使う？　いくらなんでも、身なりを整えるための道具を借りるのは図々《ずうずう》しすぎる気がする。でも昨夜、彼を自分の体に迎えいれたことを考えると、この期《ご》におよんでその程度のことを遠慮する必要もないだろう。

「ありがとう、そうさせていただくわ。でも今後はどうするの？」

ジャックは片方の眉を上げた。「今後?」

「ええ。どうするつもりなのかと思って」

「なんのことだい?」

グレースはしばらくジャックの顔を見ていたが、やがて視線を落とした。猫がネズミをいたぶるようにわたしをからかって、いったいどういうつもりなのだろう。まさかわたしの口から言わせようと思っているのだろうか。

グレースは頬が赤らみそうになるのをこらえ、自分がなにも身に着けていないことを恨めしく思いながら、顔を上げてジャックの目を見た。「あなたとわたしは……その、以前よりも親しい仲になったわけでしょう。わたしはこれからどこに住めばいいのかしら。バース、それともどこか別の場所?」

上流階級には、別宅をかまえて愛人を囲う男性がたくさんいる。ジャックがそのひとりだったとしてもおかしくない。

「バースを引きあげるの?」早口で訊いた。「そしてロンドンに戻り、屋敷を用意するつもりかしら?」

グレースは、ジャックがロンドンに自分を住ませるつもりではないことを祈った。ロンドンには父がいる。娘が情婦に身を落としたことを知ったら、父は激怒するだろう。もっとも、住むところがどこであれ、ジャック・バイロンの愛人になった娘を許すはずがない。

ジャックはけげんな顔をした。「申し訳ないが、なんのことを話しているのかさっぱりわからない」

グレースはいらいらして眉間にしわを寄せた。どうやらジャックは、本当にわたしの口から言わせようとしているらしい。「あなたの愛人として、わたしはどこに住めばいいのかと訊いたのよ。これでわかった?」

「ぼ、ぼくの愛人!」

「ええ、そうよ。昨夜のことがあってから、わたしは……その、つまり……」グレースはぱっとして口をつぐんだ。「わたしはあなたの愛人になったんじゃないの?」

「ああ、ちがう」

カップを持ったグレースの手が震えた。

ジャックは半分残ったコーヒーをグレースがこぼさないうちに、カップを受け取ってテーブルに置いた。

「ぼくがきみに求めているのが、別のことだとは思わなかったのか?」

グレースはまた眉根を寄せた。言葉が出てこず、うなずいて答えた。

「きみはまだ体調が優れないし、いまのこの状況はロマンティックとも言いがたい。だから本当はあとで言うつもりだったが、こうなったらしかたがないな」

グレースは彼がなにを言おうとしているのかわからず、じっとその顔を見つめた。

「でも考えてみると」ジャックはそこでいったん言葉を切り、熱っぽい視線をさっとグレースの体に走らせた。「これが最高のタイミングかもしれない。きみはなにも身に着けず、ぼくとふたりきりでベッドにいる」

　今度はグレースがけげんな顔をする番だった。ジャックはなんのことを言っているのだろう。懸命に頭を働かせたが、さっぱりわからなかった。そのときジャックがグレースの手を取った。

「グレース・リラ・デンバーズ」おごそかな口調で言った。「ぼくと結婚してくれないか」

　グレースは口をあんぐり開けた。

　沈黙があった。

「まいったな」ジャックはばつが悪そうに微笑んだ。「そんな反応が返ってくるとは思っていなかった。きみが黙っているのは幸せだからかい、それとも断わる理由を必死で考えているからかい？」

「あなたとわたしが結婚できるわけがないわ」

「どうしてだ？　理由を教えてくれ」

「だって、あなたのお兄様は公爵なのよ！」

「ああ、そのとおりだ。だがそのことに文句を言う女性は、国じゅうを探してもきみしかいないだろう」

「あなたは貴族だけど、わたしはそうじゃないわ。それひとつを取っても、わたしは完全にあなたの下にいるのよ」

ジャックの唇に官能的な笑みが浮かんだ。「たしかに昨夜のきみは、ぼくの下にいた。また横になってくれないか。もう一度あの感触を味わいたい」

グレースはジャックの言葉を無視して先を続けた。「言うまでもないけれど、あなたのご家族のこともあるわ。あなたが身分の低い娘と結婚することを、ご家族はいったいどう思うかしらね」

ジャックは褐色の眉を片方上げた。「きみがそんなことを気にする俗物だとは知らなかったな」

グレースは頬を上気させた。「わたしは俗物じゃなくて現実主義者なの。身分の違いというのがどういうものなのか、いやというほどわかってるわ」

「なるほど」ジャックは穏やかな声で言った。「そんな考えをいつから持つようになったんだ？　きっと学校に通っていたときからだろう。高貴な生まれだというだけで、自分がきみより優れた存在だと思いこんでいる娘たちに、いやな思いをさせられたんじゃないか」

グレースは当時のことを思いだし、ごくりとつばを飲んだ。「ええ。それに教師や保護者も同じだった。わたしはたしかに良家の子女が通う学校に行ってたけど、毎日、自分がみんなとはちがうことを思い知らされていたわ」

「その連中はなにもわかっていない。ぼくの目から見ると、きみは非の打ちどころのないレディだ。きみほど知的で言葉遣いが美しく、作法をわきまえた気品ある女性はほかにいない」

「ジャック――」

「ついでに言っておくと、ぼくの家族はきみを心から歓迎するだろう。たしかにネッドは貴族然としているが、バイロン家に俗物はいない」

「ネッド？」

「公爵である兄のエドワードのことだ。きっときみを新しい妹としてかわいがってくれる」

グレースは信じられない思いで、しげしげとジャックの顔を見た。彼は一生懸命言葉を尽くし、プロポーズしてくれているのだ。

「それで？」ジャックは言った。「ほかに質問はあるかな？」

グレースにはあとひとつだけ訊きたいことがあった。

「ええ」一番知りたかったことを、小声で口にした。「どうしてわたしなの？」

ジャックの顔に真剣な表情が浮かび、青い瞳に謎めいた光がよぎったが、グレースにはそれがなにを意味するのかよくわからなかった。ジャックが手を伸ばしてグレースの頰を包み、その目をのぞきこんだ。

「この数週間付き合ってきて、ぼくはもうきみなしでは生きていけないことがわかった」グレースの唇を親指で思わせぶりになぞった。「きみが欲しくてたまらない。きみをぼくだけのものにしたいんだ。さあ、イエスと言ってくれ。ぼくの妻になると言ってほしい」

ジャックは身を乗りだし、そっと優しくくちづけた。グレースは妖精《ようせい》に魔法の粉をかけられたように、うっとりして目を閉じた。

「きみはぼくを愛している」ジャックが唇を軽く滑らすように動かした。「昨夜そう言ってくれたね。あれは本気だったのかい？」

グレースはまぶたを開け、ジャックの目を見てささやいた。「ええ、本気よ。あなたを愛してるわ」

「だとしたら、問題などなにもない。きみはつまらないことを気にしているが、そんなものはどうでもいいことだ。きみを幸せにしたい。ふたりで一緒に生きていこう」

グレースは体を震わせた。いままで生きてきて、これほど強くなにかを欲しいと思ったことはない。ここでひと言、イエスと口にすれば、ジャック・バイロンがわたしのものになる。一生をともに過ごす夫になるのだ。

それなのに、どうしてわたしは迷っているのだろう。たったひとつ、心の底から求めているものがすぐ目の前にあるのに、なぜためらっているのだろうか。手を伸ばしてつかみさえすれば、望んでいたすべてが手にはいるのに。

さあ、早く！　幸せをつかみとるのよ！　頭の中でささやく声がした。あれこれ考えるのをやめて、心が求めることにしたがって！

「ええ、もちろん！」グレースは叫び、満面の笑みを浮かべた。「あなたと結婚するわ」

ジャックの首に抱きついて唇を重ね、幸福感に胸を満たされて笑い声をあげた。ジャックも笑い、情熱的なキスでそれに応《こた》えた。やがてグレースはなにもかも忘れ、ジャックのことしか考えられなくなった。

ふたりが朝食のことを思いだしたのは、時計の針が正午を指したころのことだった。卵料理とトーストは完全に冷めていたが、有頂天のふたりにはまるで気にならなかった。そしてベッドで遅い朝食を食べたあと、互いの体をもう一度じっくり味わった。

12

「ああ、わたしは英国じゅうで一番幸せな女だわ！」翌朝、バースの自宅の居間で、ジェーン伯母は言った。「もっとも、こうなることは最初からわかっていたわ。親愛なるジャック卿をひと目見た瞬間、このかたこそあなたの運命の人だとぴんと来たのよ、グレース」瞳を輝かせながら両手を握りあわせ、グレースとジャックを交互に見た。

グレースは微笑みかえし、自分も伯母と同じように最初からこういう結末を迎えることがわかっていたらよかったのに、と思った。そうすればこの数週間、あれこれと思い悩む必要もなかった。でもシェイクスピアがいみじくも言ったとおり、〝終わりよければすべてよし〟だ。悶々《もんもん》と考えこんでいた日々も、終わってみればあっというまだった。

ジェーン伯母は自分のことを英国じゅうで一番幸せな女だと言ったが、それは間違っている。わたしよりも幸せな女がいったいどこにいるだろうか。昨日、ジャックにプロポーズをされてからというもの、体がずっと宙にふわふわ浮いているような気がする。

今朝、自分のベッドで目覚めたとき、すべては幻だったのではないかと思った。

もしかすると夢を見ていたのかもしれない、と。

だがそのとき左手の薬指に輝くスクエアカットのダイヤモンドの指輪が目にはいり、ジャックとの婚約がまぎれもない事実であることがわかった。

そしていま、グレースは指輪を見ながらかすかに笑みを浮かべていた。傍目にはわからないだろうと思っていたが、ジャックが訳知り顔でちらりとグレースを見た。

「ジャック卿から手紙が届き、あなたに結婚を申しこむおつもりだというじゃないの。それを読んだら、もういっときもじっとしていられなかったわ。すぐにバースに戻り、ふたりに会いたくて」ジェーン伯母は続けた。「エドナも興奮して、わたしに早く帰るように言ってくれたの。あとでぜひ詳しい話を聞かせてほしい、できることならいつかジャック卿にお目にかかりたい、と言ってたわ」

「わたしもお目にかかれるのを楽しみにしています」ジャックは言った。「ですがミセス・グラント、もうすぐ親戚になるのですから、わたしのことはジャックと呼んでもらえませんか」

伯母は相好《そうごう》を崩した。「まあ、なんてお優しいかたなのかしら――あなたもそう思うでしょう、グレース？」

グレースはふたたびジャックの目を見た。「ええ、そう思うわ」

「それではお言葉に甘え、これからはジャックと呼ばせていただきましょう」伯母はくすくす笑った。「それからわたしのことも、堅苦しい呼び方をやめてジェーン伯母さんと呼んでくださいな。ジェーンでも結構ですわ」

ジャックは微笑んだ。「わかりました、ジェーン伯母さん」

伯母は陽気に笑い、紅茶をひと口飲んだ。

「さてと、これから結婚式の準備で忙しくなるわね。あなたの嫁入り支度をしなくては」

グレースははっとした。ジャックと婚約したことで頭がいっぱいで、そうした実際的なことまで考えがおよんでいなかった。だが嫁入り支度の前に、しなければならないことがある

——父への報告だ。

「ええ」グレースは言った。「でもまずはジャックと一緒にロンドンに行き、お父様に話さなくちゃ。ジャックのご家族にも会わなくてはならないわ。ふたりで話しあって、手紙で知らせるのではなく直接会って報告することにしたの。こうなったら早いほうがいいから、明日の朝には出発するつもりよ」

伯母はうなずいた。「そうね、あなたの言うとおりだわ。すぐに出発なさい。本当はわたしも同行したほうがいいんでしょうね。でもあなたのお父様のことは心から愛してるけど、あなたも知ってのとおり、わたしたちはひとつ屋根の下にいるとけんかばかりしてしまうの。だからといって、ホテルには泊まりたくないわ。お父様によろしく伝えてちょうだい。それから、できるだけ手紙を書いてね」

グレースは立ちあがり、ジェーン伯母をぎゅっと抱きしめた。伯母にしばらく会えなくなると思うと寂しかった。「ええ、約束するわ。毎日手紙を書き、状況を知らせるわね」

バースからロンドンまでは一日かからない。ふたりは予定どおり、翌朝バースを発った。グレースは馬車の中でジャックの隣りに座って楽しそうにふるまっていたが、ロンドンに近づくにつれ、その顔にだんだん不安の色が浮かんできた。最初のうちはひっきりなしにしゃべっていたのに、四十マイルを過ぎたあたりからほとんど口をきかなくなった。

一方のジャックは、ゆったりかまえたそぶりをしていたものの、エズラ・デンバーズに〝紹介〟されることを思うと落ち着かなかった。そのことを考えるたび、胃がぎゅっと締めつけられる気がした。未来の義父に初めて会う男の役を完璧に演じる自信はある。ただ、自分がとんでもない嘘つきだということが、どうしても頭から離れない。

自分はなんという悪党なのだろうか。

ジャックの胃がきりきりと痛んだ。罪悪感をふりはらおうと、グレースに優しく微笑みかけ、彼女の肩に落ちたひと筋の髪を元の位置に戻した。「今日のきみはとてもきれいだ」

グレースの瞳が深い青に輝いた。「さっきも同じことを言ったわね。でも今朝、鼻にそばかすがふたつ増えていることに気づいたのよ。わたしは自分のことをきれいだとは思わないけれど、それを言うとあなたがいやがるからやめておくわ」

「いい子だ。それにぼくはきみのそばかすが気に入っている。きみと同じで愛らしいじゃないか」ジャックは身を乗りだしてグレースに唇を重ねた。軽くくちづけるだけにするつもりが、いつのまにか濃厚で情熱的なキスをしていた。

ため息をついてしぶしぶ体を離し、グレースを自分のひざの上に座らせたい衝動を抑えた。もしもこれから彼女の父親に会いに行くのでなかったら、きっとそうしていただろう。だが馬車はもうすぐロンドンに到着する。いまは官能の世界に溺れるときではない。

ジャックは座席の隅にもたれかかって腕を組んだ。「ブラエボーンにいる母とエドワードに手紙を書き、二、三日、ロンドンに来てくれないかと頼んだよ。理由は説明しなかったが、嬉しい知らせがあるから直接伝えたいと書いておいた」

「わたしも昨夜、父に同じような手紙を書いたわ。だから父はわたしがロンドンに帰ってくることはわかってるけど、詳しい事情はまだ知らないの」

デンバーズは抜け目のない人間だ。あのずる賢い男は、グレースがロンドンに帰ってくる理由にちゃんと気づいているにちがいない。でもグレースが詳細を手紙に書かなかったとしたら、いまごろデンバーズは、計画がうまくいったかどうかやきもきしているかもしれない。あとはただ、計画が成功したことを知ったあの男が有頂天になるあまり、ぼろを出さないことを祈るばかりだ。

グレースにつらい思いはさせたくない。少なくとも、なにも知らない彼女をほかでもない父親が利用したという事実だけは、なんとしても隠しとおさなければ。もちろん自分の嘘についても同じだ。グレースに本当のことを知られないためなら、どんなことでもしてみせよう。それが自分だけでなく、ひいては彼女のためでもある。

やがて窓の外にロンドンの景色が見えてきた。大勢の人びとが行きかい、通りは騒々しく活気にあふれている。まもなくセント・マーティンズ・レーンに着いた。ジャックはグレースに手を貸そうと馬車から飛び降りた。

「行こうか」グレースに腕を差しだした。

グレースは自宅にちらりと目をやると、笑みをたたえてジャックを見た。「ええ」

使用人がドアを開け、ふたりは屋敷の中にはいった。

慣れ親しんだ自分の家なのに、以前とちがっているように見えるのはなぜだろう。グレースは手袋をはずして帽子を脱ぎ、執事と挨拶を交わしながら思った。それとも変わったのはわたしのほうだろうか。でもそれは、別に不思議なことでもなんでもない。ロンドンを離れていた短いあいだに、人生が一変したのだから。

ジャックの顔を見ると、彼がいつになく硬い表情をしていることに気づいた。グレースはいぶかしく思ったが、そのときジャックが彼女の腕を取り、早く父親のところに案内するようながした。

父はいつもこの時間、書斎で帳簿や報告書とにらめっこしている。グレースは閉まったドアの前に立つと、ジャックに向きなおった。「わたしが先にはいるわ」

ジャックは片方の眉を上げた。「父上に反対されそうだからかい？」

「そうじゃないわ」グレースは言ったが、父の短気な性格を考えると、正直なところ自信はなかった。父は喜んでくれるかもしれないし、喜んでくれないかもしれない。

「よかった。じゃあ一緒にはいろう」ジャックはきっぱりと言った。「きみの父上が祝福してくれてもくれなくても、きみはもうぼくのものだ」

グレースはジャックに抱きつきたくてたまらなくなった。だが自分を抑えてひとつ大きく息を吸うと、ドアを軽く二回叩いた。

「どうぞ」いつもの低くぶっきらぼうな声がした。

「お父様、わたしよ。帰ってきたわ」グレースは書斎の中にはいった。

帳簿や書類が山積みになった重厚なオーク材の机の向こうで、エズラ・デンバーズが顔を上げた。ワイヤーの眼鏡の縁越しに、灰色の眉を上げる。「グレーシー？　お前なのかい？」羽根ペンを放りだして立ちあがり、急ぎ足でグレースに近づいた。その体をぎゅっと抱きしめると、両の頬にキスをした。「何時に帰ってくるか知らせてくれたら、玄関で待っていたのに」

グレースは笑いながら抱擁を返したあと、後ろに下がってジャックの隣りに立った。ジャックはグレースを安心させるようにそのひじに手をかけた。父がジャックを見た。「こちらはどなたかね、グレーシー。客人がいるとは知らなかった」

エズラとジャックは目を合わせた。グレースはふたりの顔に謎めいた表情が浮かんでいるような気がしたが、その理由はわからなかった。おそらく男性の常として、ふたりとも相手をひそかに値踏みしているのだろう。ジャックは未来の義父がどういう人物かを見定めようとし、父は父で娘が連れてきたこの見知らぬ客は何者かと考えているにちがいない。だがジャックはもうすぐただの客ではなくなる。家族の一員になるのだ。

「お父様、こちらはジョン・バイロン卿よ。バースで会って親しくなったの。その……今日は……わたしたちから嬉しい知らせがあって」

エズラは険しい顔をした。「嬉しい知らせとはなんだね？　ところであなたはどなたです？　ずいぶん娘に取りいっておいでのようだが」

「お父様！」

エズラはグレースを無視し、ジャックをにらんだ。「なにかおっしゃることはないんですか」

ジャックはやれやれというように微笑んだ。「はじめまして。今日はお嬢さんとの結婚のお許しをいただきにまいりました。ご覧のとおり、お嬢さんはわたしの花嫁になることを承諾してくださいましてね。どうか祝福していただけませんか」

「なるほど」エズラは胸の前で腕組みした。「わたしのひとり娘を幸せにする自信がおありだというなら、その根拠を教えていただきたい」

ジャックは鋭い目でエズラを見据えた。「わたしにはお嬢さんに快適で安全な暮らしをお約束するだけの力があります。でもそれよりなにより、彼女を幸せにするために全力を尽くすつもりです。それ以上に大切なことがあるでしょうか」

エズラはしばらくジャックの顔を見ていたが、やがてグレースに視線を移した。「お前からなにか言うことはないのかね。お前は以前、自由と引きかえに社会的地位を手に入れることに興味はないと、さんざんわたしに言っていたじゃないか。それとも〝卿〟と呼ばれるこちらのかたと会って、気持ちが変わったのかな」

グレースは顔を赤くした。「そんなんじゃないわ。この人の肩書きなんて——少なくともわたしにとっては——どうでもいいことよ。でも公爵のご子息がわたしを妻にしたいとおっしゃってるんだから、お父様にはもちろん異存はないでしょう」

「公爵のご子息だと？　後継ぎじゃないのか」

「ええ。でもわたしはそのことにほっとしているわ。公爵夫人になるなんてまっぴらごめんですもの。貴族の妻になるだけでも、わたしにとっては大変なことなのに」

「お前ならどんな役目だって立派に務められる」エズラは真剣な顔で言った。「本当にこのかたとの結婚を望んでいるんだね？」

グレースは万感の思いを込めてジャックの目を見つめ、その手を取った。「ええ、心から。彼を愛してるわ。この人と一緒に生きることこそ、わたしの幸せなの」そう言うとふたたび父の顔を見た。「お父様が祝福してくれることを願っているけれど、たとえ許してもらえなくても、わたしは彼と結婚するわ。どうかしら、お父様？　わたしたちの結婚を祝ってくれる？」

エズラは長いあいだじっとグレースを見ていたが、やがてその顔から険しい表情が消え、代わりに満面の笑みが浮かんだ。「もちろん祝福するとも！　さあ、ふたりとも、こっちにおいで。わたしを抱きしめてくれ」

グレースは笑いながら父の腕に飛びこみ、力強い抱擁を交わした。ジャックと父は握手をしただけだったが、初対面なのだから無理もない、とグレースは思った。

それから三人は何分間か話をした。グレースはバースでの出来事を父に話して聞かせたが、ジャックとやけどするような熱い時間を過ごしたことについては黙っていた。それから、ジェーン伯母様がよろしく伝えてほしいとのことだった、伯母様はとても元気にしている、と言った。

しばらくすると父が立ちあがり、グレースを出口に案内した。「自分の部屋に行ったらいい。馬車に揺られて疲れただろう」

「たいして疲れてないわ。でもなにか軽くつまみたいわね。呼び鈴を鳴らして紅茶の用意をさせましょうか」

「それはいい考えだな。でももう少しあとにしよう。まずはバイロンとふたりで話がしたい」

グレースは眉をひそめた。「なにを話すの？」

父は笑った。「お前はなんでも知りたがる癖があるな。持参金について話しあうだけだよ。すぐに終わらせて彼をお前に返すから、心配しなくていい」

「ええ、でも——」

「そんな退屈な話を聞いてもつまらないだろう？」

たしかに持参金の話など、このうえなく退屈だ。それでもグレースはどういうわけか、父とジャックをふたりきりにすることに気乗りがしなかった。ばかげていると自分に言い聞かせ、不安な気持ちをふりきりはらった。結婚が決まったいま、父とジャックが話しあっておかなければならないことはたくさんある。ふたりきりでひざを突きあわせて話をすれば、もうすぐ義理の親子になる者どうし、親愛の情も湧いてくるかもしれない。そうなることを願おう。

「わかったわ、お父様。じゃあ一時間後でどう？」

「ああ、一時間あれば充分だ」

ジャックを見ると、だいじょうぶだというように微笑んでいる。グレースはふたりを残し、書斎を出ていった。

「あそこまでする必要があったのか?」グレースが二階の寝室に向かい、声が聞こえないところまで離れるやいなや、ジャックは言った。

エズラは書斎の隅に置かれた小さな戸棚の前に行った。「もちろんですとも。あれくらいの芝居をしなければ、グレースはわれわれが〝初対面〟であることを信じなかったでしょう。ウイスキーをいかがかな?」

「結構だ」

「まあ、そうつんけんなさらずに」エズラは戸棚からグラスをふたつ取りだすと、ボトルのふたを開けてウイスキーを注いだ。「祝杯といきましょう。あなたに今回の計画を持ちかけたのは、あなたならかならずや娘の心をつかめると考えてのことでした。わたしの読みはやはり当たっていましたな」

エズラはグラスのひとつを差しだした。それを受け取らないのはさすがに気が引け、ジャックはしかたなく手を伸ばした。だがウイスキーを口に運ぶことはしなかった。

「それに」エズラはくだけた口調で言った。「グレースの本心を確かめたくもありましたからね。あなたはわたしの期待以上によくやってくださった。実にお見事です」グラスを掲げてひと口飲んだ。

ジャックは奥歯をぎりぎりと嚙みしめた。「グレースはあなたが好きに操っていい人形じゃない」

エズラはジャックをにらんだ。「そう、グレースは人形ではなくわたしの愛娘《まなむすめ》です。あの子にはどうしても幸せになってもらいたい。わたしはただ、娘を正しい方向に導いてやっただけのことです。あの子は自分になにが必要なのか、わかっていなかった。それは夫と子どもですよ。ひょっとすると、あなたはすでにグレースを身ごもらせる努力をなさっているのでは？」

ジャックはエズラの好奇心を満たしてやる必要もないと思い、そのことについては黙っていることにした。もっともジャックがなにも言わなくても、エズラはすべてをお見通しのはずだ。

「グレースがあなたを愛している様子を見て安心しました。あなたはあの子を幸せにしてくださっているようだ。これからも幸せにしてやってください」エズラはウイスキーをごくりと飲み、グラスを脇に置いた。「さてと、お金の件ですが」

そうだ、金のことがあった。ジャックはそのときまで、お金のことをほとんど忘れていた。

「あなたとグレースの婚約の記事が新聞に掲載され次第、ご指定の口座に六万ポンドを振りこみましょう。それから結婚式の当日、さらに六万ポンドをお支払いしたうえ、ギャンブルの借金を帳消しにします。それでいかがですかな、閣下」

グラスを握るジャックの手にぐっと力がはいった。デンバーズにそんな金など要らないと言ってやれたら、どんなにいいだろう。でもそれがただの虚勢であることは、お互いによくわかっている。たとえプライドを犠牲にしてでも、ジャックにはグレースの持参金が必要だった――十万ドルの借金の帳消しにいたっては、言うまでもない。

デンバーズは結婚の誓いが無事に交わされるまで、こちらを意のままに操ろうとしているのだ。切り札を取っておかないと、ジャックがとつぜん逃げだすかもしれないと心配しているらしい。たしかに自由を手放すのは惜しいが、ジャックはいまさらすべてをなかったことにはできないと覚悟を決めていた。もしいま自分が逃げたら、グレースは深く傷つくだろう。それだけは絶対にするつもりはない。自分はグレースの純潔を奪ったのだから、彼女に対して責任がある。仮にそんなことが可能だとしても、婚約を白紙にしてグレースと別れたいとも思わない。

ジャックは手に持ったウイスキーのグラスをながめた。やはり酒でも飲みたい気分だ。ひと口ぐいとあおると、のどと胃が焼けるように熱くなったが、いまはそれがありがたかった。

「ああ、わかった」ジャックは言ったが、その声は自分の耳にもどこかうつろに響いた。

「それでいいだろう」

13

翌日の午後、グレースはクライボーン邸の居間のソファにジャックと隣りあって座り、震えそうな手をひざに押しつけていた。ジャックが低くなめらかな声で、母親のクライボーン公爵未亡人と妹のレディ・マロリー、そして長兄のエドワードことクライボーン公爵と話をしている。

グレースはおどおどするまいとしたが、それは無理なことだった。学校にはたしかに何人も貴族の子女がいたけれど、そのうちの誰ひとりとして、バイロン一族ほど古くまでさかのぼる血筋と高貴な身分を持ってはいなかった。いままでジャックの家族ほど洗練され、気品にあふれる人びとに会ったことはない。そんな家族の中に、どうしてわたしが溶けこめるというのだろう。

きっとみんな、わたしの卑しい生まれに眉をひそめ、どうしてジャックがこんな娘を連れてきたのかと不思議がるにちがいない。ましてや婚約したなどという話を聞いたら、いったいどう思うだろうか。グレースはそうしたことをぼんやりと考えていたが、ふと気づくと、ジャックがいままさに自分たちの婚約のことを家族に話していた。

「結婚ですって！」公爵未亡人のアヴァ・バイロンが言った。いまなお美しいその顔が喜びに輝いている。「あなたから大事な話があるという手紙をもらったとき、そういうことじゃないかとぴんと来たのよ。やはりそうだったのね。でもまさか、もう婚約までしているとは思わなかったわ。一年のうちにふたりも新しい娘ができるなんて嘘みたい」

「わたしにとっては新しいお姉様よ」マロリーが嬉しそうに笑った。「メグに会うのを楽しみにしててね。もちろん、ほかの家族にも」

ほかの家族？　バイロン家にはいったい何人の家族がいるのだろう。ジャックにもうひとり妹がいることは知っているが、ほかにもまだきょうだいがいるのだろうか。「ええ、お会いできるのを楽しみにしています」グレースは蚊の鳴くような声で言い、あとでふたりきりになったときに、ジャックに家族のことを詳しく訊かなければと思った。

公爵のエドワードはというと、険しい表情を浮かべ、探るような目でジャックを見据えている。たったいま耳にしたことが信じられないといった顔だ。やがてグレースに向きなおると、その顔からはさっきのこわばった表情が消え、代わりに優しい笑みが浮かんでいた。

「バイロン家にようこそ、ミス・デンバーズ」深みのある温かな声に、グレースの緊張がふっと解けた。「ジャックをひざまずかせるのはきっと素晴らしい女性にちがいないとずっと思っていましたが、やはりそうでしたね。あなたを選ぶとは、わが弟ながら目が高い。でも本当にこんな弟でいいんですか。とんでもない男を選んでしまったと、いつかあなたが後悔するのではないかと心配です」

ジャックをからかうようなその言葉にグレースは目を丸くし、控えめに笑った。「まあ、そんな。ジャックはそんな男性じゃありませんわ。少なくとも、とんでもない男性の典型というわけではありません」横目でジャックを見ると、その瞳に鋭い光が宿っているのがわかった。「それにわたしなら、どんなことがあってもだいじょうぶです。ジャックを心から愛していますし、彼の花嫁になれる日が待ち遠しくてたまりません。ほとんどの夫婦がたいした愛情もなしに結婚生活を始めることを考えると、それ以上、なにを求めることがあるでしょうか」

「そのとおりよ」公爵未亡人が口をはさんだ。「弟をからかうのはやめて祝福してあげなさい、エドワード」

エドワードが茶目っ気たっぷりに笑い、口もとから白い歯をのぞかせた。ジャックにそっくりの表情だ、とグレースは思った。「婚約おめでとう。お前は幸せな男だ」

ジャックがまじめな顔になった。「ああ、ネッド。自分でもそう思っている」そう言うとグレースの目をじっとのぞきこんだ。

グレースは一瞬、ジャックの空色の瞳に吸いこまれるように、彼のほうに身を寄せた。ジャックが彼女の手を取り、ぎゅっと握りしめた。グレースの鼓動が速まるなか、時間の流れが遅くなり、まわりの世界が溶けていく。グレースはいつのまにか、唇を開いてキスを待っていた。

公爵未亡人が咳払いをした。

グレースは跳びあがり、ケシの花のように頬を真っ赤に染めた。両手で顔を覆って隠したかったが、そんなことをすればますますみんなの注目を集めることはわかっていた。こっそり手を引こうとしたものの、ジャックはそれを許してくれなかった。それどころかさらに強く彼女の手を握りしめ、そしらぬ顔でクッションのきいたソファにゆったりと背中を預けている。

公爵未亡人はやれやれという顔をしてティーポットに手を伸ばすと、みなのカップに紅茶のお代わりを注いだ。「ところで」繊細な磁器のティーポットをテーブルに置いた。「結婚式の日取りはもう決めてあるの？」

婚約したのがほんの数日前のことなので、グレース自身もまだそこまで考えてはいなかった。「昨日、わたしの父に報告したばかりですから、細かいことはまだ決まっておりません」

公爵未亡人はなるほどというようにうなずいた。「あなたはつい最近まで、伯母様と一緒にバースに滞在していたんですものね。伯母様が準備を手伝ってくださるの？」

グレースは眉根を寄せた。「わかりません。ドレスを選ぶことぐらいなら喜んで手伝ってくれると思いますが、準備のほとんどはわたしが自分ですることになると思います」

「あなたが準備するですって！　そんな大変な仕事を自分で背負ってはいけないわ。あなたが何年も前にお母様を亡くしたことはわかっているけれど、ご親族の女性でほかに誰か頼れる人はいないの？　たとえば、姉妹とかいとことか」

「いいえ、奥方様。家族は父しかいません。でもわたしは自分のことを自分でするのに慣れていますから、なんとかこなせると思います」

公爵未亡人は眉間にしわを寄せた。「それはいけないわ。なんといってもあなたは花嫁だし、一生に一度の大切な日なのよ。気を悪くしないでほしいんだけど、もしよかったらわたしにお手伝いさせてもらえないかしら」

「奥方様が？」グレースは驚いた。

「ええ、あなたさえよければ」

グレースはしばらくのあいだ返事ができなかった。ジャックの母はわたしを新しい家族として温かく迎えてくれるだけでなく、結婚式の準備まで手伝ってくれるという。グレースののどがふいに詰まった。

「どうかしら？」公爵未亡人が優しい声で返事をうながした。

「は――はい。そうしていただけるなら、それほど嬉しいことはありませんわ」グレースは満面の笑みを浮かべた。「ありがとうございます。奥方様はなんて優しいかたなんでしょう」

公爵未亡人はグレースに微笑みかけた。「いいのよ。結婚式の準備は楽しいもの。マロリーも手伝ってくれるでしょう」

マロリーはこくりとうなずいた。「もちろんよ。お買い物ほどわくわくすることはないわ。いまから楽しみね」

「それはそうだろう」エドワードが皮肉交じりに言った。「お前が今月、いつももらってい る手当だけじゃお金が足りなくなってしまったのは、なにが原因だったのかな。毛皮のショールか、それとも〈ランドル・アンド・ブリッジ〉から取り寄せた金と真珠でできた小箱か」

マロリーは兄をにらんだ。「残念でした。ダンス用の靴を新調したせいよ。ほかの靴がだいぶくたびれてきたから、どうしても新しいものが必要だったの」

エドワードはふんと鼻を鳴らした。「数十足も必要だったのかい？ 靴屋から最近届いた請求書は、とんでもない額だったと記憶しているが」

マロリーはまたエドワードをにらみ、舌をつきだした。公爵である兄のことがまったく怖くないらしい。「それに、冬のことを考えたらショールだって必要だったの。今年の冬はとても寒くなるという話を聞いたから」

エドワードは困ったものだというように首をふり、ジャックは忍び笑いをした。

「ショールと靴の話が終わったのなら、そろそろ本題に戻りましょうか」公爵未亡人が穏やかながらきっぱりとした口調で言った。「結婚式を挙げるのにふさわしい季節といえば、やはり夏でしょうね。あるいは、風が涼しくなって木の葉が色づく秋でも素敵だと思うわ」

「来年の夏か秋だって？」ジャックは空になったティーカップをテーブルに置いた。「ずいぶん先の話だな。グレースもぼくもそんなには待てない」

公爵未亡人はふたたび眉間にしわを寄せた。「嫁入り支度や教会の手配のことを考えたら、婚約期間は一年ぐらいがちょうどいいのよ。誰をお招きするかも決めなくてはいけないし」

「どこで式を挙げても誰を招待してもぼくはかまわないから、みんなで好きに決めてくれたらいい。でも一年は待てない。三カ月が限度だ」

「三カ月！」公爵未亡人は呆然《ぼうぜん》とした。「まあ、あなたまでそんなことを言うのは勘弁してちょうだい。ケイドとメグが急に結婚するなんて言いだしたものだから、もうてんやわんやの騒ぎだったのよ。無事にふたりの式が終わり、やっとひと息ついたところなのに」

「つまり母さんは、いまや短期間で結婚式の準備をする達人だということじゃないか。それにケイドのときと比べたら、時間はたっぷりある。たしかケイドは、たった六週間で結婚したいと言ったんじゃなかったかな」

「心底疲れた六週間だったわ」

「にもかかわらず、素晴らしい結婚式と披露宴だったとみんなが称賛していたね。あのときの二倍の時間があるんだから、今回は楽勝じゃないか」

公爵未亡人は唇を結んだ。「あなたをひっぱたいてやりたいわ、ジョン・リチャード・バイロン」

ジャックは最高に魅力的な笑顔をしてみせた。「でもお気に入りの息子に、そんなひどいことはできないだろう？」

公爵未亡人は鼻を鳴らしたが、その音さえも上品だった。「わたしは息子たちをみんな平等に愛してるわ。でももしいまお気に入りを誰かひとり選べと言われたら、それがあなたじゃないことだけはたしかね。こんな無理難題を押しつけてくるなんて、本当に憎らしいったら」

ジャックはますます大きな笑みを浮かべた。

「しかたがないわね」公爵未亡人はついに根負けし、優雅にうなずいた。「ここは婚約者に免じてあなたを許してあげましょう」そこでグレースの顔を見た。「あなたはどうしたいの？ 花嫁はあなたなんだから」

グレースはみなの視線が自分にそそがれるのを感じて落ち着かなくなった。

そうだ、わたしはいったいどうしたいのだろう？ グレースはジャックの顔を見た。その瞬間、迷いが消えた。

「奥方様、申し訳ありませんが、わたしも先延ばしにしたくありません。簡素な結婚式にしたらどうでしょうか。そうすれば、準備にそれほど手間もかからないと思います」

「特別許可をもらえば、この居間で式を挙げることだってできる」ジャックが言った。

グレースはジャックをちらりと見た。「ええ、でもそこまで簡素じゃないほうが嬉しいわ。教会が無理なら、小さな礼拝堂でもいいし」

「礼拝堂？　ブラエボーンの屋敷に素敵な礼拝堂があるけれど」公爵未亡人は言葉を切り、指であごをとんとん叩いた。「いいことを思いついたわ。ブラエボーンで結婚したらどう？」

ブラエボーンで結婚する？　あの国内でも指折りの美しい領地で？　いままで考えもしなかったが、なんて牧歌的でロマンティックなのだろう！

「もちろん、あなたがロンドンのほうがいいなら話は別よ」公爵未亡人は続けた。「聖ジョージ礼拝堂に訊いてみることもできるけど、あまり期待は持てないわね」いったん間を置き、ジャックをじろりと見た。「急な話だったにもかかわらず、聖ジョージ礼拝堂でケイドとメグの結婚式ができたのは、それが八月の一番暑い時期で、上流階級の人たちの大半がすでに領地に戻っていたからよ」

「あの、奥方様」グレースは急いで言った。「ぜひブラエボーンで結婚式を挙げさせてください。奥方様と公爵様さえよろしければ」

「いいに決まってるじゃないの。エドワードも喜んで祝宴を主催してくれると思うわ。そうでしょう？」

エドワードは優しく微笑んだ。「もちろんだ。どうせクリスマスの時期になれば親族が大挙してやってくるんだし、そこに数十人増えたところでどうということはない」

公爵未亡人は両手を握りあわせ、ほがらかに笑った。「そう、それだわ。クリスマスよ。それなら完璧ね」

「なにが完璧なんだ?」ジャックはグレースが思ったのと同じことを口にした。

「結婚式の時期よ。そのころにはみんなブラエボーンにいるから、招待客リストの半分は完成したのも同じことでしょう。もちろんグレースは、お父様や伯母様、それからほかにも来ていただきたい人を好きにご招待していいのよ。使用人はもうクリスマスの準備を始めているし、料理や客室のことは安心して任せておけばいいわ。それに主教も、クリスマスを一緒に過ごしましょうとお誘いすれば、きっと断わらないはずよ。ジャックもグレースもどうかしら? 新年が明けてからすぐ式を挙げてもいいし」

新年に結婚式を挙げ、ジャックと新しい人生を歩きだす。グレースはすっかり舞いあがり、心からの笑みを浮かべた。「素晴らしい考えですわ、奥方様」そして横を向いてジャックを見た。「あなたはどう思う?」

「どうやら多数決で負けそうだな」ジャックはグレースの手を口もとに持っていくと、甲にくちづけた。「でもきみがそうしたいなら、新年にブラエボーンで結婚式を挙げることにしよう」

14

結婚式の日取りと場所が決まると、目がまわるほど忙しい日々が始まった。

さっそく翌日、グレースは公爵未亡人とマロリーと一緒に買い物に出かけた。母娘《ははこ》はロンドンでも流行最先端の店にグレースを連れていくと、浮き出し模様のついた上質な便箋《びんせん》から珍しい食材、披露宴で祝杯をあげるときに使うクリスタルのワイングラスまで、ありとあらゆるものを次々に選んだ。

次は数えきれないほどの服や装飾品を買った。帽子や靴、手袋にマント、ドレスにペチコートなど、本当に全部身に着ける機会があるのかと疑問に思うほどの数だった。だが公爵未亡人とマロリーは、それらがすべて必要になると言う。その中にはあまりに生地が薄すぎて、頬を赤らめずにはいられない、シルクのネグリジェもあった。

こんなにたくさん服を買ってしまっては、父に叱られるのではないかと、グレースは心配した。だが父は小言を言うどころか、毎朝郵便受けに届いたり、使者が持ってくる請求書に記された金額を、上機嫌で支払っている。

買い物をしていないとき、グレースはクライボーン邸への招待状を書くか、友人を訪ねたり、友人の訪問を受けたりして忙しく過ごしていた。一度などは、昔の学友であるレディがふたり訪ねてきたこともあった。卒業してからはおろか、学校に通っていたときも特に親しくしていた相手ではなかったので、グレースはびっくりした。

ふたりはなんとか結婚式に呼んでもらおうと思っているらしく、終始笑顔を作ってグレースにへつらった。だが自分でも驚いたことに、グレースはそうしたふたりをうまくかわすことに成功した。彼女たちがのどから手が出るほど欲しがっている言質《げんち》を最後まで与えず、にこやかに会話を打ちきって出口まで案内した。

あまりに意外な出来事だったので、グレースは伯母に手紙で報告することにした。そういえばひんぱんに近況を知らせると言っておきながら、忙しさにかまけ、ロンドンに戻ってきてから一度しか伯母に手紙を出していない。

グレースは居間の書き物机の前に座ると、便箋を一枚選んで羽根ペンを手に取り、繊細な金線細工の施されたインクつぼのふたをはずした。

三十分後、あと数行で手紙を書き終えようとしているとき、玄関ホールからジャックの低い声が聞こえてきた。まもなくジャックがひとりで居間にはいってきたが、屋敷の使用人が来客を取り次がないのはいつものことなので、グレースは特に驚かなかった。黄褐色の最高級ウールの上着とズボンを身に着けた彼は、今日もほれぼれするほどハンサムだ。みなぎる生気とともに、十月下旬のさわやかな風も一緒に運んできたようだった。

「支度をしてくれ」ジャックは前置きもなしに言った。「家を探しに行こう」

グレースは羽根ペンを置いた。「これから？　あなたのお母様はなにもおっしゃってなかったわ」

「母はこのことを知らないからな」

「そうなの？　じゃあマロリーは？」

ジャックは首をふった。「家族のことは大好きだし、一緒にいると楽しいが、新居は自分たちだけで選ぼうかと思ってね。ぼくたちの新居なんだから、そのほうがいいだろう」

グレースは一考したのち、顔をほころばせた。「じゃあ今日はあなたとわたしだけなのね？」

ジャックはウィンクをした。「ああ。不動産業者を除けば、ぼくたちふたりだけだ」

グレースは胸がどきりとした。ロンドンに帰ってきてからというもの、たまに馬車で出かけたり公園を散歩したりするとき以外、ジャックとふたりきりになることはほとんどなかった。もちろん不動産業者がいるので、今日もまったくのふたりきりというわけではない。でも一月に行なわれる結婚式まで、こんな機会はめったにないことだ。

「ちょっと待ってて。父に言ってくるわ」グレースはまだ乾いていないインクを紙で吸いとると、手紙を机の引き出しに入れて立ちあがり、急いで居間から出ていった。

五分後、ペールブルーのドレスによく似合う柔らかな真珠色のカシミアのマントを羽織ったて戻ってきた。「さあ、行きましょうか」はずんだ声を出した。

ジャックの腕に手をかけ、屋敷を出て馬車に向かった。

　最初に内覧する屋敷の前で落ちあった不動産業者は、背が低くて胸板が厚く、派手な服を着ていた。ベストは濃い赤紫色で、フクロウの形をした銀のボタンがついている。そのけばけばしい格好からは想像もつかなかったが、実際に話してみると知識が豊富で思いやりがあり、しつこく物件を勧めることも媚《こ》びることもしない好人物だった。

　四軒目に案内された屋敷をふたりは気に入った。アッパー・ブルック・ストリートの閑静な住宅街にあり、グローブナー・スクエアからもそれほど遠くない。ジャックが言うには、クライボーン邸に近くて便利だが、家族が朝からとつぜん連絡もなしに訪ねてくるほど近くはないところがいいのだという。

　部屋はそれぞれゆったりとし、天井が高くて窓も大きかった。壁と天井が交差する部分には帯状の装飾《クラウンモールディング》が施され、壁は明るい色に塗られている。グレースはひととおり部屋を見学し、その屋敷が大好きになった。上品かつ優雅で、ほかに知っているどんな屋敷にもない繊細な美しさがある――言うまでもないことだが、クライボーン邸を除いて。それでも自分には少し立派すぎる屋敷だという気がし、グレースは躊躇《ちゅうちょ》した。

　父は大金持ちではあるが、一代で財をなしたほかの多くとはちがい、贅沢な暮らしには興味がない。豪邸を建てて成功を誇示することもせず、グレースがまだ小さかったころに買ったタウンハウスにいまも住んでいる。こぢんまりとした住み心地のいい屋敷で、ロンドン屈指の高級住宅街というわけではないが、とても環境のいい場所にある。

グレースも父と同じで、特に大きな屋敷に住みたいと思うこともなく、幼いころから慣れ親しんだわが家に満足していた。そしていま、『モーニング・ポスト』紙の社交欄の記事で読んだことしかなかったような屋敷の中で、本当にこんなところに住んでもいいのかどうか迷っている。

新聞の社交欄で読んだことしかなかったような男性と婚約しているというのに、どうして新居ひとつでここまで悩んでしまうのだろう。

「どうだい？」ジャックが穏やかな声で訊いた。「気に入ったかな？」

グレースは内心の葛藤《かっとう》を顔に出さないように努めた。「もちろんよ。素晴らしいところだわ」その言葉は心からのものだった。「でも、少し広すぎないかしら？　いまはもう少し小さな屋敷でもいいような気もするわ」

ジャックは朝食室の中をぐるりと見まわした。「そうかな。ぼくにはちょうどいい広さに思えるが。これだけの広さがあればゆっくりくつろげるだろうし、人が来ても窮屈じゃないだろう」

人が来ても？　グレースはうろたえた。ジャックはパーティで人を招待したときのことを言っているのだろうか。

いままで考えたこともなかったが、結婚したらジャックがグレースにパーティを主催してほしいと期待するのは当然のことだ。父と仕事相手との夕食会をしょっちゅう段取りしていたので、少人数の集まりならなんとかこなせる自信はある。でも社交界の大々的なパーティを主催するなど、グレースにとっては大砲をあつかうのも同じことで、考えただけで足がすくんでしまう。でもいざとなれば、公爵未亡人とレディ・マロリーが手伝ってくれるだろう。そうでなかったら、悲惨な結末が待っているにちがいない。

とりあえず、いまはそのことをいったん忘れよう。まずは新居をどうするかを決めなければ。「そうね、ここならたくさんのお客様を迎えられるでしょうね」

「それにこの屋敷ならば、家族が増えても部屋はたっぷりある。結婚して子どもが次々に生まれたら、きみも部屋数に余裕があってよかったと思うだろう」

「次々にですって！　いったい何人子どもを作る気なの？」

ジャックの目が輝いた。「できるだけたくさん、しかもできるだけ早く欲しい」グレースにしか聞こえないよう、声をひそめる。「きみに息をつく間も与えないつもりだから、覚悟しておいてくれ」

「ジャック！」グレースはジャックをたしなめた。「わかっていると思うけど、人がいるのよ」

グレースの言うとおりだった。不動産業者がふたりから少し離れたところに佇み、ポケットに手を入れてそしらぬ顔で窓の外をながめている。

「広すぎるということ以外に、なにか気になる点は?」

「ないわ。こんなに素敵なお屋敷は見たことがないもの」自分には少し贅沢すぎるのではないかと思っても、グレースはその屋敷にひと目ぼれしていた。ここに住めたらどんなにいいだろう。

彼女のそうした心のうちを読んだのか、ジャックが不動産業者のほうを向いた。「ここに決める」

不動産業者の顔に満面の笑みが広がった。「かしこまりました、閣下。これほど素晴らしいタウンハウスには、わたしもめったにお目にかかったことがありません。きっと閣下にも婚約者のかたにも、気に入っていただけるものと確信しておりました」

ジャックはうなずくと、不動産業者を急《せ》かすように言った。「先に下に行って書類を用意してくれないか。ミス・デンバーズとわたしは、もう少し屋敷の中を見てまわることにする。あとで合流しよう」

不動産業者は一瞬きょとんとしたが、屋敷が売れそうな喜びからか異論を唱えることはしなかった。「もちろんですとも。ごゆっくりどうぞ」そう言うと会釈をして立ち去った。

彼がいなくなるやいなや、ジャックは部屋のドアを閉めた。そしてグレースを抱きしめた。

グレースはあきれたような笑い声をあげた。

「さてと、なんの話をしてたんだっけ。そうそう、子作りの話をしていたんだったな」

グレースの心臓がひとつ大きく打った。「ジャック！　もう一度じっくり屋敷の中を見てまわるんじゃなかったの」

ジャックは首をふった。「ぼくが見ていたいのはきみだけだ。さあ、キスしてくれ」

「ここで？」

「ああ、そうだ。最後にきみを抱いてから、もう三十三日と十二時間四十一分たっている」

「数えていたの？」グレースは心底驚いた。

「そういうことだ。おしゃべりはこのへんにしておこう。貴重な時間を無駄にしたくない」

ジャックはグレースに唇を重ね、とろけるようなキスをして彼女の体に火をつけた。

まもなくグレースは必死で欲望と闘いながら体を離した。「だ——だめよ。下に不動産業者がいるのを忘れたの？　あの人が様子を見に来たらどうするつもり？」

「来ないさ」ジャックはグレースの首筋に唇をはわせた。「でも万が一やってきたら、彼はきっと言葉を失うだろうな」

グレースが目を丸くすると、ジャックが笑った。

「冗談だよ。不動産業者に見られることはない。ドアにちゃんと鍵をかけてある」

グレースには鍵を見た記憶がなかった。でもジャックがそうしたと言うのなら、ドアにはたしかに鍵がかかっているのだろう。

グレースは安心してジャックの胸に顔をうずめた。「じゃあ少しだけここにいましょう。もしあの人が上がってきたら、カーテンの寸法を測っていると言えばいいわ」

今度はジャックが目を丸くする番だった。大きな声で笑い、グレースの腰に両手をまわした。「さあ、もっとこっちにおいで。きみを測らせてくれ」

ジャックはふたたびグレースにくちづけた。グレースは悦びに包まれ、だんだん頭がぼうっとしてきた。

ジャックは欲望の命じるまま、熱く激しいキスをした。グレースの甘い肌のにおいが鼻をくすぐる。彼女の舌は温かく湿っており、まるでシルクのようになめらかだ。

あまりの快感に全身がぞくりとした。一カ月以上も禁欲生活を送ってきたので、そろそろ我慢も限界に達しそうになっている。さっきグレースは驚いていたが、あの日数と時間は寸分たがわず正確だ。

これがほかの男なら、いまごろは誰か別の女を相手に欲望を満たしていたかもしれない。ここロンドンには、男と喜んでベッドをともにする女性がたくさんいる。だが自分がそんなことをすれば、またしてもグレースの信頼を裏切ることになってしまう。それだけはどうしてもできなかった。でもそれよりなにより、グレース以外の相手を抱く気になれなかったというのが一番の理由だ。彼女以外の女性は欲しくない。欲しいのはグレースだけだ。

グレースは父親と一緒に住んでいるし、おまけにバイロン家の誰かが常にそばにいるため、ふたりきりになれる機会はあまり多くない。いや、皆無に近いと言ったほうがいいだろう。数少ない例外といえば、馬車で出かけるときと公園で散歩をするときだけだ。

だがいま、こうしてようやくグレースを腕に抱くことができた。さすがに結ばれることは無理だろうが、ふたりでしばしの甘い時間に溺れたい。

ジャックはグレースの柔らかなヒップに手をかけてその体を手前に引き寄せ、自分の硬くなったものを押しつけた。そして燃えあがるようなキスをした。グレースがジャックの肩に手をかけると、乳房が彼の胸に当たった。

ジャックは片手でグレースの乳房を包み、豊かな丸みを確かめた。シュミーズとコルセット越しであっても、乳首が愛撫をせがむようにとがっているのがわかる。

硬くなった先端を生地越しにじっくりと愛撫した。グレースの唇からせつなげな吐息がもれる。自分はこの声をずっと聞きたくてたまらなかった、とジャックは思う。だが彼には、それよりももっと強く求めているものがあった。求める権利も資格もないものが。そのことを頭からふりはらおうとしたが、欲求は強まる一方だった。

ジャックはいったんキスをやめると、グレースの頰から耳へと唇をはわせ、耳たぶをそっと軽く嚙んだ。「教えてくれ、グレース」低くかすれた声で言った。

「なにを?」グレースはうっとりした声で訊きかえした。

「きみの気持ちを。ぼくを愛してるかい？」

「ええ。わかってるでしょう」グレースは即座に答えた。

ジャックは短いキスをした。「ちゃんと言ってくれないか。きみの口から聞きたい」

グレースは欲望で瞳をうるませ、赤く濡れた唇をしていた。「愛してるわ」ジャックの目を見てささやいた。

ジャックはその言葉を嚙みしめた。自分でもなぜだかわからなかったが、もう一度その温もりを味わいたくてたまらなくなった。「もう一度言ってくれ」

「あなたを愛してる」グレースはジャックの首に抱きついた。「誰かをこんなに愛したのは初めてよ。キスして、ジャック。あなたのキスほど素敵なものはこの世にないわ」

ジャックは息が止まるような濃厚なキスをした。そして湧きあがる激しい欲望にわれを忘れた。

気がつくとグレースの体を押しながら、壁のほうに向かっていた。すべすべした漆喰《しっくい》壁にグレースの背中を押しつけると、淡いクリーム色の壁に赤い髪がひときわあざやかに映った。彼女はとても美しい。肌はほんのり赤みを帯び、瞳は混じりけのない澄んだ青をしている。

ジャックはグレースのスカートをたくしあげた。

「ジャック？」

「いいから」ジャックはふたたび情熱的なキスをした。

グレースはすすり泣くような声を出し、壁に頭をもたせかけた。ジャックの手がリボンのガーターのすぐ上の、むきだしの太ももに触れている。彼はしばらくそこをなでていたが、やがて手をさらに上に進めた。

シルクのスカートの生地をまとめて前腕にかけると、グレースの太ももを開かせて指を二本、彼女の中に入れた。グレースの体がびくりとした。ジャックはしっとりと濡れた指で敏感な部分を愛撫し、グレースをさらなる官能の世界へと導いた。重ねた唇から、彼女のくぐもったあえぎ声がもれる。

裸のヒップに手をかけてグレースの体をほんの少し持ちあげ、つま先立ちさせた。グレースはジャックの首にしっかりしがみつき、めくるめく快感に陶然とした。

やがてジャックはグレースが限界に近づいていることに気づいた。彼の指を包む体の内側の筋肉が、さっきよりも締まってきている。もっとグレースをもだえさせ、悦びに打ち震えさせてやろう。ジャックは彼女が絶頂に達する直前に愛撫をやめた。

グレースはぱっと目を開け、ジャックの肩に爪を食いこませた。「ど――どうしてやめるの？」

「やめたわけじゃない」ジャックはズボンのボタンを引きちぎるようにしてはずした。「もっといい方法できみを悦ばせようと思ってね」

「で――でも、まさか、こ……ここで……」

「そのとおり。階下で不動産業者が待っているにもかかわらず、ぼくはきみを壁に押しつけて抱こうとしている」

グレースは自分たちがふたりきりではないことを思いだして体をこわばらせた。だがジャックはグレースにそれ以上考える暇を与えず、彼女の太ももを大きく押し開いてそのあいだに立った。グレースのつま先が床から離れた。

「ぼくの腰に脚を巻きつけるんだ」

グレースはその大胆な格好と自分の高まる欲望におののきつつも、ジャックに言われたとおりにした。ジャックは自分と同じ高さにある彼女の目を見た。ほんの数インチ体を持ちあげるだけで、こうして愛しあうのにちょうどいい高さになる。完璧だ。ジャックは体勢を整えると、彼女を貫いた。

グレースは熱に浮かされたような声をあげた。自分の体がベルベットの手袋のように彼を包んでいる。もうヴァージンではないので、今回は痛みはない。それでもグレースの入口は狭く、彼を受けいれるのに少し時間がかかった。

ジャックはグレースに燃えるようなキスをしながら、深く速く彼女を突いた。

ジャックの肩にしがみついている彼女の腕に、ぐっと力がはいった。グレースは彼を信頼し、自分のすべてをゆだねている。ジャックは角度を整え、さらに激しくグレースを揺さぶった。

それからまもなく、グレースはジャックの腕の中で体を震わせながら絶頂に達した。ジャックは重ねた唇で、彼女の声を呑みこんだ。グレースの内側の筋肉が収縮し、彼を優しく締めつけている。

ジャックはあまりの快感にわれを忘れた。それから何度か腰を突きあげたところで絶頂を迎え、グレースの中に温かいものをそそぎこんだ。快楽の叫び声をあげそうになったが、唇を噛んでそれをこらえた。

グレースに優しくくちづけると、その体を支えながらゆっくり脚を床に下ろさせた。そして彼女の頭のすぐ上の壁に手をついた。

「ここまでするつもりじゃなかったが、ぼくは後悔していない」ジャックはささやいた。「だいじょうぶかい?」

「だ――だいじょうぶよ。というより、最高の気分だわ」グレースははにかむような笑みを浮かべた。

ジャックは微笑みかえし、またキスをした。「よかった」

手を伸ばしてグレースがドレスの乱れを整えるのを手伝った。「グレース」

「なに?」

「まだ新居を決めなければよかったな」

「どうして? ここが気に入ったんじゃなかったの?」

「気に入ってるさ。ただ、きみとふたりでもっと新居探しをしたかっただけだ。もうこんなことができないと思うと残念でね」

グレースの頬がみるみるうちに赤く染まった。

ジャックは笑った。「また今度、ほかの部屋のカーテンの寸法を測りに来よう」

セント・マーティンズ・レーンにあるデンバーズ邸の居間の窓には、うっすらと霜がついていた。あの忘れもしない新居探しの日から六週間が過ぎ、季節は秋から冬へと移って寒い十二月が始まっている。

グレースは赤々と燃えている暖炉のそばに立ち、炉棚《マントルピース》に置かれたマイセンの羊飼いの娘の置き物を手に取ると、その繊細な磁器を慎重に薄紙に包んだ。アッパー・ブルック・ストリートの新居への引っ越しに向け、数日前から使用人が忙しく荷造りをしているが、グレースには自分の手で取りあつかいたいものがいくつかあった。母の形見である羊飼いの娘の置き物もそのひとつだ。

父からそれを持っていくように言われたとき、グレースは驚くと同時に胸を打たれた。父が母の形見の品をどれほど大切にしているか、よくわかっていたからだ。

「お母さんもそれをお前に持っていてほしいと思うだろう」父は少しかすれた声で言った。

「お前の新しい生活が平穏で幸せなものになるよう、その人形に見守ってもらいなさい。それから、お母さんの持っていた一番いい銀器もお前にやろう。わたしのような年老いた男やもめが、そんなしゃれたものを持っていてもしかたがないからね」

グレースはそのときの父の言葉を思いだして微笑み、薄紙できちんと包まれた置き物を梱《こん》包《ぽう》用の小さな箱に入れた。そのときふと近くの棚にある数冊の本が目にはいった。父には用のなさそうな本ばかりなので、グレースはそれも持っていくことにした。箱に本を詰めていると、ドアを軽くノックする音がした。

「やあ、グレース」数カ月ぶりに聞く声がした。

顔を上げると、ドアのところにテレンス・クックが立っていた。手に大きなフォルダーを持っている。「お邪魔だったかな」テレンスはグレースがそれまで見たことがないほど、緊張した顔をしていた。だが最後に会ったときにホテルの部屋でなにがあったかを考えれば、それも当然のことだろう。

なにも言わないグレースに、テレンスは表情を曇らせた。「忙しそうだね。先に手紙で連絡するべきだった。すまない」目をそらし、部屋を出ていこうとした。

「待って。お願い、帰らないで」グレースは呼びとめた。

テレンスは立ち止まり、グレースを見た。

「あなたが来るとは思わなかったから、ちょっと驚いただけなの」グレースは椅子を手で示した。「どうぞ中にはいって。近況を聞かせてちょうだい。いまマーサに紅茶とクリームビスケットを持ってきてもらうわ。あなたはマーサのクリームビスケットに目がなかったわよね」

「ありがとう。でもなにもいらない」テレンスはグレースが呼び鈴を鳴らそうとするのを止めた。「あまり長居はできないから。今日はこれをきみに渡しに来ただけだ」

フォルダーを開き、薄い革の包みを取りだした。「鳥類学の図鑑用に描いてもらった絵の原図だよ。もう印刷が始まったから、なくさないうちにきみに返しておこうと思ってね」

グレースはみぞおちの前で両手を握りあわせた。テレンスとのあいだに見えない壁があるのがひしひしと感じられ、それが悲しかった。「わざわざ持ってきてくれたのね。ありがとう」

テレンスはうなずき、グレースの顔から目をそらした。「こ――ここに置いておけばいいかな」書き物机に向かい、その上に絵を置いた。「じゃあ、ぼくは……その……これで失礼する。仕事が山積みなんだ」

まさかテレンスは、本当にこのまま帰ってしまうつもりなのだろうか。

「花の絵もちゃんと完成させるつもりよ」グレースは思わず言った。「あなたがわたしとの契約を取り消し、ほかの画家に頼もうと思っているのなら別だけど」

テレンスは薄茶色の眉を上げ、首をふった。「そんなことをするつもりはないよ」

「もしあなたがそうしたとしても、責める気はないわ。最近のわたしは絵を怠けているもの。

結婚式や引っ越しの準備もあるし、もうすぐブラエボーンにも発つし、とにかく時間がなくて。ちゃんと絵は仕上げるつもりだと、あなたに手紙で伝えておけばよかったのよね。ごめんなさい。でもわたし、不安で……」

「不安？」

「あなたはもうわたしとかかわりたくないいんじゃないかと思って」

テレンスの顔に苦しげな表情が浮かんだ。「きみのほうこそ、ぼくとはもうかかわりたくないんじゃないのかい？　その、つまり……バースでの出来事を考えたら、きみがもう二度とぼくの顔を見たくないと思ったとしてもおかしくない。悪かった、グレース。本当にすまない」

「いいえ、謝らなきゃならないのはわたしのほうだわ。あの日、勝手にあなたの部屋にはいったことをずっと申し訳ないと思っていたの」

テレンスは寂しそうに笑った。「いや、ぼくのほうが悪いに決まっている。きみを訪ねて話がしたい、せめて手紙を出したいと、何度思ったかしれない。けれどいざ便箋に向かっても、結局はなにも書けずに暖炉に放りこんで終わりだった。きみに会えなくて寂しかったよ」

グレースは微笑んだ。「わたしも寂しかったわ。昔はあんなに仲が良かったんですものね」

「そうだね」テレンスはうなずいた。「もう一度、昔のような関係に戻れたらどんなにいいだろう。でもきみはもうすぐ結婚するんだから、それはかなわないことだとわかってる」靴に視線を落とした。「それにしても、考えてみるとすごいことだな。きみはもうすぐレディになる。レディ・ジョン・バイロンだ。クライボーン公爵の主領地で、内輪で結婚式が行なわれることを、新聞はこぞって書きたてている」

「あなたも来ればいいのに」

テレンスはぎょっとした。「きみの結婚式に？　いや、それは無理だ」

「どうして？」グレースの口調がにわかに熱を帯びた。「わたしはまだブラエボーンに行ったことはないけれど、ジャックの話によれば、宮殿のように大きなお屋敷だそうよ。部屋もたくさんあるみたいだし、ぜひ来てちょうだい。誰でも好きな人を呼んでいいと言われてるから、あなたも招待客リストに加えるよう、公爵未亡人に頼んでおくわ」

「やめておく」

「でも――」

「そんな貴族だらけのところに、ぼくが溶けこめるはずがないじゃないか」

「会えばきっとみんなのことが好きになるわ。とてもいい人たちなのよ」

テレンスは笑った。「わかってるよ。でも、行きたくない理由はそれだけじゃないさ」その顔から笑みが消えた。「ぼくを招待したいと言ってくれるのは嬉しいが、きみが結婚するのを椅子に座って黙って見ているなんてごめんだ。信じてもらえないかもしれないし、普通の愛のかたちじゃないと言われればそれまでだけど、ぼくは本当にきみを愛してる。ぼくがきみを幸せにしたかった」

「そう」グレースはテレンスの顔に浮かんでいる後悔の表情を見ることに耐えられず、ふっと目をそらした。

「いま幸せかい、グレース？　ジャック卿との結婚を心から望んでいるんだね？」

「ええ」グレースはうっとりした声で答えた。「幸せすぎて怖いぐらいよ。ときどき、これはすべて夢なんじゃないかと思うことがあるわ。そして彼と会うと、現実だとわかってほっとするの」

「そうか、よかった。それを聞いて安心したよ」

グレースはテレンスと目を見合った。自分たちのあいだでまたひとつなにかが終わったことを、ふたりとも暗黙のうちにわかっていた。それぞれが人生の次の段階に進んでいこうとしている。

「もう行かなければ。仕事が待ってるんだ」

「ええ、あなたは忙しい人ですものね。手紙を書いてちょうだい、テレンス。あなたがどうしているかを知りたいわ」

テレンスは心からの笑みを浮かべた。「約束するよ。それから、花の絵には好きなだけ時間をかけていい。いつまでも待っているから」

「ありがとう」

「どういたしまして」テレンスは大またで歩いて出口に向かった。そしてドアの前でふと足を止めてふりかえった。「グレース」

「なに？」

「ぼくはきみの友だちだ。なにかあったら、いつでも言ってほしい」

「あなたもね」グレースはテレンスに歩み寄り、頬にキスをした。「あなたの幸せを祈ってるわ」

「ぼくもだよ。いつまでも幸せに、大好きなグレース」

15

伯母のジェーンはかつて、ブラエボーンは英国でも指折りの見事な邸宅で、庭園の美しさも宮殿に引けを取らないと言ったことがあるが、その言葉は大げさでもなんでもなかった。屋敷が最初に目にはいってきた瞬間、グレースは魅了され、次に青ざめた。ああ、わたしはなんという世界に足を踏みいれようとしているのだろう。両脇に木の立ちならぶ二マイルほどの長さの堂々たる私道の先に、豪奢な館が見えている。

コッツウォルズ丘陵地帯の北部に位置するバイロン家の先祖代々の館は、なだらかに傾斜した丘の上にあった。その地方特産の蜂蜜色の豪華な大理石がふんだんに使われ、葉の落ちた古木のならぶ広大な森の中で、宝石のようにさん然と輝いている。

グレースはロンドンを発つ前、ブラエボーンには招待客全員が泊まれるだけの部屋が本当にあるのだろうかと、ちらりと考えたことがあった。でもそれはまったくの杞憂《きゆう》だった。この屋敷は大きさも含め、まさに宮殿そのものだ。

四頭立ての馬車が停止すると、グレースは胃がねじれるような感覚に襲われた。ジャックがいったん馬車から降り、グレースのウェストに手をかけて地面に下ろした。ジャックの腕に抱かれたとたん、グレースの不安は消えた。

それからクリスマスまでの十日間はお祭り騒ぎのように過ぎていった。日がたつごとに親族や友人が増え、広い屋敷の中はたくさんのおじやおば、いとこなどであふれかえっている。前に公爵が言っていたとおりだ、とグレースは思った。

みなとても楽しそうに、クリスマス休暇を満喫している。まだ顔を合わせたことのなかったジャックのきょうだいにも全員会った。頭の切れる数学者にして発明家のドレーク、戦争の英雄のケイド、やんちゃな双子のレオとローレンス、そしてグレースが以前、画用紙と絵の具を贈ってはどうかとジャックに助言した、おませで絵のうまい十歳のエズメだ。

ケイド卿の花嫁のメグは、グレースにとって心強い存在だった。帰ってきたばかりのハネムーンはとても充実したものだったらしく、その顔はきらきらと輝いている。グレースはもうすぐ義姉になるメグのことがすぐに好きになった。年が近いせいもあるが、それよりも生い立ちが似ているというのが大きい。平民の娘として育ったふたりは、社交界屈指の名家である華やかなバイロン家の一員になるというのがどういうことか、よくわかっていた。

グレースの身内はというと、クリスマスの二日前に父のエズラと伯母のジェーンが到着した。伯母はグレースのそばにやってくると、〝人生で最高にわくわくする体験〟をさせてくれてありがとう、とささやいた。

日中、グレースは公爵未亡人を手伝い、結婚式の準備の仕上げをした。夜になるとみんなで集まり、ダンスや歌に興じたり、言葉当てクイズや目隠し遊びをしたりしてにぎやかに過ごした。

なかでも一番楽しかったのは、クリスマスイブにジャックとそりに乗ったことだろう。前夜に降った真っ白な粉雪が地面を覆い、その日は絶好の雪遊び日和《びより》だった。たそがれが迫るなか、ふたりは身を寄せあうようにしてそりに乗った。ジャックが手綱を操り、馬を全速力で走らせた。

そしていま、グレースはソファに座り、そのときのことを思いだして笑みを浮かべていた。クリスマスの朝を迎え、部屋はプレゼントの包みを開ける人の話し声や笑い声であふれている。グレースはすでにマロリーからラベンダー色の革の乗馬用手袋を、ジェーン伯母から詩集を受け取っていた。公爵未亡人からは、それまで見たことのないほど柔らかなカシミアのショールを贈られた――いや、もう〝お母様〟と呼んだほうがいいのだろう。堅苦しい呼び方はそろそろやめてちょうだいと、本人から何度も優しく言われている。

グレースは肩にショールをかけ、次のプレゼントに手を伸ばした。

「それを開ける気はないんじゃないかと思いはじめていたところだ」耳もとでささやく声がした。

顔を上げると、ジャックの空色の瞳とぶつかった。「アニスシードのクッキーじゃないといいんだけれど」グレースはジャックをからかった。「くしゃみが止まらなくなるから」

ジャックは声をあげて笑い、グレースと肘掛けのあいだの狭い空間に体をねじこむようにして座った。「だいじょうぶだ。二日前の夕食できみが大変なことになってから、屋敷にあるアニスシードはすべて鍵のかかる場所に保管させた。ぼくたちが帰るまではそこから出さないように命じてある。もうあんなひどい目にはあいたくないだろう」

「わざわざ厨房に言ってくれたのね。ありがとう、閣下」

「礼にはおよばないさ。ぼくは厨房に行って料理人と話すのが昔から好きでね。彼女はぼくがこれくらいの身長だったときから、この屋敷で働いている」ジャックは床から三フィートのあたりを手で示した。

「厨房に遊びに行くと、お菓子をいっぱいもらえたんでしょう」

ジャックはにっこり笑った。「新しいお菓子の味見をしてくれと言われたら、断わるわけにはいかないだろう？　いいから早くその箱を開けてくれ」

グレースは手に持った小さな四角い箱に視線を落とした。緑のシルクのリボンをほどいてふたを開けると、紫と金の光が目に飛びこんできた。

光沢のあるクリーム色のサテン地のクッションの上に、シンプルな金の鎖にハート形のトップのついたペンダントが載っている。たくさんの丸いアメジストが、絵の描かれた磁器を取り囲んだデザインだ。繊細な筆遣いで描かれたその絵は、まるでそれ自体が小さな庭のようだった。黄色と白のタチオアイが咲きほこる庭だ。

それを見た瞬間、グレースは何カ月も前にバースで花を描いていたときのことを思いだした。ジャックと初めてのキスをしたあの日。

グレースの胸がいっぱいになった。「ああ、ジャック。これはシドニーガーデンね？」

「そのとおり。細長い茎に大きな花弁のついた植物が咲いている公園だ」ジャックは屈託のない笑みを浮かべた。「気に入ってくれたかい？」

「ひと目惚れよ」

「きみが前にアメジストを好きだと言っていたのを思いだしたんだ。ぼくの記憶に間違いはなかったかな」

「ええ。本当にきれいなペンダントだわ。ありがとう。これから毎日、肌身離さずつけるわね。あなたの心《ハート》がいつもわたしと一緒にあるように」

ジャックの目に一瞬、奇妙な光がよぎった。「ぼくがつけてあげよう」

「お願い」グレースはほっとした。感激のあまり手が震え、自分ではうまくつけられる自信がない。

グレースはジャックが留め金をかけやすいよう、わずかに体の向きを変えた。首にかけてすぐ、体温が伝わって金の鎖と宝石が温かくなった。「どうかしら？」ジャックに向きなおって訊いた。

いた。彼はグレースを見ている。

だが顔を上げたとき、グレースはジャックがペンダントを見ているのではないことに気づいた。彼はグレースを見ている。


グレースは小さく息を呑んだ。まわりの世界が溶け、人びとの声が遠ざかっていく。ジャックがいつものようにまぶたを半分閉じ、顔をこちらに近づけてくる。唇と唇が触れ、グレースは身震いした。

「ふたりとも、そのへんにしておきなさい」グレースの父がたしなめたが、その声には愛情がこもっていた。「子どもたちもいるんだよ。それに大人だって、目のやり場に困るだろう。あと数日で結婚するんじゃないか。もうしばらく辛抱したらどうかな」

ジャックはゆっくりと顔を離し、周囲を見まわした。「この部屋にいる人たちはみんなよくわかっていると思うが、ぼくは辛抱というものがあまり得意じゃない。そうだろう、グレース？」ウィンクをすると、悪びれた様子もなく微笑んだ。

みながどっと笑った。もうすぐ結婚するふたりが、クリスマスの日にキスをしたことぐらい、大目に見ようということらしい。グレースもつられて少し笑ったものの、すぐさま真顔に戻った。顔が赤くなりませんようにと祈りながら、うつむいてひざに視線を落とした。

ジャックが耳もとでささやいた。「この続きは夜にしよう。寝室のドアに鍵をかけないように気をつけて」

グレースの頬が赤く染まり、期待で体の奥が熱くなった。

実を言うと、ジャックが誰かに見つかる危険を冒してグレースの寝室に忍びこむのは、その日の晩が初めてというわけではない。初夜まで我慢するべきであることはわかっていたが、ふたりとも結婚式まで待てなかった。

昨夜のジャックは特に情熱的だった。深夜を過ぎてから、いつのまにかこっそりはいってきたらしく、気がつくとグレースはネグリジェを脱がされて一糸まとわぬ姿にされていた。だが驚く間もなく情熱の嵐に巻きこまれ、体じゅうが欲望で燃えあがった。狂おしさに身もだえしていると、ジャックが欲望を満たして燃えさかる炎を鎮めてくれた。

グレースはそのときのことを思いだし、頬をますます赤くしてソファの上でしきりに身じろぎした。ありがたいことに、もう誰もこちらを見ていない。みなプレゼントの包みを開けながら、おしゃべりに夢中になっている。

「温かいミルクポンチを持ってこようか？」ジャックがグレースの胸のうちを読んだように、優しく微笑みながら訊いた。「それとも冷たい飲み物のほうがいいかな」

「冷たいほうがいいわ。お酒のはいっていないものをお願い。あなたのせいで、さっきから酔ってもいないのにどぎまぎさせられっぱなしよ」

ジャックはくすりと笑い、ひんやりした指でグレースの火照った頬をなぞった。それから立ちあがって飲み物を取りに行った。

そのあと一分もしないうちにマロリーが近づいてきて、ついさっきまで兄のジャックが座っていた場所に腰を下ろした。「ねえ」前置きもなしに言う。「ジャックからなにをもらったの？　なにか光っているものが見えたけど」

グレースは笑顔でペンダントを示した。

「まあ、なんて素敵なの。ジャックがこんなにいい趣味をしているなんて知らなかったわ。さわってもいい？」マロリーは小さな磁器に描かれた絵をよく見ようと手を伸ばした。その左手になにかが輝いていることに、グレースは気がついた。

「ちょっと待って！」とっさにマロリーの手をつかみ、目の前に持ってきた。「まさかあなたも？　マロリー、あなた婚約したのね？」

マロリーは瞳を輝かせ、頬をばら色に染めてうなずいた。「ええ。昨夜プロポーズされたの」

「おめでとう！　ここにいるあいだに、少佐はきっとあなたにプロポーズするにちがいないと思っていたわ」

「そうなの。でも彼がエドワードから許可をもらうまでは、誰にも言わないでおこうとふたりで約束したのよ。どうしよう、やっぱり指輪なんてするべきじゃなかったわね。でもあんまり嬉しくて、どうしても我慢できなかったの」

「なにを我慢できなかったって？」深みのあるジャックの声がした。その手には飲み物が縁まで注がれたグラスがふたつ握られている。「お前の指についてるその石はなんだ？」

マロリーはあわててスカートのひだに手を隠した。「なんでもないわ。あなたには関係ないでしょう、ジャック・バイロン」

「妹の指にそんなものが光っているのに、関係ないわけがないだろう。まさかハーグリーブスが？」ジャックは近くのテーブルにグラスを置いた。

「誰がなにをしたの？」インディア・バイロンが割りこんできた。

インディアは褐色の髪としなやかな体つきをしたレディで、ジャックたちのたくさんいるいとこのひとりだ。手に持った小さなプレゼントの包みに、グレースの名前が記されたカードがついている。「婚約という言葉が聞こえたような気がしたけれど。ああ、マロリー、もしかしてあなたも結婚するの？」興奮して大きな声をあげた。彼女自身もつい最近、婚約したばかりなのだ。

部屋にいる全員の目がいっせいにインディアに向けられた。

公爵未亡人が立ちあがった。そこからあまり離れていないところに、ウェイブリッジ公爵が立っている。長身で浅黒い肌と褐色の髪をした、インディアの謎めいた婚約者だ。整った顔に愉快そうな表情が浮かんでいるところを見ると、インディアの天衣無縫《てんいむほう》なふるまいにすっかり慣れているのだろう。

困ったことになってきた、とグレースは思った。だんだん騒ぎが大きくなっている。

そのときハーグリーブス少佐がマロリーのそばにやってくると、手を貸して彼女をソファから立たせた。「きみが黙っていられないことはわかってたよ」少佐のささやく声がグレースにも聞こえた。

「ごめんなさい、マイケル。やっぱり指輪なんかするべきじゃなかったわね」

「心配しなくていい。たったいま、きみの兄上との話が終わったところだ。すべてうまくいったよ」

「こっちの兄にはまだ話してないんじゃないか」ジャックが口をはさんだ。

ハーグリーブス少佐は驚いた顔でジャックを見た。「ジャック卿の許可も得なければならないとは思わなかったもので」

ジャックは腕を組んで少佐を見据えた。

「でも兄妹の仲をぎくしゃくさせるのは、わたしの本意ではありません。わかりました」少佐は言った。「閣下、妹君との結婚をお許しくださいませんか」

「妹を愛しているのか？」

ハーグリーブス少佐はちらりとマロリーを見た。「はい。心から」

「もしわたしが反対したらどうするつもりだ？」

少佐は金色の眉をひそめ、あごをこわばらせた。「残念には思いますが、それでも結婚させていただくつもりです」

ふたりはしばらく目を見合っていた。

ふいにジャックが笑顔になった。「もしきみがマロリーをあきらめると言ったら、結婚の許可を取り消すようエドワードを説得するつもりだった」そう言うと少佐に手を差しだした。「きみを家族として歓迎する。とんでもなく騒々しい一家だが、それはわかっているだろうな」

ハーグリーブス少佐も満面の笑みを浮かべた。「ええ、だいたいのところは」

ふたりはまるで長年の友人どうしのように、力強い握手を交わした。

マロリーがやれやれという顔をした。「まったく、男はこれだもの」

グレースはマロリーを見て、そのとおりだわとうなずいた。

公爵未亡人とエドワードが近づいてきた。

「いったいなんの騒ぎなの？」公爵未亡人は尋ねた。そしてふたりの婚約の話を聞いたとたん、喜びの声をあげてマロリーを抱きしめた。「ようやく決断してくれたのね」少佐に向かって言った。「あなたが娘のことをもてあそんでいるんじゃないかと、少し不安に思いはじめていたところだったのよ」

「そんなことは断じてありません、奥方様。お嬢様をもてあそぶだなんて」

部屋にいる人たちが興味津々の顔で見ている。少佐とマロリーはいったん場を静めると、正式に婚約を発表した。みながいっせいに駆け寄ってきてふたりを取り囲み、口々に祝福の言葉を浴びせた。

グレースは興奮する人びとの輪からはじきだされ、しかたなくソファから立ちあがった。どうやらジャックも同じらしく、いつのまにか姿が見えなくなっている。

グレースが少し離れた静かな場所から、ジャックがいないかと部屋の中を見まわしていると、アダム・グレシャム卿の姿が目についた。ドアのそばにひとり佇み、黙って騒動を見ている。先日の夕食の席でようやく話す機会があったが、そのとき彼がとても魅力的で陽気な男性であることがわかった。でもいまの彼は、陽気とはほど遠い表情をしている。青ざめた顔はこわばり、目にうつろな光が宿っていた。

グレースはグレシャム卿が誰を見ているのかと思い、その視線の先を追った。それがマロリーでないことを祈るような気持ちだった。そのときジャックが背後から近づいてきて、グレースのウェストに腕をまわした。

「ここにいたのか」少しかすれた声でささやいた。「部屋から消えたんじゃないかと心配していたよ」

グレースは首をふった。「人混みから離れて、ひと息つきたかっただけよ」

ジャックは魅惑的な笑みを浮かべた。「たしかにこの部屋には人が多すぎる。もっと静かな場所に行こうか。きみがまだミルクポンチを飲みたいんじゃなければ」

グレースの肌がぞくりとした。「でも、わたしたちがいなくなったことを誰かに気づかれたらどうするの」

「こんなに人でごったがえしているのに？　いや、昼食の時間になるまでは誰も気づかないだろう。それまであと三時間はある」

「まだ朝なのよ。わたしのメイドが部屋にはいってくるかもしれないわ」

「ぼくがそんなへまをする男だと思っているのかい？　ぼくはこの屋敷で育ったんだ。誰にも見つからない場所ぐらい、ちゃんと心得ているさ」

グレースはジャックをにらんだものの、寝室以外の場所で愛しあうことを想像し、体がとろけそうになった。「あなたは本当にいけない人だわ、ジャック・バイロン」

ジャックは低い声で笑い、陽光が反射する海のように瞳を輝かせた。「でもきみは、そんなぼくが好きなんだろう」

そのとおりよ。グレースは胸のうちで答えた。そしてそれ以上ためらうことなく、ジャックと一緒に出口に向かった。

16

五日後の夜、グレースは鼻歌を歌いながらガウンを羽織り、ウェストの位置でベルトを結んだ。数分前、おやすみの挨拶をしてメイドを下がらせた。でも念のためにもう少し待ってから、計画を実行しよう。

ジャックの驚く顔が目に浮かぶようだ。

いつもならいまごろは暖かなシーツにくるまり、ジャックが忍びこんでくるのを待っている。だが今日は彼の誕生日なので、なにか特別なお祝いをしようと考えた。そこで今夜はこちらからジャックの寝室に忍びこみ、彼が戻ってくるのを待つことに決めたのだ。

わたしはなんてふしだらな女になったのだろう。ジャックに教えられた官能の世界に溺れ、以前の内気だったわたしはもうどこにもいない。それでも自分をこんなふうに堕落させた彼のことを、わたしは狂おしいまでに愛している。結婚するのが楽しみで待ちきれない。

あと六日の辛抱だ。六日たてば彼の花嫁になり、誰にも遠慮することなく正々堂々と寝室をともにできる。それまでは人目を盗んだキスと、真夜中の密会だけで我慢しなくてはならない。深夜にこっそり会うのが道徳に反することであるのはわかっているが、罪悪感はまるでない——誰かに見つかりさえしなければ、それでいいと思っている。

小一時間前に階下で別れたとき、ジャックはこれから兄弟やほかの男性たちと、年代物のスコッチを飲みながらビリヤードをすると言っていた。それが夜通し続かなければいいのだけれど。でもジャックもいつかは休まなくてはならないのだから、忍耐強く待ってさえいれば、かならず寝室に戻ってくるだろう。

グレースは足取りも軽く部屋を横切り、ドアを開けて廊下に誰もいないことを確かめた。途中で誰にも出くわさないよう祈りながら、小走りに廊下を進んだ。

無事にジャックの寝室にたどりつき、ほっと安堵のため息をついた。幸いなことに、部屋にはジャックの近侍もいなかった。万が一、近侍に会ったら、結婚式のことでジャックに相談があると言うつもりだったが、その心配をする必要もなかった。

きっとジャックに言われ、使用人用の部屋に戻って休んでいるにちがいない。グレースは胸をなでおろしながら部屋の奥に進んだ。暖炉で炎が赤々と燃え、数本のろうそくがベージュと茶色でまとめられた重厚で男性的な雰囲気の室内を照らしている。

グレースはどこで待とうかと考えてあたりを見まわし、ベッドに目を留めた。

幅広の豪華なベッドの上にふっくらした羽毛枕がならび、焦げ茶色の上掛けがかかっている。

ベッドにはいって待つのが一番理にかなったことだろう。でもそれはさすがに大胆すぎる気がして、グレースは躊躇した。

ほかにいい場所はないだろうか。

もちろんソファに座って待つこともできるが、それではただおしゃべりに来ただけのようだ。

窓辺はどうだろう。いや、カーテンに影が映ってしまうかもしれない。

では暖炉のそばにしようか。男性はよくマントルピースにもたれかかっている。女性でもグレースぐらいの身長があれば、無理なくその姿勢が取れるだろう。だが自分がそうしているところを想像し、グレースは思わず吹きだした。それに、何時間も立ったまま待つことになっても困る。

やはりどこかに座りたい。

書き物机がある。

そう、書き物机だ！　どうしてもっと早く思いつかなかったのだろう。それなら自然だし、品もある。ジャックがはいってきたとき、最近、花びんやつぼの絵柄として人気のある、ギリシャ神話の女神のようななまめかしい格好をしてみせるのもいいかもしれない。

われながらばかなことを考えるものだと苦笑しながら、グレースはジャックの書き物机に向かった。机の角を曲がって椅子を引こうとしたそのとき、机上に置かれた薄い革のフォルダーにガウンがひっかかった。そのはずみで、フォルダーにはさまれていた書類が飛び散った。

もう、わたしったら！　グレースはあわてて紙を拾い集めた。ほぼすべての書類を集めてフォルダーに戻そうとしたとき、その中の一枚に自分の名前が記されているのが見えた。

……グレース・リラ・デンバーズと婚姻関係を結ぶ。その条件は以下のとおり……

結婚についての取り決めだ。

父は数週間前、ジャックと話しあって重要な法律文書を作り、わたしとやがて生まれてくるであろう子どものために、充分な額の持参金を授受する取り決めをしたと言っていた。父によると、わたしの今後の人生は安泰で、なにも心配することはないそうだ。

でもわたしはもともと、なにも心配などしていない。ジャックはかならずわたしを幸せにしてくれる。

グレースが書類をフォルダーに戻そうとすると、別の箇所がふと目についた――それはあまりに不可解な文言だった。

……未払いのギャンブルの負債を免除し……

ギャンブルの負債？

グレースはその段落を一行目から読みはじめた。そこに記された一言一句に胸を突き刺されながら、それでも自分を奮い立たせて最後まで読みすすめた。

読み終わるころには、全身の感覚がなくなっていた。グレースはひざから崩れ落ちた。目を閉じ、これからどうやって生きていけばいいのだろうと考えた。

ジャックが階段を上がって踊り場に着いたとき、夜中の二時を知らせる時計の音が聞こえてきた。こぶしで口を覆ってあくびをし、廊下を寝室に向かって歩いた。早くベッドで横になって休みたい。もちろんグレースの隣りにもぐりこんで欲望を満たすほうが、もっといいに決まっている。でも今夜ぐらい、彼女をゆっくり寝かせてやったほうがいいだろうか。さすがにこの時間はもう眠っているはずだ。

グレースへの欲望の炎は相変わらず燃えさかっているが、たまには別々に過ごす夜があってもいい。そもそも紳士なら、こんなにひんぱんに結婚前の女性をベッドに誘うべきではないのだ。

グレースはまだ身ごもっていないが、愛しあえばその可能性は常につきまとう。それでも結婚式まであと六日しかないのだから、仮にいま子どもができたとしても、誰かに計算が合わないとあやしまれるおそれはない。

そう、あと六日たてば、自分は独身生活に別れを告げることになる。

以前のジャックなら、そう考えただけで背筋が寒くなっていただろう。吐き気を覚え、全速力で逃げだしたくなっていたにちがいない。

だが不思議なことに、そうした感情は湧いてこない。それどころか心が満ち足り、結婚式の日が待ち遠しくさえある。グレースのことが大好きだし、自分でも驚くことに、彼女とどら喜んで結婚したいと思っている。もちろん結婚すれば夫の権利として、いつでもどこでも好きなだけ彼女を抱けるということも大きい。

もうすぐ行くハネムーンのことを思い、ジャックの下半身が反応した。行き先は人里離れた田舎の小さな別荘《コテージ》にしたが、できることならいますぐにでも発ちたいぐらいだ。そこに着いたら、毎日心ゆくまでグレースと愛しあおう。ハネムーンから帰ってくるころには、彼女は自分がベッドの隣りにいない生活など、想像もできなくなっているにちがいない。

ジャックはうめき声をあげそうになるのをこらえ、寝室のドアを開けて中にはいった。やはり急いでガウンに着替え、グレースの寝室に行くことにしよう。寝ている彼女を起こし、ふたりで快楽に溺れるのだ。

部屋の奥に進みかけたところで、ジャックはぎくりとして立ち止まった。グレースが机の向こうに座っている。「グレース。来ていたのか」

「ええ、そうよ」グレースはつぶやいた。

「いつから待っていたんだい？」

「少し前から」グレースはジャックの顔を見ようとせず、身じろぎひとつしなかった。

なにかがおかしい、とジャックは思った。だが、夕食が終わってからほんの数時間のうちに、いったいなにがあったというのだろう。ちゃんと理由を訊きだし、すぐに彼女を笑顔にしてやろう。「来てくれて嬉しいよ」ベッドに目をやり、あとどれくらいでグレースをあそこに連れていけるだろうかと考えた。

「そう」グレースの声には抑揚がなく、うつろな響きをしていた。

「ああ」ジャックはグレースに近づいた。「美しい婚約者が深夜に思いがけず訪ねてきてくれることほど、男にとって嬉しいことはないさ」

グレースの体がびくりとしたように見えた。「そう」

ジャックはいったん間を置き、グレースをまじまじと見た。血の気がなく、顔が紙のように白い。

「グレース――」

「あなたが下にいるあいだに、あるものを読ませてもらったわ」グレースはジャックの言葉が耳にはいっていないようだった。

「あるもの？」

「目を疑うような……書類を」

書類？

ジャックはそのときになってようやく、机の上に置かれたグレースの手のすぐそばに、革のフォルダーがあることに気づいた。そしてその中になにがはいっているかを思いだした。

ああ、なんということだ！　契約書だ！

昨日デンバーズから、最終的な契約書の写しを渡された。ジャックが提案した変更事項が反映されたものだ。万が一、自分が先立った場合のことを考え、ジャックは慣習よりもずっと多い財産が、遺された妻に相続されるようはからうことにした。もともと決まっていた相続分も充分すぎるほどのものだったが、それでもジャックは、自分がいなくなってもグレース自身がそうしたいと望めば、それまでと同じ水準の暮らしができるようにしておきたかった。それもこれも、グレースを守りたい一心からだった。なのになぜ、あの契約書を鍵のかかる安全な場所にしまっておかなかったのだろう。

ジャックは自分の不注意を呪《のろ》った。まさかグレースがこの部屋にやってくるとは、考えもしなかった。少なくとも結婚式が終わり、正式に夫婦になるまでは。未婚の若い女性は普通、結婚前に婚約者の寝室を訪ねたりしないものだ。だがグレースはどこにでもいる普通の若い女性などではない。これまで彼女と付き合ってきて、自分が一番よくそのことを知っている。

「あなたを驚かせようと思ったの」グレースは感情のこもっていない声で言った。「あらためて誕生日のお祝いをしようと思って。でも結局、驚かされたのはわたしのほうだったわ」

ジャックは石でも詰めこまれたように、胃がぎゅっとねじれる感覚に襲われた。「きみは誤解している――」

グレースはそこで初めて顔を上げ、ジャックを見据えた。「そうかしら。契約書には、あいまいで誤解を招くような表現なんてなかったと思うけど。それとも、ただの女であるわたしには、優れた性である男性の駆け引きのことが理解できないだけなのだかしら。世間というものが、よくわかっていないのかもしれないわね」

ジャックはうめき声を呑みこみ、グレースの皮肉を込めた言葉を黙って聞いていた。

「ひとつ訊きたいことがあるの。どうして？」

「どうして？」ジャックは眉間にしわを寄せ、グレースの言葉をくり返した。

「わたしと結婚しようとした理由を尋ねてるんじゃないわ。そのことならもうわかっているもの。あなたは父にギャンブルで――たぶんカードゲームだと思うけど――借金を負い、それを返済する代わりにわたしと結婚することにしたんでしょう。わたしが訊きたいのは、あなたがなぜしらじらしいお芝居をしたかということなの。この数カ月間……わたしをすっかりその気にさせて、自分たちは恋愛結婚するんだと信じこませたのはどうして？」

「ちがうんだ、グレース。ぼくは……その、これには複雑なわけがあって」

「複雑？　そうね、ずっと嘘をつきつづけるのは、複雑で面倒なことでしょうね」

「そういう意味で言ったんじゃない」ジャックは食いしばった歯のあいだから言った。「それにぼくは、ずっと嘘をついていたわけでもない」

「ときどきついていただけだと言いたいの？　それはわたしの父と会う前、それとも会ったあとのことかしら？　もちろん、結婚の報告をしに初めて父に会いに行った日のことを言ってるんじゃないわ。あなたたちふたりはあの日、たしか初対面のふりをしていたわね」

ジャックは痛いところを突かれてたじろいだ。「わかった。そのことを否定はしない。きみと知りあうずいぶん前に、ぼくはたまたま父上と賭場で出会った。そしてその後、きみに近づいて求愛したのも事実だ」

「なぜ最初から本当のことを言ってくれなかったの？」

「本当のことを？　もしぼくがいきなり目の前に現われて、こういう事情だから結婚してほしいと言ったら、きみは首を縦にふってくれたかい？」

グレースはしばらくうつろな目でジャックを見ていたが、やがて視線を落とした。「いいえ。それはありえないわ」

「だろう。だからきみを手に入れるには、誘惑するしかなかった」

グレースは目を閉じて顔をそむけた。短い沈黙があった。「今回の契約は……あなたが言いだしたことなの、それとも父が？」

ジャックは体の脇でこぶしを握りしめ、どう説明すればこの状況を少しでも悪化させずにすむだろうかと考えた。

「父に決まってるわよね」グレースはため息をついて目を開けた。「あなたは放蕩者かもしれないけれど、財産狙いで女性に近づくような人じゃないもの。少なくとも、一般的な意味での財産狙いとはちがうわ。もしそうだとしたら、いまごろはとっくにどこかの裕福な女性と結婚していたでしょうから。それにしても、あれほどカードゲームの強いあなたが、どうして父のような素人に負けたの？」

「運が悪かったというしかない」ジャックはうっかり言ったあと、すぐにそのことを後悔した。

グレースは顔をゆがめ、自分の体を両腕で抱いた。

「グレース、いまのはそういう意味では――」

「いいの、気にしないで。こんな契約を結ぶのは、あなたにとっては死ぬほどつらいことだったはずだもの。いまもいやでたまらないんでしょう。父はいつも、わたしにいい相手と結婚するように言ってたわ。それにはお金を使って貴族の男性をあてがうのが、一番手っ取り早い手段だったのよ」

ジャックは反論できず、あごをこわばらせた。

「そうそう、忘れていたわ。これが純粋に財産目当ての結婚じゃないとは、もう言えないわね。あなたは持参金に加え、結婚式がすんだらさらに六万ポンドを父から受け取るんですもの。そのうえ、ギャンブルの借金まで帳消しになる。父にいったいいくらの借金があるの？」

ジャックは一瞬、答えるのを拒もうかと思った。だがここまで来たら、いまさら隠しても意味はない。「十万ポンドだ」

グレースはあ然とした。「十万ポンド！　あなたが父の申し出を受けるのも無理はないわ。それほどの大金を目の前に積まれたら、わたしのような赤毛の大女でも魅力的に見えるでしょうね」

「きみは不美人なんかじゃない。むしろその反対だ。それについては、ぼくは一度も嘘をついたことはない。それにきみの身長も気に入っている。長身であることは、悪いことでもなんでもない」

グレースがまた顔をそむけたので、ジャックはその表情を読み取ることができなかった。

「グレース、きみが怒るのは当然のことだ。でも、とにかく話をさせてくれないか」

「話ならもうすんだわ」

ジャックは机の脇をまわった。「まだすんでいない。ちゃんと話をしよう。たしかにぼくはきみの父上に借金を帳消しにしてもらうため、きみと結婚することに同意した。それはとんでもない間違いだったと思うし、きみにはどんなに謝っても謝りきれるものではない。でもきみのことを知るにつれ、ぼくの中でなにかが変わったんだ」

「なにかが？」

ジャックの声が低くなった。「すべてと言ったほうがいいだろう。きみはいい意味でぼくの期待を完全に裏切った。まさかきみのことを好きになるとは、契約を交わしたときは思ってもみなかった」

「好きですって？」グレースは疑わしそうに言った。「わたしのことが好きだから、お金のためにだまして利用したというの？」

グレースのその言葉に、ジャックはみぞおちを思いきり殴られたような気がした。「さっきも言ったとおり、すべてがいつわりだったわけじゃない。ぼくが嘘をついたのは、父上との契約のことをきみに知られないために、そうせざるをえなかったときだけだ。それ以外のときは嘘などついていない」

「ふうん、そうなの。だったら花や植物についての講義を受けたのも、本当にその分野に興味があったからなのね」

ジャックは返事に窮した。「なんだって？」

「花よ。バースで植物学の講義があったでしょう。あなたは純粋に植物のことが学びたくてあの場にいたの？　ううん、あれもわたしに近づくための口実だったのよね。偶然の再会だったなんて言わせないわ」

ジャックは髪を手ですいた。

「やっぱりね。そうだと思ってたわ」グレースは椅子から立ちあがった。「花の名前だって知らないくせに」

「知ってるさ」

「じゃあ言ってみて。ひとつでもふたつでもいいから」

ジャックは口を開きかけた。

「一般的な名称じゃだめよ。ちゃんと学名《がくめい》で答えて」グレースは震える手をガウンの下に入れ、胸につけたペンダントをジャックに示した。「これはどう？　タ――タチアオイの学名は答えられる？」

ジャックは顔をしかめて黙っていた。なにも答えられなかった。

グレースの頬をひと筋の涙が伝った。ペンダントを強くひっぱると、細い金の鎖が首に食いこんだ。もう一度力いっぱいひっぱったところ、鎖が切れた。「これを返すわ！　こんなものいらない！　もう二度と見たくない！」

ジャックが受け取ろうとしないのを見て、グレースは机の上に叩きつけるようにしてペンダントを置いた。

背中を向けて出口に向かいかけたが、足がもつれて転びそうになった。ジャックはとっさに手を伸ばしてグレースの体を支えた。グレースは、ジャックの手が炎でできてでもいるかのように身を退《ひ》いた。

「やめて！」ジャックの手をふりはらう。「さわらないで」

「グレース、頼む――」

グレースは小走りにドアに向かい、そのまま廊下に出ていった。追いかけることもできたが、そんなことをしても無駄だとジャックにはわかっていた。いまのグレースを慰められる言葉はない。そもそも、彼女を絶望の淵に追いやった張本人である自分に、いったいなにが言えるというのだろう。


数時間後、グレースはベッドに横たわり、闇をじっと見つめていた。暖炉の火はほとんど消えかかり、メイドがつけてくれた二本のろうそくはとうに溶けている。

今夜はきっと一睡もできないだろう。世界が音をたてて崩れていったのに、眠れるわけがない。いままで信じていたものは、なにもかも嘘で塗り固められたものだった。

どうしてすべてがここまで狂ってしまったのだろうか。

ほんの数時間前まで、わたしはこのうえなく幸福で、結婚する日を指折り数えて待っていた。

いや、結婚というよりは身売りと言ったほうがいい。この世で一番信じていたふたりの男性に、金銭で取引されたのだから。もうなにも信じられない――信念も愛も、粉々に打ち砕かれてしまった。

といっても、父が今回のことを計画したことには、それほど驚いていない。父はかねがね、自分の一番の願いは、わたしが上流階級の男性と結婚することだと言っていた。そうすれば、自分が長年身を粉にして働いて築きあげた帝国を、さらに大きく強固なものにできるからだ。最近、そのことをまったく口にしなくなっていたが、父があきらめているはずがなかった。父はいったんなにかを欲しいと思ったら、なんらかの方法でかならずそれを手に入れる。

もちろん、娘の〝幸せ〟を望んでもいたのだろう。だからわたしが気に入りそうな男性に目をつけたのだ。わたしをあらゆる面で満足させてくれ、わたしの心を虜にしそうな相手に。ジャック・バイロンを選んだ父の目は、さすがだったと言うしかない。たくましい――しかも貴族の――彼になら、娘もすぐ夢中になるとぴんと来たにちがいない。

一方のジャックは、どんな気持ちだったのだろう。

グレースの体が震えだした。目を固く閉じ、胸を引き裂かれるような痛みにじっと耐えた。横向きになって体を丸め、大声で泣きそうになるのを我慢した。だがもう夜も更け、屋敷じゅうが寝静まっているので、たとえ声をあげて泣いたところで誰かに気づかれるおそれはない。

わたしがいとも簡単に恋に落ちるのを見て、ジャックは内心でおもしろがっていたのだろうか。婚期を逃した二十五歳の長身の女など、ちょっと触れただけで木から落ちる熟れた果物のようなものだ。いや、女なら誰でも喜んで彼の手に落ちたいと思うだろう。彼はただ、どの果実にするかを決めるだけでいい。

　わたしに対するジャックの関心は、すべて計算されつくしたものだった。わたしは彼にとって、目的を達成するための手段にすぎなかった。わたしも心の底では、ずっとそのことに気づいていた。ジャック・バイロンのようなハンサムで洗練された男性が、地味で目立たないこんな女を求めるわけがない。わたしの勘は、やはり正しかったということになる。

　グレースはそのあまりに残酷な現実を、しみじみと噛みしめた。いまでも心のどこかで、数時間前に戻って今夜の出来事を取り消し、なにも知らないまま幸せに暮らせたらと思っている。でも仮にそんなことができても、きっといつかは——数カ月、もしかすると数年後——真実を知ることになっていた。愛しているのはわたしのほうだけだということに。

　ジャックはわたしのことが好きだと言っていた。それ以上の感情については、ひと言も触れていない。さすがのジャックも、そのことについては嘘がつけなかったのだろう。いま思いかえしてみると、彼がこれまで愛という言葉を口にしたことは一度もない。ただ、わたしにどれだけ欲望を感じているかということしか言わなかった。プロポーズのとき、彼はなんと言っていただろうか。

〝ぼくはもうきみなしでは生きていけないことがわかった〟

　父に首根っこを押さえられた状態であることを、これほど的確に表わした言葉はない。愛されているという幻想をわたしに抱かせたのは……そのほうが計画を進めやすかったからだろう。ジャックはわたしを誘惑するという目的を見事に果たした。わたしはすっかり彼に夢中になり、体だけでなく心まで捧げてしまった。

ジャックに自分のすべてをさらけだし、ためらうことなく愛も告白した。彼も同じ気持ちにちがいないと、愚かにも信じて。

なによりつらいのは、ジャックがそんなわたしの気持ちをもてあそんでいたことだ。わたしに愛していると言わせ、心の中で嗤《わら》っていた。

なんてひどい人なの。

グレースは両手をこぶしに握り、いまにも引き裂かれそうな胸に押し当てた。彼がわたしを利用したことは、許せないまでも、まだ理解はできる。けれどもわたしの心を踏みにじってあざわらっていたことだけは、どうしても許せない。

これからどうすればいいのだろう。

真実を知ってしまったいま、結婚などできるわけがない。結婚を直前で取りやめれば社交界で大きなスキャンダルになり、ジャックの名誉は傷つくだろうが、それは自業自得というものだ。

わたしはブラエボーンを出て、落胆した父と一緒にロンドンの屋敷に戻ることになる。

そしてそのあとは、どんな未来が待っているのだろうか。グレースはぼんやりと宙を見ながら考えた。わたしの将来も、この部屋を包む闇と同じくらい暗くて不透明だ。

お金さえあれば、自分の力で生きていけるのに。自分の収入があったら、男性の身勝手な思惑にふりまわされることもなく、自由に人生を選べただろう。

数分後、グレースの頭にあることがひらめいた。希望を捨てるのは、まだ早いかもしれない。

グレースは涙をぬぐい、計画を練りはじめた。

17

ジャックはうめき声をあげて寝返りを打った。空のクリスタルのタンブラーが手から落ち、じゅうたん敷きの床に当たって鈍い音をたてた。小さな音だったが、ジャックは銃声でも響いたようにはっとして目を覚ました。

上体を起こして左右に目をやると、部屋がまわっているような不快感を覚えた。両手で頭を抱え、めまいと頭痛がおさまるのを待った。そうしているうちに、ふたつのことを思いだした。ベッドではなくソファで寝てしまったこと。そしてもうひとつ、グレースが自分を憎んでいること。

グレース。

昨夜の出来事が脳裏によみがえり、ジャックは顔をしかめた。

グレースが部屋を出ていったあと、机に向かい、手もとにあったナイフで契約書を切り刻んだ。一緒に革のフォルダーも切り裂いた。机にもまわりの床にも、その残骸《ざんがい》がまだ散らばっている。

いまにして思うと子どもじみたふるまいだったが、あのときは自分に対する激しい怒りと嫌悪で、とてもじっとしていられなかった。なにかを思いきり殴りたかった。だが結局、壁にこぶしを打ちつける代わりに、書類やフォルダーをナイフで切り裂いた。それでも手を骨折でもしていれば、たとえ一時的にせよ、少しは気がおさまったのではないか。

それから十分ほどたってから、ブランデーを探して飲みはじめた。そのうち酔いがまわり、眠くなったことまでは覚えている。ベッドまで行く気力すらなく、そのままソファで横になった。

昨夜のことはもう取り返しがつかない。グレースは契約書を見つけ、それを読んでしまった。ふたりのあいだにあったものは、そのときすべて崩れ去った。

あんな契約書など、最初から処分しておけばよかったのだ。もちろん自分ひとりが処分したところで、デンバーズもそれぞれの事務弁護士も写しを持っている。だが、そんなことはもうどうでもいい。もうすぐ誰かがドアをノックし、グレースが馬車の用意を命じてロンドンに帰ったが、これはいったいどういうことだと訊きに来るだろう。

ジャックは深いため息をつき、乱れた髪をさらにかきむしった。

そのときドアをノックする音がし、ジャックはぎくりとした。立ちあがってシャツとズボンをのろのろした手つきでなでつけると、外にいる人物に、はいるよう声をかけた。

てっきりエズラ・デンバーズだと思っていたが、入口に立っていたのは別の人物だった。

ひとりのメイドが、小さな手紙の載った銀のトレーを手にはいってくる。グレースのメイドだ。

「失礼します、閣下。ミス・デンバーズから、これをすぐにお渡しするようにことづかりました」

ジャックはしばらくためらったのち、手紙を受け取った。うなずいて謝意を示すと、メイドがいなくなるのを待ってから封を開けた。


お話ししたいことがあります。朝食のあと、バラ園に来てください。バラの木がどういうものか、あなたがご存じだといいのですが。

グレース

ジャックは渋面を作り、手紙をふたたび折りたたんだ。彼女はまだ出ていってはいなかった。おそらく面と向かって婚約解消を申し出るつもりなのだろう。ジャックはひとつ深呼吸をすると、呼び鈴を鳴らして近侍を呼んだ。

グレースは貝殻の敷かれた小道をハーフブーツで踏みしめ、足首まである緑のマントをひるがえしながら、バラ園の中央に向かった。吐く息は白かったが、感覚を失ったグレースには多少の寒さなどなんでもなかった。まもなく別の足音がしてふりかえると、そこにジャックがいた。

グレースは彼が近づいてくるのを見ながら、胸が苦しくなった。でもそれは昨夜の出来事以来、初めて彼の姿を目にしたからではなく、身を切るほど冷たい風のせいだと思おうとした。

ジャックはとても疲れた顔をしている。服装は整っているし、ひげもきれいに剃ってあるが、目がかすかに充血している。どうやら睡眠不足のようだ。

いい気味だわ。わたしだって昨夜は一睡もできなかったのだから。

「おはよう」ジャックは言った。

グレースは挨拶を返さなかった。「ちゃんとバラ園の場所がわかったようね」

「ああ。いくらぼくでも、それぐらいはわかっている」そのとき一陣の風が吹き、グレースのマントとジャックの外套の肩についたウールのケープをはためかせた。「でも屋内のほうがよかったんじゃないか。外は凍えるような寒さだ」

グレースは震えそうになるのをこらえた。「ここでいいわ。そんなに時間はかからないし、誰にも聞かれたくないから」

ジャックはうなずいた。「わかった」

前日の晩、ジャックに言おうと思っていることを頭の中で何度もくり返したにもかかわらず、グレースはなかなか言葉が出てこなかった。ポケットに両手を入れ、何歩か前に進んだ。

「今回のことについてじっくり考え、ひとつの結論に達したの。まず言っておきたいのは、あなたと父がしたことは、とても許せるものではないということよ。わたしはお金で売買していい品物なんかじゃないわ。あなたのしたことはあまりにひどいし、とても紳士の所業とは思えない」

グレースはジャックが反論するのを待った。

だがジャックはなにも言わなかった。

「本当なら一刻も早く荷物をまとめてここを出ていき、二度とあなたの顔なんか見たくないと思ってる。あなたはそれほど残酷な仕打ちをしたの。わたしがあなたに抱いていた感情はもう消えたわ。わたしが、こ――恋をしていた相手は幻だったのよ。あなたじゃなかった」

ジャックは眉間にしわを寄せた。「グレース、ぼくは――」

「やめて」グレースはジャックの言葉をさえぎった。「わたしの話を最後まで聞いてちょうだい」

ジャックは口を閉じ、あごをこわばらせた。

グレースはひと呼吸置いてから言った。「それでもわたしが未婚の女性で、自立できるだけの力がないことは厳然とした事実よ。絵を描いて得たわずかなお金はあるけれど、父の屋敷を出たら、それだけではとうてい生活できないわ。でも父がこの……今回の計画を企てたことを思うと、これから先、とても一緒には暮らせない。だから予定どおり、五日後にあなたと結婚することに決めたの」

「なんだって！」ジャックの青い目が驚きで見開かれた。「結婚を取りやめるんじゃないのかい？」

「ええ。でもそれには条件があるわ」

「どんな条件が？」

「交渉の余地のない条件よ」グレースは手袋をした手で腕を抱き、ふたたびその場を行ったり来たりしはじめた。心臓が早鐘のように打っている。「持参金の半分をわたし名義の口座に振りこんでちょうだい。その口座に関しては、夫としての権利を一切放棄してもらうわ」

ジャックは褐色の眉を片方上げたが、なにも言わなかった。

「挿し絵を描いて貯めたお金はわたしのものよ。今後の報酬も、わたしの自由にさせていただくわ」

「なるほど」ジャックは腕組みした。「条件はそれだけかな？　まだほかにもあるんだろう」

グレースは視線をそらしたままうなずいた。ジャックの顔を見ると、取り乱してしまいそうで怖かった。「田舎にわたし名義の家を用意して」

ジャックがなにも言わないのを見て、グレースは先を続けた。「快適に暮らせる家なら、豪華な邸宅じゃなくていいの。場所はわたしに選ばせてちょうだい。ケント州かエセックス州を考えているんだけど、まだどちらにするか決めてないわ。海の近くで、冬の寒さがあまり厳しくないところにするつもりよ」

「その屋敷をどうするつもりなんだ」

グレースは足を止めてジャックの顔を見た。「住むに決まってるでしょう」

ジャックは眉根を寄せた。「ふたりで海辺の屋敷に住むのかい？」

「いいえ。わたしがひとりで住むの。あなたはロンドンでもどこでも好きなところに住めばいいわ。あなたがどこに住もうと、わたしには関係のないことよ」

ジャックは頬をぴくりとさせた。「ちょっと待ってくれ。つまり、きみはぼくと結婚するが、一緒には暮らさないと？」

グレースはみぞおちの前で両手を握りあわせた。「そのとおりよ」

「誓いの言葉を口にした直後に、きみとぼくが別れて暮らしたら、人がどう思うかとは考えなかったのか？　たとえばきみの父上はどうなんだ。彼のことだから、きっと持参金の残りは支払わないと言いだすぞ」

グレースはうなずいた。「そのことはわたしも考えたし、あなたの言うとおりだと思うわ。結婚してすぐに別居なんかしたら、父はなにか変だと思うでしょうね。そして今度は結婚自体を無効にしようとするでしょう。そうなったら、わたしはお金をもらえなくなってしまうわ。それに父は、あなたにギャンブルの借金を全額返すように迫るかもしれない」

「きみは冷静に状況を分析しているんだな」ジャックは皮肉交じりに言った。

「そうよ。だから結婚してしばらくは、ひとつ屋根の下で暮らしましょう。社交シーズンが終わるまで一緒にいれば、誰もあやしまないんじゃないかしら。夏が終わって社交界の人たちがロンドンからいなくなるころ、わたしもひっそり田舎の屋敷に移るわ。あなたは……どこにでも好きなところに行っててちょうだい」

「地獄にでも行けということか」

「あなたがそうしたいなら」グレースはすました顔で言ってみせた。

ジャックはグレースに鋭い一瞥をくれた。「別居などしたら、世間の噂になるのは目に見えている」

「そんなのたいしたことじゃないわ。ほとんどの貴族の夫婦は、一年の大半を別々に過ごしているじゃないの。わたしたちもそれと同じというだけのことよ」

「いったん結婚したら、死ぬまで添い遂げることになる。別居はしても離婚はできない」

ジャックの冷たい口調にグレースの胸が締めつけられた。自分たちの関係は、いまや周囲に広がる冬の景色と同じくらい荒涼として冷えきっている。「仮にあなたと離婚できたとしても、わたしはもう二度と結婚するつもりはないわ。一生別々に暮らせれば、それで満足よ」

ジャックの顔を不可解な表情がよぎった。一瞬黙り、遠くを見る。「それが本当にきみの望むことなのかい？」

「ええ。わたしはもう、利用されることにも、だまされることにもうんざりなの。わたしが自立して暮らすには、そうする以外に方法はないわ」

グレースは両手を痛くなるほど強く握りあわせ、こみあげる感情を抑えようとした。いまにも涙があふれだし、感情が爆発してしまいそうだ。ジャックはまだ、刈りこまれた芝生をぼんやりとながめている。グレースはその端整な横顔を見つめた。なだらかな額の線、すっと通った鼻筋。かつて愛《いと》おしくてたまらなかったこの顔の下に、血も涙もない本性が隠れていたなんて。

グレースは覚悟を固くした。

「あなたもほっとしたでしょう。わたしが結婚をやめると言ったら、あなたの計画は台無しになり、父への借金で身動きが取れなくなるところだったものね。わたしの出した条件を呑みさえすれば、自由と引きかえに大金が手にはいるのよ――あなたが最初に思っていた額よりは、若干少ないかもしれないけど」

ジャックはグレースに視線を戻し、その顔を長いあいだじっと見ていた。「いいだろう、グレース。きみの言うとおりにする」

グレースは大きく息をついた。「結婚式の前に事務弁護士を呼んで、条件を書面にまとめさせることはできるかしら？　なにか行きちがいがあったら困るもの」

ジャックはふいに怒ったように目を光らせた。「だいじょうぶだ。事務弁護士を呼ぶ必要などない。きみはもうぼくのことを紳士だとは思っていないだろうが、ぼくは人として約束する。きみが望むとおり、お金も屋敷も用意しよう。もしそれでは不満だと言うなら、いますぐ父上のところに行って結婚を白紙に戻してもいい」

グレースは自分が言いすぎてしまったことに気づき、視線を落とした。「わかったわ。あなたの約束を信じる」

「それはよかった。それから、もうひとつ言っておきたいことがある。いくらぼくのことが嫌いでも、ここにいるあいだはそのことを表に出さないようにしてくれ。結婚式が終わってふたりきりになるまでは、みんなの目を意識して幸せなカップルを演じるんだ。あと数日、ぼくに愛情があるふりをしてほしい。そうしなければ、今回の計画は成功しないだろう」

グレースはあごを上げた。「幸せに浮かれたふりをするわ。あなたもそうしてちょうだい」

ジャックはわざとらしく歯を見せて笑い、グレースに腕を差しだした。「屋敷に戻ろう。体が冷えては大変だ」

だがグレースの心と体はすでに氷のように冷えていた。ジャックの腕に手をかけながら、自分はいったいなにをしてしまったのだろうと考えた。

18

グレースは父の腕に手をかけ、祭壇に向かって歩いていた。だが感覚が麻痺《まひ》し、美しい礼拝堂の内装も、つややかなマホガニー材の会衆席に座る大勢の親族や友人の姿も、ほとんど目に映っていなかった。白く輝く大理石の床の上で、ただ足を前に進めることだけで精いっぱいだった。

頭上に広がる丸天井には素晴らしい天使の絵が描かれ、真っ青な空に浮かぶ雲のすきまから神々しい顔でこちらを見下ろしている。けれどそれもグレースの心になんの感動も呼び起こさなかった。背の高い上品なつぼに山のように活《い》けられたピンクのバラも目にはいらず、その芳《かぐわ》しい香りにも気がつかなかった。

グレースにわかっているのは、いまこのときが幻ではなく現実であることと、今日が自分の結婚式であることだけだった。これまで生きてきた中で、一番みじめな日だ。ほんの数日前まで、生涯最高の日になると信じていたのに、人生とはなんと皮肉なものだろう。

祭壇に着くと父が立ち止まった。グレースは前にのめり、一瞬足もとがふらついた。

「だいじょうぶかい、グレース?」父は心配そうに眉をひそめ、押し殺した声で訊いた。

「ええ」グレースはつぶやいた。

それからこの五日間、幾度となくそうしてきたように、口もとに無理やり笑みを浮かべてみせた。唇がどこか自分のものではないように感じられたが、父はそれで安心したらしかった。父だけでなく、あれからみながグレースの演技にだまされ、彼女のことを幸せでいっぱいだと思いこんでいる。

そのときジャックが父と入れ替わり、そっとグレースの手を取って濃紺の上着の袖にかけた。

「手が氷のようだ」ジャックは低い声で言った。

グレースがなにも言わないのを見てため息をつき、主教に式を始めるよう合図した。

厚手の白いサテンのドレスを着ているにもかかわらず、グレースの体は震えていた。ドレスに合わせた長袖の上着《スペンサー》は、襟と袖口に雪のように白いアーミンの毛皮がついている。シンプルだが美しいそのドレスを選んだとき、グレースはそれを着る日が楽しみでたまらなかった。でもいまは荒涼とした風が体を吹きぬけ、ドレスのことなどどうでもいい。

平静を保ったまま、なんとか誓いの言葉を口にした。ジャックがグレースの左手を取り、幅広の金の結婚指輪をダイヤモンドの婚約指輪に添わせるようにはめた。グレースはしばらくのあいだ、じっと自分の左手を見つめていた。愛の証《あかし》であるはずのふたつの指輪。でもこれらの指輪には、なんの意味もない。

参列者が歓声をあげ、祝福の言葉を浴びせるなか、ふたりならんで礼拝堂をあとにした。本当なら無事に式が終わったことに、ほっと胸をなでおろしているところだろうが、一番大変なのはこれからだと、グレースはわかっていた。

まもなくクライボーン邸の広間で、ジャックや家族とならんで招待客を出迎えた。みなと言葉を交わして陽気に笑い、世界一幸せな花嫁を演じた。常に微笑みを絶やさなかったものの、いまにも心臓が動きを止めそうな気がしてならなかった。

やがて悪夢のような時間が終わり、結婚披露の会食が始まった。

グレースはジャックの腕に手をかけ、豪華な料理が用意されたダイニングルームに向かった。新郎新婦のために用意された席に着くと、ジャックがたくさんの料理を皿に盛ってグレースの前に置いた。

おいしそうな料理を前にしても、グレースはまったく食欲が湧かなかった。それでも自分がほとんど食事に手をつけていないことを周囲に気づかれないよう、ときおり申し訳程度に皿をつついた。

だがジャックはそのことに気づいており、眉をひそめてグレースを見た。「どうして食べないんだい？」

「お腹が空《す》いてないの」

そのときジャックのいとこのひとりが、グラスを掲げて乾杯の仕草をした。ジャックは彼と笑みを交わしてから、グレースのほうに身を寄せた。「それは信じられないな。今朝も結婚式の前に、紅茶を一杯飲んだだけだったじゃないか」

「朝も食欲がなかったのよ」

「とにかく少しでも食べたほうがいい。きみは青ざめた顔をしている。万が一、倒れでもしたら大変だ」

グレースはそらぞらしく微笑んだ。「心配しないで、閣下。あなたに恥ずかしい思いはさせないから」

「ぼくのことはどうでもいい。きみの体のことが心配なんだ」

「わたしならだいじょうぶよ」

ジャックが燻製《くんせい》ニシンをフォークで山盛りにすくって食べるのを見て、グレースは思わず顔をしかめた。ジャックはそれをワインで胃に流しこむと、ナプキンで口をぬぐった。「まさか子どもができたわけじゃないだろう?」周囲に聞こえないよう声を低くし、さりげなく尋ねた。

「まさか!」グレースはさっと顔を上げてジャックを見た。「そんなことはないわ」

家族や友人がいる前でこんなことを訊くなんて、あんまりだわ!

ジャックは探るような目でグレースを見た。「それはたしかかい? 最後のときからまだ数日しか――」

「ええ、たしかよ」グレースの全身が怒りでかっと熱くなった。だが誰が見ているかわからないので、口もとに笑みをたたえてグラスに手を伸ばすと、アルコールが多少なりとも怒りを和らげてくれることを祈りながらワインを飲んだ。気持ちが少し落ち着いたところで、グラスをテーブルに置いた。

「さっきよりも顔色がよくなった。でもまだ赤みが足りないな」

ジャックはそう言うといきなり身を乗りだしてグレースに唇を重ね、いつものように甘く情熱的なキスをした。

あまりにとつぜんのことで、グレースは動けなかった。うっとりするような彼のにおいが鼻をくすぐる。知らず知らずのうちにまぶたを閉じ、熱いキスを返していた。だが次の瞬間、自分たちの置かれた状況を思いだした。グレースはぱっと目を開け、あわてて顔を離した。

ジャックは赤く染まったグレースの頬を指でなでながらささやいた。「うん、これでいい。健康的なピンクの頬になった。さてと、本当につわりじゃないと言うのなら、もっと食べたらどうだい？」

もし周囲に誰もいなかったら、ジャックの顔を思いきりひっぱたいてやりたい、とグレースは思った。

ジャックはそんなグレースの胸のうちを読んだのか、けん制するように片方の眉を上げた。

グレースは椅子の肘掛けを強く握りしめ、懸命に自分を抑えた。

ジャックは椅子にもたれかかり、ふたたびワインを飲んだ。何人かの男性の招待客に冷やかされると、その人たちに向かってうなずき、にっこり笑ってみせた。

グレースはのどを締めつけられたような気がし、目の前の皿をじっと見た。いますぐナプキンをテーブルに放り、ここを出ていけたらどんなにいいだろう。でもそれだけは絶対にできない。あと数時間辛抱すれば、このばかげた芝居をやめられる。それまでは幸福の絶頂にある花嫁をなんとか演じるしかない。グレースはジャックにもたれかかるようにして耳もとでささやいた。「あなたと一緒にいると胸が悪くなるわ」

「食べるんだ、グレース」

「もしいやだと言ったら？」

ジャックはグレースの目をまっすぐ見据えた。

グレースはジャックをにらみかえしそうになるのをこらえて目を伏せると、小さなハムをフォークで刺して口に運んだ。

「さあ、もうひと切れ」ジャックが言った。

グレースはフォークを握る手にぐっと力を入れたが、結局、言われたとおりにした。

「クリーム添えのアーモンドケーキは絶品だったよ」ジャックは穏やかな声で言った。「ぼくがきみなら、次はそれを食べるな」

断わろうと口を開きかけたとき、グレースはお腹が鳴るのを感じた。いままで気がつかなかったが、どうやら本当にお腹が空いているらしい。こんな状況でも空腹を感じるなんて、自分でも驚きだ。

でも黙ってジャックの言いなりになるのはしゃくにさわる。そんなことをして彼を得意がらせるぐらいなら、空腹に耐えるほうがまだいい。

とはいえ、自分が食事を拒んで一番損をするのは誰だろうか。

グレースは葛藤し、ゆうに一分ほど黙っていた。視線を落とすと、皿に盛られた料理やお菓子が急においしそうに見えた。ついに意地よりも食欲が勝《まさ》った。ジャックには好きなように言わせておけばいい。彼がどう思おうと、いまさらどうでもいいことだ。

それでもグレースは、ジャックに勧められたアーモンドケーキではなく、オレンジケーキに手を伸ばした。口に入れてみると、舌がとろけそうな味わいだった。

グレースの目の隅に、ジャックが微笑んでいるのが映った。

「あなたのことを憎むわ」

ジャックの顔から笑みが消えた。「とにかくなにか食べておいたほうがいい。これから長い一日が待っている」

悔しいけれどジャックの言うとおりだと思い、グレースは本格的に食事を始めた。

数時間後、ジャックとグレースは人びとの祝福の声に送られてハネムーンに出発した。

ジャックは新妻に手を貸して馬車に乗せたあと、自分も飛び乗って彼女の隣りに座った。従僕が踏み段を片づけて扉を閉めた。それから一分もしないうちに馬車が動きだし、ふたりは窓から身を乗りだしてみなに別れの挨拶をした。公爵未亡人が目尻ににじんだ涙をそっとぬぐい、微笑みながらハンカチをふっている。

屋敷がみるみるうちに遠ざかっていく。みなの姿が完全に視界から消えると、グレースは立ちあがって反対側の座席に腰を下ろした。ジャックからできるだけ離れた場所に座り、横を向いて窓の外に目をやった。

ジャックはため息をついた。

いったいどんなハネムーンになることだろう。きっと地獄のような一カ月が待っているにちがいない。

いまのグレースになにを言っても無駄だとわかっていたので、ジャックも黙って窓の外をながめた。本を何冊か持ってきてよかった、とふいに思った。この調子だと、ひとりで読書を楽しむ時間はたっぷりありそうだ。

グレースが腹を立てるのは当然だし、怒りや失望を表に出して発散させるのも必要なことだろう。だがもうこうして夫婦になった以上、なんとか折り合いをつけてやっていくしかない。

とりあえずいまは少し眠り、このところの睡眠不足を解消することにしよう。ジャックは腕を組んで目を閉じた。

よくも呑気《のんき》に眠れるものだわ。それから十分後、グレースはジャックをねめつけると、一瞬、脚を蹴ってやろうかと考えた。でもすぐに、そんなことをしても意味がないと思いなおした。

そもそも、自分たちの結婚そのものが意味のないことなのだ。

いつまでも怒っていたところで、お互いにとってなんの得にもならないことはわかっている。だがどうしても気持ちを抑えることができない。いまはまだとても無理だ。ジャックを憎むことをやめてしまったら、ふたりのあいだに感情的なつながりがなくなってしまうことを、わたしは心のどこかでおそれている。

グレースは涙をぬぐい、流れゆく景色をぼんやりながめた。雪で覆われた地面に遅い午後の陽射しが反射し、ダイヤモンドのようにきらめいている。その光をじっと見ていると、やがて目が痛くなってきた。グレースは目を閉じてクッション張りの壁にもたれかかり、なにもかも忘れてしまいたいと思った。

馬車の心地よい振動に身を任せているうちに、やがて眠りに落ちた。

グレースはジャックの肩に顔をうずめた。温まった体からは力が抜け、久しぶりに安らかで満ち足りた気分だ。

「ジャック」なかば夢の中でつぶやいた。

「ああ」ジャックはグレースの大好きな低く深みのある声で言った。「まだ寝てればいい。ぼくがきみを中に運んであげよう」

どうしてジャックがわたしを抱きかかえようとしているのだろうか。グレースはだんだん意識が戻ってきた。

彼はわたしをどこに運ぼうというのだろう。

ジャックがひざの裏に腕を当てたとき、グレースははっとした。「なにをしているの？ ここはどこ？」

「コテージに着いたんだ。きみを馬車から降ろしてやろうと思ってね」

グレースはその瞬間、すべてを思いだし、ジャックの手をぴしゃりと打った。「あなたの手助けはいらないわ。放して」

ジャックは嘆息した。「グレース。もうこんなことはやめないか」

「こんなことって？」グレースは頭から冷たい雪を浴びせられたかのように、いまや完全に目が覚めていた。体をこわばらせ、ジャックの手から逃れようともがいた。「わたしにさわらないでと言ったでしょう。どうしてわからないの？」

ジャックはしばらくのあいだ黙ってグレースの目を見ていた。そしてふいに彼女をもとどおり座席に座らせると、ひとりで馬車から降りた。

グレースは少し時間を置いて気持ちを静め、従僕の手を借りて馬車から降りた。ジャックの姿はもうなかった。ぼんやりとその場に佇み、夜の闇に包まれたコテージを見た。あたりは暗かったが、それが古風な趣《おもむき》を備えた建物であることがわかった。以前のグレースなら、素敵なコテージだと嬉しくなっていたことだろう。だが今夜はかえってそのことが悲しかった。ため息をつきながら、玄関に足を踏みいれた。

居間で燃えている石造りの大きな暖炉のおかげで、屋敷の中は暖かかった。廊下をはさんで反対側に書斎があり、突き当たりに厨房があるのが見える。

厨房から女中頭が現われた。愛想のいい笑みを浮かべて挨拶をすると、階段を上がってグレースを寝室に案内した。質素な茶色のスカートの下で、大きなヒップが揺れている。

「着きました」女中頭は言い、ふた間続きの広い寝室にグレースを通した。「どうぞゆっくりお過ごしください。洗面台にお湯とタオルを用意してあります。夕食の準備もできていますので、いつでもどうぞ」

「あの」グレースは立ち去ろうとする女中頭に声をかけた。「長旅で疲れているの。夕食はここに運んでもらってもいいかしら？」

女中頭は不思議そうにグレースを見たが、すぐに真顔に戻った。「かしこまりました、奥様。そのようにいたします」

〝奥様〟

グレースは一瞬、それが自分のことだとわからなかった。だがすぐに、自分が結婚して人妻になったことを思いだした。新しい肩書きと名前に慣れるのには、しばらく時間がかかりそうだ。でもそれよりなにより、グレースには結婚したという実感がまるでなかった。自分のことを愛してもくれない男性に嫁いだのだと思うと、あまりの孤独と寂しさに押しつぶされそうだった。

女中頭にメイドを呼ぶように頼むと、洗面台の前に行って美しい磁器の洗面器にお湯をそそぎ、顔と手を洗った。

それからの時間はひどく長く感じられた。グレースはいまにもジャックがやってきて、一階に下りてくるよう言うのではないかと思ってびくびくしていた。だがジャックは来なかった。グレースがひとりで食事をしているときも、その後メイドと他愛《たあい》もない世間話をしながら寝支度を整えているときも、まったく姿を見せなかった。

ときおり使用人と話す低い声が聞こえてこなければ、彼が同じ屋根の下にいることすらわからないほどだった。

グレースは白いウールのネグリジェに身を包み、火のついたろうそくをナイトテーブルに置くと、シーツのあいだにもぐりこんだ。その実用一辺倒のネグリジェは、メイドに命じて荷物に詰めさせたものだった。上掛けをあごの下まで引きあげ、目を閉じて体の力を抜こうとした。

ジャックは来ないわ。そう自分に言い聞かせた。あの人はもう目当てのものを手に入れた――わたしという人間ではなく富を。もちろんわたしは、ジャックがベッドに来ることを待ってなどいない。真実を知ってしまったいま、そんなことを願うはずもない。

グレースの唇から悲しげなため息がもれ、涙が頬を伝ってひんやりしたリネンの枕カバーを濡らした。片手で涙をぬぐい、ジャックのことを頭から追いはらってなんとか眠ろうとした。

それから長い時間が過ぎ、グレースがうつらうつらしていると、マットレスの片側がわずかに沈むのが感じられた。誰かがベッドの空いた側に座っている。

グレースは夢の世界から引き戻された。

ジャックは薄明かりの中でグレースを見た。「ジャックなの？」「ほかの誰かを待っていたのかい？」かすかにあざけるような口調で言った。

グレースはシーツを引きあげた。「あなたを待っていたんじゃないことだけはたしかよ！いったいなにをしているの？」

ジャックは片方の眉を高く上げた。「決まってるだろう。ベッドにはいるんだ」

グレースはシーツを握りしめたまま、身を守るような姿勢を取ってジャックを見据えた。

「やめてちょうだい。わたしと同じベッドで寝ないで」

ジャックは袖口のボタンをはずすと、シャツを頭から脱いで近くの椅子に放った。「ぼくは寝るつもりだと言った覚えはないが」

「それもお断わりよ！」

グレースは文句を言われるだろうと思って身構えたが、ジャックはひとつため息をついただけだった。立ちあがって靴とズボンを脱ぐと、下着だけを身に着けた状態でグレースに向きなおった。「きみには指一本触れないから安心してくれ。ただ寝るだけだ」

「寝る場所ならほかにもあるでしょう。ほかの部屋を使ったらどうなの」

「きみは気づいていないかもしれないが、ほかに空いている部屋は図書室しかない。このコテージで、ベッドのある部屋はここだけだ」

シーツを握るグレースの手が震えた。「だったら居間のソファで寝たらいいでしょう。あなたでも充分横になれる大きさはあったと思うけど」

「ソファで寝る気はない」ジャックは上掛けをめくり、ベッドにはいってきた。

ジャックの体の重みでマットレスが沈むやいなや、グレースは上掛けをはねのけて起きあがった。「いいわ。だったらわたしがソファで寝るから」

ジャックは驚くほどすばやくグレースの手首をつかんだ。「だめだ。ソファなんかに寝かせられない。さあ、早くベッドに戻るんだ」

グレースはかかとで踏んばり、ジャックの手をふりはらおうともがいた。「放して」

「ああ、きみが意地を張るのをやめたらすぐに放そう。これまでも同じベッドで寝たことは何度もあるじゃないか」

ジャックの言うとおりだった。けれどもグレースが抵抗しているのは、慎みからではなかった。ジャックと以前ベッドをともにしたのは、彼を愛していたからだ。向こうも自分を愛してくれているはずだと愚かにも信じ、身も心も捧げてしまった。だがいまのグレースにとって、ジャックと一緒に寝ることは、見知らぬ男性をベッドに迎えいれるのも同じことだった。かつて愛していた男性と同じ姿かたちをしているのに、中身はまったく別の見知らぬ人物だ。

グレースがもう一度手をふりはらおうとしたとき、ジャックが身を起こしてベッドにひざをつき、空いたほうの手を彼女のウェストにまわした。そして必死で身をよじるグレースをベッドに倒し、その上に覆いかぶさった。

グレースは一瞬、息ができなかった。心臓が胸を破って飛びだしそうなほど激しく打っている。ジャックのたくましい体が、毛布のようにしっかりと彼女を包んでいる。グレースはつかのま、懐かしい彼のにおいと温かな肌の感触にすべてを忘れた。

「ひと晩じゅうこうしていようか」ジャックが言った。「それとも、それぞれベッドの片側を使おうか。どちらにするかはきみが決めてくれ」

グレースはふとわれに返り、ジャックを押しのけようとした。そのとき初めて、彼の脚のあいだから硬いものが突きだしていることに気づいた。

「あるいはきみの上に乗るだけじゃなく、中にはいってもいい。もう一度言うが、どうするかはきみ次第だ」

だがグレースには、ジャックが本当に求めているのは自分ではないことがわかっていた。彼は健康な大人の男性だ。半裸の女性が自分の下に横たわっていたら、それが誰であれ欲望を覚えるに決まっている。ジャックはただ性欲を満たしたいだけなのだ。わたしのことを求めているわけではない。

グレースは涙がこぼれそうになるのを我慢し、ジャックの胸を両手で思いきり押した。

「どいてちょうだい。わたしはこのままここで寝るわ」

ジャックの青い瞳に、かすかに失望の色が浮かんだような気がした。だがその表情はすぐに消えた。きっとろうそくの明かりのせいで目が錯覚を起こしたのだろう、とグレースは思った。

「そのまま動かないつもりかい？」

「ええ、そうよ。早くどいてくれないかしら。あなたに乗られていると重いわ」

ジャックは悪びれた様子もなく微笑むと、グレースの上から下りた。

グレースはジャックに背中を向け、両腕で自分の体を抱いた。まぶたを閉じ、体の奥に湧きあがってきた欲望をなだめようとした。あれだけひどい仕打ちを受けておきながら、まだ彼を求めてしまう自分がいまいましかった。

ジャックはシーツの乱れを整え、上掛けをグレースと自分の上にかけた。それから枕をこぶしで軽く叩いて形を整え、仰向けになった。

「おやすみ、グレース」

グレースは返事をしなかった。唇を噛んで涙をこらえ、早く眠ってしまおうとした。


ちくしょう、彼女はどうしてこの状況で眠れるんだ。それから三十分後、ジャックは胸のうちで悪態をついた。そもそもなぜ自分は、苦しい思いをすることがわかっていながら、グレースと同じベッドで寝るなどと言いはってしまったのか。少し頭を冷やして考えれば、彼女の言うとおり、一階のソファで寝るのが一番いいとわかったはずだ。たしかに寝心地はいいとは言えないかもしれないが、ソファなら多少は眠ることができただろう。それなのにいま、満たされない欲望に悶々としながら、グレースの横で一夜を明かすはめになっている。

こんな新婚初夜になるとは思ってもみなかった。というより、今回の結婚そのものが、最初に思い描いていたものとはまるでちがう。

ジャックは片方の腕で顔を覆うと、グレースが起きることをなかば期待しつつうめき声をあげた。だがちらりと横を見ても、グレースが目を覚ました気配はなかった。ジャックは体の脇に腕を下ろし、薄闇の中で彼女を見つめた。ろうそくの弱い光を受け、赤い髪の毛がかすかに輝いている。

ウエストまである長い髪の毛に思わず手を伸ばし、シルクのようにすべすべした毛先をゆっくりなでた。そして衝動的にそれを顔の前に持ってくると、目を閉じてバラと蜂蜜のような甘いにおいを吸いこんだ。ジャックはまたしてもうめき声をあげ、グレースを抱きしめたい衝動に駆られた。優しくキスをして彼女を目覚めさせ、そのかすれた吐息を耳もとで聞きながら、情熱の炎を燃えあがらせたい。

でもグレースが自分の置かれた状況に慣れるまで、あと何日か我慢しなければならない。彼女はこちらのことを好きではないかもしれないが、それでも妻であることに変わりはないのだ。少し時間を置けば、グレースもその現実を受けいれ、夫婦としてなんとかうまくやっていこうという気になるかもしれない。

だが、もし彼女の気が変わらなかったらどうなるのだろう。

そのときはそのときでまた考えればいい。もしかすると数カ月後には、ジャック自身がグレースと別れて暮らせることにほっとしているかもしれないのだ。これまでどんなに美しく、ベッドで極上の気分を味わわせてくれる女性と付き合っても、そのうちかならず飽きていた。グレースが相手でも、それと同じに決まっている。

ジャックはなぜか心にぽっかりと穴が空いたような気分になった。グレースに感じている激しい欲望がおさまるのも、おそらく時間の問題だ。でもそれまでは彼女を手放したくない。とにかくいまはなりゆきに任せ、グレースが腕の中に戻ってくるのを待つことにしよう。自分は以前、彼女を誘惑することに成功した。ならばもう一度、誘惑できるかもしれない。しかも今回は嘘をつく必要も、手管を弄《ろう》する必要もない。次に自分たちが肌を重ねるとき、それは純粋に肉欲に突き動かされたものになるだろう。そしてふたりでめくるめく官能の世界にひたり、肉の悦びを追及する。

だがそのときが来るまで、長くつらい夜をいくつ過ごさなければならないのだろうか。

ジャックはグレースの長い髪を放し、しばらくその寝姿を見ていた。欲望が満たされないいらだちで顔をこわばらせ、背中を向けて目を閉じた。

19

翌朝グレースが目を覚ましたとき、ジャックはすでにいなかった。

ただ眠るだけで、それ以上のことは考えていないという彼の言葉は本当だった。ジャックが新妻に興味がなく、新婚初夜にもかかわらず夫の権利を行使しようとしなかったことを、むしろありがたく思わなくてはならないのだろう。

もちろん彼が迫ってきたところで、グレースも受けいれるつもりはなかったが、もう少し強く求めてきても、おかしくなかったのではないかという気がした。

そうしなかったということは、ジャックの目的がやはりお金だけだったというまぎれもない証だ。グレースはひえびえとした気持ちになった。疑念を抱くことと、事実を突きつけられることはまったく別物だ。胸が締めつけられるような感覚を覚えながら、ベッドを出て呼び鈴を鳴らした。

一時間後、グレースは温かなカシミアのデイドレスに身を包み、階段を下りた。赤い髪の色とけんかしそうなさくらんぼ色のドレスだが、グレースによく似合っていた。それを選んだのは公爵未亡人だった。新しく義理の母となった彼女は、大胆な色の組み合わせのファッションを得意としている。

グレースがダイニングルームにはいると、先に席に着いていたジャックが顔を上げた。ほぼ空になった皿の横に、新聞を広げている。「おはよう」ジャックは穏やかな声で挨拶をした。

グレースは無言のままうなずき、保温用の銀器がふたつならんだ棚に向かった。

そしてトーストを一枚と半熟のゆで卵をひとつ、皿に取った。その間ジャックは新聞を読んでいたが、グレースがテーブルの一番端の席に座るとふたたび顔を上げた。

「それだけしか食べないのかい？」グレースの皿を見ながら言った。

グレースはフォークを手に取り、卵に突き刺した。黄身が流れてトーストについた。「ええ、そうよ」

ジャックはしばらくグレースの皿をながめていたが、やがて新聞をめくった。

メイドがティーポットを手にやってきた。グレースに新しいカップを用意し、ジャックのカップにお代わりを注いだのち、ポットをテーブルに置いて立ち去った。

沈黙があった。

ジャックは紅茶を飲みながら新聞を読み、グレースは朝食を食べた。

「今日、なにかしたいことはあるかな？」グレースがそろそろ食べ終えようとしていると、ジャックが尋ねた。

彼と一緒にという意味だろうか？　グレースは眉間にかすかにしわを寄せた。「いいえ、別に」

ジャックはグレースの目を見据えた。「そうか。じゃあぼくは図書室で本を読むことにする」残った紅茶を飲み干すと、立ちあがって部屋を出ていった。

ジャックがいなくなったとたん、グレースはがっくり肩を落とした。体を冷たい風が吹きぬけた。自分たちの仲はいまや外を吹く一月の寒風のように冷えきっている。この状況でこれから四週間、いったいどうやって過ごせばいいのだろう。

グレースは重い足取りで階段をのぼり、寝室に画用紙を取りに行った。一階に戻って居間に行き、窓際に置かれた椅子に腰を下ろすと、雪で覆われた地面と味わいのある離れ家のスケッチを描こうと鉛筆を走らせた。だが満足のいく絵が描けず、画用紙を何枚もだめにしたあげく、丸めて暖炉に放りこんだ。

それから寝室に戻り、昼寝をしようと横になったが、なかなか眠れなかった。メイドを呼んで風呂にはいり、新しいドレスに着替えた。それは嫁入り衣装の一枚として仕立てた波紋のある桃色のドレスで、動くたびにかすかに衣擦《きぬず》れの音がした。

田舎の生活時間に合わせ、ふたりは早い夕食をとった。テーブルの向かい合わせの席に座り、ときおり言葉を交わすだけで、ほぼ無言で料理を食べた。夕食がすむと、ジャックはふたたび図書室に姿を消した。

やがて就寝の時間がやってきた。

グレースはメイドの手を借りてネグリジェとガウンに着替えた。メイドが出ていったあと、一瞬、毛布と枕を持って一階に下り、ソファで寝ようかと考えた。だがジャックのことだから、グレースがいないことに気づいたら、すぐに連れ戻しに来るに決まっている。

それでもいくらただ寝るだけとはいえ、そのままベッドにはいってジャックがやってくるのを待つのはごめんだった。グレースは本を持って部屋を横切り、暖炉のそばに置かれた大きなアームチェアに腰を下ろした。

それから長い時間がたったころ、ジャックの腕が体にまわされた感触にふと目を覚ました。暖炉の炎はほぼ燃えつき、部屋は薄闇に包まれている。

「静かに」ジャックの深みのある声がささやいた。「ぼくがベッドに運んであげよう」

「……このまま椅子で寝るわ」グレースはつぶやいた。

「こんなところで寝たら、首が痛くなるぞ」

グレースは疲労のあまりそれ以上反論せず、おとなしくジャックのたくましい腕に抱かれた。そしてひんやりしたシーツと柔らかな羽毛のマットレスの上に横たえられた。ジャックが大きな手を動かし、彼女を上掛けでしっかりくるんでいる。グレースは暖かさと心地よさにうっとりした。

すぐにうとうとしていると、ジャックが彼女の頬を指先でそっとなで、顔にかかった髪の毛をはらった。グレースは満足げな吐息をもらした。そのときジャックに優しくくちづけられたような気がしたが、そこで眠りに落ちたらしく、記憶がとだえた。

翌日の早朝、カーテン越しに優しくそそぎこむ朝日にグレースが目を覚ますと、やはりジャックの姿はなかった。シーツや上掛けにしわが寄り、枕が頭の形にへこんでいなければ、そもそも彼が同じベッドで寝ていたかどうかも疑わしく思えるほどだった。

朝食を食べに一階へ下りていき、ジャックが前日と同じようによそよそしい態度を取っているのを見て、グレースは昨夜のことは本当は夢だったのではないかと思った。それでもアームチェアで寝てしまったことは、はっきり覚えている。唇を指先でなぞりながら、いったいどこからどこまでが現実に起きたことだったのだろうと考えた。

その日も前日とほとんど変わらない一日だった。ジャックはずっと図書室にこもり、グレースは刺繍をしたり読書をしたりしてひとりで過ごした。夕食のときにようやく顔を合わせたが、料理についての感想など、あたりさわりのない会話をときおり交わしただけだった。

そしてまた寝室に下がる時間がやってきた。

グレースは性懲りもなくアームチェアで寝ようとした。本を開いて文字を目で追ったが、やがて手から力が抜けてまぶたが重くなった。夢うつつにジャックに抱きかかえられ、シーツに横たえられてキスをされた。

だが翌朝、グレースが起きたとき、ジャックは姿を消していた。

それから三日間、同じことがくり返された。日がたつにつれ、時間が耐えがたく長く感じられるようになった。


ジャックはブランデーを注ぎ、夜の闇に包まれた図書室の中を歩きながら、自分はあとどれくらい我慢できるだろうと考えた。

ここに来て一週間近くがたち、グレースもそろそろ態度を和らげるのではないかと期待していたが、一向にその気配は見られない。しかも彼女は毎日、ひとりで楽しく過ごしているようだ。

ジャック自身はというと、午後になると図書室にこもり、それなりの数の本を読んでいた。だが実を言うと、読書よりも寝て過ごす時間のほうが長かった——グレースの隣りで悶々とし、眠れぬ夜を明かしているせいだ。

欲望の命じるまま、いますぐグレースを抱くこともできる。その体に火をつけ、情熱を目覚めさせるのはむずかしいことではないだろうが、それでも無防備な状態の彼女に手を出すようなことはしたくない。自分はグレースに時間を与えると決めたのだ。問題は、その忍耐がいつまで続くかということにある。

ジャックはブランデーをひと口で飲み干すと、グラスを置いて図書室を出た。廊下の反対側にある寝室のドアを開け、足音を忍ばせて暗い部屋の中にはいった。きっと彼女はいつものように、暖炉の前のアームチェアで眠っているにちがいない。だがジャックの予想に反し、その晩にかぎってグレースは椅子ではなくベッドで寝ていた。

ジャックの下半身が即座に反応した。ベッドに近づき、グレースの寝顔を見下ろした。なんと愛らしい顔をして眠っているのだろう。頬はばら色に染まり、真っ赤な髪が枕に広がっている。横向きになって熟睡しているが、かすかに開いた唇はまるでキスをせがんでいるようだ。

彼女は本当にキスを待っているのかもしれない。

タイはすでにはずしていたので、ジャックはシャツのすそに手を伸ばしてそのまま頭から脱いだ。靴とズボンを脱ぎ捨て、シーツのあいだにもぐりこんだ。

ひざとひざが触れあうほどの距離に近づき、グレースの体に両腕をまわした。自然に片手が彼女の胸に伸びた。豊かな乳房の感触に、ジャックはまぶたを閉じた。

そのときグレースが寝返りを打とうとし、腰が彼の股間に触れた。下着を穿《は》いていてよかった、とジャックは思った。そうでなければ、我慢できずにグレースの太ももを押し広げ、眠っている彼女を奪っていただろう。

ジャックは必死で欲望を抑え、いまはただグレースを抱きしめるだけだと自分に言い聞かせた。そこから先のことは彼女次第だ。万が一グレースが目を覚ましたら、今夜こそ愛しあうことにしよう。だがもし起きなかったら、このまま寝かせてやらなければならない。

とりあえず今夜のところは。

グレースは少しずつ目が覚めてきた。温かなものにくるまれている心地よさにため息をつき、枕に顔をうずめようとした。ところが不思議なことに、ガチョウの羽毛でできているはずの枕は沈まなかった。すべすべして硬い表面は、およそ枕らしくなかった。

そのときなにか柔らかいものが鼻をくすぐった。グレースは鼻をこすり、また枕にもたれかかった。そうしているうちに、ふたつのことに気がついた――太ももの下にあるものが脚にそっくりの形をしていることと、枕が呼吸をしているように動いていることだ。

眠気が一気に吹きとんだ。目を開けてみると、東の空が白みはじめ、部屋に薄明かりが差している。寝返りを打って仰向けになろうとしたが、がっしりした長い腕に肩を抱かれていたため、まったく体を動かすことができなかった。

顔を上げると、ジャックの青い瞳とぶつかった。

彼がわたしを見つめている。グレースの全身がぞくりとした。しかも自分たちの体は、文字どおりからまっている。グレースの上半身はジャックの脇腹に密着し、片脚は彼の太ももの上に乗っていた。ふくらはぎも、毛で少しざらざらする彼の脚にはさまれた状態だ。ネグリジェのすそはめくれあがり、腰がほとんどむきだしになっている。

どうやらわたしは眠っているうちに、自分からジャックに体をからませていたらしい。グレースは屈辱を覚え、ジャックから離れようとした。「ご――ごめんなさい。わたしったら、いつのまにか……でも、こんなことをするつもりじゃなかったの……その、つまり……」

「ぼくに乗っかって寝るつもりはなかったと？」ジャックは低い声でゆっくりと言った。

グレースは口を開いたが、言葉が出てこず、代わりにうなずいて返事をした。

「気にしなくていい」ジャックは微笑んだ。「きみは最高の毛布だったよ」

グレースはもう一度、体を離そうとした。

だがジャックはグレースの肩をしっかり抱いて放さなかった。「もう少し寝るといい。まだ夜明け前だ」

寝るですって？　たしかに起きるにはまだ早い時間だけれど、この状況で眠れるわけがない。「もう……眠くないわ」

「そうか」ジャックはグレースの太ももの後ろに手を当て、円を描くように思わせぶりになでた。「ぼくもだ」

グレースの鼓動が速くなった。「放してちょうだい」

「放す？」ジャックの手が上に向かい、ネグリジェのすそのところで止まった。「そんなことをしていいのかい？」

グレースはしばらくのあいだ返事ができなかった。けだるさのあまり、なぜジャックの腕に抱かれていてはいけないのかということすら、よく思いだせなかった。「え——ええ」

「本気で言っているようには聞こえないな。考えなおしたほうがいいんじゃないか」

そう言うとジャックはもう片方の手をグレースの髪に差しこみ、優しくその顔を引き寄せて唇を重ねた。グレースが唇を開くと、彼の舌がはいってきた。甘く情熱的なキスをされているうちに、グレースはなにも考えられなくなった。ただ彼にしがみつき、天上にいるような悦びに夢中になった。そのときジャックの手が裸の腰に触れた。

グレースははっと息を呑んで顔を離した。「やめて」

「なにをやめるんだ？」ジャックの声は欲望でかすれていた。

「お願い。は——放して」

「どうしてだ？」

グレースはジャックの顔を見た。「理由はわかっているでしょう」

「いや、わからないな。ぼくの記憶によると」ジャックはそう言いながら、グレースのヒップを軽くもんで微笑んだ。「きみはこうされるのが好きだった」

「それは昔のことよ」グレースはジャックの胸を両手で押した。

だがジャックの体はびくともしなかった。「なるほど、昔のことか。でもぼくたちは夫婦になったんだから、このベッドでどんなことをしようと自由だろう」

「あなたの自由にしたいということでしょう」グレースは反論した。「わたしにさわらないでという言葉を取り消すつもりはないわ。わたしと結婚した日、あなたは欲しいもののすべてを手に入れたはずよ。欲望を満たすのに都合のいい相手だからといって、わたしをまたおもちゃにするのはやめてちょうだい」

「都合のいい相手だと！　きみは自分のことをそんなふうに思っているのかい？」ジャックは乾いた笑い声をあげた。「きみが都合のいい相手だなんてとんでもない。この一週間というもの、きみの機嫌を取ることよりも、石を絞るほうがまだ簡単だと思うぐらいだった」

グレースは唇を結んだ。「あなたがそんなことを言う理由がわからないわ。まるでわたしのことを本当に求めているみたいな言い方じゃないの。女なら誰だっていいくせに」

ジャックは片方の眉を上げた。「もしそうだとしたら、ぼくはどうしていままで禁欲する必要があったんだろうか。きみの言い分が正しければ、ぼくはとっくに近くの村に行き、地元の娘を抱いていたはずだ。ぼくに喜んで体を許してくれる女性が、ひとりやふたりぐらいはいるだろうからな。これから馬を駆って行ってみようか。乳搾りをしている娘が、朝の仕事のついでに相手をしてくれるかもしれない」

グレースはあまりに残酷なジャックの言葉に、もう少しで悲鳴をあげそうになった。彼が別の女性といるところを想像しただけで、胸が締めつけられた。「ええ、そうすればいいわ」それでも視線をそらさずにジャックの目をまっすぐ見据え、彼が出ていくのを覚悟した。

だがジャックはグレースを抱いた腕をほどこうとしなかった。「だが、あいにくぼくは乳搾りの娘も、ほかのどんな女性も欲しくない。ぼくが欲しいのはきみだけだ」

「嘘を言わないで」グレースにはとてもその言葉が信じられなかった。

「嘘じゃないさ」ジャックは丸みを帯びたグレースのヒップに手をはわせると、次に太ももをなでた。

グレースは身震いしたが、かたくなな態度を崩さなかった。「あなたがわたしに求愛したのは、わたしに惹かれたからじゃないわ。父に借金を負っていなかったら、わたしのことなんか相手にしなかったでしょう。きっと目もくれなかったはずよ」

ジャックは暗い表情を浮かべ、グレースの顔に視線を据えて言った。「たしかに求愛することはなかったかもしれないが、きみに魅力は感じていただろう。あの日、〈ハチャーズ書店〉で初めて会ったとき、ぼくはきみを自分のものにしたいと思った。きみに欲望を覚えたんだ、グレース。そのことに関しては、ぼくは一度も嘘をついていない。何度もそのことを伝えようとしたが、きみは耳を貸してくれなかった」

ジャックの言うとおり、真実を知ってからというもの、グレースは彼の話にまったく耳を傾けようとしなかった。ジャックがたとえなにを言おうとも、とても信じる気にはなれなかった。でもどういうわけか、いまのジャックの言葉には真実の持つ響きが感じられる。だとしても、わたしは彼を信じることができるだろうか。もしかしたらこれも、ジャックの巧妙な芝居かもしれないのだ。

「これからしばらくはひとつ屋根の下で暮らし、幸せな新婚夫婦を演じなければならないんだ。それを考えたら、四六時中いがみあっているのも疲れると思わないか。とりあえずいったん仲直りするのはどうだろう」

グレースは眉を上げた。「わたしと仲直りがしたいの?」

「ああ。特に寝室では」ジャックは背中のくぼみに指をはわせ、グレースがとりわけ感じやすい部分に小さく円を描いた。

どうして彼はわたしの体のことをここまでよく知っているのだろう。グレースの背中が弓なりにそった。心臓の鼓動が速くなり、脚のあいだに熱いものがあふれてきた。

「ぼくたちは別に悪いことをしようとしているわけじゃない」ジャックは低い声で言った。「神と人の法によって結ばれた神聖な夫婦なんだから、むしろその反対だ。だったらなぜ快楽を否定する必要がある? 官能の悦びを味わっても、なにも問題はないだろう」

グレースはジャックを見つめたまま考えた。「つまりあなたは、わたしと愛人のような関係になりたいのね?」

ジャックの瞳の色が濃くなった。「ああ。きみはどうだ?」

グレースの肌がぞくりとした。腹立たしいことに、ジャックの提案に惹かれている自分に気づいた。「期間はどれくらい?」

ジャックは片方の眉を上げた。「お互いにそうしたいと思うあいだだ」

「わたしが出ていきたくなったら？　もうあなたの妻でも愛人でもいたくないと思ったときはどうするの？」

ジャックの手が止まった。「そのときは約束どおり、出ていってくれてかまわない」

「ということは……この取り決めは、純粋に肉体だけのことなのね？」グレースは挑むように言った。

短い沈黙があった。「そうだ。体の関係だけだ」

グレースはごくりとのどを鳴らし、目をそらした。

どうすればいいのだろう。

というより、そもそもわたしにそんなことができるのだろうか。ジャックはわたしに情婦になれと言う。もしわたしが首を縦にふれば、彼は極上の快楽を味わわせてくれるだろう。ジャックは女性を悦ばせるこつを熟知した精力的な男性だ。彼とベッドをともにすれば、夢のような時間が過ごせることはわかっている。でもここでジャックの提案を受けいれては、彼の思うつぼではないだろうか。ジャックはまたしてもわたしを思うままに操り、利用しようとしているのかもしれない。

それでもこれが体の関係だけのことなら、わたしが一方的に利用されるという話でもないだろう。わたしが欲望を満たすために、彼を利用するのだという見方もできる。さっきジャックが指摘したとおり、自分たちは夫婦になったのだ。快楽に溺れたところで、後ろめたいことはなにもない。たしかに夫婦関係は冷えきっているが、かならずしも空っぽのベッドでひとり寂しい夜を過ごさなければならないわけでもないだろう。

でもそうしたら、わたしの心はどうなるのだろうか。

わたしが彼にどんな感情を抱いているというの。グレースは自分を叱った。あの契約書を見た瞬間、ジャックへの愛は消えてしまったはずだ。

彼の甘い言葉と嘘にいとも簡単にだまされたわたしは、あまりにも愚かで世間知らずだった。

でももうわたしは、世間知らずの無垢な娘ではない。ジャックがどういう人間であるか、いまのわたしははっきりわかっている。息を呑むほど魅力的で、カードゲームと女性が大好きな冷血漢だ。

そんな彼に体を許すべきだろうか。

「どうかな。返事を聞かせてくれ」

グレースはゆっくりと顔を上げ、ジャックの目を見ながら迷った。そして気がつくと言っていた。「ええ、わかったわ」情熱がプライドに勝った瞬間だった。

ジャックは顔をほころばせた。

「でもこれだけは覚えておいてちょうだい」グレースは淡々と言った。「わたしはいまでもあなたを憎んでいるわ」

ジャックの顔から笑みが消え、目つきが険しくなった。「ぼくのことはいくらでも憎んだらいい。でもこれが嫌いだとは言わないでくれ」

ジャックはさっと手を動かしてヒップをなでると、グレースの大切な部分に二本の指を深く差しこんだ。グレースは全身を快感に貫かれ、背中を浮かせた。

ジャックは彼女の頭を手で支えて激しいキスをし、その情熱を燃えあがらせた。限界に近づくにつれ、グレースの息づかいが小刻みになった。そしてただひたすら解放のときを待った。

次の瞬間、体が粉々に砕けて舞い散ったような悦びに包まれて絶頂に達した。グレースはあえぎ声をあげて体を震わせた。

彼女の乱れた呼吸もまだ整わないうちに、ジャックがふたたび愛撫を始めた。グレースは唇を噛みしめ、ジャックの与えてくれる素晴らしい快楽に、完全には屈するまいとした。

ジャックはグレースの頬にくちづけ、それから耳たぶを軽く噛んだ。「言ってくれ、グレース」

「なにを?」グレースはなかばぼうっとし、息を切らしながら言った。

「これがどれくらい好きか」ジャックは容赦なく指を動かした。「ぼくの愛撫が好きでたまらないことを認めるんだ。途中でやめたら、きみは耐えられないはずだ」

ジャックの言うとおりだった。もしいま愛撫をやめられたら、グレースは狂おしさで身もだえするだろう。だがわざわざ言葉に出さなくても、彼もそれぐらいわかっているはずだ。グレースの体は激しい悦びに文字どおり泣いている。だがプライドが邪魔をし、グレースはそれを認めることができなかった。ぎゅっと唇を結んでまぶたを閉じた。

「答えないつもりかい？　いいだろう、きみがどこまでやせ我慢できるか試してみよう」

ジャックはいきなり指を引き抜いた。

グレースは一瞬、彼が本当に愛撫をやめるつもりではないかと思った。だがすぐにジャックは彼女を仰向けにすると、ネグリジェをウェストまでめくりあげた。そしてグレースの腰の下に手を入れて脚を開かせ、そのあいだにひざをついた。

グレースはほっとし、ジャックが奪ってくれるのを待った。

ところがジャックは上体をかがめ、グレースの太もものあいだに顔をうずめた。それから、彼女がいままでキスをされることなど想像もしたことのなかった場所にくちづけた。

まるで雷に打たれたように、グレースの腰がマットレスから浮きあがった。反射的に逃げようとしたが、ジャックはしっかりと彼女の腰をつかんで放さず、禁断の衝撃的な愛撫を続けた。

グレースは手を下に伸ばし、ジャックの顔を押しのけようとした。体じゅうの肌が火照り、恥ずかしさでどうにかなりそうだ。だがジャックはグレースを放そうとせず、その脚をさらに大きく開かせた。グレースは自分が彼の前に、すべてをさらけだす格好になっていることに気づいた。

心臓が破裂しそうなほど激しく打ちはじめた。熱く濡れた部分を舌でそっとなぞられ、グレースはたまらず身をくねらせた。体が震え、あえぎ声が口からもれるのを止められない。ジャックが唇と舌での愛撫をくり返し、彼女の体をさらに熱く燃えあがらせている。

やがてグレースは湧きあがる情熱に呑みこまれて抵抗をやめた。そしてジャックにもっと愛撫をせがんだ。

両手を頭の上に投げだし、ベッドの頭板《あたまいた》をつかんだ。木の板のきしむ音と、グレースのすすり泣くような声が部屋に響いた。

ジャックは容赦なく口を動かし、グレースをますます高みへと導いた。グレースは何度も限界に達しそうになったが、その都度ジャックが直前で口を離し、エロティックな拷問を最初からくり返して彼女をもだえさせた。

グレースはようやく、ジャックがなにをしようとしているのかわかった。

彼はわたしに懇願させようとしている。

そのときジャックがふたたび舌を動かし、グレースはなすすべもなくあえいだ。

ジャックはいったん顔を上げ、グレースの目を見た。「なにか言ったかい？」

「な——なにも」グレースはもどかしさに身を震わせながら、小声で言った。

「そうか、ぼくの空耳だったか。まだ続けたほうがいいかな？」

ジャックは禁断の愛撫を続けるかどうかを訊いている。いまここで、どうしてやめてと言えるだろうか。

「お願い、ジャック」

「なにをお願いしてるのかな」

グレースは赤面した。「わ——わかるでしょう」

「悪いな。もっと具体的に言ってくれないか」

グレースは頬をさらに赤く染め、うめくように言った。「意地悪しないで」

「意地悪？」

「わ——わたしをいじめてるじゃないの」

「ぼくのしていることが気に入らなかったのか。てっきりきみは悦んでくれてると思っていたが」

「ううん、とても素敵だわ。でもあなたはなかなかわたしを——」

「なんだい？」ジャックはグレースをいたぶった。

「ああ、あとどれくらい我慢すればいいの？」

ジャックの瞳の色が濃くなった。「だいじょうぶだ、いくらでも我慢できるさ。でもきみが意地を張るのをやめたら、いますぐ欲しいものを与えてやろう。ぼくの愛撫が好きでたまらないと言うんだ。早く抱いてほしい、と」

グレースは欲望に身を焦がしながらも、どうしても口を開くことができなかった。

ジャックのあごがこわばった。「そうか、これではまだ足りないようだな」

そう言うといきなり身をかがめ、グレースの特に敏感な部分を舌で探りあてた。そこを口に含み、強く吸っている。グレースはすぐにも絶頂に達しそうになり、反射的に腰を浮かせた。

そのときジャックが唐突に顔を離した。

「ああ」グレースはせつない声を出した。「やめないで」

「もっと続けてほしいのかな？」

「そ——そうよ」

「そんなにこれが好きかい？」

「え——ええ」グレースは慎みも忘れて言った。「そうよ、わたしはあなたの愛撫が好きでたまらないわ。さあ、いますぐわたしを抱いてちょうだい、ジャック・バイロン。早くしないと、わたしからあなたにお仕置きをするわよ」

「お仕置きだって？」ジャックはにやりとした。「あとでぜひお願いしたいところだな。でもまずは、ぼくからきみにご褒美をあげよう」

ジャックはふたたびグレースの脚のあいだに顔をうずめた。グレースは欲望の炎に全身を焼かれ、思考が停止した。

そのときジャックが歯と舌を使って彼女に魔法をかけた。グレースの頭が一瞬、真っ白になった。快感が全身をかけめぐり、細胞のひとつひとつが悦びに打ち震えている。グレースは快楽の叫び声をあげ、ジャックの腕の中で激しく体を震わせた。ぐったりと横たわり、喜悦の波間をただよった。

すぐにジャックが体を起こしてひざをつき、グレースの体を手前に引き寄せた。

「今度はぼくの番だ」甘くかすれた声でささやいた。

ジャックはグレースの脚を自分の腰にからませると、体勢を整えてからその体を一気に深く貫いた。グレースは彼にいっぱいに満たされて声をあげた。

驚いたことに、すぐに強い欲望が体の奥に湧いてきた。

もう一度、彼に官能の世界へ連れていってほしい。

ジャックが力強く腰を動かしはじめると、グレースは高まる情熱に身もだえした。両手でジャックの顔を引き寄せ、息の止まるような濃厚なキスをする。その姿勢を取ったせいで、彼をさらに奥まで迎えいれることになった。

ジャックはグレースの腰を両手で支え、速く激しく彼女を揺さぶった。グレースは熱いキスでそれに応えた。

やがてグレースが絶頂に達して叫び声をあげると、ジャックが重ねた口でそれを呑みこんだ。それから一分もしないうちにジャックもクライマックスを迎え、まだ震えている彼女の中に温かいものをそそぎこんだ。

ふたりが汗だくでベッドに仰向けになると、マットレスがかすかにはずんだ。グレースは快楽の余韻にどっぷりつかり、しばらくのあいだ、口をきくことも体を動かすこともできなかった。

ジャックが顔を上げ、グレースの目をのぞきこんだ。そして甘く優しいくちづけをした。グレースがキスを返すべきかどうか迷っているうちに、ジャックがさっと体を離した。ひんやりした空気がグレースの肌に触れた。グレースは身震いし、上掛けをかけようと手を伸ばした。そのとき初めて、ネグリジェが胸のあたりまでめくれていることに気づいた。

乱れたネグリジェを整えて腰と脚を覆い、グレースはベッドの上で起きあがった。肩越しにジャックを見やると、彼はこちらに背中を向けてぐっすり眠っている。

もうわたしは用済みというわけね。胸のうちでつぶやいた。でも彼はたんに疲れているだけなのかもしれない。

ジャックの態度をどう考えていいかはわからなかったが、グレースは骨まで沁《し》みるような寒さを感じた。

ジャックに背中を向けて横たわると、小さく身を縮めて上掛けをあごまで引きあげた。それから三十分近くが過ぎたころ、ようやく眠りに落ちた。

20

それからの三週間、グレースは二重生活を送っているような奇妙な感覚を覚えていた。コテージにやってきた最初の一週間と同じように、食事の時間になるとダイニングルームでジャックと一緒にテーブルに着いた。交わす言葉の数は増えていたものの、会話の内容は相変わらずあたりさわりのないもので、世間話の域を出ていなかった。

日中はそれぞれ別のことをして過ごした。ジャックはたびたび、エドワードから結婚のお祝いに贈られた駿足《しゅんそく》で糟毛《かすげ》の去勢馬に乗って出かけ、一方のグレースは絵を描いたり本を読んだり、刺繍をしたりした。ときにはふたりでコテージのまわりを散歩したり、馬車で近くの村に行って観光や買い物をすることもあった。だが天候が崩れて冷えこむ日も多く、暖かなコテージにこもる時間のほうが長かった。

それ以外のときは、寝ているか、体を重ねていた。

久しぶりに結ばれた次の日の昼間、ふたりは別々に過ごした。だが夜になると、ジャックはグレースのいるベッドにやってきた。着たばかりのネグリジェを乱暴に脱がせ、グレースをベッドに押し倒した。夜が明ける少し前にも彼女を起こし、その体を貫いた。ふたりとも激しい愛の営みで疲れはて、次の日は昼まで起きられなかった。

そしてその日以来、それが日課のようになった。ジャックは毎晩、最低でも一回はグレースを愛し、朝もかならず抱いた。

しかもそれだけでは満足できないらしく、昼間にいきなりグレースを抱きかかえ、寝室に運ぶこともある。

ベッドだけでなく、家具の上で結ばれたこともあった。

ある日の午後は書斎の椅子の上で、また別のときは馬車の中でグレースを愛した。一度などは居間にいる彼女のもとにやってきて、ソファに手をついた格好で前かがみにさせると、スカートを肩までめくりあげて後ろからその体を貫いた。

だが一番印象深く覚えているのは、なんといっても朝食のあとで愛しあったときのことだろう。ジャックはダイニングルームの鍵を閉め、グレースをテーブルに横たえた。そしてティーポットやジャムのびんがならんだテーブルの上で、彼が言うところの〝二度目の朝食〟を楽しんだ。グレースを全裸にして蜂蜜やジャムを塗り、震える彼女の肌をゆっくりとじらすようになめた。体はべとべとしていたが、グレースは至福のひとときを味わった。

ジャックに誘われれば、グレースはけっして断わらなかった。彼のキスと愛撫を受けて恍惚とし、激しい官能の悦びに溺れた。

それでもグレースのほうから誘うことはなかった。ジャックが拒まないことはわかっていたが、どうしてもそうする気になれなかった。グレースはジャックに体を許してはいるものの、心はかたくなに閉ざしたままだった。

そうしているうちに、ハネムーンが終わってロンドンに帰る日の朝がやってきた。メイドがグレースの荷物をせっせと旅行かばんに詰めている。

グレースは紺色の柔らかなウールの旅行用ドレスに身を包み、寝室の窓際に立って前夜の雪で白く染まった外の景色を見ていた。

窓からそれほど遠くないところで、茶色いスズメの群れが地面に降りたち、どこかに植物の種がないかと探している。グレースがそれをぼんやりながめていると、なにかの物音に驚いてスズメがいっせいに飛びたった。

「荷造りが終わりました」メイドが旅行かばんのふたを閉めながら言った。「ほかになにか必要なものはありますか?」

必要なもの? ええ、たくさんあるわ。グレースは胸のうちで答えた。でもそれは、あなたにはとても用意できないものばかりよ。

「いいえ、ありがとう」グレースはかばんをちらりと見た。「荷物を一階に運んでくれるかしら。わたしもすぐに行くわ」

メイドはひざを曲げてお辞儀をし、旅行かばんを持って出ていった。

それからまもなく、廊下から足音が聞こえてきた。グレースはメイドが戻ってきたのだろうと思った。

だがドアのほうを見ると、そこに立っていたのはジャックだった。黒っぽい厚手の外套を身に着けたその姿には、においたつような男らしさがただよっている。彼が猫のようにしなやかな足取りで、部屋の中にはいってきた。「支度はできたかな。馬車がもう外で待っている」

グレースはもう一度窓の外に目をやってからふりかえった。鏡台の前に行き、手袋を取ってはめた。「いつでも出かけられるわ。マントを着るからちょっと待ってちょうだい」

ジャックはグレースがマントを手に取るのを黙って見ていた。そしてグレースがマントを羽織ろうとすると、さっと近づいて彼女の手からそれを取った。

「ぼくが着せてあげよう」ジャックはエメラルドグリーンの長いマントを持ちあげた。

グレースは一瞬ためらったのち、彼に背中を向けた。ジャックはグレースの肩にマントをかけると、前を向かせてボタンを留めはじめた。

「自分でやるわ」グレースはジャックの手をふりはらおうとした。

だがジャックはそれを無視し、黙々とふたつめのボタンをかけた。

「今朝のきみはとてもきれいだ」ジャックは言った。「ドレスとマントの色がきみによく似合っている。肌色が輝いて見えるよ」

以前のグレースなら、それを聞いて胸がときめいていただろう。でもいまは、心が寒々とするだけだ。

「どうしてわざわざそんなことを言うの？」自分でも知らないうちに、その言葉が口をついて出ていた。

ジャックは褐色の眉を片方上げた。「そんなこと？」

グレースはひと呼吸置いてから言った。「たったいま言ったことよ。わたしをおだてるのはやめてちょうだい。そんなことをされても嬉しくないわ。なにか欲しいものがあるなら、口に出してはっきり言えばいいでしょう」

ジャックは眉根を寄せた。「別に欲しいものなどないさ。ぼくはただ、思ったことを言っただけだ」

「そう。でももうこれからはそんなことを言う必要はないわ。前にも言ったと思うけど、見えすいたお世辞なんか聞きたくないの。わたしは自分の欠点をよく心得ているわ。わたしの機嫌を取ろうとするのはやめて」

「機嫌を取ろうとしているわけじゃない。ぼくになにか下心があるような言い方はしないでくれないか」ジャックの顔はこわばり、目が怒りで光っていた。「ぼくがきみのことをきれいだと言うとき、きみは本当にきれいなんだ」

グレースはしばらくジャックの目を見ていたが、やがてふっと視線をそらした。気まずい沈黙があった。

「ぼくの言うことを信じられないんだな」

「わたしがあなたを信じようが信じまいが、そんなことはどうでもいいことだわ。さあ、早く行きましょう」グレースはジャックの脇をすり抜け、出口に向かおうとした。

ジャックはグレースより先に出口に近づき、彩色の施された木のドアを閉めてそれにもたれかかった。「そのことについては、前にも話しあっただろう。ぼくが嘘をついたことはないと、きみも納得してくれたはずでは――」

グレースは顔をしかめた。

「――つまり、父上と契約を交わしたことを除いて、きみを欺《あざむ》いたことは一度もない」

「もうやめて、ジャック」

「なのにきみは、ぼくの言うことはすべてでたらめだと思っているのかい？　たったひと言褒めただけなのに、それすらも信じられないと？　仲直りすると言ったのは嘘だったのか」

「あなたといがみあうつもりはないわ。でもそれは――あくまでも一時的な仲直りであって、あなたを許したわけじゃないのよ。自分に都合のいい解釈はしないでちょうだい」

「ぼくの褒め言葉をすべて嘘だと思うなら、きみの解釈は間違っている。ぼくがなぜそんなことで嘘をつく必要があるんだ。きみの言葉を借りれば、ぼくはもう欲しいもののすべてを手に入れているのに」

グレースはジャックの言ったことについて考えた。たしかに彼は欲しいもののすべてを手に入れている。しかも、いつでも好きなだけわたしを抱いている。だとしたら、わざわざお世辞を言ってわたしの機嫌を取る理由はない。

そのときグレースは、もうひとつ大きな問題があることに気づいた。父とジャックが交わした契約のことを知ったとき、わたしの中で壊れたのはジャックへの信頼だけではなかった。わたしは自分自身を信じる心も失ってしまったのだ。ジャックと婚約して幸せの絶頂にあったとき、わたしはかつての自信のない娘ではなかった。けれども真実を知ったいま、以前よりもっと自分を信じられなくなっている。もしかするとジャックの言うとおり、わたしはいたずらに自分を卑下しているだけなのかもしれない。そんな自分に、そろそろ別れを告げるべきときではないだろうか。

「わかったわ。今後はあなたの褒め言葉を素直に受け取ることにする。あなたがわたしのことを素敵だと言ってくれるなら、わたしは本当に素敵に見えるんでしょう」

「きみはきれいだ」ジャックは優しくささやいた。「とても美しい」

グレースは心ならずも肌が火照るのを感じた。

「いまの言葉を聞いて、不快な気分になったかな?」ジャックはグレースに近づき、その体を抱きしめた。

「そうでもないわ」

ジャックは声をあげて笑うと、グレースにくちづけた。

グレースは甘い吐息をもらして目を閉じ、だんだん激しさを増すキスに夢中になった。ジャックはワルツを踊るようにして、グレースをベッドへといざなった。そして暖かなウールの上掛けのかかったマットレスの上に彼女を押し倒した。

唇を重ねたまま、たったいま留めたばかりのマントのボタンをはずしはじめた。

「馬車が待ってると言わなかったかしら」グレースはとぎれとぎれの声で訊いた。

「もう少し待たせておけばいい」

「馬はだいじょうぶ？　早く出発したくていらいらしてるかもしれないわ」

「いますぐきみを抱けなかったら、ぼくのほうこそ欲求不満でいらいらしてしまう」ジャックはマントを脱がせ、旅行用ドレスのスカートとその下のペチコートをウェストまでまくりあげた。「さあ、どうする？」グレースの太ももの内側に手をはわせた。

グレースは微笑み、ジャックがズボンのボタンをはずすのを手伝った。「いいわ。待たせておきましょう」


ロンドンの街は以前と変わりがなかったが、グレースにはまったくちがうところに感じられた。どこか奇妙で、見知らぬ街のように思えた。アッパー・ブルック・ストリートの屋敷で暮らしはじめてからの一カ月間、グレースはその原因が新しい環境にあると考えていた。

新しい住まい。

新しい隣人。

新しい使用人。

そして新しい夫。なんとか折り合いをつけてやっていかなければならない相手だ。

だが新生活に慣れるにつれ、グレースは自分が抱いている違和感が、たんなる環境の変化やジャックとの冷めた関係から来ているわけではないことがわかってきた。それは彼女の人生が一八〇度変わったせいだった。良くも悪くも、かつてのグレースはどこにもいなくなっていた。新しい世界でたったひとりぼっちで、一日一日をなんとか生きている。

グレースは嘆息し、ジャックの——それに自分の——執事が居間に持ってきた招待状の山を見つめた。数日前から、使者が招待状を携《たずさ》えてやってくるようになっていたが、グレースにはそれらにどう返事をすればいいのか見当もつかなかった。

ジャックはあまり頼りにならない。行きたいと思うパーティだけを選び、あとの招待状は暖炉に放りこめばいいと言う。だがグレースが一番頭を抱えている問題はそれだった。招待状はどれもみな、知らない人から届いている。少なくとも、グレースにとってはまったく面識のない相手ばかりだ。

グレースは届いたばかりの招待状を開き、書き物机に置かれた箱に入れようとした。それは返事を保留にしている招待状をいったん入れておく箱で、中身は日に日に増える一方だった。そのとき誰かが居間にはいってくる気配がした。

「アップルトンにわざわざ取り次がなくていいと言ったの」マロリー・バイロンの陽気な声がした。「わたしたちは家族なんだから、そんなことをする必要はないでしょう。でもアップルトンがあまりにがっかりした顔をするものだから、もう少しでやっぱり取り次いでちょうだいと言いそうになったわ。けれど堅苦しいことは嫌いだし、こうして勝手にはいってきちゃった」

グレースはふりむき、満面の笑みを浮かべた。「マロリー！　奥方様！……じゃなくて、お母様！　それにエズメも！」公爵未亡人のすぐ後ろに、すらりとした少女が立っているのに気づいた。「どうしてここに？　みんながロンドンにいることさえ知らなかったわ」

「昨夜戻ってきたばかりなの」公爵未亡人が言った。暗褐色のシルクのドレスに身を包み、相変わらず上品で美しい。「田舎はもう充分満喫したから、ロンドンに戻ることにしたのよ。まだ新婚なのに、早く押しかけすぎたかしら。お邪魔だったんじゃなければいいけれど」

グレースは首をふった。「邪魔だなんてとんでもない。心から歓迎しますわ」

「さあ、こっちに来て。抱きしめさせてちょうだい」

グレースは公爵未亡人に歩み寄り、その温かな腕に抱かれた。自分でも不思議に感じるほど、彼女に会えたことが嬉しかった。次にマロリーと、それからエズメと抱きあった。抱擁が終わると、四人で顔を見合わせて笑った。

「ああ、みんなの顔が見られて嬉しいわ」グレースは言った。「いまお茶の用意をさせますね」

「ありがとう」公爵未亡人が言い、ソファに向かった。マロリーも母親のあとに続いた。エズメはスカートをひるがえして部屋の奥に進み、陽の当たる窓際の席に腰を下ろした。エズメがポケットから紙と鉛筆を取りだし、スケッチを始めたのを見て、グレースは微笑んだ。

「ところでジャックはいるの?」公爵未亡人の言葉に、グレースははっとした。

「あの、いいえ。あいにく外出しています」

グレースは詳しいことを訊かれないよう祈った。ジャックがどこに行ったのか、見当もつかなかったからだ。彼はいつも、どこに出かけるかをほとんど言わないし、グレースもあえて尋ねようとはしない。

「そのうち帰ってくるでしょう」公爵未亡人が言った。「ジャックがいないあいだ、女どうしでおしゃべりを楽しみましょうよ。ところで、それは招待状かしら?」

「ええ、そうです」

「社交シーズンが本格的に始まるまで、まだ何週間かあるから、あなたたちもしばらくはふたりきりで過ごせるわね。でも社交界のご婦人たちは、早くあなたに会いたくてうずうずしているはずよ」

グレースはかすかに眉間にしわを寄せた。「ジャ、ジャ、ジャックの間違いでしょう?」

公爵未亡人は微笑んだ。「いいえ、あなたよ。みんなジャックのことは昔から知っているもの」

ああ、どうしよう。

グレースの胃がぎゅっと縮んだ。

そのときメイドが紅茶を運んできて、みなの注意はそちらに向いた。公爵未亡人が紅茶を注ぎ、グレースはお菓子を銘々皿に盛って配った。エズメの皿には、彼女の好物であるショウガ風味のクッキーを多めに載せるのを忘れなかった。エズメは瞳を輝かせながら皿を受け取った。

四人は紅茶を飲んでお菓子を食べながら、しばらく他愛のない世間話をした。

まもなく公爵未亡人がカップをテーブルに置き、エズメが窓際の席に戻っていった。「それで、どれに返事を出したの？」

「どれに返事――？ ああ、招待状のことですね」

公爵未亡人はサイドテーブルの上に積まれた招待状の束を見ると、クリーム色の羊皮紙でできたカードの一枚に、黒い線でばつ印がつけられているのに目を留めた。「なるほどね」

「あの、なにか問題でも？」

公爵未亡人は小さく首をふった。「いいえ、なにも。ご招待を受けるかどうかを決めるのは、ジャックの妻であるあなたの役割ですもの。わたしが口を出すことではないわ」

グレースはしばらくためらっていたが、思いきって切りだした。「できたらお力を貸していただきたいんです」期待に満ちた目で公爵未亡人とマロリーを見た。「数日前から招待状が届くようになったんですが、どうすればいいのかさっぱりわからなくて」

公爵未亡人は驚いた顔をしたが、すぐにいつもの穏やかな表情に戻った。「あなたが本当にそうしてほしいのなら、喜んでお手伝いするわ」

「ええ、ぜひお願いします」グレースは安堵のため息をついた。「いま全部持ってきますね」

公爵未亡人とマロリーは、グレースが持ってきた招待状の山を見て笑った。「こんなに届いたの？　これではあなたが途方に暮れるのも無理はないわ。さあ、全部ここに広げてごらんなさい。さっさと目を通して片づけてしまいましょう」

公爵未亡人は招待状を〝出席〟〝欠席〟〝たぶん欠席〟の三つにてきぱきと仕分けていった。最後の二通に取りかかろうとしたとき、その表情がこわばり、手にかすかに力がはいったのがグレースにもわかった。それは流麗な女性の筆跡で書かれた招待状だった。「よくもまあ」公爵未亡人はつぶやいた。そして迷うことなくそれを「欠席」の束の上に置いた。

グレースは不思議に思い、招待状の送り主の名前を見た。

フィリパ、レディ・ストックトン

「どうしてレディ・ストックトンのご招待をお断わりするんでしょうか」

公爵未亡人はグレースの顔を見つめ、やがて目をそらした。「どうしてもよ。さあ、もう彼女のことは忘れましょう。でももし今後、どこかでレディ・ストックトンと顔を合わせることがあっても、なるべく避けたほうがいいわ——もちろん失礼に当たらない程度にね」

「わかりました」だがグレースは納得していなかった。「そんなにいやなかたなんですか?」

公爵未亡人は一瞬黙った。「いいえ、そうじゃないの。彼女は立派なレディよ。美しい未亡人で、どんな名家にも出入りできるわ。ただ……いいえ、これ以上言うのはやめておきましょう」

グレースはますますわけがわからなくなった。

「レディ・ストックトンを避けたほうがいい理由を知っておきたいのですが」

公爵未亡人はためらったが、口を開こうとはしなかった。

マロリーが訳知り顔でグレースを見た。部屋の奥にちらりと目をやり、エズメがスケッチに夢中になっているのを確認すると、グレースに身を寄せてささやいた。「レディ・ストックトンとジャックは昔、付き合っていたの」

「マロリー!」公爵未亡人が叱った。

「お母様が中途半端なことを言うからよ」マロリーは公爵未亡人を見た。「それにそのうちきっと誰かがグレースに話すわ。誰かから面白半分で聞かされるぐらいなら、わたしたちの口から聞いたほうがグレースだっていいでしょう」

公爵未亡人は顔をしかめた。「どうしてあなたが、そんな知らなくてもいいことを知ってるの？」

「たしかに世の中には知らなくてもいいことがたくさんあるんでしょうけど、わたしには耳も頭もついているのよ」

「まったく、油断もすきもないわね」公爵未亡人は困惑した表情で言った。

「付き合っていたということは」グレースが口をはさんだ。「レディ・ストックトンはジャックの――」

「そう、愛人だったの」マロリーが声をひそめた。「でもいまはもうちがうわ。ジャックは彼女と別れてからあなたに求愛したのよ。だから怒らないであげて」

怒らないであげる？

ジャックにはほかに怒りを覚えるべきことがたくさんある。それがひとつ増えたところで、どうということはない。彼にかつて美しい愛人がいたからといって、いまさら驚くこともない。自分が彼の最初の女性でないことぐらい、わかりすぎるほどわかっている。ジャックのことだから、ロンドンの街は彼の元恋人であふれかえっているのではないだろうか。

グレースは急に胃がねじれるような感覚に襲われ、ビスケットを食べなければよかったと思った。でもこの気分の悪さは、ジャックにかつて愛人がいたことを知らされたからではない。そんなことはあらためて聞かされなくても、とっくにわかっていた。ただ、詳しいことまでは知りたくなかったというだけだ。特に名前は！

マロリーと公爵未亡人が心配そうにグレースを見た。

グレースは無理やり微笑んでみせた。「心配なさらないで。わたしは怒ったりしませんから。おふたりにも、ジャックにも」

ふたりはほっとした顔をした。

「フィリパ・ストックトンは、あなたがどんな人か、ちょっと興味を持っただけだと思うわ」公爵未亡人がなだめるように言った。「それにしても、大胆にも招待状を送ってよこすなんてね」

「勝手に興味を持たせておけばいいですわ」グレースは身をかがめ、招待状を手に取った。そしてそれを迷うことなくふたつに引き裂いた。「これは〝欠席〟で決定ですね。さあ、〝たぶん欠席〟の束に戻りましょうか。どうしたらいいと思います？」

21

「申し訳ないが、このへんで失礼する」ジャックはウイスキーが半分残ったグラスをテーブルに置き、二時間腰を下ろしていた座り心地のいい椅子から立ちあがろうとした。そこは紳士専用の社交場〈ブルックス・クラブ〉で、ジャックのまわりには何人かの友人が座っていた。

ひとりが不満げな声をもらした。

「おい、ジャック」ニアル・フェイバーシャムだった。「もう少しいいだろう。まだ夜にもなってないぞ」

「いや、もう夜だ。そろそろ帰らせてもらう」

「つまりジャックは」ハウランド卿が椅子の背に無造作に腕をもたせかけた。「帰らなければならないんだろう。結婚してまだ二カ月もたっていないのに、もう妻の尻に敷かれているというわけだ」

ジャックはハウランド卿をにらみながら立ちあがった。「ばかなことを言わないでくれ。

ぼくはただ、暖かい自宅で温かい夕食をとりたいだけだ」

「ここも充分暖かいし、温かい食事もできるぞ」ワイバーン公爵ことトニー・ブラックが言った。「わざわざ家に帰る必要はない」

それまで黙っていたグレシャム卿ことアダムが口を開いた。「でも〈ブルックス・クラブ〉では、愛らしい妻が同席することはかなわないだろう。それに食事が終わったあと、彼女を寝室に連れていくこともできない。もしぼくがバイロンの立場だったら、やはり家に帰りたいと思うだろうな」

これには誰も反論できなかった。

ジャックはみなに別れの挨拶をした。

クラブを出て馬車に乗りこみ、アッパー・ブルック・ストリートの自宅に向かうよう御者に命じた。グレシャム卿が言ったとおり、家には愛らしい妻がいる。だが一緒に夕食をとることになるかどうかはわからない。

ロンドンに戻ってきてからというもの、ふたりのあいだには以前とはまた別の溝が生まれていた。最初のころ、ジャックはグレースを外に連れだそうとした。でもロンドンで生まれ育った彼女にとって、都会の娯楽は特に目新しいものではないらしく、あまり積極的に出かけようとはしなかった。食事はときどき一緒にとっているが、グレースは日中、屋敷を取り仕切ることで忙しく、一方のジャックは独身時代と同じような生活を送っていた。ただし、たったひとつだけ昔と変わったことがあった。金儲《かねもう》けを目的としたカードゲームをやめたことだ。

グレースの父親から受け取った持参金により、ジャックはかつてないほど金銭的に安定した暮らしを送れるようになっていた。たしかに以前も、ギャンブルで稼がなくてはならないほどお金に困っていたわけではない。それでもいまは、賭場で一枚の金貨をめぐって一喜一憂することはない。

しかも投資をする余裕まで生まれている。義父のエズラ・デンバーズのような人物の助言に耳を貸し、慎重な運用を行なえば、今後も安定した収入が見こめそうだ。それどころか、資産が増えることも期待できる。

そういうわけで、お金のためにギャンブルをする必要はなくなった。いまもときおりカードゲームをすることはあるが、それは純粋に楽しみのためであり、賭け金もたいした額ではない。結婚が〝あのジャック・バイロン〟を退屈な男に変えたという噂が広がっているらしいが、言いたい人間には言わせておけばいい。

もちろんグレースが当初の計画どおり、社交シーズンが終わると同時に本当にジャックのもとを去ったら、もっと悪い噂が流れるだろう。それでもジャックは彼女との取り決めを守るため、ロンドンに戻ってきてからすぐに具体的な行動を取っていた。

約束の六万ポンドは、イングランド銀行の口座に振りこんだ――グレースだけが引きだすことのできる口座だ。そして明日は不動産業者と会う約束をしている。彼女の希望に合った田舎の屋敷を探させるためだ。

グレースは一生別居するつもりだと言っていたが、それは本気なのだろうか。とにかくしばらくは黙って様子を見守るしかない。もしかすると、ジャック自身の気持ちも変わるかもしれない。

まもなく自宅に到着し、ジャックは玄関の踏み段を上がって屋敷にはいった。

「お帰りなさいませ、閣下」アップルトンが挨拶し、上着と帽子を受け取った。「外は寒かったでしょう」

「ああ、底冷えがするよ」ジャックは言ったが、それはじめじめした夜気のことだけを指しているのではなかった。アップルトンの答え次第で、今夜の屋敷がどれくらい寒々しい雰囲気であるかがわかるだろう。

「グレースはどこかな」

「奥様は二階にいらっしゃいます。一時間ほど前に、夕食をお部屋に運ぶよう命じておいででした。閣下がお戻りになったことを伝えてまいりましょうか？」

ジャックは嘆息しそうになるのをこらえた。「いや、いい。書斎に夕食とブルゴーニュ・ワインを一本運ばせてもらえないか。九二年物にしてくれ」

「かしこまりました」

ジャックは廊下を歩きだした。執事に声が聞こえないところまで離れると、胸に溜《た》まっていたため息を吐きだした。書斎にはいり、乱暴な音をたてたくなるのを我慢して静かにドアを閉めた。

グレースは背後でマットレスが沈む感覚に目を覚ました。なかばうとうとしながら、ジャックがベッドにはいってくる気配を感じた。すぐに両手で抱き寄せられ、彼の温かな体とうっとりする肌のにおいに包まれた。

横向きになったまま、眠気のあまり目を開けることもせず、いつものようにジャックが体じゅうを愛撫するのを待った。彼がネグリジェの下に手を入れ、滑らすようにゆっくりと脚をなでると、グレースの唇から甘い吐息がもれた。

これまでもう数えきれないほど愛しあっているが、ジャックの愛撫の素晴らしさに飽きることはない――毎回が新鮮で驚きに満ちた体験だ。

グレースはキスがしたくて、体の向きを変えようとした。だがジャックは片腕をグレースの腹部にしっかりまわしたまま、手のひらで乳房を包んだ。そして指先で乳首をもてあそんで硬くとがらせると、反対側の乳房にも同じことをした。

グレースはしきりに身をくねらせ、浅い息をついた。ジャックが首筋や頬、耳もとに熱いキスを浴びせている。そして耳たぶを軽く噛んだかと思うと、今度は舌でなぐさめた。

次にネグリジェのすそをめくりあげ、がっしりした太ももをグレースの脚に割りこませた。腹部を腕でしっかり支え、後ろから力強く彼女を突いた。

グレースは速く激しく揺さぶられてあえぎ声をあげた。ジャックはグレースのひざの角度を整えると、その体をさらに奥まで貫き、速度をゆるめることなく腰を動かした。

次の瞬間、グレースは天上にいるような悦びとともに絶頂に達した。それからまもなくジャックもクライマックスを迎えた。

からまったネグリジェの下で肌がぐっしょり汗ばんでいる。グレースは体を小刻みに震わせながら、頭がはっきりするのを待った。

しばらく抱きあっているうちに、肌の火照りが冷めて乱れた呼吸も整ってきた。ジャックはグレースの体を放すと、仰向けになって目を閉じた。

グレースもすっかり満たされてうつらうつらしはじめた。眠りに落ちる直前に、愛しあっているあいだじゅう、ふたりともひと言も言葉を発さなかったことにふと気づいた。たぶんベッドで抱きあっているひとときだけは、自分たちのあいだに言葉は必要ないのだろう。

「そんなに緊張しないで」それから七週間近くがたったころ、クライボーン邸の大理石張りの広間の入口で、マロリーがグレースにささやいた。「きっとうまくいくわよ」

「そうかしら」グレースも同じく声をひそめた。

バイロン一家は、もうすぐ到着する招待客を出迎える準備をしているところだった。グレースは舌をもつれさせることなく、うまく挨拶ができるよう祈った。

今夜の舞踏会は公爵のエドワードと公爵未亡人が主催したもので、社交シーズンの始まりを祝う宴と、グレースのお披露目《ひろめ》を兼ねていた。グレースは妻としてジャックの隣りに立ち、招待客を出迎えることになっている。

玄関ホールに目をやると、ジャックはエドワードとケイドと話をしていた。バイロン家の三人の兄弟はみなハンサムだが、グレースにはジャックが一番輝いて見えた。白と黒の夜会服に身を包んだその姿は、息を呑むほど男らしい。髪はきれいにとかしつけられているが、一部にゆるやかなウェーブが残っているところがまた魅力的だ。

グレースは胸がぎゅっと締めつけられ、目をそらした。

「わたしが言うんだからだいじょうぶに決まってるわ」そのときマロリーが言い、グレースははっとして彼女の顔を見た。「そのドレスもとても素敵よ。わたしもそれくらいあざやかなグリーンのドレスを着てみたいわ。でもマイケルと結婚するまでは、未婚の女性らしく、白か淡い色のドレスしか着られないの」

そう言ったとたん、マロリーの顔から笑みが消え、美しいアクアマリンの瞳が曇った。

その心中を察し、グレースはマロリーの手を握りしめた。「彼はすぐに戻ってくるわ。それに手紙だって出してくれるわよ。きっと離れているあいだは、毎日書いてくれるんじゃないかしら」

「そうよ」メグ・バイロンが話に加わってきた。「軍は郵便物の配達に関してはとても正確よ。わたしの父からの手紙も、どこの赴任地からであろうときちんと届いていたわ。〈ロイヤル・メール・サービス〉よりも優秀なんじゃないかしら」

マロリーは弱々しく微笑んだ。「ええ、そうね。でもわたしは、スペインにいる彼のことが心配でたまらないの」そこでいったん言葉を切り、ケイドのほうを見た。グレースもメグも、マロリーがなにを考えているかわかっていた。ケイドは戦争で負傷し、あやうく命を落としそうになったのだ。いまでも不自由な脚は、彼が国家のために犠牲にしたものの大きさを物語っている。マロリーが婚約者の心配をするのも当然のことだろう。

マイケル・ハーグリーブスはマロリーとの婚約を発表してすぐに、軍から命令を受け取った。そして婚約を祝う暇もなく、あわただしく準備をしてマロリーに別れを告げることになった。

「少佐は賢いかただし、無謀なことはしないわ」メグが言った。「無事に帰ってきてくれるわよ」

「ええ、そうよね」マロリーはまた笑顔を作り、うなずいてみせた。「それでもあの人が戻ってくるまでは気が気じゃないわ。早くこのおそろしい戦争が終わるといいんだけど」

「わたしがついてるわ」グレースが言い、メグも同じことを言った。

グレースは目を伏せ、とつぜん乱れた心をなだめようとした。わたしも誰かに頼ることができたなら。

だがグレースは新しい家族を含め、みなの前では幸せな結婚生活を送っているふりをしなければならなかった。誰にもこの苦しい胸のうちを明かすことはできない。

それでも社交界の付き合いで忙しくしていれば、多少は気がまぎれるだろう。現にこの数週間も、あっというまに過ぎていった。

そのとき肌がぞくりとし、姿を見なくてもジャックがそばに来たことがわかった。顔を上げると、ジャックの視線とぶつかった。

「最初の招待客が来たようだ」ジャックはみなに向かって言った。「母さんがそろそろ集まって列を作るように言っている」そしてグレースに腕を差しだした。

グレースは黙ってジャックの腕に手をかけ、マロリーがその反対側に立った。ケイドもやってきて、妻の頬に愛おしそうにキスをした。それからふたりで玄関に向かった。グレースたちもそのあとに続いた。

招待客の出迎えは思ったよりもうまくいき、はじめは不安でたまらなかったグレースも、微笑みながらお辞儀をし、挨拶の言葉を交わしているうちに、だんだん緊張がほぐれてきた。

ところが出迎えが終わり、ジャックにダンスを申しこまれると、とたんに緊張が戻ってきた。

「最初のダンスは一緒に踊ることになっている」ジャックはグレースだけに聞こえるよう、声をひそめた。「心配しなくていい。きみの足を踏んだりはしないから」

だがグレースが心配しているのは、そんなことではなかった。これから三十分ばかり、広間にいる全員の注目を浴びることになる。

「あなたのほうこそ、わたしに足を踏まれないように気をつけて」グレースはとっさに言いかえした。

ジャックは笑った。なにも知らない人には、新妻のことが愛しくてたまらない表情に見えるだろう。

見かけというものは本当に当てにならない、とグレースは思った。

それからジャックにエスコートされて広間に行き、先ほど入口で挨拶をした招待客の何人かと話をした。

まもなく最初のダンスが始まる合図にしたがい、人びとがフロアに進みでて、男性と女性がそれぞれ一列にならんで踊るコントルダンスの位置についた。グレースはジャックと向きあい、音楽が流れるのを待った。

ジャックはさっきの言葉どおり、グレースに近づきすぎて足を踏むようなこともなく、軽やかな身のこなしで踊っている。バースで何度か一緒に踊ったとき、ジャックがとてもダンスがうまかったことをグレースは思いだした。

バースでの記憶がよみがえり、急に笑顔を作っているのがつらくなった。

「気をつけないと」ターンのときにジャックがささやいた。「みんなにおかしいと思われるぞ」

「これでも微笑んでるつもりだけど」

「顔がこわばっている。もっと自然な笑顔にしてくれ」

グレースはジャックをにらみながら、わざとらしく歯を見せて笑った。

ジャックは笑い声をあげると、足がもつれたふりをしてグレースを抱き寄せた。そして目を丸くする彼女にいきなり唇を重ねた。グレースの思考が停止し、音楽が次第に耳から遠ざかっていった。

だが次の瞬間、ジャックは唐突に顔を離した。「うん、これでいい。みんなきっと驚いているだろう」そう言うと複雑なステップを正確に踏みはじめた。グレースもあわててそれに合わせた。

心臓がどきどきし、動揺のあまり頬が赤く染まっている。本当は気持ちが暗く沈んでいることなど、これなら誰も気がつかないだろう。

なんとか平静を取り戻すにしたがい、グレースはジャックのキスの意図を理解した。グレースの様子がおかしいのは、ジャックの大胆なふるまいのせいだと周囲は思っているにちがいない。そしてそれは、あながち間違いではない。

　音楽が終わると、グレースは広間にいる全員が自分たちを見ていることに気づいた。みな瞳を輝かせ、優しい笑みを浮かべている。ダンスフロアを離れるとき、誰かがささやくのが聞こえた――〝驚いたわ、ジャック卿と彼女は本当に愛しあって結婚したのね〟と。

　真実を知ったら、みんなどんなに驚くだろうか。

　ジャックは広間の奥の静かな場所にグレースをエスコートした。グレースはほっとし、扇を広げて火照った頬をあおぎはじめた。

　ジャックに少しはましなこと――ポンチを持ってくるか、あるいは水でもかぶって頭を冷やすか――をしたらどうかと言おうとしたとき、父が近づいてくるのが目にはいった。

「おや、おふたりさん！」エズラ・デンバーズはにっこり笑った。「まさにおしどり夫婦だな」

　繊細な扇を握る手にぐっと力がはいったが、グレースは笑みを浮かべてみせた。「お父様」

　父を今夜の舞踏会に招待しようと言いだしたのは、公爵未亡人だった。ジャックと卑怯《ひきょう》な取引をした父への恨みは消えていなかったが、グレースに反対する道理はなかった。

　ロンドンに帰ってきてから、父とはあまり会っていなかった。セント・マーティンズ・レーンの屋敷を訪ねたことは一度もない。新しい生活に慣れるのに忙しくて、その暇がないというのが表向きの理由だった。だが本当の理由は、怖かったからだ。思い出の詰まった慣れ親しんだ実家に戻ったら、さまざまな感情が一気にこみあげて抑えられなくなりそうだった。

それに自分が不幸であることを悟られたくもなかった。怒りを爆発させ、自分は真実を知っているのだと父に言ってしまいそうな気もした。

だが考えてみれば、いまさら自分が真実を知っていることを明かしたところで、なにも状況は変わらないだろう。それでもプライドというのは不思議なものだ。それに父には、二度とこちらの人生に干渉してほしくない。

グレースは仲の良い家族のふりをするため、父を二度ほど新居での夕食に招待した。ジャックの家族や数人の親しい友人も招いてあった。父は上流階級の人びとの輪にはいるのは〝居心地が悪い〟と言い、どちらのときもあまり長居はせずに帰っていった。そういうわけで、グレースの本心や、ジャックとの結婚生活の実態を父に知られないようにするのは簡単なことだった。

実のところ、社交界の人たちに囲まれていると疲れると言う父が、今夜の舞踏会に来たことも意外だった。それでも、娘が社交界の一員になっているのを見たいという虚栄心には勝てなかったのだろう。

グレースはそれ以上考えまいとし、気をまぎらすようにゆっくりと扇で顔をあおいだ。

そんなグレースの胸のうちに気づいたらしく、ジャックが彼女のウェストに手をかけた。

グレースはなぜかほっとし、ジャックにもたれかかった。

「気をつけないと新聞に書きたてられますよ、閣下」エズラが陽気な声で言った。「でもふたりがお互いに夢中なのを見て、心から嬉しく思います。閣下はわたしのグレーシーと片時も離れていられないようですな。さっきもダンスフロアで……まあ、もう結婚したんだから、野暮なことを言うのはやめておきましょう」

グレースはなにも言えず、黙って扇を動かしつづけていた。

ジャックが口を開いた。「おっしゃるとおりです、ミスター・デンバーズ。グレースはとても素晴らしい女性だ。これ以上の妻はいませんよ」

グレースはジャックの見えすいた嘘に耐えられず、視線を落とした。

「初めてお会いした瞬間、あなたこそ娘にふさわしいかただとぴんと来ました」エズラは言った。「わたしの勘は正しかったようだ。あとは孫を作っていただければ、もうなにも言うことはないのですが」

ジャックはグレースをさらに抱き寄せて微笑んだ。「ご心配にはおよびません。その件については、精いっぱい努力していますから」

エズラは大きな笑い声をあげた。「今夜の様子からすると、どうやらそのようですな」

ジャックも吹きだした。グレースは自分も一緒に笑ったほうがいいのだろうと思ったが、どうしてもそうできなかった。

まもなく背の高い年配の紳士がやってきた。グレースの記憶が正しければ、たしかジャックの父方の叔父だ。四人はほんの数分、世間話をしていたが、紳士がジャックを少しだけ

〝拝借〟していいかと訊き、グレースは父とふたりでその場に残されることになった。

グレースは扇を動かす手を速め、晩餐が始まるまであとどれくらいあるのだろうかと考えた。空腹だからではなく、父と離れる口実が欲しかった。グレースの表情が曇っていることに気づいたのか、父が言った。

「そんなにふくれっ面《つら》をしなくてもいいじゃないか。ちょっとふざけただけだよ。お前がそこまで恥ずかしがりやだとは知らなかった」

グレースは一瞬、父がなにを言っているのかわからなかった。だがすぐに、ジャックとの会話のことを指しているのだと気づき、父の勘違いを利用することにした。

「わたしは別に恥ずかしがってるわけじゃないわ。ただ、舞踏会は子作りの話をするのにふさわしい場じゃないと思っただけよ」

「そうかな」父は笑った。「でもお前がいやがるなら、その話はもうしないことにしよう」

グレースは懸命に笑顔を作ってみせた。

音楽が流れて次のダンスが始まった。たくさんの男女が美しい旋律に合わせて踊っている。

グレースと父はしばらくその光景をながめていた。

「幸せそうだな、グレーシー」父はポケットに親指を入れ、体を軽く前後に揺すった。

グレースは父を見た。「ええ。もちろんよ」

父は長いあいだグレースの目を見ていたが、やがて穏やかな表情を浮かべた。「本当によかった。お前にはどうしても幸せになってもらいたかったから」

「わかってるわ、お父様」

「わたしはいままで、お前のためによかれと思ったことだけをしてきたつもりだ」

父はどうしてそんなことを言うのだろう。もしかすると罪の意識を感じているのだろうか?

「でもお前が幸せそうにしているのを見て安心したよ。お前がバイロンを愛していることは、誰が見てもすぐにわかる。彼のほうもお前に夢中のようだ。すべてがうまくいっているのを見ることができて、こんなに嬉しいことはない」

そのときグレースはわかった。父はたしかに独善的で尊大で横暴だけれど、いまの言葉は本心から出たものだ。たとえやり方は間違っていたにせよ、今回の計画も娘のためを思ってのことだった。父のしたことを許す気にはなれないが、理解はできる。もしかすると、いつか許せる日が来るかもしれない。

父に対する怒りがふっと和らいだ。

グレースは、今度は心からの笑みを浮かべた。「そうね。すべてがうまくいってるわ。ときどき不安になることはあるけれど、ここがわたしの住む世界なの。お父様がずっと昔からわたしを入れたいと望んでいた世界よ。お父様とジャックのおかげで、わたしは社交界に仲間入りできたわ。幸せを感じないはずがないでしょう」

本当はちっとも幸せなんかじゃないわ。
グレースは、暗い気持ちでその言葉を呑みこんだ。

22

グレースは毎日がめまぐるしく過ぎていくことに驚きを感じていたが、イースターが終わってロンドンの社交シーズンがたけなわを迎えると、それまでの忙しさなどたいしたものではなかったことがわかった。

連日、朝から晩までぎっしり予定が詰まっている。朝食会を皮切りに、午後はピクニックに出かけ、日が暮れてからは華やかなパーティに出席する毎日だった。その合間にも誰かが訪ねてきたり、買い物に行ったりした。馬車で出かけるか、公園で散歩をすることもある。そして夜は夜で、芝居やオペラにもたびたび出かけた。

どのパーティの招待を受けてどれを断わるかの判断は、公爵未亡人とマロリー、そしてメグにすっかり任せてあった。また三人からは、油断するととんでもない落とし穴が待っている社交界を、うまく渡っていくすべも教わった。

意外なことに、グレースは社交界の面々に温かく迎えられていた。もっともバイロン一家の後ろ盾があれば、グレースに辛辣に当たるほど度胸がある人間はそうそういない。ジャックが夫となればなおさらだ。

ジャックとは一日じゅう顔を合わせている日もあれば、ほとんど姿を見ない日もある。彼はグレースをどこにでもエスコートした。舞踏会では一曲だけ一緒に踊り、会場をまわって知り合いや友人と話をしたのち、別々の行動を取った。いくら恋愛結婚をした夫婦といえども、ずっと〝ふたりの世界〟に閉じこもっているのは無粋なことだとされているからだ。

本来ならばグレースもパーティを主催しなければならないのだろうが、ジャックがそれを言いださないのはありがたいことだった。グレースが社交界にはいってまだ間もなく、結婚したばかりでもあるので、周囲もそのことを大目に見てくれているらしい。おそらく来年になってからでいいと思っているのだろう。けれども、グレースが来年の社交シーズンに参加することはない。今年が最初で最後だ。

そろそろ六月が近づき、社交シーズンも後半にはいっている。目のまわるような生活にもだいぶ慣れてきた。一日じゅう忙しくしていれば、よけいなことをあれこれ考えなくてすむし、夜も疲れはててぐっすり眠ることができる。

グレースはベッドから起きあがって薄手のシルクのガウンを羽織ると、口に手を当ててあくびをしながら、私室の居間にある小さなテーブルの席に着いた。有能なメイドの手により、すでに朝食の用意ができている。

グレースはまず紅茶をひと口飲んだ。好みどおり、熱くて濃い紅茶だ。マントルピースに置かれた花模様のマイセンの時計が、美しい音色で時間を告げた。

正午だ。すっかり寝坊してしまった。

だがグレースがその時間まで起きられなかったのも、無理のないことだろう。なにしろ昨夜、ベッドにはいったのは三時近かったのだ。そして五時を少し過ぎたころ、ジャックがやってきて、ふたりで官能の世界に溺れた。

そのときの記憶がよみがえり、グレースの肌が火照った。ジャックはまるで麻薬のようだ。危険でしかも依存性がある。別れて暮らすようになったら、本当に彼なしでやっていけるのだろうか。グレースはそんなことを考える自分をいまいましく思いながら、バターを塗ったトーストをかじった。

小さな皿に盛られた新鮮なイチゴを食べ終えようとしているとき、ジャックの寝室に続くドアから軽いノックの音が聞こえた。グレースが返事をする前に、ジャックがドアを開けてはいってきた。

ジャックはグレースの向かいの席に腰を下ろし、紅茶を注いだ。グレースのメイドはこういうときのためにかならず予備のカップを用意していたが、ジャックが実際にそれを使うのは初めてのことだった。だがどんなことにも、初めてのときがある。「どうぞ、好きに召しあがって」グレースはかすかに皮肉を込めた口調で言った。

ジャックは笑みを浮かべてトーストに手を伸ばした。「もう起きていたんだね。まだ寝ているかと思ってた」

「やることがあるもの。いつまでも寝ていられないわ」

ジャックはなにか言いたそうな顔をしたが、なにも言わなかった。そして黙ってトーストを食べた。次にグレースの皿からベーコンを取り、ぺろりと平らげた。

「あなたのぶんの朝食も用意させましょうか？」グレースはジャックが自分の朝食の残りを全部食べるのではないかと思った。

ジャックは首をふった。「いや、これだけでいい」パンくずやベーコンの脂のついた手をナプキンでぬぐうと、もう一杯紅茶を注いで椅子にもたれかかった。「ところで、今日の予定は？」

グレースは眉を上げた。「午後に人が訪ねてくるわ。そのあと公園に散歩に行き、夜はパトナム夫妻のお宅で晩餐会よ」

「そうだったな。晩餐会のことをすっかり忘れていた。パトナム夫妻は、人柄は悪くないが少々退屈だ」ジャックはそこでいったん言葉を切り、唇を指で叩いた。「約束を断わって、別のことをしないか？」

グレースはさらに高く眉を上げた。「ティーカップにお酒でもはいってたの？」

ジャックは笑った。「今日はリッチモンドに出かけるにはいい日和だ」

グレースはジャックをじっと見た。「誰が行くの？」

「ぼくたちだ」

「わたしと一緒にリッチモンドに行きたいの？　どうして？」

「理由が必要かな」

「ええ、聞かせてほしいわ」

ジャックは受け皿の上でティーカップをまわし、しばらくしてから口を開いた。「一日ぐらい仲のいい夫婦として過ごすのもいいかと思ってね。仲直りすると約束したにもかかわらず、ぼくたちの関係は冷えきっている。せめて今日だけは休戦しよう」

「まるで戦争でもしているみたいな言い方ね」

ジャックはグレースの目を見据えた。「似たようなものだろう。さあ、どうする、グレース？」

きっぱり断わるのよ。グレースは自分に言い聞かせた。ところが、たった一日だけでもいいから、ぎすぎすした夫婦関係を忘れたいという思いが急に湧きあがってきた。きっとジャックも同じ気持ちなのだろう。

「本当は断わるべきなんでしょうね。でもいいわ、行きましょう」

ジャックが微笑むと、グレースは暖かなそよ風が体を吹きぬけたような気がした。

本当に行くことにしてよかったのだろうか。

グレースはジャックをいったん部屋から出ていかせ、呼び鈴を鳴らしてメイドを呼んだ。

ジャックはなぜリッチモンドに行こうなどと思いついたのか、正直なところ自分でもよくわからなかった。だが軽四輪馬車の隣りの座席に座っているグレースを見て、やはり誘ってよかったと思った。

グレースは美しい。今日はライラック色と白の縞柄《しまがら》のドレスに身を包み、しゃれた角度にかぶった麦わら帽子の下から、燃えるように赤い髪をのぞかせている。以前からきれいだと思ってはいたが、この数カ月で彼女は見違えるほど美しくなった。

母や妹の助けを借り、新しいドレスをそろえたせいもあるだろう。最近のグレースはいつも流行の最先端の格好をしている。ときどき、ファッション雑誌の『ラ・ベル・アサンブレ』のページから飛びだしてきたのではないかと思うこともあるほどだ。

でもそれよりなにより、内側からにじみでる自信が彼女を美しくした。社交界の中でも気後れすることなく、堂々とふるまっている。背中を丸めてできるだけ身長を低く見せようとすることも、部屋の隅で目立たないようにぽつんと座っていることもない。いまのグレースは人と会うときもおどおどすることなく、まっすぐ背筋を伸ばしてあごを上げている。

そしてもちろん、官能の世界を知り、女として大きく花開いたことも大きいだろう。おそらくそれこそが、彼女がきれいになった一番の理由かもしれない。人目を忍んでキスをすることを想像しただけで真っ赤になっていた、内気な若い女性はもうどこにもいない。

ジャックがベッドにはいると、グレースはいつも喜んで迎えてくれ、自分からも積極的にキスや愛撫をする。最初に向こうから誘われたときは驚いたが、彼女は想像していた以上の快楽を与えてくれた。それからというもの……グレースの大胆な愛の営みに、毎回極上の悦びを味わっている。

グレースはいつのまにか、成熟した官能的な女性になっていた。男なら誰でも彼女に魅力を感じるにちがいない。

ジャックはふいに眉をひそめた。有料道路を走りながら、手綱を握る手にわずかに力がはいった。

この数カ月間ずっとジャックは、グレースに飽きる日が来るのを待っていた。毎朝ベッドから起きるとき、今日こそ彼女への情熱が薄れ、幻想から覚めて倦怠感《けんたいかん》を覚えるのではないかと期待した。だが夜がやってくると、結局、グレースを抱きたくてたまらなくなる。にわかには信じられないことだが、彼女への欲望は最初に結ばれたときよりも、ますます強くなっている気がする。ふたりの心のあいだにある溝も、情熱の妨げにはなっていない。むしろその溝のせいで、彼女が欲しいという想いがさらに募っているようだ。体だけでなく、心も欲しい。

ジャックはかつて、いつわりの求愛をしているとき、グレースの心を手に入れていた。それを取り戻したいと思うのは、間違ったことだろうか。もしかすると今日グレースを誘ったのは、それが理由だったのかもしれない。周囲の目がなく、ベッドでもない場所で、彼女の気持ちを確かめたかった。

もう一度隣りに目をやると、グレースが太陽に顔を向け、さくらんぼ色の唇に笑みを浮かべていた。ジャックの心臓がひとつ大きく打ち、ふいに欲望が湧きあがってきた。ジャックはそれをふりはらって前を向いた。

「とても気持ちがいいわ」

ジャックは微笑み、ふたたびグレースを見た。「今日は最高の天気だ」そよ風がグレースのあごで結ばれた帽子のリボンを揺らしている。ジャックはリボンをほどき、帽子を脱がせたい衝動に駆られた。「もっと速度を上げてみようか」

「これよりも速く？　そんなことをしてだいじょうぶなの？」

ジャックはにっこり笑った。「さあ、どうかな。やってみればわかるさ」

そう言うと手綱をすばやくふり、馬を疾走させた。

グレースは悲鳴をあげ、馬車の側壁をつかんだ。そしてすぐに笑いだした。少女のように無邪気で軽やかな笑い声だ。そのときジャックは、グレースの瞳が真っ青な空のような色をしていることに気づいた――それは結婚して以来、見たことのなかった色だった。

数時間後、リッチモンド・パークの中の小道を歩きながら、グレースはまだ笑っていた。

あたりはどこもかしこも自然の息吹であふれている。素晴らしい景色が見渡せる小山や澄んだ池があり、木立には緑の葉が生いしげった立派な古木がならんでいる。だがグレースが一番心を惹かれたのは、野生の草花だった。色あざやかな花が咲きほこり、幾千もの宝石のように地面を彩っている。

ジャックはリッチモンド・パークに連れてくれれば、グレースが喜ぶことをちゃんとわかっていたらしい。そして悔しいことに、彼の思惑どおり、グレースは公園での散歩を満喫していた。馬車で疾走したことも、テムズ川沿いに立ちならぶ店をのぞいたことも楽しかった。最初は気が進まなかったのに、いざ出かけてみると、こんなに充実した一日は久しぶりだ。

ここでずっとこんなふうに過ごせたら、どんなにいいだろう。グレースは思った。今日という日が永遠に続けばいいのに。

だが現実を思いだし、グレースは笑顔を曇らせてため息を呑みこんだ。「そろそろ帰りましょうか」

「まだ早いだろう」ジャックはベストから懐中時計を取りだし、時間を確認した。「六時にもなっていない。時間はまだたっぷりある。もう少し散歩してから、リッチモンドで早めの夕食をとっていこう。近くにいい宿屋があるんだ」

「ええ、でも――」

「ロンドンに戻るまで待っていたら、空腹で倒れてしまうかもしれない」ジャックはグレースの言葉をさえぎった。

「いつも夕食は遅いじゃないの。ロンドンではそれが普通でしょう」

「ああ、だがいつもは昼食をとるのに、今日は食べていないじゃないか。腹が減ってめまいがしそうだ」

グレースはジャックの血色のいい顔を見た。「とてもめまいがしているようには見えないわ」

「いや、してるさ。こうして話しているいまも、ぼくのお腹が鳴っているのが聞こえるだろう」ジャックは茶目っ気たっぷりに微笑んだ。

グレースは吹きだした。

そして結局、ジャックの提案を受けることにした。今日にかぎって、ジャックの言うことを聞いてしまうのはなぜだろうか。ふたりはそれから三十分ほど、のんびり散歩してから馬車に戻った。ジャックが手綱を操り、宿屋に向かった。

宿屋に着くと、丸い腹とぼさぼさの灰色の眉をした主人が出てきて、満面の笑みを浮かべながら歓迎の言葉を浴びせかけた。厚い胸を誇らしげに張り、〝一番いい個室〟にふたりを案内した。それから、極上のワインと素晴らしい料理をご用意しますと言い残し、ドアを閉めて出ていった。

宿屋の主人がいなくなると、グレースはジャックとふたりきりになったことに気づいてどきりとした。今日はずっとふたりきりだったのに、なぜいまになってそんなことを意識するのか、自分でも不思議だった。しかも自分たちは、結婚してひとつ屋根の下で暮らし、ベッドもともにしているというのに。

まったくおかしな話だ。

それでも公園や店では、常に周囲から見られているという意識が抜けなかった。でもいまはジャックと自分以外、誰もいない。

グレースはふと息苦しくなり、窓際に行って中庭を見下ろした。馬丁が軽やかな身のこなしで動きまわり、その向こうにテムズ川が見える。

誰にも逆らうことを許さず、厳然と冷たく流れている。

どこかわたしに似ている。

ジャックが近づいてきて肩に手をかけると、グレースの肌がぞくぞくした。ジャックは軽く頭をかがめ、グレースの首筋にキスをした。グレースはうっすらと唇を開いてまぶたを閉じ、甘いため息をついた。

そのときドアをノックする音がし、宿屋の主人とふたりの女給がはいってきた。グレースはほっとし、すぐにジャックから離れた。

ジャックはけげんそうにグレースを見たが、なにも言わなかった。女給がてきぱきと食卓の準備を整えた。ジャックは主人となごやかに会話を交わしている。選んだワインをジャックに褒められると、主人はひどく嬉しそうな顔をした。

やがてテーブルに載りきれないほどの料理をならべ、主人と女給が出ていった。

ジャックが向かいの席に座り、グレースの皿に料理を取りわけた。チーズのかかったポテトグラタンをはじめ、グレースの好物ばかりを選んで載せている。

次にジャックは自分の皿に料理を盛った。ローストビーフとゆでた豚のもも肉を取り、粒マスタードとすりおろされたばかりのワサビダイコンを添えた。皿の空いた場所に付け合わせを載せると、グラスふたつにワインを注ぎ、料理を食べはじめた。

グレースはさっきの窓際での抱擁について、ジャックがなにか言うのではないかと思っていた。だがジャックはそのことには触れず、子どものころに教会でケイドと一緒にやったいたずらの話をしはじめた。それを聞いているうちに、グレースは緊張がほぐれ、気がつくとまた声をあげて笑っていた。

ふたりは話をしながら食事をした。ジャックが絶えず気を配ってグレースの皿に料理を取りわけ、グラスにワインを注ぎたした。

しばらくするとグレースはグラスの上に手をかざし、きっぱりと首をふった。「もう結構よ。ちょっと飲みすぎたわ」

ジャックは二インチばかり中身が残っているワインのびんを見た。「これを全部飲まないのはもったいないな。この宿屋で一番いいワインなのに」

「あなたが飲めばいいじゃないの。前にあなたからお酒を飲まされたとき、翌朝ひどい頭痛に悩まされたのを覚えてるわ。もう二度とあんな思いをするのはごめんよ」

「あのときはブランデーで、ワインよりずっと強い酒だった。でもきみがそう言うなら……」

ジャックは最後にもう一度、本当にいいのかと尋ねるような目でグレースを見ると、ボルドーワインをグラスの縁近くまでなみなみと注いだ。そしてグラスを持ちあげ、ワインを口に含んだ。「ぼくの記憶によると、きみはあの夜、とても楽しそうにしていた。翌朝、頭痛がおさまったあともそうだったと思うが」

グレースは一瞬、ジャックが純潔を失ったときのことを言っているのか、それともお酒で酔ったことを指しているのかわからなかった。どちらにせよ、ジャックの指摘は当たっている。テレンスのことで激しく動揺していたけれど、あの夜のことは忘れがたい思い出だ。わたしはとても楽しくて幸せだった。なにも知らずに希望に満ちあふれ、ただジャックと一緒にいられることが嬉しかった。

だがいまのわたしは、あのときのジャックの言動がすべていつわりだったことを知っている。

それでも彼の欲望は本物だった。そのことに関してだけは、ジャックが嘘をついたことはないと信じている。

「ええ、そうね。もうずいぶん昔のことだわ」グレースはフォークを置いた。

ジャックはテーブル越しに彼女の手を握った。「昔のことにする必要はないんじゃないか」

グレースはジャックの目を見た。「どういう意味？」

「ぼくたちは自分のしたいことをし、なりたい人間になることができる。もうぎくしゃくした関係はいやなんだ、グレース。きみもそう思わないかい？」

ジャックはこのことを言いたくて、今日わたしを誘ったのだろうか。

グレースは目をそらした。「あなたはいまのままで満足していると思ってたわ」

「きみとベッドをともにできることは嬉しいと思っているが、満足はしていない。ぼくはきみが欲しいんだ。ぼくを許してはくれないだろうか。たとえほんの少しでも」

グレースの胸がどきりとし、こめかみがうずきはじめた。「わたしに許してほしいの？」

「そうだ。そして真の意味で、ぼくの妻になってほしい。もう一度ぼくにチャンスをもらえないだろうか。きみと最初からやりなおしたい」

グレースは長いあいだ、ジャックの言葉の意味を呑みこめず、じっとその顔を見ていた。やがてジャックの手をふりはらうと、椅子を引いて立ちあがった。両腕で体を抱き、何歩か後ろに下がった。

驚きのあまり、なにをどう言えばいいのかわからなかった。社交シーズンが終わって自分がいなくなったら、ジャックは喜ぶものだとばかり思っていた。わたしと別居すれば、ジャックは晴れて自由の身になり、独身時代と同じ生活に戻れるのだから。それなのに彼は、その反対のことを望んでいるという。別居はせず、本物の夫婦になりたいと言っている。

わたしはジャックのことを憎んでいるんじゃなかったの？　グレースは自問した。いまここでそれを口に出して言いさえすれば、今回の話はなかったことになる。でもわたしは、本当にジャックと別れることを望んでいるのだろうか。

室内は暑かったが、グレースは震えていた。ジャックは以前、わたしの信頼を裏切った。夢も希望も粉々に打ち砕かれ、わたしはそれ以来、心を閉ざして生きてこなければならなかった。もう一度あんな目にあう危険を冒すことができるだろうか。過去のことは忘れ、彼を信じることができるのか。

グレースは葛藤し、部屋の中を行ったり来たりした。

しばらくしてジャックは、横を通りすぎようとしたグレースの手をつかんだ。そして深いブルーの瞳でその顔を見据えた。

沈黙のときが流れた。

「どうすればいいいか、自分でもわからないの」グレースは蚊の鳴くような声で言った。

ジャックはひと呼吸置いてからうなずいた。「そうか。きみの気持ちが決まるまで、キスでもして時間をつぶそうか」グレースの手をそっと自分のほうに引き寄せた。

「ジャック」グレースはたしなめるように言った。「そんなことをしても、なにも解決しないわ」

「そうかもしれないな」ジャックはグレースをひざの上に座らせた。「でも少なくとも、楽しい時間を過ごすことはできる」

ジャックに甘くとろけるキスをされ、グレースは頭がぼうっとしてきた。ここで意志の力をふりしぼって彼を拒むこともできるが、そうすることになんの意味があるだろう。遅かれ早かれジャックはわたしを抱き、わたしも彼を喜んで迎えいれることになる。

グレースはジャックの髪に手を差しこみ、情熱的なキスをした。

まもなく顔を離すと、ジャックは息を切らしながら言った。「ぼくたちはたしかに問題を抱えている」グレースの乳房を手のひらで包んだ。「でもベッドでの相性は完璧だ。それをあらためて確認してみないか」

「こ――これから？　ここで？」グレースの息も乱れていた。

ジャックはグレースの乳首を指でもてあそび、つんととがらせた。「宿屋の主人に言って部屋を用意させよう」

「で――でも、ロンドンに戻らなくちゃ。わたしたちが帰ってこなかったら、みんなどう思うかしら」

「なんとも思わないさ。ジョン・バイロン卿夫妻が一晩外泊したところで、なんの問題もない」

グレースはそのとおりだと思ってうなずき、ふたたびジャックに唇を重ねた。

ジャックはそれに応えるように、彼女の口の中に舌を差しこんで激しいキスをした。

そしてふいに顔を離して言った。「少しでも理性が残っているうちに、部屋を頼んだほうがいいかもしれないな」

グレースはなにも言わず、頬やこめかみにくちづけると、彼が特に感じやすい耳の後ろにキスをした。

「やめるんだ」ジャックは低い声で言った。「そんなことをされたら、この場できみを奪ってしまうかもしれない」

グレースは微笑み、ジャックの耳の後ろに舌をはわせた。彼の体にぐっと力がはいったのが伝わってきた。唇を少し開き、キスマークが残るくらい強くその肌を吸った。しばらくしていったん唇を離すと、濡れた肌にそっと息を吹きかけながら、手を下に向かわせて硬くいきりたった男性の部分をさすった。

ジャックは反射的に腰を浮かせ、グレースのヒップの下に両手を入れた。「どうやらきみは、この場で抱いてほしいらしいな」

そう言うとグレースのスカートをまくりあげて脚を開かせ、自分のひざの上にまたがらせた。それからズボンのボタンを乱暴にはずし、ひざを大きく開いた。

グレースはあえぎ、体の奥から熱いものがあふれてくるのを感じた。バランスを崩して倒れないよう、ジャックの肩にしがみついた。だがグレースが心配するまでもなく、ジャックがその体をしっかり支えていた。そして彼女の腰をいったん軽く持ちあげると、硬くなったもので一気に貫いた。

「きみが悪いんだぞ」ジャックはグレースを揺さぶりながら、かすれた声で言った。

「あ、あなたが、わ、悪いのよ」

グレースは唇を重ねて燃えるようなキスをし、欲望に命じられるままに腰を動かした。やがてふたりは同時に絶頂に達した。


グレースはジャックの胸に頭をもたせかけ、裸の脚を彼とからませた状態で、ゆっくり目を覚ました。そこはベッドの中で、ジャックは片方の腕をグレースの背中にまわし、もう片方を頭上に投げだしてぐっすり眠っている。

何カ月も一緒に暮らしているグレースは、それがジャックが寝るときに好む姿勢であることを知っていた。それからもうひとつ、グレースを背中から抱くような姿勢で寝るのも好きだ。そして朝になると、まだふたりとも完全に目が覚めていないうちに、後ろからグレースの体を貫くのだ。ジャックはその体勢で早朝に愛しあうことを、気に入っているらしかった。もちろんグレースも同じだった。でもそれはもしかすると、まだ頭がぼんやりして、よけいなことをなにも考えずにすむからかもしれない。そのときだけは、ただ情熱に突き動かされた一組の男女でいられる。

グレースは目を開けて闇を見つめ、ここはどこだろうといぶかった。すぐに記憶がよみがえってきた。

そう、宿屋だ。

ダイニングチェアの上で衝動的に結ばれたあと、服と髪の乱れを整え、ジャックが宿屋の主人に部屋を用意するよう頼みにいった。部屋に案内されると、ふたりは言葉を交わす間も惜しんで服を脱ぎ、ベッドで体を重ねあわせた。だがさっきとはちがい、今度はじっくりと互いの体を慈《いつく》しむように愛しあった。優しいキスと愛撫を受け、グレースは胸が震えた。すべてが終わったあと、グレースはジャックの腕に抱かれ、これからどうするべきかを考えたが、答えは出なかった。

それからまもなく眠りに落ちた。

そしていま、目が覚めたグレースは、やはりどうすればいいのかわからずにいた。

ジャックは本物の夫婦になりたいと言った。ぎくしゃくした関係を修復し、わたしに妻としてずっとそばにいてほしいという。でも彼は、愛という言葉をひと言も口にしなかった。ただきみが欲しい、もう一度やりなおしたい、と言っただけだ。

わたしはその言葉だけでいいのだろうか。

わからない。

心のどこかでは、迷いと不安を捨て、ジャックのそばで暮らしたいと思っている。でもジャックの申し出を受ければ、またしても不安定な立場に自分を置いてしまうことになる。なによりも怖いのは、彼をふたたび愛してしまうことだ。

その考えが頭に浮かんだ瞬間、グレースはすでに手遅れであることに気づいた。

ああ、どうしよう。わたしはもうとっくにジャックを愛している。というより、彼への愛が消えたことは一度もなかった。

でもジャックとの仲を修復できるかどうか自信はない。わたしは以前のように彼を信じることができるのだろうか。ジャックに心を開き、今度もまた裏切られたらどうなるのだろう。ジャックにすべてを捧げたあげく、ある朝起きたら、彼の目に後悔の色が浮かんでいるのを見ることになるかもしれない。わたしへの関心を失い、退屈そうな表情を浮かべているジャックの顔を。

グレースはぞっとした。もう一度彼に心を許し、またしてもそれを踏みにじられたら、わたしはきっと立ちなおれないだろう。

それでもジャックは答えを聞かせてほしいと言っている。

どうすればいいの?

グレースはジャックの温かな胸にもたれかかり、心臓の音に耳を澄ませた。そのゆっくりとした鼓動に安らぎを覚えつつ、頭の中で堂々めぐりを続けた。

そしていつのまにか眠りに落ちていた。

23

翌朝になっても、グレースの中で答えは出ていなかった。

ありがたいことに、ジャックはそのことについてひと言も触れなかった。ふたりはなごやかな雰囲気に包まれて朝食を食べながら、さまざまなことについて話をし、それから帰路についた。

屋敷の玄関ドアをくぐったとたん、息をつく暇もないような忙しい日常が戻ってきた。グレースはあわただしくドレスを着替え、約束していた園遊会《ガーデンパーティ》に向かった。一方のジャックは、新しく売りに出された馬を見に、友人と馬市場《タッターソール》に出かけていった。

夜になると舞踏会へ行き、二曲一緒に踊ってからふたりがけのテーブルで深夜の晩餐をとった。屋敷に戻るとすぐにベッドにもぐりこみ、官能の悦びに溺れた。それからグレースはジャックの腕に抱かれ、夢も見ずにぐっすり眠った。

やがて朝がやってきた。グレースは今日こそジャックに返事が欲しいと言われるだろうと覚悟していた。だがグレースの予想に反し、私室の居間で一緒に朝食を食べているときも、ジャックはなにも言わなかった。

日がたつにつれ、グレースはだんだんわかってきた。ジャックには返事を催促するつもりがないらしい。これからどうするかを決めるのは、完全にわたしに任せるというわけだ。

グレースはほっとし、とりあえずいまは答えを出さず、社交シーズンが終わるまで様子を見ることに決めた。

ふたりの生活は一見したところ、リッチモンドに行く前とまったく変わっていなかった。毎日、社交界の付き合いに忙殺され、別々に過ごすことも少なくない。それでもグレースは、なにかが以前と変わったことに気づいていた。言葉ではうまく表現できないが、ふたりのあいだには微妙な絆のようなものが生まれている。昔からまめではあったけれど、最近のジャックは特に優しくなった。グレースがなにも言わなくても、細かいことまでよく気がついて世話を焼いてくれる。舞踏会に行くときにはちゃんと扇を持ったか確認したり、外出先で彼女が疲れた顔をしていると、早めに帰ろうと言ってくれたりする。

それにベッドの中だけでなく、いつでもグレースに触れたがる。パーティで誰かと談笑するときには、さりげなく彼女のウェストに手をまわしていることが多い。クライボーン邸を訪ねたときも、グレースの手を握り、金の結婚指輪や手のひらを無造作になでていた。ときどき、ジャックは無意識のうちにそうしているのではないかと思えることもあるほどだ。そしてグレースはいつしか気持ちが揺らぎはじめ、かすかな希望を抱くようになっていた。もしかしたらジャックは、本当にわたしを愛してくれているのではないだろうか。

だがいくら確かめたくても、ジャックに直接尋ねることはどうしてもできなかった。こちらからそのことを切りだすつもりはない。ジャックのほうから、いつわりのない正直な気持ちを打ち明けてほしい。

結婚生活についても、小さな希望の光が見えてきた。こういう言い方が正しいかどうかはわからないが、最近の自分たちは幸せだ。思いきってジャックに――自分たちふたりに――やりなおすチャンスを与えるべきだろうか。

五週間後、グレースはペティグリュー邸の舞踏会で、壁際にひとり座ってまたそのことを考えていた。そのとき思いがけずメグが現われた。

「ここにいたのね」メグはグレースの隣りの空いた椅子に腰を下ろした。「いまもダンスをしているものだとばかり思ってたわ。今夜はずっと踊っていたでしょう」

「ええ、たまたま今回はパートナーがいなかったの。踊りづめで疲れていたから助かったわ」

メグが微笑んでうなずくと、金色の髪が美しく輝いた。昨年デビューしたばかりであるにもかかわらず、メグはすっかり社交界の人気者になっている。今夜は上流階級の人びとの半数近くが来ているらしく、広間は人いきれでむっとしていた。

「ところで、ジャックはどこなの？」メグが訊いた。「あなたがひとりでいるとわかったら、たちまち飛んできそうなものなのに」

「仲間とポートワインを飲みながら政治の話をするから、しばらくダンスを楽しんでくれと言われたわ。でももし誰かに誘われても、サパーダンスだけは断わるように、ですって」

「最近のジャックはとてもやきもち焼きね。あなたをこうしてひとりきりにしているのが不思議なくらいだわ」

「やきもちじゃないの。どこかのレディと気を遣って会話をしながら、食事をとりたくないだけなのよ」グレースはおどけた口調で言った。「わたしと一緒なら、食べることに専念できるでしょう」

メグは軽く手をふった。「なにを言ってるの。あなたたちふたりは、周囲に人がいてもいなくても、いつだっておしゃべりしているじゃない」

「あなたとケイドも同じよ。ふたりほど幸せそうな夫婦は見たことがないわ」

メグは頰をばら色に染め、はにかんだ表情を浮かべた。「もうしばらく黙っているつもりだったけど、やっぱり言わずにはいられないわ。もちろんケイドは知ってるけれど」

「なんのこと？」

メグは左右を見まわして誰にも聞かれていないことを確認すると、グレースに身を寄せた。

「子どもができたのよ！　昨日お医者様に診てもらって、はっきりわかったの。来年、バイロン家に新しい家族が増えるわ」

グレースは小さく叫び、メグに抱きついた。「まあ、メグ、おめでとう！　それは誰かに言わずにはいられないわ。わたしだったら、目にはいった人に片っぱしから話してるかもしれない」

メグは笑いながら抱擁を返した。「あなたにもすぐに子どもができるわよ。来年にはきっとふたりとも母親になってるわね。断言してもいいわ」

メグの言うことが当たればいいのに、とグレースは思った。自分も子どもが欲しい――ジャックによく似た男の子が。グレースはメグが身ごもったことをジャックに教えたくなった。でもそれにはまず、本人の了解を得なければならない。

「ああ、このことをジャックに教えたくてたまらないわ。もちろん、もしあなたさえよければの話だけど」

メグは一瞬間を置いてから言った。「そうね、いいわ。どうせケイドもそんなに長く黙っていられないでしょうから。明日、お母様にお話ししてから、みんなに報告するつもりだったの。でももうこうしてあなたに教えてしまったんだし、ジャックにも知らせたってかまわないわ」

「もうすぐ叔父になることがわかったら、ジャックはきっと大喜びするわよ！」グレースはもう一度メグを抱きしめると、さっと立ちあがって広間をあとにした。

「……金融に関してはずば抜けた才能がある男だ。投資についての助言が欲しいなら、彼のところに行けば間違いない」

「レイフ・ペンドラゴンか」ジャックは言い、その男性の名前が裏に走り書きされた名刺をペティグリュー卿から受け取った。「ありがとう。考えてみるよ」

「考える必要などない。あの男は、触れるものすべてを金《きん》に変える力を持っている。ぼくの言うことが信じられないなら、ワイバーン公爵に訊いてみるといい。公爵とペンドラゴンは長年の付き合いだ。噂によると、ハロー校時代からの親しい友人どうしらしい。非情だと評判の男だから、にわかに信じられないことではあるな。でも彼は貴族の庶子だという話を聞いたこともある。まあとにかく、今度トニー・ワイバーンに会ったら、ペンドラゴンの名前を出してみるといいさ。きっといろいろ教えてくれるだろう」

ジャックは名刺にもう一度目をやり、上着のポケットに入れてうなずいた。ペティグリュー卿が書斎を出ていった。

気がつくとジャックはひとりになっていた。さっきまで一緒に酒を飲みながら談笑していた紳士たちは、すでに全員広間に戻ったらしい。ペティグリュー卿につかまっていなければ、ジャック自身も二十分前には戻っていたはずだ。

残ったブランデーを飲み干してグラスを置き、グレースを捜しに行こうとした。彼女の愛人《シシスベオ》の座をひそかに狙うどこかの伊達男《だておとこ》と、ダンスでもしていなければいいのだが。もしそうだったら、すぐにあいだに割ってはいり、そいつを追いはらってやる。ジャックは口もとをゆるめ、出口に向かって歩きだした。

何歩か進んだところで足が止まった。ひとりの女性が薄手の赤いドレスのすそを揺らしながら、書斎にはいってくる。「フィリパ」ジャックは驚いて言った。

フィリパはなまめかしい笑みを浮かべ、美しいグリーンの瞳を猫のように光らせた。「ジャック。あなたの声が聞こえたような気がしたの」

「ほう、そうか」ジャックはのんびりした口調で言った。「不思議だな。見てのとおりぼくはひとりだから、声を出した覚えはないんだが」

「ええ、たしかにひとりのようね」フィリパは優雅な足取りで部屋の奥に進んだ。「でもほんの少し前まで、ペティグリュー卿があなたに一説ぶっているのが聞こえてたわ。あの人ったら、永遠にしゃべりつづけるつもりかと思ったくらい」

「つまりきみは、ぼくたちの話が終わるのをずっと待っていたのかい？」

「別に待っていたわけじゃないわ。もちろん廊下で立ち聞きしていたわけでもないわよ。この書斎の隣りの部屋は、びっくりするほどよく音が響くの。暖炉の前に座ってたら、あなたたちの話し声がはっきり聞こえてきたわ。それにわたしはひとりじゃなくて、友人と一緒だったのよ。彼は……わたしを楽しませてくれたの」

「楽しませてくれた？」

フィリパは肩をすくめ、目をきらりと光らせた。「女は移り気な生き物よ。彼は前菜としては素敵だったけど、気が変わって広間に追いかえしたの。それでここに来てみたというわけ」

ジャックは低い声で笑った。「きみほど大胆で奔放《ほんぽう》な女性はほかに知らないな」

「あなたはそんな女が嫌いじゃないでしょう。少なくとも昔はそうだったわ。どうしてわたしに会いに来てくれなかったの？」フィリパはふっくらした唇をとがらせた。「ロンドンに戻ってきてからずいぶんたつのに、声もかけてくれないんですもの」

「たしか一度か二度、言葉を交わしたことがあったはずだ。パーティ会場で何度も顔を合わせていると思うが」

「ええ、そうだったわね。覚えてるわ」フィリパはジャックに近づいた。「けれど、どうでもいい世間話をしただけじゃないの。ふたりきりで話したことはないでしょう」

「ぼくはもう既婚者だ」

「わかってるわ」フィリパはため息をついた。「あなたはいつも花嫁と一緒だし、あの身長と髪の色はどこにいても目立つもの」

ジャックは眉をひそめた。

「あなたの奥様がきれいじゃないと言ってるわけじゃないのよ」フィリパはあわてて言い添えた。「彼女はとても個性的で目を引くわ。わたしはただ、見たままの印象を言っているだけよ」

ジャックは胸の前で腕組みした。

「それに彼女はきっと、あなたを悦ばせてくれるんでしょうね。あの長い脚が、あなたの腰にからまる様子が目に浮かぶようだわ」

「そのへんにしておくんだ、レディ・ストックトン」ジャックは険しい声音で言った。

「あら、そんなにかりかりしないで。ちょっとふざけてみただけよ。冗談も通じなくなってしまったの？」

口を開くと自分でもなにを言ってしまうかわからず、ジャックは黙っていた。

「確認したかったの。噂が本当かどうか」

「噂？」

「あなたが彼女に夢中だという噂よ」フィリパは肩を落とし、暗い声で言った。「あなたたちが一緒にいるところを見たわ。わたしはそんな噂を信じたくなかったから、自分で直接確かめたかったの」

ジャックはまた顔をしかめたが、今度は怒りではなく困惑からだった。

「でもあなたはすっかり彼女に心を奪われてしまったみたいね。お金目当てで結婚すると言っていたくせに、驚きだわ」

「そんなことを言った覚えはない」

「そうかしら。あなたは賭場で運に見放され、彼女と結婚する以外に選択肢がなくなったと言っていたじゃないの」

ジャックは自分を呪った。自分は本当にそんな残酷なことを言ってしまったのか。だがあのときはまだ、グレースのことをよく知らなかった。彼女がどういう女性であるか、わかっていなかったのだ。

フィリパはさらにジャックに近づき、上着の袖に手をかけた。「わたしのもとに戻ってきてくれる気はないの？　そのうち彼女に飽きても、わたしではだめなのかしら？」

ジャックはフィリパの目をのぞきこんだ。やはり美しい女性だ。フィリパ・ストックトンは官能的な魅力にあふれている。だがいくら美しくて色気があっても、ジャックは心を動かされなかった。

彼女にはまったくなにも感じない。

自分が欲しいのはフィリパではない。グレースだ。

フィリパを愛してはいない。愛しているのはグレースだ。

ジャックはようやく自分の本当の気持ちに気づいた。どうしていままでわからなかったのか。自分はグレースを愛している。彼女さえいれば、ほかにはなにもいらない。

「すまない」ジャックは言った。「過去がどうだったにせよ、ぼくたちの関係はもう終わった。きみの言うとおり、ぼくの人生と心は妻のものだ」

フィリパはジャックの上着の袖をぎゅっと握りしめた。「そう、わかったわ。どうぞお幸せに」そう言うと無理やり微笑んでみせた。だがジャックから離れようとはせず、彼の胸に手をはわせた。「お別れのキスをしてくれないかしら。最後にもう一度だけ抱きしめてちょうだい」

ジャックはフィリパの顔を見た。「フィリパ、やめておこう」

「ただの軽いキスよ。昔みたいな熱い抱擁をしたいと言ってるんじゃないわ。これで最後にするから」

フィリパはジャックの返事を待たず、彼の首に抱きついてその顔を引き寄せた。「一度だけよ」

そうささやくと、いきなり唇を重ねてきた。ジャックは多少力ずくでも、すぐに彼女の体を引き離さなければならないとわかっていた。ところがグレースへの愛に気づいたにもかかわらず、とつぜんあることを確かめてみたくなった。別の女性とのキスに、自分はなにを感じるだろうか。

だがジャックはなにも感じなかった。フィリパとのくちづけには悦びも感動もない。自分がキスの当事者ではなく傍観者であるような、奇妙な気分だった。

彼女はグレースではない。グレースの唇はもっと柔らかい。それにグレースのにおいのほうが甘美だ。ここにいるのは、自分の愛する女性ではない。

ジャックはほっとし、フィリパから離れようと、首にまわされた彼女の腕に手をかけた。そのときドアのほうから、なにかがぶつかったような鈍い音がした。ジャックはキスをやめて顔を上げ、音のしたほうを見た。次の瞬間、ジャックは凍りついた。そこにはショックで目を見開いたグレースが立っていた。

24

グレースはペティグリュー家の書斎の中で、ひと組の男女がキスをしているのを目撃し、ぎょっとして足を止めた。

最初はその光景がよく理解できなかった。褐色の髪をした女性がフィリパ・ストックトンであることは、すぐにわかった。夫のかつての愛人がどういう女性であるか、ずっと前にこの目で見たことがあるので間違いない。

でも男性のほうは……いや、まさかそんなことがあるわけがない。

しばらくして男性がレディ・ストックトンの腕に手をかけた。そのときグレースは、その男性の正体に気づいた。わたしの夫のジャックだ。全身に鳥肌が立ち、のどに苦いものがこみあげてきた。あわてて二歩後ろに下がったところ、足がふらついて背中をドアにぶつけた。顔をそむけようとしたが、どういうわけか体が言うことを聞かなかった。

ジャックが物音に気づき、顔を上げてこちらを見た。

ジャックと目が合った瞬間、呪縛から解かれたようにグレースの体が動いた。すぐにきびすを返して書斎を飛びだすと、自分の名前を叫ぶ彼の声を背中に聞きながら、止まることなく走りつづけた。

逃げるのは臆病者《おくびょうもの》のすることかもしれない。これが別の女性なら、裏切り者のふたりと直接対決していただろう。怒りで叫びながら、こぶしをふりまわして相手を爪でひっかいていたにちがいない。

だがグレースはそうした激しい性格ではなかったし、それ以上ジャックとレディ・ストックトンの姿を見ることにも耐えられなかった。書斎に残り、ふたりの弁解を聞くなんてまっぴらだ。

グレースは人目も気にせず、玄関に向かって急いだ。何人かがふりかえったが、そのことにもほとんど気づかず、とにかくその場を去りたい一心で足を前に進めた。広間の横を通りかかったとき、ひとりの男性がグレースの前に立ちはだかった。グレースは一瞬、ジャックが先まわりして追いついたのかと思った。でもそれはケイドだった。

「ほら、落ち着いて。そんなに急いでどこに行くんだい？」

グレースが口を開く前に、メグが現われた。「どうだった？　彼に話したの？」輝くような笑顔で訊いた。

グレースはなにを尋ねられているか理解できず、メグの顔をじっと見た。

「誰になにを話したって？」ケイドが口をはさんだ。

「例の話よ。赤ちゃんのこと」メグは声をひそめた。「黙っていられなくて、グレースにこっそり打ち明けたの。グレースはジャックにも教えると言って出ていったんだけど……」メグの顔から笑みが消え、代わりに気遣うような表情が浮かんだ。「どうしたの、グレース？顔色が悪いわ。すぐに気がつかなくてごめんなさい」

「だ、だいじょうぶよ」グレースはもごもごと言った。「それから、そ――その、ジャックには、言う機会がなかったわ。ごめんなさい」

「なんだか具合が悪そうよ。どうしたの？」

「たしかにそうだ」ケイドが歩み寄り、グレースのひじに手を添えた。彼女が倒れるのではないかと心配しているようだった。「顔が真っ青じゃないか。椅子に座って待っててくれ。ジャックを捜してくる」

「やめて！」グレースは思わず大声を出した。

ケイドは驚いた顔をした。

グレースは口調を和らげた。「いいの。わざわざジャックに伝えることはないわ。屋敷に帰ればだいじょうぶよ」

「ああ、そうかもしれないが、とにかくジャックには伝えなければ。きっと心配するよ」

彼は心配なんかしないわ。グレースは胸のうちでつぶやいた。たとえ少しぐらい心配したとしても、もうそんなことはどうでもいい。早くここを出ていかなければ、ジャックに見つかってしまう。グレースは一歩後ろに下がり、ケイドから離れた。

「や、屋敷に帰るわ。また近いうちに会いましょう」

「でも、グレース」メグが言った。「いったいなにが――?」

グレースはメグの言葉が終わらないうちに、くるりと後ろを向いて走りだした。馬車を用意させる時間がないことはわかっていたので、召使いの姿を探した。

「貸し馬車を呼んでちょうだい。いますぐに」召使いを見つけると、手間賃にしてはいくぶん気前のよすぎる額の硬貨を渡した。

それから二分もしないうちに、グレースは貸し馬車の座席に腰を下ろしていた。父の屋敷に向かおうかという考えが、ちらりと頭をよぎった。だがそんなことをしたら父に質問攻めにされ、答えたくないことまで答えなくてはならなくなるだろう。ほかにどこにも行くところはない。グレースはしかたなく、アッパー・ブルック・ストリートの住所を御者に告げた。


それから三十分後、屋敷に戻ってきたジャックは、グレースが少し前に帰宅したことをアップルトンから聞き、ほっと胸をなでおろした。

もっと早く帰ってきたかったが、まずは意外なほどしゅんとしていたフィリパをなだめなければならなかった。それからグレースを捜していると、心配そうな顔をしたケイドとメグに声をかけられた。ふたりはグレースの様子がおかしかったことと、自分たちをふりきるようにして出ていったことをジャックに話して聞かせた。

三人で声をひそめて話していると、マロリーと公爵未亡人、それからエドワードがやってきて、どうしたのかと訊かれた。そのときちょうど馬車の用意ができたので、ジャックは逃げるようにその場をあとにした。

そしていま、ようやく屋敷にたどりついた。これからグレースと話をし、誤解を解かなければならない。

ジャックは階段を一度に二段ずつ駆けあがり、グレースの私室に向かって廊下を急いだ。部屋の前に着くとひと呼吸置き、ドアをノックして待った。思ったとおり返事はなかった。今度はドアノブをまわしてみたが、案の定、鍵がかかっていた。

「グレース、ぼくだ。開けてくれないか」

沈黙があった。

「話がしたい」

やはり返事はない。

「きみと話をするまで、ここを離れるつもりはない。さあ、中にいれてくれ」

内側からなにかがドアに投げつけられ、ジャックはぎくりとして跳びあがった。それからすぐに、またなにかがドアに当たる音がした。

靴を投げたのだろうか、それとも本だろうか？

どちらにしても、これはひと筋縄ではいかないようだ。

「子どもっぽいまねはやめるんだ。お互い大人なんだから、ちゃんと話をしよう」

部屋の中で人が動く気配がした。しばらく静かになったあと、足音が近づいてきた。そしてドアの下から紙片が差しだされた。

ジャックは一瞬迷ったのち、腰をかがめてそれを拾いあげた。

〝あっちに行って！〟

「グレース、きみが怒るのはわかるが、これは誤解なんだ。説明させてほしい」

やがてまた足音が聞こえた。ドアの下から勢いよく紙片が飛びだしてきて、ジャックの足もとで回転した。

〝お断わりよ！〟

ジャックはいらだち、強い口調で言った。「いいかげんにしてくれないか。ドアを開けるんだ」

グレースは返事をしなかった。

「さあ、早く！」

木のドアに、なにかが立てつづけに二回投げつけられた。

「わかった。勝手にすればいい」

ジャックは後ろを向き、大またで歩き去った。


グレースは震えながらドアの内側に立っていた。さっき投げた靴が床に散らばっている。よかったじゃないの。そう自分に言い聞かせた。ジャックはわたしの言いたいことを理解し、あっさりいなくなってくれた。でも、あきらめるのが少し早すぎるような気がする。彼にはいったんこうと決めたら、てこでも動かないところがあるのに、今夜はやけに簡単に引きさがった。

もしかすると、ちゃんと説明したいというのも口先だけのことで、また適当なことを言ってごまかそうとしていただけなのかもしれない。ところが今回ばかりは嘘が通じそうにないとわかり、いったん引きさがることにしたのだろう。

きっと明日もなにか言ってくるだろうが、彼の話に耳を貸すつもりはない。わたしは現場を見てしまったのだ。ジャックとフィリパ・ストックトンが抱きあってキスをしている光景が、まぶたに焼きついて離れない。グレースは両手で目を覆い、その光景を脳裏から消し去ろうとした。涙があふれそうになったが、ぐっとこらえた。

これまでどれだけジャックのために涙を流してきたことだろう。でもこれからは、彼のために一滴たりとも涙を流すつもりはない。あの人にそんな価値はないのだから、もう泣くのはやめよう。

グレースは震えるため息をつき、椅子に腰を下ろした。急に老女にでもなったように、どっと疲れを覚えた。下を向いたところ、自分がまだイブニングドレスを着ていることに気づいた。

屋敷に帰ってきたときは、あれこれ詮索《せんさく》されたくなかったし、平静を装える自信もなかったので、着替えを手伝わせることなくメイドを自室に下がらせた。いまにして思えば、ばかなことをしてしまった。今夜はこの格好のまま眠らなければならない。

もちろん、眠れるかどうかはまた別の話だ。たぶん一睡もできないまま朝を迎えることになるだろう。

グレースがどうにかして背中のボタンをはずせないかと考えていると、続き部屋のドアの取っ手がまわる音がした。

グレースの疲れが一気に吹きとんだ。

ジャックがはいってこようとしている。

だがあいにく、あのドアも開かないようになっている。続き部屋のドアにもちゃんと施錠し、念のためすべての鍵を手もとに集めておいた。その中には、ジャックが洗面台に置いておいた予備の鍵も含まれている。

取っ手がふたたび動く音がしたかと思うと、今度は木のドアが三回続けてノックされた。

「ここを開けるんだ、グレース」ジャックが静かだが強い口調で言った。

グレースはもう一度紙片をドアの下から差しだそうかと考えたが、さっきと同じことをしてもあまり効果はないだろうと思いなおした。それに時間もかかりすぎる。

グレースは立ちあがってドアに近づき、両腕を組んだ。「いやよ！」

一瞬しんとし、あたりの空気が張りつめた。ジャックはきっとドアの向こうでこぶしを強く握りしめ、怒りに唇をゆがめているにちがいない。

「話をするまではあきらめないぞ。最後にもう一度だけ言う。ド、ド、ドアを開けるんだ！」

「怒鳴るのはやめて！　あなたの話なんか聞きたくないわ。この嘘つきの裏切り者！」

「彼女とはなんでもない。さあ、いますぐここを開けてくれ。ぼくは本気だ」

グレースは身震いし、みぞおちの前で組んだ腕にぐっと力を入れた。「さっさと消えてちょうだい！」

緊張感に満ちた長い沈黙があった。

次の瞬間、大きな音がしてグレースは跳びあがった。ジャックがドアを激しく殴りつけている。ドアがきしみ、錠前ががたがた音をたてた。

グレースは言葉を失い、のどに手をやった。呆然として動けなかった。ジャックはなにをしているのだろう。まさか本気でドアを蹴破ろうとしているのだろうか？

ドアが少しずつ枠からはずれはじめ、グレースはジャックが本気なのだとわかった。やがて耳をつんざくような音とともにドアが壊れ、ゆがんだ角度でちょうつがいにつながっているだけの状態になった。ジャックは肩を二度強く打ちつけてドアを完全にはずすと、中にはいってきた。グレースの少し手前で立ち止まり、肩で息をしながらこぶしを腰に当てる。「さあ、これでようやく話ができる。そこに座るんだ！」

グレースは驚いてはいたものの、恐れてはいなかった。こぶしを腰に当ててジャックと同じ格好をし、挑むようにあごを上げた。

「きみがこれほど頑固だとは知らなかった」ジャックはしばらくしてから言った。「いいだろう。じゃあ立ったまま聞いてくれ」

「なにを？　聞かなくちゃならないことなんて、なにもないわ」

「いや、たくさんある。今夜のことは、きみが思っているようなことじゃない」

「あら、そうなの。だったらあなたがあの人に……その……キスをしていたのは、わたしの見間違いだったというわけね」

「ああ。彼女がぼくにキスをしてきたんだ」

グレースは乾いた声で笑った。「彼女からキスをしてきたですって？　ふうん。だったらなんだというの？」

「ぼくのほうからキスを求めたわけじゃないし、すぐにやめるつもりだった。彼女から離れようとしたとき、ちょうどきみが部屋にはいってきた。あれはなんでもないんだ、グレース。あのキスにはなんの意味もない」

グレースは指が痛くなるほど強く手を握りしめた。「わたしにはとてもそんなふうには思えない。望んでもいないキスをされたわりには、あなたは抵抗するそぶりすら見せなかったじゃないの。わたしの目にはあなたが喜んでいるように映ったわ。いったいいつからわたしの目を盗んで、愛人と密会していたの？」

「密会していただと？　毎日きみを抱いているのに、どこにそんな時間があるというんだ？それに体力だってもつわけがないだろう！　そもそも、レディ・ストックトンはぼくの愛人ではない」

グレースは冷ややかな目でジャックを見た。

「たしかにかつては愛人だった。でもいまはちがうし、関係が終わったのはずっと前のことだ。きみとバースで会ってからは付き合っていない」ジャックはそこでいったん言葉を切り、髪をかきむしった。「グレース、ぼくには愛人なんかいない。ぼくが欲しいのはきみだけだ」

いまはそうかもしれない、とグレースは思った。でも、それがいつまで続くだろうか。グレースの胸を悲しみが貫いた。

フィリパ・ストックトンとキスをしている場面を目撃はしたものの、ジャックが不倫をしていたわけではないと、心の底ではわかっている。それでもあの衝撃的な光景は、将来に不安を抱かせるに充分なものだった。次にあのような場面を目撃するとしたら、それはジャックが本当に浮気をしているときにちがいない。

ジャックがわたしに飽きるのは、たぶん時間の問題だ。

あと何週間、何カ月たったら、ジャックはほかの女性に目移りするだろう。

あと何人のフィリパ・ストックトンがジャックの人生に、そして妻であるわたしの人生に現われるのだろうか。

ジャックは懇願するようにグレースを見た。「グレース、ぼくを信じてくれ。フィリパとぼくのあいだには、誓ってなにもない。ぼくらはとうに別れていたんだ。それなのに彼女がとつぜんキスをしてきた。きみが書斎にやってきたとき、ぼくは本当に彼女の体を引き離そうとしていた」

グレースは胸に鋭い痛みを覚えながら、目をそらした。

「グレース？」

グレースはゆっくりジャックの顔を見た。「ええ、あなたの言葉を信じるわ」

ジャックの肩から力が抜けるのが傍目にもわかった。ジャックは腕を広げ、グレースに近づこうとした。

グレースはあとずさった。

ジャックは腕を下ろした。「どうしたんだ？　まだほかに問題でも？」

「ええ。わたしたちのことよ。この……取り決めはきっとうまくいかないわ」

「なんだって？」ジャックは愕然とした。

　グレースはジャックの顔を見ることができず、向かいの壁にかかった絵に目をやった。だが絵の具の色も筆遣いも、ぼんやりにじんで見えなかった。悲しみのあまり、目の前にあるものの輪郭すらよくわからない。

「わたしたちが夫婦としてうまくいくとは思えないわ」グレースは静かに言った。「わたしに家を買うと約束してくれたわよね。もう用意してくれた？」

「家を買う？」ジャックはグレースの言ったことが理解できないというように、その言葉をくり返した。

「ええ。取り決めの一環として、田舎に家を用意することと、父が支払った持参金の半分をわたしに渡すことになっていたでしょう。その約束は……守ってくれたのかしら？」

　ジャックはいっとき間を置いてから答えた。「ああ……その……もう用意してある。でもきみが本当にそれを必要とするようになるとは、思ってもみなかった。ぼくたちはこのところ、ずっとうまくいっていたじゃないか。きみは幸せそうに見えたし」

　グレースはまばたきをして涙をこらえた。「見かけは当てにならないものよ。社交シーズンはそろそろ終わりに近づいているし、わたしは約束をちゃんと果たしたわ。今度はあなたが約束を守る番よ」

ジャックはしばらく黙っていたが、やがて感情のない顔で言った。「別居の話を進めたいということか」

〝お願い！　わたしにいまの言葉を取り消せと言ってちょうだい〟

「それが一番いい？」

「一番いいと思うわ」グレースは自分がそう言うのを聞いた。

ジャックはとげとげしい口調で言った。「ぼくが今夜、フィリパ・ストックトンと別れのキスをしたというだけで、きみはすべてを放りだすつもりなのか。せっかく夫婦になったのに」

「わたしたちは本当の意味での夫婦じゃないのよ。たしかにベッドでの相性はいいし、一緒にいて楽しいと思うこともあるわ。でもそうした関係が長く続くとは思えない。今夜の件は、そのことをあらためて浮き彫りにしただけよ」

〝わたしを離さないで。わたしがなんと言おうと、絶対に別れないと抱きしめて〟

ジャックは胸の前で腕を組んだ。「ぼくと別れて暮らしたいんだな」

〝ちがうわ！　あなたと別れたくなんかない。わたしを引き留めて。わたしなしでは生きていけない、わたしを愛してると言って！〟

だがジャックはなにも言わなかった。グレースも心の叫びを口に出すことができなかった。

やがてグレースはひとつ大きく息を吸い、抑揚のない声で言った。「ええ、そうよ」

ジャックは冷たい目でグレースを見た。「わかった、きみの望みどおりにしよう。きみがいつでも引っ越しできるよう、屋敷の準備を整えさせておく。約束の金は、すでにきみ名義の口座に振りこんである。細かい手続きは事務弁護士がやってくれるだろう。ほかになにか必要なものは？」

「ないわ」グレースはつぶやいた。

〝なにもないわ。これですべてが終わってしまった〟

ジャックは背筋を伸ばし、さっと会釈をした。まるで相手が妻ではなく、見知らぬ他人であるかのようなそっけない仕草だった。それから背中を向けて歩きだし、ドアのない出口に向かった。「これは明日の朝、修理させる」

ジャックは壊れたドアを持ちあげると、後ろ向きに自分の部屋にはいり、グレースの部屋とのあいだにそれを立てかけた。「なにかあったら、ぼくは書斎にいる」不自然なほど穏やかな声だった。

グレースはそれを聞き、ジャックが今夜ベッドに来ることはないのだとわかった。もう二度と、あの人と抱きあうことはないだろう。

呆然とその場に立ちつくし、ジャックが自室の居間を通って廊下に出ていく音を聞いていた。足音が聞こえなくなるとベッドに向かい、両手を胸に押し当てた。いまにも心臓が動きを止めてしまいそうだ。

もしかすると、もう止まっているのかもしれない。グレースは上掛けの上に横たわりながら思った。わたしの心は壊れてしまった。きっともう元に戻ることはない。

涙が次々とあふれて頰を伝い、グレースは声を殺して泣いた。そして思ったとおり、朝まで一睡もできなかった。

25

一週間後、ジャックとグレースはロンドンを発った。

社交界で噂になることを避けるため、ふたりは一緒に出発し、ロンドンの街を離れてから別れることにした。そうすれば当面のあいだは、家族からもこれ以上、あれこれ訊かれずにすむ。

ペティグリュー邸での舞踏会の翌朝、さっそくみなから質問攻めにあった。グレースの態度がおかしかったことを心配したバイロン一家が、彼女の様子を見にアッパー・ブルック・ストリートの屋敷にやってきた。まさか本当のことを打ち明けるわけにもいかず、グレースは疲れが溜まって体調が悪くなったのだと言い訳した。ジャックも調子を合わせ、すでに医者にも診てもらったし、少し休養が必要なだけだから心配はいらないと言った。

家族が――とりわけ公爵未亡人が――その話を信じたかどうかはわからないが、結局、誰もなにも言わなかった。

幸いなことに、その場でメグが身ごもったことを発表した。みなは喜びに沸きたってすっかりそちらに気を取られ、ジャックとグレースの仲がこじれていることには気づかなかったようだ。

数日後、ジャックはグレースの体調を理由に、予定よりも少し早く田舎に行くことにしたと家族に告げた。社交シーズンも終盤を迎え、上流階級の人びとの多くが暑い都会を離れて領地に戻りはじめていたので、特にあやしまれることはなかった。

そしていま、ふたりはケント州に向かっていた。ジャックがグレースのために探した屋敷は、ロンドンから馬車で数時間の距離にある。グレースを無事に送り届けたら、ジャックはすぐにそこを立ち去るつもりだった。

だが行き先の当てはなかった。

ロンドンに帰ることはできない——少なくともあと数週間は無理だろう。ブラエボーンに行くのは論外だ。そう遠くない時期に、家族が帰省するのはわかっている。

アダム・グレシャムがスコットランドに持っている狩猟小屋を借りようか。北の荒れ地で過ごすのは、いまの気分にぴったりでもある。グレシャムは気のいい男だし、しばらく小屋を使わせてくれと頼めば、快く了解してくれるだろう。

でもグレシャムは、自分もほかの友人と一緒に合流すると言いだすかもしれない。そうなったら、グレースのことを根掘り葉掘り聞かれるのは目に見えている。いまはとてもそうした詮索を受ける気分ではない。

そのときジャックの目の隅に、グレースがクッションのきいた座席の上でわずかに体を動かしたのが映った。愛らしい横顔をこちらに向け、窓の外に流れる景色をながめている。

ジャックは見慣れた顔の輪郭を目でなぞると、その肌と唇の柔らかさを思いだし、身を乗りだしてキスをしたい衝動に駆られた。

そしてあわてて目をそらした。あの悪夢のようだった夜以来、胸にずっと激しい感情が渦巻いている。いまでもまだ、グレースが自分のもとを去ろうとしていることが信じられない。そして自分はなぜ、それを許してしまったのか。

もう一度彼女と向きあい、すべてをさらけだして愛を告白することも考えた。だがグレースは、あなたへの愛は消えた、とはっきり言ったのだ。彼女が出した結論は、別居というものだった。

グレースは自由を求めている。

ジャックを求めてはいない。

やがて馬車が屋敷の前で停止した。

グレースの屋敷だ。

グレースが従僕の手を借りて馬車から降りると、ジャックもそのあとに続き、堂々としたジョージ王朝風の屋敷を見やった。外壁が赤れんがでできており、窓のたくさんある建物だった。グレースは絵を描くため、陽射しがたくさん降りそそぐ明るい家に住みたいと言っていた。ここならその希望にかなうはずだ。それに広い庭もあるので、画架を外に持ちだして、心ゆくまで絵に没頭できるだろう。

ジャックは屋敷の案内を女中頭に任せ、帽子を脱いで応接間で待っていた。まもなくグレースが戻ってきた。

「気に入ったかい?」

「ええ。想像していた以上に素晴らしいわ」グレースは静かな口調で言った。「とても素敵なところね」

ジャックはグレースと目を合わせようとせず、ふたたび帽子をかぶった。「さてと、ぼくはそろそろ失礼する。もしなにか不都合なことがあったら、手紙で知らせてくれ」

「ここなら快適に暮らせると思うわ」

「そうか。じゃあさようなら」

ジャックは出口に向かった。それ以上なにか言うつもりも、ふりかえるつもりもなかった。だが出口の手前でふと立ち止まり、ドア枠に片手をかけてふりかえった。「グレース?」

ジャックを見たグレースの瞳は、濃い灰色をしていた。

ジャックはもう少しであふれる想いを打ち明け、グレースの足もとにすがりつきそうになった。

「元気で暮らしてくれ、グレース」でもその口から出た言葉は、本心とは裏腹のものだった。

そしてそれ以上迷いが生じないうちにくるりと背中を向け、廊下を抜けて屋敷を出ていった。馬車に乗りこむと、どこに向かえばいいのかもわからないまま、御者に出発を命じた。

グレースは身じろぎひとつせず、応接間に立っていた。ジャックのあとを追いたくてたまらない。でも、このまま別れたほうがいいことはわかっている。

そのとき御者が手綱をふり、馬車が動きだす音が聞こえた。グレースは窓に駆け寄り、ジャックの乗った馬車が視界から消えるまでずっと見ていた。馬車が見えなくなっても窓ガラスに手をつき、その場に佇んでいた。

時間の感覚を失い、どれくらい窓辺に立っていたのか、自分でもわからなかった。やがて太陽が西の空に傾きはじめたが、グレースはただ室内が暗くなってきたと思うだけで、まもなく一日が終わろうとしていることにもほとんど気がつかなかった。

応接間のドアを軽くノックする音がした。「失礼します、奥様」女中頭が言った。「すぐに夕食を召しあがりますか？　ダイニングルームにご用意いたしましょうか」

夕食ですって？　食欲なんかまったくない。食べ物のことを考えただけで、胃がむかむかする。

「紅茶だけでいいわ。それからお風呂を用意してもらえるかしら。旅で疲れているの」

女中頭は一瞬ためらったのちうなずいた。「二階に上がってお待ちください。すぐにご用意いたします」

グレースは女中頭に言われたとおり、階段に向かった。

それから一カ月近くたったある日の朝、グレースは画架のそばの小さなテーブルに置かれた陶器の水差しで筆を洗っていた。従僕がテーブルと一緒に庭に運んでくれた籐《とう》の椅子にもたれかかり、描いている絵をしげしげとながめた。

精彩を欠いた、さえない出来映えだ。いつものグレースの作品らしい輝きがまったくない。きっと心境が絵にも反映されているのだろう。精彩を欠いたさえない毎日の中で、心は暗く沈んでいる。

でもその理由は、新しい環境が気に入らないからではない。

この屋敷は美しくて住み心地がよく、部屋も設備も申しぶんがない。使用人はみな快活で、教育が行き届いている。素敵な店が立ちならぶ近くの村は人びとでにぎわい、日曜になると住民が礼拝に集う立派な英国国教会もある。近所に住む人たちはみな明るくて気さくだが、ちゃんと礼儀をわきまえている。グレースがなにも言わなくても、私生活に踏みこんでくるようなことはせず、そっとしておいてくれる人たちばかりだ。

だがなによりも素晴らしいのは、屋敷の後方いっぱいに広がる大きな庭だ。あざやかな色の花々と緑にあふれ、あたりに芳《かぐわ》しい香りをふりまいている。この庭を設計したのが誰かは知らないが、美に対して鋭い感覚を持っているにちがいない。選び抜かれたひとつひとつの植物が調和し、自然の美しさを見事に表現している。

それから猫も飼いはじめた。黄色みを帯びた明るい茶色の雄猫で、ある朝、アジサイの茂みにいるところを見つけた。皿に入れたミルクを与えてからというもの、すっかり仲良くなり、いまでは無二の親友だ。グレースはその猫にラナンキュラス（キンポウゲの学名）と名づけた。バターカップ（キンポウゲの通名）と呼ぶことも考えたが、これほど大きな雄猫には少しかわいらしすぎる名前のような気がした。そのラナンキュラスはいま、日の当たる場所に堂々とした体躯《たいく》を横たえている。

気持ちよさそうに寝ているが、暑くないのだろうか。八月なかばの空気は、肌にまつわりつくようにじっとり湿っている。自分の気分が優れないのも、きっとそのせいだろう。

それとジャックのせいだ。でも彼のことを考えるのはやめよう。

グレースはひざの上でこぶしを握りしめ、悲しみをこらえた。

あの日、この屋敷で別れてから、ジャックから連絡が来たことは一度もない。ジャックの秘書が手紙を何通か転送してくれたが、それはみな友人や家族からのものだった。その中にはメグとマロリー、それから公爵未亡人の手紙もあった。

家族にはまだジャックと別居したことを打ち明ける勇気がなかった。みなから届いた手紙の文面からすると、どうやらジャックも話していないようだ。

近いうちに家族に知られる日が来るのはわかっていたが、グレースはジャックのことを適当にごまかし、明るい内容の返事を書いておいた。

ジャックについてわかっていることといえば、ロンドンには戻っていないということだけだった。彼がどこにいるのか、さっぱり見当もつかない。

たぶん郊外のパーティにでも行っているのだろう。お酒を飲んでゲームに興じ、わたしのことなどすっかり忘れて、どこかの女性をベッドに誘っているにちがいない。

グレースの胃がぎゅっと縮んだ。でも彼がどこでなにをしていようと、それはしかたのないことだ。自分たちは別れたのだ。それぞれ別の道を歩きだしたのだから、わたしも自分の人生を生きていくしかない。

グレースは陰うつな気持ちで、出来のよくない水彩画をながめた。もう少し色を重ねてみようかどうしようか迷っていると、急にひどい倦怠感に襲われた。

目を閉じて気分がよくなるのを待った。

グレースは数日前から、夏風邪のような体調不良に悩まされていた。だが不思議なことに熱は出ず、症状がとつぜん現われたり消えたりする。

特に朝、体調が悪くなることが多い。目が覚めたとたんに吐き気がし、ベッドから飛びおりて洗面器を探すありさまだ。震えながら胃の中のものを吐きだすと、ベッドに戻り、ふたたび泥のように眠ってしまう。次に起きたとき、だいたい吐き気はおさまっているが、今度はお腹が空いてたまらない。

そして日中もなんの前触れもなく、強い眠気を覚えて起きていられなくなる。あるときなどは本を取りに図書室に行ったのに、ほんの数分のつもりでそこにあったソファに横になり、結局、午後じゅう寝ていたこともあった。

医者に診てもらったほうがいいのだろうが、グレースはなんとなく気が進まず、そのうちに治ると自分に言い聞かせていた。

でも体調は一向に改善しなかった。

グレースは筆を置き、ハンカチで手をふいて立ちあがった。

そのとき目の前がくらくらし、耳鳴りがしはじめた。地面に倒れないよう、とっさにテーブルの縁をつかんで体を支えた。このままでは気を失ってしまうのではないかと不安になりながら、めまいがおさまるのを待った。

まもなく症状が落ち着いてきた。わたしはいったいなんの病気にかかっているのだろう。とつぜん吐き気と倦怠感に襲われるだけでなく、今度はめまいまでするなんて！

グレースの脳裏に、ふとあることがひらめいた。メグが最近くれた手紙に書いてあったことだ。

……最近はめまいがすることが多くて、ケイドはわたしが倒れるのではないかと心配し、なかなかそばを離れようとしません。でもわたしは一日の半分近くをソファや椅子でうたた寝して過ごしているので、そんなに心配することはないのにと思っています……

めまい。うたた寝。メグが唯一訴えていないのは、朝の吐き気だけだ。別の言い方をすれば、メグはつわりには悩まされていないということだ。そういえば、月のものも遅れている。最後にあったのはいつだっただろう。

ああ、どうしよう。グレースは震える息を吐き、椅子にどさりと腰を下ろした。

子どもができたんだわ！

ジャックははっと目を覚まし、充血した目で部屋の中を見まわした。棚に革装丁の本がならび、ガラスの扉のついた戸棚には、たくさんの置き物や骨とう品が飾られている。

一瞬、自分がどこにいるのかわからなかったが、すぐに思いだした。

コテージだ。

そこはグレースとハネムーンで滞在したコテージだった。最悪の雰囲気だった最初の一週間、ジャックが一日の大半を過ごしていた書斎だ。

どうしてよりによってここに来てしまったのだろう。ジャックは何十回となくくり返した言葉を、またもや胸のうちでつぶやいた。われながら、頭がどうかしていたとしか思えない。

一カ月近く前にグレースと別れたあと、ジャックは大海原に放りだされた舵《かじ》のない船のように途方に暮れていた。そのときはこのコテージに来ることしか思いつかなかった。ここなら心穏やかに過ごせるだろうと考えたからだ。

でもそれは間違っていた。

ここはまるで地獄ではないか。

どの部屋にもグレースの思い出がぎっしり詰まっている。どこにいても、グレースの幻影が亡霊のようにつきまとって離れない。それでも書斎だけは別だ。ハネムーンのあいだ、グレースはこの部屋にほとんど足を踏みいれなかった。そこでジャックは彼女との思い出から逃げるように、書斎に閉じこもっていた。

いますぐ荷物をまとめてここを出たほうがいいのかもしれないが、どこにも行く当てはない。宿屋に泊まるのも、友だちのところに行くのもごめんだ。ケイドとちがって自分には領地がないし、あと二、三週間はロンドンにも戻れない。それにアッパー・ブルック・ストリートの屋敷のほうが、このコテージよりもずっとグレースとの思い出が多く、とても耐えられそうにない。

ジャックはあくびをし、無精ひげの生えた頬やあごをこすった。もう何日もひげを剃っていない。身なりのことなどどうでもよかった。毎日、両切り葉巻を吸ったり、ぶらぶらと散歩をしたりして、孤独の中でぼんやり暮らしている。

睡眠もほとんどとれていなかった。

夜になると、とりあえず寝室に行ってベッドに横になるが、目を閉じるとかならずグレースの姿が浮かんでくる。そしていったん彼女のことを考えはじめると止まらなくなり、結局、書斎に戻ってきて椅子でうとうとするはめになる。

これが誰か別の男なら、つらい気持ちをまぎらすために強い酒に頼るところだろう。ジャックも一時期、ブランデーに救いを求めていたことがあったが、そんなことをしてもよけいにみじめになるだけだとわかったのでやめた。酒を浴びるほど飲んでも、頭痛と吐き気がするだけで、なんの慰めにもならなかった。

ジャックは時間を確かめようと、ポケットに手を入れて懐中時計を探した。だが指先に触れたのは時計ではなく、いまではすっかりなじみ深いものとなった宝石だった。

ロンドンを発つ前にふと目に留まり、ポケットに忍びこませてきたものだ。どうしてそんなことをしたのか、自分でもよくわからない。たぶん別れるときにグレースに渡そうと思ったのだろう。あるいは彼女の面影を宿すものとして、自分自身が持っておきたかったのかもしれない。

ジャックはそれをポケットから取りだしてながめた。ハート形のアメジストのペンダントだ。そして真ん中の磁器に描かれた小さな庭の絵を、親指でそっとなでた。

グレースは新居の庭を気に入ってくれただろうか。ケント州での生活はどうだろう。昔の生活が恋しくなることはないのだろうか。夫を恋しく思うことは？

ちくしょう、自分はなんと女々しいことを考えているのか。ジャックは胸のうちで悪態をついた。

いますぐこの部屋を出て酒場に行き、物欲しそうな女を見つけて抱くことにしようか。名も知らぬ女の体に溺れているうちに、脚の長い赤毛の女性のことを脳裏から消し去ることができるかもしれない。

でも心の中から消し去ることはできるのだろうか。

いや、いつかきっと忘れられるに決まっている。自分にはただ、時間と気晴らしが必要なだけだ。

ジャックがまた近くの森や野原でも歩こうかと考えていると、ドアをノックする音がした。

最初は無視しようと思った。正直なところ、このドアを叩く勇気のある使用人がいるとは驚きだ。一日じゅう不機嫌な主人を怖がり、メイドはひとりも近づいてこなくなった。かろうじて女中頭だけが、食事や掃除などの身のまわりの世話をしてくれている。ひとりだけ残っていた従僕も、ある日の朝、いつにもまして機嫌の悪かったジャックが目玉焼きの載った皿を投げつけてからというもの、ほとんど寄りつかなくなった。

そのときまたドアがノックされた。

ジャックは小声で文句を言うと、ペンダントをポケットに入れて大声を出した。「ああ。なんだ？」

ドアが開いたが、そこに立っていたのは使用人ではなかった。ジャックはそれが誰であるか、すぐにはわからなかった。だがやせて薄茶色の髪をしたその人物が部屋にはいってくると、はっと気づいた。

テレンス・クック。グレースの友人で、彼女の本の出版業者でもある男だ。

「いったいなんの用だ」ジャックは椅子から立とうともしなかった。

テレンスは背筋をまっすぐ伸ばし、部屋の奥に進んできた。「こんにちは、閣下。はるばるロンドンから訪ねてきたのに、ずいぶんなご挨拶ですね」帽子を脱いで小さなテーブルの上に置く。「あなたの居場所を探しだすのに、大変な苦労をしましたよ」

「そうでもないだろう。現にこうしてきみはここにたどりついたじゃないか」

「友人があなたの事務弁護士と知り合いだったので、紹介してもらったんです」テレンスは淡々と言った。ジャックの失礼な言動を、まったく意に介していないようだった。「それで、オックスフォードシャー州のコテージにいらっしゃるかもしれないとお聞きしまして」

「ロンドンに戻ったら、さっそくやつをお払い箱にしてやろう。なにをしに来た？」

「グレースに会いに来ました。彼女はいますか？」

ジャックはあざけるような顔をした。「いるように見えるかな」

テレンスは一瞬黙り、かすかに眉をひそめた。「いいえ。あの男まさりの女中頭が出迎えてくれなかったら、この暗くて陰気な屋敷に人がいるとはとても思えなかったでしょうね。まるで世捨て人の住処《すみか》のようだ」

ジャックはテレンスをにらんだ。

テレンスは部屋の中を見まわし、鼻にしわを寄せた。ジャックが立てつづけに吸っている葉巻のにおいが、鼻をついたのだろう。それに加え、昨晩の夕食もほとんど手つかずのまま、テーブルに置いてある。

「ここにいないとしたら、グレースはいまどこに？」

ジャックはおそろしい形相でテレンスを見据えた。「わたしが彼女を棄《す》てたとでも？」

テレンスはしばらくジャックの顔を見ていた。「いや、それを言うなら、グレースのほうがあなたに愛想を尽かしたのでしょう。いったいなにがあったんです？　あなたは見るも哀れな顔をしている」

ジャックは奥歯を強く噛みしめた。「帰れ」

「あなたがたがおしどり夫婦だという噂を、ロンドンで聞きました。でも、どうやらそれは間違《まちが》いだったようですね」

「帰れと言ったのが聞こえなかったのか」

「わかりました。では別の方法を考えて、グレースにこの本を渡すことにします」

ジャックは少し間を置いてから言った。「本？　なんのことだ？」

そのときジャックは初めて、テレンスが書斎にはいってきたときに帽子と一緒にテーブルに置いた本に気づいた。

「グレースの最新の図鑑です。郵便で送るのは不安だったので、直接渡そうと思いまして」

「わたしが渡しておこう」ジャックはとっさに口にした。

「なんですって？」

「わたしが渡しておこうと言ったんだ。ちゃんと届けるから、心配しなくていい」

自分はなにを言っているのか。グレースに会う予定などないのに、なぜこの本を届けてやるなどと口走ってしまったのだろう。でもそれこそが自分の本心なのだと、ジャックは気づいた。なんでもいいから、グレースに会う口実が欲しかった。

テレンスは本をテーブルに残し、帽子を手に取った。「ありがとうございます、閣下。これでケント州まで行く手間がはぶけました」

「なんだって？　きみは彼女がどこにいるか知っていたのか？」

テレンスは肩をすくめた。「それも噂で聞いたんですよ。わたしは本当のことを確かめたかった」

「グレースの居場所を？」

「いいえ、あなたが彼女を愛しているかどうかを、です。これではっきりしました。グレースもあなたを愛しているのに、どうして別々に暮らしているのですか」

ジャックは胸に鋭い痛みを覚えた。「グレースはわたしを愛してなどいない」

テレンスは乾いた笑い声をあげた。「それはちがいます。わたしはあなたよりずっと前からグレースのことを知っている。もう何年も、彼女の心を射止めようと努力してきました。でもグレースがわたしを――そしてほかの男を――あなたを見るような目で見てくれたことは一度もなかった。バースでお会いしたとき、それがわかりました。だからわたしは、必死でグレースをふりむかせようとしたんです」

「持参金が目的じゃなかったのか？　きみは、その……少し変わった趣味をしていると思っていたが」

「わたしがどういう趣味をしていようと、グレースを愛していない理由にはなりません。それに彼女の持参金に興味もない。でもあれから時間がたつにつれ、グレースの言うことは正しかったと思うようになりました。いまは自分に正直に生きています。わたしにも大切な人ができたとグレースに伝えてください。共同経営者でもあるその人と、人生を一緒に歩いていけたらと思っています。グレースには感謝しています。だから彼女にも幸せになってもらいたい。グレースにはあなたが必要なんですよ」

「彼女がわたしをどれほど必要としているか、この状況を見ればわかるだろう。グレースは自立して生きていく道を選んだ。だからケント州にひとりで住んでいる」

「その本を持ってケント州に行き、彼女が本当に幸せかどうか、ご自分の目で確かめたらいいでしょう。もっとも、あなたがいまの生活に満足しているなら話は別です。そのときは使いの人に頼んで本を届けさせてください」

だがジャックは自分で本を持っていくつもりだった。グレースがジャックを愛しているというテレンス・クックの言葉を信じているわけではない。それでもこの足で彼女を訪ねてみるつもりだ。それ以外の選択肢は頭にない。

26

~~親愛なるジャックへ~~
~~親愛なるジャック卿へ~~
~~閣下へ~~
~~ジャックへ~~

「ああ、もう！」グレースは声をあげ、便箋をつかんでくしゃくしゃに丸めた。

出だしの言葉でつまずいてしまうのに、子どもができたことをどうしてうまく伝えられるだろう。

いらだたしげにため息をつき、丸めた便箋を書き損じた紙の山の上に放った。ジャックにどうやって報告しようかと一週間近く考え、結局、手紙を書くことにした。でもこうしてペンをとっても、まったくいい文面が浮かばない。

庭でめまいがして妊娠に気づいてから、確認のために医者に診てもらうことにした。

医者は到着して一時間もしないうちに、ご懐妊ですと告げた。グレースのお腹には赤ん坊がいる。問診と診察の結果からすると、およそ妊娠三カ月だそうだ。

お礼を言って医者を見送ったあと、グレースはしばらくのあいだ寝室の長椅子に呆然と座っていた。わかってはいたものの、いざ診断を下されるとやはり動揺した。

わたしはもうすぐ母親になるんだわ。自然に口もとがほころんだ。

だが次の瞬間、ジャックのことを思いだし、顔から笑みが消えた。

どうやって知らせようか。

いつ伝えればいいのだろう。

それよりも気になるのは、ジャックがどういう反応をするかということだ。彼は喜んでくれるだろうか、それとも――？

それから数日、グレースはそのことばかりを考えていた。そして今朝、やはり手紙が一番いい方法だろうと思い、重い腰を上げて机に向かった。でもどう切りだしたらいいのかわからず、頭を抱えているありさまだ。

グレースは嘆息し、新しい便箋を取りだした。そのとき外からくぐもった話し声が聞こえてきた。

誰かが訪ねてきたのだろうか。でも今日は来客の予定はない。グレースは不審に思い、窓際に行って玄関前の私道を見た。そしてはっと息を吞んだ。見慣れた黒い馬車が停まっている。その隣りに男性が立ち、グレースの従僕と話をしている。

ジャック！

どうしてここに？

ジャックが屋敷に向かって歩きだし、いったん視界から消えた。まもなく玄関ドアが開閉する音がした。

女中頭と挨拶を交わすジャックの低くなめらかな声が聞こえ、グレースの肌がぞくりとした。なにを言っているのかは聞き取れないが、彼の口調には抑揚や明るさが感じられない。その声は……暗く沈んでいる。

グレースはスカートを手でなでつけてしわを伸ばした。そのとき書き物机の上に、書き損じた便箋が散らばっているのが見えた。あわてて駆け寄って丸めた紙を拾い集め、とっさに目についたものの中に放りこんだ――炉床に置かれた真鍮製の灰用のバケツだ。グレースはバケツにふたをすると、急いで机に戻ろうとした。

足もとがふらつき、机の椅子の背をつかんで体を支えた。ジャックの前で倒れたりしたくない。胸の鼓動を抑えつつ、懸命に平静を装おうとしていると、ジャックが部屋にはいってくるのが見えた。

ひざががくがくし、椅子の背を握る手にぐっと力がはいった。あまりに素敵すぎて、ジャックの顔をまっすぐ見られない。長旅のせいでマホガニー色の髪が乱れているのも、相変わらず青く澄んだ瞳も、うっとりするほど魅力的だ。長身で男らしい彼がはいってきたとたん、部屋の空気が一変した。ジャックが部屋の奥に進んでくる。グレースはその頬が以前よりこけていることに気づいた。少しやせたのではないだろうか。

ジャックがグレースの前で立ち止まり、優雅にお辞儀をした。「こんにちは、マダム。ご機嫌はいかがかな」

グレースも他人行儀にひざを曲げて挨拶をしたが、片手は椅子の背にかけたままだった。「閣下」それ以上立っていられる自信がなく、背もたれから手を離して椅子に座った。

ジャックも近くにあった肘掛けのない椅子に腰を下ろした。そして紙の包みをすぐ脇の小さなテーブルに置いた。

「とつぜんすまない。ちょうど近くを通りかかったものだから……きみの様子を見に寄ってみようと思ってね。ここでの暮らしはどうだい？」

近くを通りかかった？　グレースは思った。やはりジャックはあちこちを渡り歩いているらしい。いたるところで開かれるハウスパーティに、きっと片っぱしから出席しているのだろう。

「こ――ここでの暮らし？　とても快適で住みやすいところよ」

「よかった」ジャックはそこで言葉を切った。重く気まずい沈黙があった。「使用人の仕事ぶりはどうだろう。ちゃんと働いているかな？」

「ええ、もちろんよ。みんなとてもよくしてくれるわ。わたしの急な思いつきにも、すぐに対応してくれるの」

「優秀な人物ばかりを選んだつもりだから、それを聞いて安心した」

「あなたには人を見る目があるのね」

ジャックがわざわざ自分で使用人を選んだとは信じられない。本当は不動産業者がすべての手筈を整えたのではないだろうか。

でもそんなことはいまさらどうでもいい。グレースはジャックがすっかり遠い人になったような気がして悲しくなった。夫婦ではなく、ただの顔見知りのようなよそよそしさだ。だが考えてみると、それは当然のことかもしれない。なにしろ自分たちは別居しているのだ。わたしは彼にいったいなにを期待していたのだろう。

「幸せに暮らしているんだね？」

「ええ、この屋敷にはとても満足しているわ」

ジャックはかすかに眉根を寄せて咳払いをした。「屋敷のことじゃなく、きみ自身の気持ちはどうなんだ？　きみは幸せかい？」

グレースは心臓がどきりとし、視線を床に落とした。

〝幸せ？〟

いまのわたしには無縁の言葉だ。

快適かと尋ねられれば、そうだと言うだろう。

無事に暮らしているかと訊かれたら、もちろんと答える。

でも、幸せではない。

もっとも、子どものことを考えているときだけは別だ。もうすぐ赤ん坊が生まれ、その子にありったけの愛情をそそぐことを考えると、嬉しさで胸がいっぱいになる。でもそれがジャックの言う〝幸せ〟なのかどうか、よくわからない。

ジャックはわたしが新しい環境になじんだかどうかを確かめたかったにちがいない。それがわかれば、もうわたしのことを心配しなくてすむからだ。そしてわたしのことなど忘れ、思うぞんぶん人生を楽しむつもりなのだろう。

グレースは無理やり笑顔を作った。「もちろん幸せよ」

ジャックの顔から表情が消えた。なんの感情も読み取れない顔だった。グレースはそれを見て、やはり彼は様子を確かめに来ただけだったのだと思った。もうすぐジャックはここを出ていくだろう。次にいつ会えるかはわからない。そもそも、また会うことがあるのかどうかも。

グレースは胸がぎゅっと締めつけられ、パニックに陥りそうになった。赤ん坊のことを思い浮かべ、気持ちを落ち着かせようとした。だがそれと同時に、ジャックに身ごもったことを報告しなければならないことを思いだした。いまここでひと言口にすれば、それで義務を果たしたことになる。

〝閣下、あなたは父親になるのよ〟

たったそれだけのことを言えばいい。なのにふたりのあいだに横たわる深い溝を思うと、どうしても言葉が出てこない。

グレースはとつぜん胃に不快感を覚えた。この数週間ですっかりおなじみになったつわりだ。気分の悪さを無視し、勇気をふりしぼって切りだそうとした。

ところがグレースが口を開く前に、ジャックが言った。

「きみに渡したいものがある」テーブルに置かれた紙の包みに手を伸ばし、それをグレースに差しだした。「いや、テレンス・クックがきみに渡したかったものと言ったほうがいいだろうな。ぼくは彼に頼まれてこれを届けに来たんだ」

グレースは包みを受け取った。「テレンスに会ったの？　いつ？」

「数日前だ。きみの最新の本らしい。きみに持っていてほしいそうだ」

グレースは包みをなでた。「わたしの本？」うつろな声で言った。「ああ、鳥の図鑑のことね。思いだしたわ」

めまぐるしい毎日の中で、グレースは図鑑が出版されることをほとんど忘れていた。ジャックと〈ハチャーズ書店〉で初めて出会ったあの日から、もう一年近くたったのだ。夢のような日々もあったのに、なぜすべてがこれほど狂ってしまったのだろう。

グレースはまたもや吐き気を覚えた。今回はさっきよりもひどかった。

お願い、いまだけは勘弁して！

グレースは包みをほどくことなく本を脇に置くと、吐き気を抑えようと何度か浅い息をついた。「そう、わ——わざわざありがとう。テレンスにもお礼の手紙を書いておくわ」

「ああ、そうするといい」ジャックは低い声で言った。「きみから手紙が来たら、彼もきっと喜ぶだろう」

グレースはうなずき、ゆっくり息を吸って呼吸を整えようとした。肌にじっとり汗がにじみはじめた。それをジャックに気づかれないことを、祈るような気持ちだった。

「そろそろ失礼する」

「そう。残念だけどしかたがないわね。会えて嬉しかったわ」

グレースは一瞬、ジャックのあごがこわばったのを見たように思ったが、あまりの具合の悪さにそれを確かめる余裕がなかった。

ジャックの前で醜態を演じるのだけは耐えられない。最悪の姿を見せることを想像するとぞっとする。でも妊娠の報告はどうしよう？

それはまた今度にすればいい。あとで手紙を書けばすむ話だ。それにこの気まずい空気を考えたら、ジャックも手紙で知らされるほうがいいだろう。

そのときまた胃がむかむかした。さあ、頼むから早く帰って。

ジャックが立ちあがるのを見て、グレースは安堵して胸をなでおろした。

だがジャックはすぐに立ち去ろうとはしなかった。「なにかあったら知らせてくれ」

グレースはうなずき、唇を結んだ。

「しばらく北のほうに行こうと思っている」ジャックは窓の外に目をやった。「まだ予定ははっきりしていないが、事務弁護士に言ってくれれば、ぼくに連絡がつくようになっている。それかエドワードに訊いてくれてもいい。兄にはかならず行き先を知らせるようにするから」

「あ――ありがとう、閣下」グレースは小声で言った。「お気遣いに感謝するわ」

「気遣いうんぬんの問題じゃない」ジャックはぶっきらぼうに言った。「夫婦仲がどうであろうと、きみがいまもこれからも、ぼくの妻であることに変わりはない」

グレースは顔を上げ、ジャックの目をしばらくじっと見ていた。

ふいにまた吐き気がこみあげ、なにも考えられなくなった。立ちあがったとたん、顔から血の気が引くのがわかった。

「グレース？　顔色が悪いな。だいじょうぶかい？」

グレースはそれには答えず、部屋の反対側にあるテーブルに向かって駆けだした。

ありがたいことに、女中頭が万が一の場合に備えて、屋敷のいたるところに洗面器を置いてくれていた。もし彼女の気遣いがなかったら、いつどこでみっともない姿をさらしていたかわからない。

　グレースは洗面器をつかんでひざをつき、体を震わせながら胃の中のものを吐きだした。背後にジャックの気配を感じたが、彼は近づいてこようとしなかった。とんでもないものを見てしまったと、きっとげんなりしているのだろう。

　ようやく胃がすっきりしたときには、涙で頬が濡れていた。なんとか立ちあがろうとしていると、上から手が伸びてきた。

　ジャックがさりげなく洗面器を脇にどかし、グレースの隣りにひざをついた。グレースのあごに手をかけて上を向かせ、濡れたハンカチで汗ばんだ肌と震える唇をふいた。グレースはその冷たさに心地よさを覚え、ほっとして目を閉じた。ジャックはハンカチをたたんで今度はグレースの首筋に当てると、水のはいったグラスを差しだした。

　グレースは夢中でそれを飲んだ。

「あわてないで」ジャックが言った。「もっとゆっくり飲むんだ」

　グレースはうなずき、少しずつ水を口に含んだ。

「体調が悪いことをどうして言ってくれなかったんだ」ジャックはかすれた声で訊いた。

「その……とつぜん気分が悪くなったの。ごめんなさい」

「どうして謝るのかい？　急に気分が悪くなるのは、きみの落ち度でもなんでもない」ジャックは立ちあがり、グレースに手を貸した。

グレースが立ったか立たないかのうちに、ジャックがその体をそっと抱きかかえた。「下ろしてちょうだい。重いでしょう」

ジャックはグレースの言葉を無視し、そのままドアに向かった。「ベッドに横になったほうがいい。それから医者を呼ぼう。きっと胃炎かなにかにかかったんだろう」

「わたしは胃炎じゃないし、お医者様に来てもらう必要もないわ」

「いや、診てもらわなければだめだ。もし瀉血《しゃけつ》を心配しているなら、そんなことはさせないから安心していい」

「そうじゃないの、ただ……」

「おい、そこのきみ」ジャックは廊下で目を丸くして見ている従僕に声をかけた。「すぐに医者を呼んでくれ」

「いいえ、やめて」グレースはジャックの肩越しに従僕を見た。「呼ばなくていいわ」

「まったく、きみの頑固さにはあきれるな。いいからおとなしく言うことを聞くんだ」

そして抱いているのが華奢で小柄な女性であるかのように、階段を一度に二段ずつ軽々と上がった。グレースはジャックの肩に顔をうずめて目を閉じ、その懐かしいにおいを胸いっぱいに吸いこんだ。

ジャックはなにも尋ねることなくまっすぐグレースの寝室に向かった。陽射しがそそぎこむ室内にはいると、彼女を優しくベッドに横たえた。ジャックが背筋を起こしたとき、グレースは思わず手を伸ばして彼を引き留めたくなったが、それをぐっとこらえた。だがジャックはすぐには立ち去らなかった。まるで子どもにするように、グレースの頭をなで、額にかかった髪をはらった。「これから医者を呼ぶから」ぼそりと言った。

グレースはジャックの手首をつかんだ。「いいえ、呼ばなくていいわ。お医者様にはもう診てもらったの」

ジャックは眉を高く上げた。「どういうことだ？　もう診てもらったって？　前から具合が悪かったのかい？」

ジャックの顔がかすかに青ざめたように見えたが、グレースはきっと見間違いだろうと思った。「心配するようなことじゃないの」目を伏せて答えた。「少なくとも、これは病気じゃないわ」

ジャックはグレースのあごを上げ、その目をのぞきこんだ。「病気じゃない？　そんなわけがないだろう」

グレースは短く息を吸った。「さっきあなたに話そうと思ったんだけど、でも――」

「でも？」

「あなたがどういう顔をするかわからなかったから」そこでひとつ深呼吸をし、覚悟を決めて切りだした。「わたしは身ごもっているのよ、ジャック。子どもができたの」

ジャックは自分の耳が信じられず、呆然とグレースを見つめた。

いま彼女は身ごもったと言ったのか？　子どもができた、と！

ジャックは無意識のうちにグレースの隣りに腰を下ろしていた。「それはたしかかい？」

「ええ、たしかよ。そうじゃないかと思ったから、数日前にお医者様を呼んで診察してもらったの」

「それで、いつ？」

「いつって？　生まれる時期のこと？」

ジャックは小さくうなずいた。

「来年の春よ。お医者様によると、いまが妊娠三カ月ぐらいだから、出産は三月ごろですって。まだ妊娠初期なの」

つまりグレースは、別居するほんの数週間前に身ごもったということか。ジャックは頭の中ですばやく計算した。ペティグリュー邸で舞踏会があった日の前だ。あのときすでに、彼女のお腹には子どもが宿っていたことになる。もしもそのことを知っていたら、自分はグレースが出ていくのを止められただろうか。こうなったいま、どうにかしてグレースを説得し、このまま一緒にいることはできないだろうか。

グレースはかすかに表情を曇らせ、小声で訊いた。「なにを考えているの、閣下？　もしかしたら……がっかりしてるんじゃない？」

「まさか。がっかりなどしていない」ジャックはきっぱりと言い、そこでいったん言葉を切った。「とても嬉しいよ。心から喜んでいる」

グレースはぎこちない笑みを浮かべた。「わたしもよ。すごく嬉しいわ」

そのときジャックの中から、この数週間ずっと抱えてきた怒りが消えた。感覚を麻痺させ、生きている実感さえ失わせていた悲しみも、それとともに消えていった。胸に温かいものが広がり、かすかな希望の光が見えたような気がした。はかない望みであることはわかっていたが、それにすがらずにはいられなかった。

ジャックはグレースを起きあがらせ、両手で優しく抱きしめた。グレースは一瞬、体をこわばらせたものの、すぐに小さく吐息をついてジャックの肩に顔をうずめた。

ふたりはなにも言わず、しばらくそのままの格好でベッドに座っていた。時間がいつのまにか過ぎていった。やがてジャックは、グレースが眠っていることに気づいた。そして彼女をそっとマットレスに横たえ、頭を枕に乗せた。

「ごめんなさい」グレースはつぶやいた。「最近は……急に眠たくてたまらなくなるの。赤ちゃんの……せいよ。ときどき、目を……開けていることも……できなくなるくらい」

「無理して起きていることはない」ジャックは立ちあがり、ベッドの足もとにたたんで置いてあった薄手の綿の毛布を広げ、グレースにかけた。

グレースはため息をついて毛布にくるまると、目を閉じて寝息をたてはじめた。

ジャックは指先でグレースの頰をなで、腰をかがめて額にくちづけた。「愛してる、グレース」聞き取れないほど小さな声で言った。

それから上体を起こし、もう一度グレースの顔を見ると、きびすを返して出口に向かおうとした。

「出て……いくの？」グレースが寝ぼけた声で言った。

「きみは少し休んだほうがいい」

「行かないで、ジャック」グレースは夢と現実の境にいるようだった。「わたしをひとりにしないで」

ジャックの胸にふたたび希望の光が灯《とも》った。「心配しなくていい。ぼくはずっとここにいる」

そう、二度とグレースのもとを離れない。ジャックは心に誓った。

彼女がなんと言おうと、今度こそずっとそばにいよう。

グレースはゆっくり目を覚まして伸びをした。窓のほうに目をやると、太陽はすでに西の空に沈みはじめていた。どうやら午後じゅう眠ってしまったらしい。おかげで吐き気と倦怠感はおさまった。きっと体が睡眠を求めていたのだろう。

ジャック。

彼は本当にここにいたのだろうか、それともあれは夢だったのだろうか。

グレースは記憶の断片をつなぎあわせようとした。ふたりでしばらく話をしたことを覚えている。ひどく気まずい空気が流れていた。それからジャックが、テレンスから預かったという本をわたしに手渡した……わたしが挿し絵を描いた鳥の図鑑だ。

そしてジャックが立ち去ろうとしたとき、わたしはとつぜん吐き気に襲われた。

ジャックがかいがいしく世話をし、わたしを抱きかかえて寝室に連れてきてくれた。子どものことを打ち明けたのも覚えている。ジャックがどういう顔をするかが怖くて、心臓がいまにも口から飛びだしそうだった。彼が嬉しいと言ってくれたとき、わたしは安堵と喜びで胸がいっぱいになった。

そのときジャックに抱きしめられ、安堵が驚きに変わった。優しい彼の腕に抱かれ、うっとりしてなにも考えられなくなった。

それからあとのことははっきり覚えていない。あまりに眠くて、目を開けていられなくなったのだ。でもジャックはたしか、ずっとここにいると言っていたような気がする。

彼は屋敷のどこかにいるのだろうか。もしかするとあの言葉は、わたしの心が作りあげた幻だったのかもしれない。どちらにしても、その答えを確かめなければ。

グレースはため息をついて起きあがり、毛布をはねのけた。

急いで洗面台に向かい、顔を洗って歯を磨くと、乱れた髪を簡単に整えた。メイドを呼ぶことこもできるが、それでは時間がかかりすぎる。一刻も早く確かめたい。

ジャックがまだここにいるかどうかを。

グレースはスカートをさっとなでつけ、ひとつ深呼吸をして廊下に出た。一階に着くころには、ジャックはもういなくなったにちがいないと自分に言い聞かせていた。たぶん手紙が置いてあるはずだ。なにか必要なものがあったら言ってほしい、子どもが生まれそうになったら知らせてくれ、と書かれた手紙が。

グレースは誰もいないだろうと思いながら、暗い気持ちで居間に足を踏みいれた。ところがそこにはジャックがいた。ソファにゆったりと腰かけ、ひざの上に本を広げている。

グレースは思わず足を止めた。「まだいたのね」

ジャックは本から目を上げて微笑んだ。「当たり前じゃないか。ずっといると言っただろう？　気分はどうかな。もう起きてもだいじょうぶなのかい？」

「ええ……もうだいじょうぶよ。ありがとう」

「吐き気は？」

「すっかりおさまったわ。始まるときもとつぜんだけど、おさまるのも早いの」

ジャックはさっと立ちあがった。「そんなところに立ってないで、座ったほうがいい」

そう言うとグレースを近くのアームチェアに連れていった。グレースは吹きだし、柔らかな座面に腰を下ろした。「立ってるぐらいなんでもないわ。わたしは身ごもっているだけで、別に体が不自由なわけじゃないのよ」

「そうかもしれないが」ジャックはグレースのひじに添えた手を離した。「もしものことがあると困るから、もう少し体を休めたほうがいいと思って」

「もしものこと？」

「倒れでもしたら大変だろう。女中頭から、きみはつわりと倦怠感だけでなく、めまいを覚えることもあると聞いた」

グレースは唇を結んだ。「ミセス・マッキーがそんなにおしゃべりだとは知らなかったわ」

「心配しなくていい。彼女は別に口が軽いわけじゃないさ。ただ、いくつか興味深い話をぼくに教えてくれただけだ」

ジャックなら女中頭から難なく話を聞きだしたにちがいない、とグレースは思った。ミセス・マッキーは中年だが、それでも女性であることに変わりはない。女性ならたとえいくつであっても、ジャック・バイロンの魅力の前にひれ伏してしまうことは、いやというほどよくわかっている。

グレースの顔から微笑みが消えた。

だがジャックはそのことに気づかず、グレースの背中にクッションを当てた。「このほうが楽だろう」

「ええ、ありがとう」

そのときラナンキュラスが居間にはいってきた。まっすぐジャックのところに向かい、その脚に大きな体をこすりつけている。ジャックは立ちあがって上体をかがめると、抜け毛のことを気にする様子もなく、縞柄の頭と背中をなではじめた。

「もう友だちになったのね」グレースはジャックがラナンキュラスとじゃれあうのを見ながら言った。

あごの下をなでられてラナンキュラスがのどを鳴らし、気持ちよさそうに目を閉じた。

「ああ。さっききみが寝ているとき、挨拶に来てくれたんだ。そしていつのまにか、わがもの顔でソファを占領していたよ」ジャックは猫を見下ろした。「そうだろう、お前……ラナンキュラスだったっけ」

「そうよ」グレースは言った。それもジャックがミセス・マッキーから教えられた、〝興味深い話〟のひとつなのだろう。

ジャックはラナンキュラスの頭をさすり、小声で話しかけた。「バターカップという名前にされなくてよかったな」

「ラナンキュラスの意味を知ってるの？」グレースは驚いた。

ジャックは顔を上げてグレースを見た。「ぼくはきみが思うよりずっと、植物について詳しいんだ。というより……きみの影響を受けて詳しくなった、と言ったほうがいいだろうな」

そう言うとふたたびソファに腰を下ろした。「ところで、これからどうしようか」

「どうするって？」グレースのひざの上にラナンキュラスが飛び乗ってきた。グレースはそグレースはその体を無意識のうちになでながら、ジャックに訊きかえした。

「まだ夕食には少し早すぎる。それまでゲームでもして楽しもう。それとも、小説か詩を朗読しようか。きみはゆっくりくつろいで聞いていればいい。どっちがいいかな？」

どちらも捨てがたいわ。グレースは心の中でつぶやいた。でもそんなことをするわけにはいかない。ジャックと楽しいひとときを過ごしたりすれば、彼がいなくなったとき、よけいにつらい思いをするだけだ。

そんなグレースの胸のうちを読んだように、ラナンキュラスが小さな鳴き声をあげて床に飛びおりた。そして急ぎ足で居間を出ていった。

ジャックもいずれ、あんなふうにそそくさとここを出ていくのだろう。

「泊まっていくつもりだとは思わなかったわ」グレースはそっけない口調で言った。「北部に向かうと言っていたでしょう。旅を続けなくていいの？」

ジャックは一瞬、眉をひそめたが、すぐにいつもの顔に戻った。「まだはっきり決めていないとも言っただろう。急ぎの用があるわけじゃないから、予定はどうにでもなる」

「でもあなたの邪魔をするわけには――」

「邪魔なんかじゃないさ。ぼくは来客用の寝室で寝るから、それでいいかな？」

グレースはためらった。たとえ別々の部屋であっても、ジャックを泊めたりしていいのだろうか。でも考えてみると、自分にジャックを追いはらう権利はない。たしかに関係はこじれているが、彼が夫である事実に変わりはないのだ。

「ミセス・マッキーに部屋を用意するよう言っておくわね」グレースはうなずいた。「それから、あなたのぶんの夕食も」

ジャックの口もとにかすかな笑みが浮かんだ。「ありがとう、グレース」

グレースは胸がどきどきし、なにも言えなかった。

「さてと。ゲームと本と、どちらにする？　マライア・エッジワースの小説が図書室にあった。たしか『アンニュイ』だったと思うが」

「まあ、その本はまだ読んでないわ」グレースは思わず声をはずませた。

「チェスをしてもいい。ここに盤を持ってこようか」

グレースは迷った。「本を読んでもらおうかしら。あなたがミセス・エッジワースを嫌いじゃなければ」

ジャックはくすくす笑い、本を取りに行こうと立ちあがった。「一冊ぐらい、なんとか我慢できると思う」

彼はひと晩泊まるだけなのよ。グレースは自分に言い聞かせ、椅子にもたれかかった。明日にはいなくなるのだから、せめて一緒にいられる時間を大切に味わおう。

まもなくジャックが本を手に戻ってきて、ソファに座った。そして本を開いて読みはじめた。

ジャックの深みのある声にグレースはうっとりした。まぶたを閉じ、その音楽のような響きに酔いしれた。

27

それから六週間たっても、ジャックはまだグレースの屋敷にいた。

毎朝起きるたび、グレースは今日こそジャックが荷物をまとめ、旅立つ用意をしているのではないかと思った。だが一階に下りていってみると、ジャックはグレースに微笑みかけ、よく眠れたかと尋ねるのだった。そうこうしているうちに昼になって午後が過ぎ、やがてミセス・マッキーが夕食の準備ができたと告げに来る。夕食が終わってグレースが時計を見るころには、旅に出るには遅すぎる時間になっている。

まだ発たなくていいのかと本人に訊いてみることもできるのだろうが、グレースは黙っていた。身勝手にも――そして愚かにも――一日でも長く、ジャックにそばにいてほしかった。それに加え、特に体のことで彼に頼るようにもなっていた。

ジャックはなにも言われなくても、グレースにそのとき必要なものをすぐに察した。グレースが眠気を覚えると横になって寝るように勧め、充分な水分や食べ物を摂《と》っているか気を配り、とつぜん吐き気に襲われたときにはさっと洗面器を用意して、優しく背中をさすってくれる。

　顔も上げられないくらい体調が悪い日には、ずっとグレースを励まして気をまぎらわせようとしてくれた。そしてそれだけ献身的に尽くしながらも、一切体を求めようとしなかった。ジャックは旺盛《おうせい》な性欲の持ち主だ。長いあいだそれが満たされないことは、彼にとってとてもつらいことだろう。

　それなのにジャックは、不満そうな顔ひとつしない。パーティなど娯楽の場に行けなくても、退屈しているようにもいらいらしているようにも見えない。そんなことはありえないとわかっているが、ときどき彼は、この生活に満足しているのではないかと思えることもある。

　けれども欲望を我慢しながら、しょっちゅう具合が悪くなる妊娠中の妻と暮らしていて、彼が幸せであるわけがない。きっと内心ではうんざりし、一日も早くここを去りたいと思っているはずだ。その日が来るのは時間の問題だと、グレースにはわかっていた。

　にもかかわらず、ジャックは一向に出ていこうとしなかった。グレースはあえてそのことには触れず、ジャックが自分から出ていくと言いだすまで黙っているつもりだった。

　まもなく九月が終わりに近づき、風が涼しくなってくると、グレースの体調もようやく落ち着いてきた。安定期にはいってつわりや倦怠感がおさまるとともに、腹部が丸みを帯びはじめた。

　まだ目立つというほどではないが、ベッドで横になっているとき、いままで平らだったお腹がわずかに出ているのがネグリジェ越しにわかった。それをへこまそうと思いきり息を吸ってみたが、まったく変化はなかった。

やはり赤ん坊のせいだ。

グレースはお腹のふくらみに手をはわせて微笑んだ。

そのときいままで経験したことのない奇妙な感覚を覚え、はっと息を呑んだ。

もしかして赤ん坊が動いたのだろうか。

次の瞬間、ふたたびお腹が内側からくすぐられるような感じがして、グレースは小さな笑い声をあげた。

いますぐ誰かに話したい。ささやかだけれどこの奇跡的な出来事を、誰かと分かちあいたくてたまらない。

とっさにシーツをはねのけ、ジャックの寝室に続くドアに向かって急いだ——いままで使ったことのないドアだ。グレースはなにも考えずに大きくドアを開け、ジャックの寝室に足を踏みいれた。

ジャックが洗面台の前でふりかえり、石けんの泡がついた頬のすぐ上で、かみそりを持った手を止めた。どうやらひげそりの途中だったらしい。淡黄褐色のズボンだけを着け、上半身は裸のままだ。筋肉質の厚い胸と、がっしりした肩があらわになっている。だがグレースは子どものことで頭がいっぱいで、そのことにほとんど意識が向かなかった。

「グレース、どうしたんだ?」ジャックは心配そうに言い、かみそりを下ろした。「なにかあったのか? 気分でも悪いのかい?」

「いいえ、ちがうわ。そうじゃなくて、わたし……ああ、なんて言えばいいの。とにかくこっちに来て」

ジャックは眉を上げた。「なにごとだ?」

「すぐにわかるわ。いいから早く来て」

ジャックは不思議そうな表情を浮かべ、タオルを取ってすばやく顔をふいた。グレースに歩み寄り、少し手前で足を止めた。

「もっと近くに来てちょうだい。そこからじゃわからないわ」グレースはすっかり興奮し、ジャックの手を取って自分の腹部に押し当てた。

「なにをしてるんだ? いったいなにがわかると?」

「赤ちゃんよ」グレースはささやいた。

グレースの興奮が乗りうつったように、ジャックもはずんだ声を出した。「動いたのかい?」

グレースはうなずいた。「ええ、そうなの。少なくとも、わたしにはそう感じられたわ。さあ、静かにして。もう一度動くのを待ちましょう」

ジャックはさらにグレースに近づき、その背中に腕をまわすと、ネグリジェ越しに手のひらをお腹に当てた。

ふたりはじっと待った。

そのまま長い時間がたった。

「なにも感じないな」ジャックが小声で言った。

「あと一分だけ待って。きっとまた動くわ」

しばらくして、グレースがあきらめかけたそのとき、お腹の内側がかすかに震える感覚が戻ってきた。グレースは感激のあまり息を呑んだ。

「たしかにいま、手のひらになにかを感じた気がする」ジャックがささやいた。「もう一回動いてくれるだろうか」

「さあ、どうかしら。自分ではまだ実感がないんだけど、赤ちゃんはたしかにここにいるのね。わたしたちの赤ちゃんが」

グレースは喜びに頬を上気させ、子どものように屈託のない笑顔でジャックを見た。ジャックがグレースの目をじっとのぞきこんだが、その空色の瞳はどことなくうるんでいるように見えた。

グレースの唇が開き、呼吸が浅くなってきた。だがそれは、赤ん坊が動いた感動とは関係のないものだった。ジャックが顔を近づけてきて、少し手前で止まった。まるでグレースに逃げる暇を与えているようだった。グレースが抵抗しないことがわかると、そっと唇を重ね、優しいキスをした。

グレースはまぶたを閉じ、身じろぎひとつせずに黙っていた。少しでも体を動かせば、ジャックがキスをやめるのではないかと怖かった。そして天上にいるような悦びに身を任せ、ひとときの甘いくちづけに酔いしれた。深々と息を吸いこみ、石けんと男らしく温かな肌のにおいを味わった。

このままキスを続けてもいいのだろうか、それとももうやめるべきだろうか。グレースが迷っていると、ジャックのほうからゆっくりと顔を離した。

それでもグレースを完全に放したくはないようで、腕は彼女の腰にゆるくまわしたままだった。「ずっとこうしたかった。どんなにきみが恋しかったことか」

「どういう意味なの？　わたしはこうしてここにいるのに」

「ああ、たしかにきみはぼくのそばにいる。でもきみは……ぼくとのあいだにずっと壁を作っていた」

ジャックの言うとおりだ、とグレースは思った。この数週間というもの、ジャックは献身的にわたしを支えてくれた。わたしもジャックと一緒にいられて幸せだったのに、それでも彼とのあいだに距離を置いていた。自分を守るため、まわりに見えない壁を作り、誰にも――特にジャックには――心を許さないようにしてきた。でもこの数分間で、その壁はもろくも崩れてしまった。

ジャックは目をそらした。「きみに伝えたいことがある。本当なら、もっと前に言わなければならなかったことだ」

グレースは自分の耳が信じられずに凍りついた。彼はいまこの状況で別れを言いわたすつもりなのだろうか。それでも、ジャックがここにやってきた日から、いつか別れのときが来ることはわかっていた。

グレースは体をこわばらせ、ジャックの腕から逃れようとした。だがジャックはグレースを放そうとしなかった。グレースはしかたなく、黙って彼の言葉を待った。

もうすぐすべてが終わる。ジャックはわたしを抱いた腕を離し、背中を向けてここを出ていくだろう。そしておそらく、もう二度と会うことはない。

「グレース、愛してる」

グレースはさっと顔を上げ、ジャックの目を見た。別れを告げられても平静を装うつもりだったが、予想もしていなかった言葉に頭が混乱した。「いまなんて言ったの?」いまにも消えいりそうな声で訊いた。

ジャックはグレースの顔を見据えた。「愛してると言ったんだ」

グレースは目をしばたたき、小さく首をふった。〝いいえ、そんなの嘘よ〟

「嘘じゃない」グレースの心の声が聞こえたように、ジャックは言った。「それから、ぼくはここを出ていくつもりはない。きみはぼくに出ていってほしいと思っているんだろう。顔にそう書いてあるよ。でも今回は、簡単に引きさがるつもりはない。きみがなんと言おうと、ぼくはここを離れない」

グレースのこめかみがうずき、心臓が激しく打ちはじめた。

「きみがぼくを信じていないことはわかってる。信じられなくて当たり前じゃないかと、きみは言うかもしれない。でも最初のころはともかく、いまのぼくはきみが思っているような男ではない」

グレースは動くことも、口をきくこともできなかった。

ジャックは手を伸ばし、指先でグレースの頬をなでた。「ぼくが欲しい女性は、いまもこれからもきみだけだ。あの夜、フィリパ・ストックトンとは本当になにもなかった。ぼくはきみを裏切ってはいないし、これから先もけっして裏切ることはない。それを言葉ではなく、行動で証明したい。きみへの愛の深さも、毎日毎日、行動で示すしかないと思っている。たとえ一生かかったとしても、いつの日かきみの信頼を取り戻したい」

グレースはひとつ大きく息を吸い、口を開こうとしたが、なにをどう言ったらいいのかわからなかった。そのときジャックが彼女の唇に指を当てた。

「いいんだ。いまはなにも言わなくていい。ぼくは自分の気持ちをきみに伝えたかっただけだ。きみのためなら、ぼくはなんだってする。きみは以前、ぼくを愛していると言ってくれた。きみがふたたびぼくを愛してくれる日を、いつまでも待つつもりだ」

ジャックはグレースにくちづけた——短いが、愛情のこもった優しいキスだった。

顔を離し、かすれた声で言った。「きみとお腹の子のために、一緒にいさせてくれないか。ここじゃなくても、きみの望むところならどこでもいい。どこに住むのもきみ次第だ。ただ、ぼくを追いはらうことだけはしないでほしい。きみと離れて暮らしているとき、ぼくは寂しさでおかしくなりそうだった。冷たくされてもいいから、きみのそばにいたい」

ジャックはベッドの脇に置かれたテーブルに歩み寄り、なにかを持って戻ってきた。手のひらを開くと、そこにはずっと前に彼がグレースに贈ったハート形のペンダントが載っていた。

「これをいつも持ち歩いていたんだ」ジャックは言った。「いつのまにか、ぼくにとってお守りのような存在になっていた。どこへ行くにも……これを離さなかった。でも、もしよかったら、もう一度きみに受け取ってもらいたい。身に着けるかどうかは、きみの好きにしたらいい」

「ジャック」グレースはつぶやいた。ジャックがその手を取り、ペンダントを握らせた。

それから穏やかな笑みを浮かべ、グレースの額にくちづけた。「感傷的な話はこのへんにしておこう。服を着替えて朝食にしようか。食べ終わったら、ちょっと出かけてくる。地元の農夫と会う約束をしているんだ」

「農夫と？」グレースはきょとんとした。

「屋敷の南側にある休閑地に、果樹園を作ろうかと思ってね。きみは知らないだろうが、この屋敷には二百エーカーの土地の所有権がついている。そこを活用すれば収入が得られるし、このあたりの人たちの働き口にもなるだろう」

「あなたの言うとおりね。素晴らしい考えだわ」

ジャックは微笑んだ。「きみが賛成してくれて嬉しいよ。さあ、早く着替えておいで。一日の始まりだ」


それから小一時間たったころ、ふたりは朝食室で食事をしていた。なごやかに会話を交わしていたが、さっきのジャックの告白については、どちらもまったく触れなかった。グレースがそれに対して返事をしていないことについても、お互いになにも言わなかった。

朝食が終わると、ジャックは農夫に会いに出かけていった。グレースはひとり残され、なにをしようかと考えた。

そして新鮮な空気を吸いに外に出かけることにし、一番楽なブーツを履いて帽子をかぶると、並木道を村の方角に歩きだした。ミセス・マッキーには、そんなに遠くまでは行かないし、少しでも気分が悪くなったらすぐに戻ると言ってある。

だが気分はまったく悪くなかった。というより、こんなに体の調子がいいのは、この数週間で初めてだ。

では、心はどうだろう……。

グレースは土の小道をブーツが踏みしめるかすかな音を聞いていた。ときおり頭上から、木の枝にとまった小鳥たちのさえずる声がする。

〝愛してる、グレース〟

あれはジャックの本心なのだろうか。

だとしたら、いままで黙っていたのはなぜだろう。どうして昨日でなく今日だったのだろうか？　先週でも先月でも去年でも、打ち明ける機会はいくらでもあったはずなのに。

もしかすると、最近になってようやく自分の気持ちに気づいたのかもしれない。わたしへの愛情がゆっくり芽生えたため、なかなか気づけなかったのではないだろうか。

あるいはずっと前からわたしのことを愛していたのに、拒まれるのが怖くて言えなかったのかもしれない。

それからもうひとつ、考えられることがある――もっともありえそうで、わたしにとってはもっともつらいことだ。実はわたしのことを愛してなどいないのに、もうすぐ生まれてくる子どものため、心にもないことを言ったという可能性はないだろうか？

グレースはお腹に手を当て、そこで育っている命に思いをはせた。ジャックが本当に愛しているのはこの子で、わたしはおまけのようなものなのかもしれない。

グレースは手を下ろして歩きつづけた。

一年前のわたしなら、ジャックの言葉を疑うこともなく、嬉しさで舞いあがっていただろう。だがわたしはもう、あのころの無邪気なわたしではない。言葉だけではとても足りない。彼の愛の告白をそのまま受けとめるには、わたしが受けた心の傷はあまりに深すぎる。でもジャック自身も言っていたが、言葉以外のなにで心を証明できるというのだろう。来る日も来る日も行動で示す以外に、愛が本物であると証明することはできない。

だが、それには長い時間が必要だ。

また心が傷つく危険を冒してでも、ジャックにチャンスを与えるべきだろうか。といっても彼はわたしの夫であり、お腹の子の父親でもあるのだから、むげに突き放すことはできない。わたしも彼を愛しているのに、幸せになれる可能性にどうして背中を向けられようか。

では、わたしはもう一度ジャックを信じ、心を捧げることができるの？

グレースはきびすを返し、自問を続けながら来た道を戻った。

28

それからの十日間、グレースの生活に一見したところ大きな変化はなかった。でもいくつか、以前と決定的に変わったことがあった。

ジャックは毎朝、グレースと顔を合わせると、かならずあることを言うようになった。愛してる。

夜になって寝室の前で別れるときにも、その言葉を口にする。そしてその後、グレースにそっと優しくくちづける。ジャックが自室に下がったあとも、その余韻はグレースの唇にしばらく残っていた。

ジャックは彼女を宝物のように大切にあつかい、折に触れてちょっとしたものを贈った。その中にはクロテンの毛の絵筆や、すべすべした三個の小石もあった。ジャックが言うには、屋敷の近くにある小さな池で投げて遊ぶのに、ちょうどいい大きさと形をしているのだそうだ。

新鮮な驚きと喜びにあふれた毎日の中で、グレースのお腹は少しずつ大きくなっていった。

あるときグレースが、体重が増えていやだと愚痴をこぼすと、ジャックは少しぐらい太ってもきみの美しさは変わらないとなだめた。お腹に子どもを宿した女性はみな輝くように美しく、最近のきみは太陽よりまぶしい、とさえ言った。

グレースはだんだん、ジャックからもう一度求愛されているような気分になってきた。バースでのあの幸せだった日々のように。

でも今回の求愛が本物なのかどうか、それがわからない。日がたつにつれ、グレースの迷いは深まった。あるいはわたしは、すべてを自分の都合のいいように解釈しているだけなのかもしれない。

答えにたどりつけないまま、十月の第二週にはいった。秋にしては暖かな日が続き、いつもの年ならそろそろ枯れているはずの草花も、まだ最盛期のみずみずしさを誇っている。まるで自然が彼らにいっときの猶予を与えたようだ。

グレースは花の絵を描こうと思いたち、道具を持って外に出ると、従僕の手を借りて庭にテーブルと椅子を置いた。母なる自然の気が変わり、今夜から急激に冷えこみでもしたら、色とりどりの花を描けるのも来年の春までおあずけになってしまう。それにジャックも村に出かけているので、ちょうどいい時間つぶしになる。

最近はふたたび絵筆を握る機会が増えている。ジャックに——テレンスにも——勧められ、図鑑用の花の挿し絵を描くのを再開したのだ。

テレンスから懐かしい手紙が届いたのは、三週間ほど前のことだった。そこには子どもができたことを心から祝福する言葉が綴られていた。ロンドンの最新情報に続き、テレンスの近況報告もあった。いまは新しい共同経営者とともに事業を拡大しようと奮闘しているところで、以前よりずっと充実した毎日を送っているらしい。手紙の最後には、〈クック・アンド・ジョーンズ出版社〉はいつでもグレース・バイロンの絵を歓迎するし、新しい作品ができたらすぐに知らせてほしいと書かれていた。

そのことをジャックに伝えたところ、即座に賛成してくれた。

「もちろん描くべきだ！　絵をやめるなんてもったいない」

グレースはその言葉に背中を押されて創作への情熱を新たにし、描きかけのまま置いてあった絵を取りだして筆を加えはじめた。

そしていま、グレースは庭に座り、筆をさっと洗って柔らかな筆先に黄色の絵の具をなじませていた。鼻歌を歌いながら、それに少量の青の絵の具を混ぜると、繊細で美しい緑色になった。グレースは笑みを浮かべ、新しくできたその色を軽い筆遣いで画用紙に塗った。

いったん手を止め、仕上がりを確認した。

「わしなんかが言うのもなんですが、見事な絵ですね」右肩の方角からしわがれた声がした。

声のしたほうをふりかえったところ、少し離れたところに庭師が立っていた。ずんぐりした体つきとほとんど毛のない頭頂部が、見るたびに修道士を連想させる老人だ。だが生涯禁欲を守る聖職者とちがい、彼には十二人の子どもと二十二人の孫がいる。それでもこと植物の世話に関しては、奇跡ともいうべき才能の持ち主だ。彼が手を触れた植物は、どれもみな命を吹きこまれたように力強く成長する。

「こんにちは、ミスター・ポッツリー。庭のお手入れかしら?」

「はい、奥さん……じゃなくて、奥様。だけど、あなたがいることがわかっていたら、もっと早く外に出てきたのに。庭に咲いたどの花よりもおきれいです」庭師は茶目っ気たっぷりにウィンクをしてみせた。

グレースは笑った。まったく不快な気分はしなかった。ミスター・ポッツリーは結婚しているし、しかも先月、七十五歳の誕生日を祝ったばかりだ。使用人が主人になれなれしい態度を取るのは無礼なことだとされているが、彼の軽口はなんとも思わない。女性をうっとりさせる魅力がジャックの一部であるように、気さくなおしゃべりはミスター・ポッツリーの一部なのだ。人間は持って生まれたものを変えることはできない。

ふたりとも、ありのままでいい。

グレースはふとわれに返り、ふたたび絵筆を洗った。「お仕事の邪魔をしては申し訳ないわね。今日は庭のお手入れには絶好のお天気ですもの」

庭師はうなずいた。「はい、そうですね。奥様も早く続きが描きたいでしょう。霜が降りたら、花はたぶんもちませんから。そこのナデシコ《ピンク》を描いてるんですか」

「ええ、ナデシコ《ディアンッス》よ」

「わしはむずかしい学名は知らんのです」庭師は肩をすくめた。「キンセンカもスイカズラもタチアオイも、ほかの呼び方は知りません。みんなほかの花ほど丈夫じゃないんで、たぶん今年はこれで最後でしょうな。でも今年は不思議なことに、いつもの年より長く咲いてますね。先にそうした花を描いたほうがいいですよ」

「実を言うと、その種類の花の描写はもうすませてしまったの」

庭師はにっこり笑って首をふった。「いやはや、閣下とそっくりの話し方をなさるもんだ。あのかたもいつも、むずかしい名前や言葉を使われるもんだから」

ジャックが？　グレースはいぶかった。でもジャックがミスター・ポッツリーと話すのは、きっと植物以外のことなのだろう。といっても、それがどんな話題かは見当もつかない。

「ですが、むずかしい学名なんか知らなくても、わしはちゃんと植物を育てています」庭師は誇らしげに言った。

「ええ、そのとおりよ」グレースは微笑んだ。「あなたの腕前は見事と言うしかないわ」

「ありがとうございます、奥様」庭師は照れくさそうに目をそらした。「これからもがんばります」

「あなたが丹精込めてお世話をしてくれてるのは、すぐにわかるわ。こんなに色とりどりの花が植えられた美しい庭は、めったに見たことがないもの。ここに座ってたくさんの花に囲まれていると、とても幸せな気分になるのよ。前にこの屋敷に住んでいた人たちも、きっと同じだったでしょうね」

庭師は眉根を寄せた。「いや、わしの知るかぎり、それはないと思いますよ。でもまあ、チェスター夫妻がここに住んでたときは、わしが庭の手入れをしていたわけではないんで、実際のところはわかりませんが」

今度はグレースが眉根を寄せる番だった。「あら、昔からここで働いているんじゃなかったの?」

庭師はうなずいた。「閣下がこの屋敷を買われたときからです。それまで庭師はいなかったんじゃないですかね」

「どうして?」

「庭と呼べるような庭じゃなかったですから。少なくとも、そんなに立派な庭じゃありませんでした。木は高いのも低いのも生えてましたけど、花壇はそりゃ情けないものでしたよ。チェスター夫妻は、自然のまま放っておけばいい、なにが生えても生えなくても自分たちはそれでかまわないんだ、と言ってましたっけ」

「それじゃあ、あなたがここをきれいにしたの?」

「というより、一から全部やりなおしました。閣下はここをびっくりするほどきれいな庭にしたいとおっしゃいまして。夏までに種まきが間に合わない植物は、どこかから探してきて植えるように言われました。一年じゅういつでも、花が咲いている庭にしたかったそうです。そうするにはかなりのお金がかかりますと言ったら、それでもいいと言われましてね。費用ならいくらかかってもかまわない、と」

グレースは庭師の言葉の意味がよくわからず、絵筆をテーブルに置いた。「この庭を設計したのはあなたなんでしょう？」

「いや、ちがいます。なにもかも、閣下が考えたんですよ。どこになにを植えるか、詳しい図面と一覧表を作ってこられました。ラテン語の学名も全部ご存じでしたよ。最初の一覧表には学名がならんでたんですが、わしがさっぱりわからずに困ってると、今度は普通の名前が書かれたものを渡してくれましてね。女の人の好きそうな庭になるだろうかと訊かれたんで、これなら王妃でもお気に召すでしょうと答えました」

グレースは混乱し、呼吸と脈が速くなってきた。ジャックが考えたですって？ わたしがまだ屋敷のことすら知らなかったころに、あの人がこの庭を設計した？

「そう、王妃でもお気に召すでしょう、とね」庭師がくり返すのが聞こえた。「そうしたら閣下はなんと言ったと思います？」

「さあ」グレースは蚊の鳴くような声で言った。「な――なんて言ったの？」

庭師はグレースに微笑みかけた。「王妃がどう思うかはどうでもいい、大切なのは妻が喜ぶかどうかだけだ、とおっしゃいました。妻が笑顔になってくれるなら、自分はそれだけでいい、ですとさ」

グレースの手が震えた。

ジャックがわたしのために この庭を作ってくれた！

「奥様はきっと素敵なかたなんでしょうねとわしが言ったら、世界一の女性だとおっしゃってましたよ。閣下の言うとおりでしたね。あなたは本当に魅力的なかただ。わしが言うんだから間違いありません。閣下があなたに夢中なわけがわかります。正直なところ、閣下ほどの愛妻家は見たことがありませんや。奥様とお腹の赤ん坊を、それは大事になさってますもんね」

そのときグレースは真実に気づいた——探していた答えがようやく見つかった。「ええ、そうね」小さな声で言った。

庭師は後ろを向き、ゆっくりした足取りで庭の奥に進んでいった。

グレースの胸が詰まり、目に涙が浮かんだ。

そしてその顔に笑みが広がった。

やはり無理なのだろうか。グレースの屋敷に続く坂道を馬の背に揺られてのぼりながら、ジャックは思った。

もう何週間もここにいるのに、彼女の信頼も愛も、まったく取り戻せないでいる。

けれども信頼と愛は、強制して手に入れられるものではない。それは自由に与えられ、誠意を持って受け取るべきものだ。自分が過去にした仕打ちを考えたら、簡単に手に入れられるはずなどないことはわかっている。

だが本人にも言ったとおり、どんなことをしても、どんなに長い時間がかかっても、かならずグレースの心を取り戻してみせる。

〝でもその日が永遠に来なかったらどうするのか?〟頭の中で暗くささやく声がした。ジャックは不安に押しつぶされそうになった。

いや、そんなことはない。その日はきっと来る。

胸が苦しくなるほど彼女を愛しているのに、それ以外の結末は考えられない。

グレースから出ていってほしいとは言われていないのだから、多少なりとも希望は残っているはずだ。少なくとも、こうしてふたたび一緒に暮らせるようになった――たとえ寝室は別だとしても。

すぐ隣りの部屋にグレースがいることを知りながら、これまでいくつの夜をひとり眠れずに悶々と過ごしたことだろうか。だが本人から寝室に招かれないかぎり、今後もひとりきりのベッドで寝るつもりだ。もちろん彼女のお腹に宿っている子どものこともある。それを考えたら、これからも当分、禁欲生活が続くことになるだろう。

たしかに欲望は感じているが、自分はグレースと一緒にいられるだけで幸せだ。彼女への愛だけで心が満たされる。

ジャックは十日前の朝、寝室でグレースに情熱的な愛の告白をしたときのことを思いだした。あんなふうに想いのすべてをさらけだしたのは、初めてのことだった。なぜならば、それまで女性を本気で愛したことがなかったからだ。

いままでの恋愛は、真実の愛とはほど遠いものだった。

だから自分は、いつかグレースが屋敷だけではなく、心の扉を開けてくれる日が来ることを祈るような思いで待ちつづけている。

まもなく屋敷に到着し、ジャックは馬から降りた。馬丁と挨拶を交わして鹿毛《かげ》の馬を託した。

玄関ドアをくぐりながら沈んだ気持ちをふりはらい、上着を従僕に渡した。寝室に行って服を着替えようと階段に向かいかけたとき、ひとりのメイドが近づいてきた。

メイドはおずおずと微笑んでお辞儀をした。「閣下、お――奥様が、に――庭においでくださいとのことです」

「庭に？」ジャックは一瞬間を置いてからうなずいた。「わかった。すぐに行く」

「あの、いますぐじゃありません。時間は六時だそうです。く――くれぐれも、六時までお待ちくださいとのことでした」

ジャックは眉をひそめ、口もとに困惑したような笑みを浮かべた。「六時だね？　いったいなんの用だろう」

「さあ、わたしにはわかりません。奥様からは、それだけを閣下に伝えるように申しつけられました。では仕事があるので、わたしはこれで失礼します。遅くなるとミセス・マッキーに叱られますから」

「ミセス・マッキーの機嫌を損ねては大変だ」

メイドはからかわれたことがわからなかったらしく、きょとんとしてジャックを見た。

「いいから行って」ジャックは言った。

メイドは見るからにほっとした顔で、ふたたびお辞儀をして小走りに立ち去った。

ジャックは腕を組み、しばらくその場に佇んでいた。まだ五時を少し過ぎたところだ。あと一時間もすれば日が暮れはじめる。グレースがそんな時間に、自分と庭で会いたい理由とはなんだろう。

ジャックはふとあることを思いだし、腕を体の脇に下ろした。前にも彼女から庭に呼びだされたことがあった。ブラエボーンの屋敷の庭で、朝から会ったときのことだ。あのときグレースは、予定どおり結婚はするが、それには田舎に彼女が住む場所を用意することと、いずれ別居することが条件だと言った。

ジャックの胸が締めつけられた。グレースはついに結論をくだしたのかもしれない。このまま自分と一緒に暮らすよりも、自由を選ぶことにしたのではないだろうか。

29

甘いにおいのする蜜蠟《みつろう》のろうそくが何十本も灯され、庭を美しく照らしていた。グレースの絵画用のテーブルが、その真ん中に置かれている。糊のきいた白いリネンのテーブルクロスがかけられ、その上にグレースが持っている中で一番上等の食器とクリスタルのグラス、銀のカトラリーがならんでいる。

テーブルにも何本かのろうそくが灯され、中央の花びんには赤やピンク、アイボリーの花々が活けられていた。太陽が地平線に沈みはじめ、西の空を輝く茜色《あかねいろ》に染めている。

六時を告げる時計の音が屋敷から聞こえてきた。グレースはジャックがこの素晴らしい夕焼けに間に合うことを祈った。

誰かに呼びに行かせようかとも考えたが、今日はすでにいつもとはちがうことをたくさん使用人に命じている。もうそれ以上、噂話の種になるようなことをするのは気が進まなかった。グレースはショールを肩にかけ、ジャックが来るのを待った。

まもなく足音が近づいてきた。グレースは胸を躍らせ、満面の笑みを浮かべてふりかえった。

「いったいなんのつもりだ？」ジャックは褐色の眉をひそめて訊いた。

グレースは一瞬ひるんだが、気持ちがすっかり舞いあがっており、ジャックの声音の冷たさにあまり気を留めなかった。「夕食よ」身ぶりでテーブルを示した。「たまにはきれいな夕焼けを見ながら、外で食事をするのもいいかと思って」

ジャックは琥珀色と薄紅《うすくれない》色に染まった空を見上げた。「もうすぐ日が沈んで暗くなるだろう」

微笑みがかすかにこわばるのを感じたが、グレースは気を取りなおして言った。「暗くなったら星が出てくるわ。ろうそくの光と星明かりで食事をするなんて、素敵だと思わない？」

「いまは十月だ」ジャックは胸の前で腕を組んだ。「外で食事をするには寒すぎる」

「そうかしら。この暖かさならだいじょうぶよ。寒いことなんてないと思うわ」

だがジャックはそれに返事をせず、険しい表情で夕日を見ていた。

いったいどうしたのだろう、とグレースは思った。どうして彼はあんなに不機嫌な顔をしているのだろうか。もしかすると空腹でいらいらしているだけかもしれない。おいしい料理を食べれば、きっと機嫌も直るだろう。

「いいから食事にしない？」グレースはジャックに笑いかけた。「まずはスープからいただきましょうか」

ジャックは腕組みして立ったまま、顔をしかめた。グレースはジャックが屋敷に引きかえすのではないかと心配になったが、やがて彼は怒ったような足取りでテーブルに向かった。椅子を引いて先にグレースを座らせてから、その向かいの席に腰を下ろした。

グレースの合図で、トレーを持ったふたりの召使いが近づいてきた。ひとりが飲み物——ジャックにはワイン、グレースにはレモネード——を注ぎ、もうひとりがスープをよそった。それが終わるとふたりは立ち去った。

深皿から湯気が立ちのぼり、淡い色をしたスープが薄明かりの中で鈍く光っている。グレースはスプーンでスープをすくい、口に運んだ。

「ああ、おいしい。ジャガイモのクリームスープだわ。あなたの好物だったわよね」

ジャックは小さく鼻を鳴らすと、ふた口続けてスープを飲んだ。それから顔を上げてグレースを見た。「さっさと食べないと冷めてしまうぞ」

グレースは胸になにかがつかえたような気がした。「ジャック、なんだか変よ。いったいどうしたの？」

「別になんでもない」ジャックはせわしない手つきで、立てつづけにスープをすくって飲んだ。

「村に行ったとき、なにか困ったことでもあったの？」

「いや、なにもないさ」

「そう」グレースは困惑した。スープをじっと見つめ、無理やりもうひと口飲むと、スプーンをテーブルに置いた。

「もう冷めたのかい？」ジャックは言い、空になった深皿にスープーンを置いた。

「そうじゃないわ。ただ……あまりスープは欲しくないの。次の料理を持ってきてもらいましょうか」

ジャックはふいに肩を落とし、観念したように言った。「ああ。そうしよう」

まもなく次の皿が運ばれてきたが、グレースはほとんど手をつけなかった。もちろん料理の出来が悪いわけではない。ひと口しか食べられなかったが、素晴らしい味だった。問題は……ジャックの態度がおかしいことにある。でもその理由がさっぱりわからない。

会話らしい会話も交わさずに十五分ばかり過ぎたころ、グレースはそれ以上我慢できなくなった。ナプキンを折りたたんでテーブルに置きながら、体が震えるのを感じた。

「震えているじゃないか。もうあたりは暗いし、気温も下がっている。こんな季節に、外に出たりしたのが間違いだったんだ。少しは体のことを考えたほうがいい」

だがグレースが震えているのは、寒さのせいでも身ごもっているせいでもなかった。「ええ、そうね」目に涙があふれてきた。「屋敷に戻ってベッドにはいるわ。外で食事をしようなんて考えたわたしがばかだったのよ」

「なぜこんなことを？」ジャックは不思議なほど抑揚のない声で訊いた。「ショックを和らげようとでも考えたのか」

「ショック？　なんのことなの？　あなたがなにを言っているのかわからないわ。今夜のあなたは、まるでわけがわからない」グレースは椅子を引き、ふらつく足で立ちあがった。それまで抑えていた感情が爆発し、涙が頬を伝った。「わたしはただ、と——特別な夜にしたかっただけなの。せ——せっかくお祝いをしようと思ったのに、あなたがそれを台無しにしたのよ！」

「ぼくがなにを台無しにしたって？　お祝いとはなんのことだ？　グレース、泣いてるのか？」

「ちがうわ！」グレースは叫び、嗚咽《おえつ》をもらした。

ジャックが近づいてきて、グレースを抱き寄せた。

グレースはジャックの腕をふりはらおうともがいたが、すぐに抵抗をやめて彼の胸で泣きじゃくった。

「すまない。ぼくが悪かった」ジャックはささやき、グレースの背中をなでた。「ぼくのことが邪魔なら、すぐに出ていく。だから泣かないでくれ。きみのつらそうな顔は見たくない」

「出ていく？」グレースは洟《はな》をすすって顔を上げた。「どうしてあなたが出ていかなくちゃならないの？」

ジャックはろうそくの光の中で、グレースの目をじっと見た。「それがきみの望みなんだろう？　だからこうしてぼくを呼びだし、別れの記念に特別な晩餐をしようと考えたんじゃないのかい？」

「いいえ、まさか。あなたに出ていってほしいなんて思ってないわ。あなたはそんなふうに考えていたの？　だから今夜は様子がおかしかったのね」

「すまなかった。暗い顔をしてしまって――」

「暗い顔ですって！　あなたの態度は不機嫌そのものだったわ。聡明《そうめい》なジャック・バイロンともあろう人が、どうしてそんなとんでもない思いちがいをするのかしら」グレースは一歩後ろに下がり、濡れた頬を手のひらでぬぐった。「わたしは今夜、あなたに愛してると言おうと思っていたのよ！　あなたの愛を心から信じているし、これまでのことはすべて水に流しましょう、と」

ジャックは驚いた。「そうだったのか」

「ええ、そうよ。庭で食事をしたら、どんなにロマンティックで素敵だろうと思ったの。あなたがわたしのために作ってくれた庭で！　ミスター・ポッツリーが教えてくれたわ。この庭はすべてあなたが設計したんだと聞いて……わたし……あなたの気持ちがようやくわかったの。わたしを本気で愛していないなら、とてもそんなことはできなかったはずよ。そのことを、夕食のあとに言うつもりだったのに――」

「それなのに、ぼくがすべてを台無しにした」ジャックは腕を伸ばしてグレースを抱き寄せた。「きみの言うとおりだ、愛しいグレース。ぼくがばかだった。とんでもない思いちがいをして、あやまった結論に飛びついてしまった。もう一度だけ、ぼくのことを許してくれないだろうか」

グレースは洟をすすった。「どうしようかしら。今夜のあなたの態度はあまりにひどかったもの。でも愛しているから許してあげるわ」

「本当かい？」ジャックはささやき、口もとに笑みを浮かべた。「ぼくはきみの愛を永遠に失ってしまったんじゃないかと、怖くてたまらなかった」

「これまであなたへの愛が消えたことはないわ」グレースは小声で打ち明けた。「あなたを憎んでいるときですらそうだった。でも言っておくけど、一時は本当にあなたのことが憎くてたまらなかったんだから！」

ジャックは笑いながらグレースを強く抱きしめたが、やがて真顔に戻って言った。「きみを心から愛してる。きみはぼくの最愛の妻だ。恋人だ。そして親友だ」ひと言ひと言を区切り、その合間に優しくくちづけた。

グレースはジャックの胸に顔をうずめ、その温もりを味わった。

「体が冷えている」ジャックはグレースの腕をさすった。「屋敷にはいって、暖炉の前でデザートを食べようか」

「デザートはあとにして、寝室に行きたいわ」

「わかった」ジャックはがっかりした声で言った。「外にいて疲れたんだろう。少し横になったほうがいい」

「誰が疲れたと言ったの？」グレースはジャックの腰に腕をまわした。「わたしは寝室に行きたいと言っただけよ。あなたと一緒に」

ジャックはグレースの目を見ると、ゆっくりと微笑んだ。「そうか」

「ええ、そうよ。ぐずぐずしないで、早く行きましょう。それとももう女性を悦ばせるこつを忘れてしまったのかしら、閣下？」グレースはいたずらっぽく笑った。

「こつを忘れた？……よし、そうじゃないことを証明してやろう」

ジャックにくちづけられ、グレースの体が内側から熱くなった。やがて顔を離すころには、脈が速く打ち、全身が悦びに包まれていた。

「きみはさっき、ぼくがなにを忘れたと言ってたっけ？」

「取り消すわ」グレースはため息をもらした。「あなたはちっとも変わってなんかない」

ジャックはまた短いが情熱的なキスをすると、グレースの手を取って屋敷の中にはいった。けげんそうに見ている召使いを無視し、急ぎ足で階段をのぼった。

それからまっすぐ自分の寝室に向かった。窓際のテーブルに置かれた小さな燭台《しょくだい》にろうそくが灯され、暖炉で薪《まき》が音をたてて燃えている。ジャックは後ろ手にドアを閉めると、部屋を横切ってカーテンを閉めた。

「ずっとこの部屋できみを抱きたくてたまらなかった」グレースのほうをふりかえって言った。「特に十日ほど前の朝、きみが一度だけここを訪ねてきてからは、その思いがますます強くなっていた。ぼくがどんなにこの日が来ることを夢見ていたか、きみにはきっとわからないだろうな」

グレースは微笑み、ショールを椅子にかけた。「少しはわかるつもりよ。ひとり寝を寂しく思っていたのは、あなただけじゃないわ」

「もう二度と寂しい思いはさせない」ジャックはグレースを抱き寄せ、甘くとろけそうなキスをした。「これからはけっしてきみをひとりにしない」

そしてグレースの胸もとに視線を落とし、ハート形のペンダントに目を留めた。

「着けていてくれたんだね」ジャックは感激したように言った。

グレースは手を上げ、まずはアメジストを、それから小さな庭の描かれた磁器をそっと親指でなでた。「ええ。あなたが愛を込めて贈ってくれたものだとわかったから」

「そのとおりだ。でもあのときのぼくは、自分の気持ちに気づいていなかった。そのことについても、申し訳ないと思っている」

「もういいのよ」グレースはジャックの胸に手を当てた。「わたしと別れて暮らしているとき、本当にこれを持ち歩いていたの？」

「ああ、肌身離さず持っていた。これがあると、きみの存在を近くに感じられる気がしてね。きみがこれを身に着けていたのはほんの短い期間なのに、考えてみるとおかしなことだな」

「おかしくなんかないわ。実を言うと、わたしもあなたのハンカチをずっと持ち歩いていたの」

ジャックはグレースにくちづけた。「ふたりともばかだったな」

「そうね」

ジャックはふたたびキスをした。「さてと、そろそろ裸になることにしようか」そう言うと眉を上げ、期待に満ちた目をした。

グレースは笑いながらうなずき、ジャックの手を借りてドレスを脱いだ。

だが薄いシュミーズ一枚になると、急に気後れを覚えた。

「どうしたんだ?」ジャックはグレースのあごをくいと指で上げた。「ぼくに対して、恥ずかしがることなんかないだろう」

「お腹が大きくなってるの。あなたと最後に愛しあってから……ずいぶん太ってしまったわ」

「きみの体がどんなに美しくなったか、早く見せてくれないか」

「でも、もしあなたが……」

「きみの体に幻滅したら、とでも言いたいのかな?　そんなことはありえない」

グレースはその言葉がにわかには信じられなかった。

でもすぐに、それは杞憂だったとわかった。彼女の裸体を見るジャックの目は、欲望でぎらぎらと光っている。ジャックは神聖なものに触れるようにそっとグレースの腹部に手をはわせると、大きくなった乳房を愛おしそうになでた。

「ああ、グレース。きみはなんて素晴らしいんだ」

グレースの体から力が抜け、大胆さが戻ってきた。「ところで閣下、あなただけ服を着ているのはずるいと思わない？」

ジャックは上着もズボンも着けたままの、自分の体を見下ろした。「それもそうだな」

グレースはシーツに横たわり、ジャックがせわしない手つきで服を脱ぐのを、微笑みながら見ていた。

まもなくジャックがグレースの上に覆いかぶさってきた。このうえなく優しいキスと愛撫を受け、グレースははっと息を呑み、彼が奪ってくれるのを震えながら待った。ジャックが欲しい。彼を心から愛している。長い時間がかかったが、こうしてようやく愛を確かめあうことができた。

「ああ、ジャック。どんなにあなたが恋しかったことか」

「賭けてもいいが、ぼくはその倍以上、きみが恋しくてたまらなかった」

グレースはジャックの首に腕をまわし、情熱的なキスをした。「じゃあ賭けましょうか。

そもそもわたしたちの関係が始まったのは、賭けごとがきっかけだったんですものね」

「そうだな。きみを勝ち取るためなら、ぼくは何度でも喜んで賭けをする。でもまずは、ぼくの愛の強さを証明してみせようか？」

「ええ、お願いするわ」グレースは甘い声を出した。

ジャックはグレースを快楽の世界へ連れていった。そして愛の強さという賭けにおいては、どちらも勝者であることを証明した。

エピローグ

イングランド、ケント州、一八一一年二月下旬

「なにかいるものはないかい？」ジャックは二階にある家族用の居間で椅子に腰かけ、向かいに座っているグレースに声をかけた。

グレースはクッションのきいたアームチェアで刺繍をしていたが、顔を上げてジャックを見た。「いいえ、なにもないわ。ありがとう」

「もう一枚毛布を持ってこようか。風邪を引いたら大変だ」

「そんなに心配しなくてもだいじょうぶよ」グレースは頬がゆるみそうになるのをこらえた。

外は一面雪景色で、窓から差す陽射しも弱々しかったが、室内は暖かく快適だった。暖炉で赤々と炎が燃え、すぐ近くの椅子でラナンキュラスが丸くなり、明るい茶色の毛を輝かせながら気持ちよさそうに昼寝をしている。

「なにか食べるものは？　お腹が空いてるんじゃないか」

「ほんの一時間前に、ケーキとサンドイッチをたくさん食べたばかりなのよ。だからこんなに太ってしまうんだわ。クリスマスのときにドレークが話していた熱気球みたい。これ以上食べたら、空に昇るか破裂してしまいそう」

ジャックはたしなめるようにグレースを見た。「なにを言ってるんだ。そろそろ臨月なんだから、お腹が大きくなるのは当然のことだろう。それにきみはふたりぶん食べなくちゃならないんだ。体形のことなんか気にしなくていい——というより、きみはとてもきれいだよ。ぼくは毎朝目が覚めるたび、きみが隣りにいるのを見て、しみじみと幸せを嚙みしめている」

グレースは胸がいっぱいになった。「わたしはひと晩じゅう寝返りを打って、一時間ごとにお手洗いに行ってるわ。同じベッドだと眠れないでしょうに、それでもかまわないの？」

「ああ」ジャックは真剣な口調で言った。「ちっともかまわない」

「別の寝室で寝てもいいのに——」

「別の寝室を使うつもりはない。それにきみにはぼくが必要だ」

ジャックの言うとおりだった。グレースは彼を必要とし、深く愛していた。

「クッションをもうひとつ使うかい？　足首がむくんで困ると言っていただろう。足をできるだけ高く上げたほうがいい」

グレースはスカートのすそを少しめくり、足の下に積んだクッションを見せた。「ほら、このとおりよ。まるで王女にでもなったような気分だわ」

「そうか、なにもいるものがないなら、キスはどうかな」

グレースの唇に笑みが浮かんだ。「キスならいつでも歓迎よ」

ジャックは立ちあがってグレースに近づき、椅子の肘掛けに両手をついて濃厚なキスをした。グレースのまぶたが閉じ、心臓が速く打ちはじめた。全身がとろけそうになっている。ジャックのキスはいくら味わっても飽きるということがなく、毎回新しい悦びをもたらしてくれる。

グレースの肌が火照り、頭がぼうっとしてきたころ、ジャックが青い瞳を欲望でうるませながら顔を離した。

次の瞬間、赤ん坊がグレースのお腹を強く蹴ったのが、ジャックにも感じられた。

「赤ん坊かい？」

グレースはうなずいた。「また坊やが蹴ってるわ。でも昨夜は、いまよりもっと激しく暴れていたのよ」

「母親に似て勝ち気な女の子だ。きっと強い意志を持った女性になるだろう」

「どうして女の子だとわかるのかしら。男の子が欲しくないの？」

ジャックはグレースのお腹に手を当て、赤ん坊をなだめるようにそっと優しくなでた。

「正直に言うと、ぼくはどちらでもいい。男の子でも女の子でも嬉しいよ」

「じゃあわたしが女の子しか産まなくてもいいのね？」

「愛らしいバイロン家のレディに囲まれて暮らせたら、さぞかし楽しいだろうな」

「囲まれるですって？　そんなにたくさん子どもを産むと約束した覚えはないわ」

「いや、きっとそうなるさ」ジャックはささやき、またもや長いキスをした。「ぼくがきみをその気にさせてみせる」

グレースはジャックの言うとおりになるだろうと思った。それにグレース自身も、それを望んでいる。

そのときドアをノックする音がした。「失礼します、閣下、奥様」メイドがお辞儀をした。「お邪魔して申し訳ありませんが、お手紙が届きました」

「テーブルに置いといてくれ」ジャックはメイドのほうを見ようともしなかった。

グレースは目を丸くし、唇を噛んで笑いそうになるのをこらえた。

「さあ、さっきの続きをしようか」ジャックはメイドがいなくなるやいなや言った。

「ここではやめておいたほうが無難だと思うわ」グレースは沈んだ声で言った。

ジャックはひとつため息をついて背筋を伸ばした。「そうだな。残念だがしかたがない。手紙を見てみようか」

「ええ。ケイドから届いてないかしら。メグの赤ちゃんは、もういつ生まれてもおかしくないころよ」

「彼女ならブラエボーンにいるから安心だ。やはりぼくたちも、きみの出産まで向こうにいたほうがよかったんじゃないか」

グレースはお腹に手を当てた。「でもメグとわたしとでは、置かれている状況がまったくちがうもの。彼女とケイドはノーサンバーランドに住んでいるから、お産のときに吹雪になるかもしれないでしょう。メグはクリスマスのとき、自分は別にそれでもかまわないけれど、ケイドを不安にさせたくないからと言ってたわ。万が一のとき、お医者様が間に合わなかったら困るものね。だからブラエボーンに残ることにしたそうよ」

「ぼくもきみにもっと強く言えばよかった。家族がそばにいれば、なにかと手助けしてもらえただろう」

「家族ならいるわ。あなたがいるじゃない」

「ぼくが言っているのは、女の家族という意味だ」

「あなたとミセス・マッキー、それに助産婦がいればだいじょうぶよ。男性は出産に立ちあうものじゃないということはわかってるけど、わたしはあなたにそばにいてほしいの」

「もちろんだ。でもぼくがいても、たいした助けにはならないかもしれないな」

「手を握らせてもらうわ」

「ああ、いくらでも強く握りしめればいい」

グレースは微笑んだ。「ブラエボーンもいいけれど、この子はどうしてもここで産みたかったの。あなたが選んでくれた、わたしたちの家で」

「きみが満足ならそれでいいんだ。この屋敷はぼくも気に入っているが、場所がどこかは重要じゃない。ケント州だろうがロンドンだろうが、きみが住みたいと思うところがぼくの故郷だよ」

ジャックは愛情のこもった目でグレースを見つめた。やがて後ろを向き、手紙を取りに行った。

「ケイドからの手紙はある？　メグの赤ちゃんは生まれたかしら」

ジャックは席に戻りながら、郵便の束をぱらぱらとめくった。「ブラエボーンからの手紙はあるが、差出人はエドワードだ」

「そう。とにかく読んでみて」

ジャックは無言で手紙に目を走らせると、口もとに笑みを浮かべた。「無事に生まれたよ。男の子が二十一日に誕生したと書いてある。名前はまだつけていないが、決まり次第連絡してくれるそうだ。本来ならケイドが手紙を書くべきところだろうけれど、本人は疲れきっていて、ペンも握れなかったんだとさ。なんでもメグのお産が十九時間近くかかり、ケイドはその間ずっと心配でいても立ってもいられなかったらしい。でも母子ともに元気だと、エドワードは言っている」

「まあ、よかったわ。ほかにはなにか書いてある？」

「母さんが活躍したようだ。みんなを落ち着かせる役割を果たしたらしい。あと二週間たってもきみのお産が始まらなくて、メグと赤ん坊になにも問題がなければ、こっちに来て手伝ってくれるそうだよ」

「あなたのお母様はなんて優しいのかしら。ええ、そうしていただけるとありがたいわ。ぜひお願いしたいと、返事を書いておいてくれる？」

ジャックはうなずいたが、その顔にはどこかほっとした表情が浮かんでいた。だがグレースは心の中で、ジャックが心配することはなにもないとわかっていた。きっとすべてがうまくいき、来月には天使のように美しい子どもがまたひとりこの世に誕生する。それでもジャックの母がそばにいてくれるなら、そんなに心強いことはない。

グレースは大きなお腹に手を当て、もうすぐ生まれてくる子どものことを思った。

「なんだって！」ジャックが大きな声を出した。「嘘だろう、とても信じられない」

「なにが信じられないの？」

「本気なのか！」

「なんのこと？」

「結婚するらしい」

「まさかエドワードが？」

ジャックはうなずいた。「そろそろ公爵夫人を迎える潮時だと言っている」

「本人が結婚する気になったのなら、結構なことだと思うけど。今度の社交シーズンでいい女性を見つけるつもりなのね」

「いや、もう相手は決まっているらしい。ずっと前から婚約していたと書いてある」

グレースは呆然とし、言葉を失った。

「ほら、きみも信じられないだろう！　婚約者を紹介したいから、夏になったらぼくたちにロンドンに来てほしいそうだ。もちろん、赤ん坊がそのころまでに旅ができるようになっていたらの話だが」

グレースは一考した。「そうね、ぜひ行きましょうよ。お相手のかたを見たくて、とてもじっとしてなんかいられないわ」

ふたりは目を見合わせて微笑んだ。数秒後、グレースはとつぜん眠気に襲われてあくびをし、目に涙をにじませた。

ジャックは手紙をたたんで脇に置いた。「昼寝の時間だ」

「昼寝なんか必要ないわ」

「いや、必要だ。昨夜はほとんど寝ていないだろう」ジャックは立ちあがり、グレースに手を差しだした。「さあ、おいで。一緒に寝室に行こう」

「あなたがそう言うと、別の意味があるような気がするのはなぜかしら」グレースはジャックの手を取り、椅子から立ちながらつぶやいた。

「別の意味があるからだよ」ジャックはグレースの背中に長い腕をまわしてキスをした。「でもきみは、ぼくのそういうところが好きなんじゃなかったかな」

「ええ、大好きよ」グレースは満面の笑みを浮かべた。「愛してるわ、ジャック・バイロン」

ジャックはふたたびグレースに唇を重ねた。「ぼくも愛してる、グレース・バイロン」

「あなたの愛を毎日感じているわ。さあ、早くベッドに連れてってちょうだい、閣下」

ジャックはグレースをしっかり脇に抱き、寝室へと向かった。

訳者あとがき

『その夢からさめても』に続く、バイロン・シリーズの第二弾をお届けいたします。

ヒロインのグレース・デンバーズは二十五歳。絵の才能に恵まれた知的で聡明な女性ですが、内気で容姿に自信が持てず、このまま一生独身でもかまわないと思っています。

一方、公爵家の三男として生まれたジャック・バイロンは、端整な顔立ちと優雅な物腰、陽気で気さくな人柄で、社交界でも絶大な人気を誇っていました。情事の相手ならよりどりみどり、奔放に恋の駆け引きを楽しんでいるジャック。ところがある日、賭場で思いもよらずひとりの実業家にカードゲームで負けたことから、抜き差しならない状況に追いこまれてしまいます。もう債務者監獄に行くしかないのかと頭を抱えていると、平民であるその実業家から、とある取引を持ちかけられました。それは彼のひとり娘のグレースと「恋愛結婚」をすれば、カードゲームで作った莫大な借金を帳消しにするうえ、相当な額の持参金を渡そうという突拍子もないものでした。それでもほかに選択肢はなく、ジャックはしぶしぶその申し出を受けることにします。そして偶然を装ってグレースに近づき、少しずつ彼女との距離を縮めることに成功しました。

嘘と打算から始まった付き合いですが、やがてふたりはお互いの人となりを知り、だんだん惹かれあうようになります。ところが結婚式の直前、すべての真実があかるみに出てしまいます。全幅の信頼を置いていたふたりの男性から裏切られたことを知り、深く絶望するグレース。ひと晩悩み抜いたすえ、彼女はある決断をくだすのでした。

前作『その夢からさめても』から始まった新シリーズは、公爵家のきょうだいの恋と結婚がテーマになっています。心と体に深い傷を抱えた前作のヒーローとは対照的に、本作のヒーローのジャックは、文字どおり独身貴族として人生を謳歌していました。そんなジャックとグレースは、本来ならけっして出会うことのなかった相手でしょう。グレースは地味で目立たず、しかも平民の娘です。それでもジャックは、まだ花開かずに眠っていた彼女の美しさをいち早く見抜きます。そして知らず知らずのうちに、優しくウィットにあふれたグレースに好意を抱くようになるのでした。グレースはグレースで、これほど素敵な男性がどうして自分に近づいてくるのだろうといぶかしく思いながら、太陽のようにまぶしいジャックにどんどん惹かれていきます。そのあたりの心理描写の巧みさは、さすがウォレンというしかありません。

やがてジャックが自分の本当の気持ちに気づいたのとほぼ同じころ、グレースは残酷すぎる真実を知り、固く心を閉ざしてしまいます。凍りついた彼女の心をなんとか溶かそうと、ジャックは懸命に努力しますが、一度失った愛と信頼はそう簡単に取り戻せるものではありません。ですが、ジャックがあきらめかけたそのとき、奇跡が起こります。邦題にも通じるその場面がとても感動的で美しく、訳者も思わず胸が熱くなりました。こんなふうに愛を告白されて、心を動かされない女性はいないのではないでしょうか。

これといった悪役も登場せず、大きな事件も起こりませんが、ヒロインとヒーローの心の動きが丁寧に描かれた本作は、まさにロマンス小説らしいロマンス小説といえるでしょう。

さて、シリーズ三作目にあたる次回作、“*At the Duke's Pleasure*”は、バイロン家の長男でエドワードことクライボーン公爵の物語です。常に冷静沈着で頼もしいエドワードが婚約者にふりまわされるさまが、なんとも微笑ましい作品に仕上がっています。エドワードとヒロインのクレアは、まだ子どものころに父親どうしが結婚を決めた仲でした。亡き父の願いを叶え、公爵としての義務を果たすために結婚しようとするエドワードと、彼を愛しているからこそ政略結婚などしたくないと思うクレア。本作とも前作ともまたひと味ちがった魅力にあふれており、読者のみなさんにもきっと楽しんでいただけることと思います。どうぞもうしばらくお待ちください。

本作の訳出にあたっては、二見書房の尾髙純子さんにお世話になりました。この場をお借りして心よりお礼申しあげます。

二〇一一年十二月

ザ・ミステリ・コレクション

ふたりきりの花園《はなぞの》で

著者　トレイシー・アン・ウォレン

訳者　久野郁子《くのいくこ》

発行所　株式会社 二見書房
東京都千代田区三崎町2-18-11
電話 03(3515)2311［営業］
03(3515)2313［編集］
振替 00170-4-2639

印刷　株式会社 堀内印刷所
製本　株式会社 関川製本所

ISBN978-4-576-12004-1
http://www.futami.co.jp/

あやまちは愛
トレイシー・アン・ウォレン
久野郁子［訳］

双子の姉と入れ替わり、密かに想いを寄せていた公爵と結婚したバイオレット。妻として愛される幸せと良心の呵責の狭間で心を痛めるが、やがて真相が暴かれる日が…

愛といつわりの誓い
トレイシー・アン・ウォレン
久野郁子［訳］

親戚の家へ預けられたジーネットは、無礼ながらも魅惑的な建築家ダラーと出会うが、ある事件がもとで〝平民〟の彼と結婚するはめになり…。『あやまちは愛』に続く第二弾！

昼下がりの密会
トレイシー・アン・ウォレン
久野郁子［訳］

家族に人生を捧げた未亡人ジュリアナと、復讐にすべてを賭ける男・ペンドラゴン。つかのまの愛人契約の先に、ふたりを待つせつない運命とは…。シリーズ第一弾！

月明りのくちづけ
トレイシー・アン・ウォレン
久野郁子［訳］

意に染まない結婚を迫られたリリーは自殺を偽装し、冷酷な継父から逃れようとロンドンへ向かう。その旅路、ある侯爵と車中をともにするが…シリーズ第二弾！

甘い蜜に溺れて
トレイシー・アン・ウォレン
久野郁子［訳］

父の仇を討つべくガブリエラは宿敵の屋敷に忍びこむが銃口を向けた先にいたのは社交界一の放蕩者の公爵。しかも思わぬ真実を知らされて…シリーズ完結篇！

その夢からさめても
トレイシー・アン・ウォレン
久野郁子［訳］

大叔母のもとに向かう途中、メグは吹雪に見舞われ近くの屋敷を訪ねる。そこで彼女は戦争で心身ともに傷ついたケイド卿と出会い思わぬ約束をすることに……!?

二見文庫 ザ・ミステリ・コレクション

真珠の涙にくちづけて
キャサリン・コールター
栗木さつき［訳］

衝突しながらも激しく惹かれあう勇み肌の伯爵と気高き〝妃殿下〟。彼らの運命を翻弄する秘宝とは……ヒストリカル三部作「レガシーシリーズ」第一弾！

ほほえみを待ちわびて
スーザン・イーノック
阿尾正子［訳］

家庭教師のアレクサンドラはある事情から悪名高き伯爵ルシアンの屋敷に雇われる。つれないアレクサンドラに伯爵は本気で恋に落ちてゆくが…。リング・トリロジー第一弾

信じることができたなら
スーザン・イーノック
井野上悦子［訳］

類い稀な美貌をもちながら、生涯独身を宣言しているヴィクトリア。だが、稀代の放蕩者とキスしているところを父親に見られて…!?リング・トリロジー第二弾！

くちづけは心のままに
スーザン・イーノック
阿尾正子［訳］

女学院の校長として毎日奮闘するエマに最大の危機が訪れる。公爵グレイが地代の値上げを迫ってきたのだ。学院の存続を懸け、エマと公爵は真っ向から衝突するが…

きらめく菫色の瞳
マデリン・ハンター
宋 美沙［訳］

破産宣告人として屋敷を奪った侯爵家の次男ヘイデン。その憎むべき男からの思わぬ申し出にアレクシアの心は動揺するが…。ＲＩＴＡ賞受賞作を含む新シリーズ開幕

誘惑の旅の途中で
マデリン・ハンター
石原未奈子［訳］

自由恋愛を信奉する先進的な女性のフェイドラ。その奔放さゆえに異国の地で幽閉の身となった彼女は〝通りがかりの〟心優しき侯爵家の末弟に助けられ…!?

鐘の音《ね》は恋のはじまり
ジル・バーネット
寺尾まち子［訳］

スコットランドの魔女ジョイは英国で一人暮らしをすることに。さあ〝移動の術〟で英国へ――、呪文を間違えたジョイが着いた先はベルモア公爵の胸のなかで…!?

恋泥棒に魅せられて
ジュリー・アン・ロング
石原まどか［訳］

ロンドン下町に住む貧しい娘リリー。幼い妹を養うためあらゆる手段を使って生きてきた。そんなある日、とあることから淑女になるための猛特訓を受けることに!?

その瞳が輝くとき
ジュディス・マクノート
宮内もと子［訳］

家を切り盛りしながら〝なにかすてきなこと〟がいつか必ずおきると信じている純朴な少女アレックス。放蕩者の公爵と出会いひょんなことから結婚することに……

その心にふれたくて
アナ・キャンベル
森嶋マリ［訳］

遺産を狙う冷酷な継兄らによって軟禁された伯爵令嬢カリスは、ある晩、屋敷から逃げだすが、宿屋の厩で身を潜めていたところを美貌の男性に見つかってしまい……

待ちきれなくて
リンゼイ・サンズ
上條ひろみ［訳］

唯一の肉親の兄を亡くした令嬢マギーは、残された屋敷を維持するべく秘密の仕事――刺激的な記事が売りの覆面作家――をはじめるが、取材中何者かに攫われて!?

英国レディの恋の作法
キャンディス・キャンプ
山田香里［訳］

一八二四年、ロンドン。両親を亡くし、祖父を訪ねてアメリカからやってきたマリーは泥棒に襲われるも、ある紳士に助けられる。お礼を申し出るマリーに彼が求めたのは彼女の唇で…

二見文庫　ザ・ミステリ・コレクション